GOLDMANN

Buch

In einer regenkalten Novembernacht in London erfährt Jack Higgins, daß er und die mehr als 15 Millionen Leser seines Weltbestsellers »Der Adler ist gelandet« einem raffinierten Täuschungsmanöver erlegen sind: Oberstleutnant Kurt Steiner lebt. Eine junge amerikanische Historikerin kann es beweisen. Doch sie stirbt in dieser Nacht, und die brisante Akte ist plötzlich verschwunden. Nur einer kann das bestgehütete englische Kriegsgeheimnis lüften, Liam Devlin, der schlitzohrige Ire, der Kurt Steiner bei seinen Kommando-Unternehmen begleitete. Higgins spürt ihn in Belfast auf.

London/Berlin 1943. Die englische Abwehr beschließt, Kurt Steiner als Köder einzusetzen, um die Schachzüge der deutschen Spionagedienste besser studieren zu können. Ein Doppelagent bringt die heiße Nachricht nach Berlin: Der totgeglaubte Fallschirmjäger Kurt Steiner wird im Tower gefangengehalten.

Himmler beauftragt General Walter Schellenberg mit der Vorbereitung einer Befreiungsaktion. Er will Steiner auf einem geplanten Treffen zwischen Hitler, Rommel und Canaris präsentieren, um den Abwehrchef endgültig in Mißkredit zu bringen. Aber Schellenberg erkennt sehr bald die wahren Absichten des Reichsführers: Die SS will nicht nur Canaris und Rommel beseitigen.

In England ist man über jeden Schritt der Deutschen informiert und wähnt sich Herr der Lage. Steiner erhält sogar das Angebot, unbehelligt zu fliehen. Der Preis: ein Attentat auf Hitler. Aber Kurt Steiner hat seine eigenen Pläne...

Autor

Jack Higgins wurde 1929 in Irland geboren. Er hatte bereits mehrere erfolgreiche Abenteuerromane geschrieben, bevor ihm mit »Der Adler ist gelandet« der internationale Durchbruch gelang. Nach weiteren Bestsellern, die alle verfilmt wurden, erstürmte 1991 »Der Adler ist entkommen« die Top-Plätze der englischen und amerikanischen Sellerlisten.

Außer dem vorliegenden Roman sind von Jack Higgins
als Goldmann-Taschenbücher erschienen:

Der Ire. Roman (6591)
Die Nacht von Sinos. Roman (6513)
Ohne Gnade. Roman (8946)

JACK HIGGINS

DER ADLER IST ENTKOMMEN

ROMAN

Aus dem Englischen
von Michael Kubiak

GOLDMANN VERLAG

Ungekürzte Ausgabe

Titel der Originalausgabe: The Eagle Has Flown
Originalverlag: Chapmans Publishers, London

Für meine Mutter
Henrietta Higgins Bell

Umwelthinweis:
Alle bedruckten Materialien dieses Taschenbuches
sind chlorfrei und umweltfreundlich.
Das Papier enthält Recycling-Anteile.

Der Goldmann Verlag
ist ein Unternehmen der Verlagsgruppe Bertelsmann

Made in Germany · 1. Auflage · 6/93

Umschlagentwurf: Design Team München
Druck: Elsnerdruck, Berlin
Verlagsnummer: 42176
MV · Herstellung: Stefan Hansen
ISBN 3-442-42176-4

Um ein Uhr am Samstagmorgen, dem 6. November 1943, erhielt Heinrich Himmler, Reichsführer SS und Chef der Geheimen Staatspolizei, eine unverfängliche Botschaft: Der Adler ist gelandet. *Sie bedeutete, daß ein kleines Kommando deutscher Fallschirmspringer unter der Führung von Oberstleutnant Kurt Steiner und einem Helfer, Liam Devlin, einem Scharfschützen der IRA, in diesem Moment sicher in England gelandet war und Vorbereitungen traf, den britischen Premierminister Winston Churchill aus dem Landhaus in Norfolk zu entführen, wo er ein ruhiges Wochenende am Meer verbrachte. Am Ende des Tages war die Mission, dank einer blutigen Auseinandersetzung im Dorf Studley Constable zwischen einer amerikanischen Kommandotruppe und den Deutschen, fehlgeschlagen und Liam Devlin offenbar der einzige Überlebende. Kurt Steiner galt ebenfalls als im Kampf gefallen ...*

London – Belfast

1975

1

Es war ein Todesengel mit ausgebreiteten Armen. Er stand in einer Nische auf einem reichverzierten Grabmal. Ich erinnere mich noch so gut daran, weil jemand in der Kirche auf der Orgel übte und Licht in farbigen Bändern durch die Fenster in den Hof fiel. Die Kirche war nicht besonders alt, erbaut in der Blütezeit der viktorianischen Epoche wie auch die hohen Häuser, die den St. Martin's Square säumten. Früher eine gute Adresse. Heute jedoch eher ein ziemlich heruntergekommenes Viertel in Belsize Park, aber immerhin noch eine angenehme, ruhige Gegend, wo eine Frau sogar noch um Mitternacht unbelästigt zum Laden an der Ecke gehen konnte und man sich nur um seine eigenen Angelegenheiten kümmerte.

Die Wohnung in Nummer dreizehn lag im Parterre. Mein Agent hatte sie mir von einem Cousin besorgt, der für ein halbes Jahr nach New York gegangen war. Sie war altmodisch und gemütlich und gefiel mir sehr gut. Ich stand kurz vor Beendigung eines neuen Romans und verbrachte die meisten Tage im Lesesaal des Britischen Museums.

An diesem Novemberabend, jenem Abend, an dem alles begann, regnete es heftig. Kurz nach sechs Uhr ging ich durch das gußeiserne Tor und folgte dem Weg durch den Wald gotischer

Denkmäler und Grabsteine. Trotz des Regenschirms waren die Schultern meines Trenchcoats durchnäßt, was mir aber nichts ausmachte. Ich hatte schon immer eine Vorliebe für den Regen gehabt, für die Stadt bei Nacht, für nasse Straßen, die sich in winterlicher Dunkelheit verlieren, für das seltsame Gefühl der Freiheit, das damit einhergeht. Und ich war an diesem Tag mit meiner Arbeit sehr gut vorangekommen, und das Ende schien nun endgültig in Sicht.

Ich war dem Todesengel nun näher gekommen. Er lag im Halbschatten des Dämmerlichts, das aus der Kirche fiel. Zwei Marmorfiguren hielten an den Bronzetüren des Mausoleums Wache. Alles war wie immer, nur daß ich in dieser Nacht hätte schwören können, daß da noch eine Gestalt war und daß sie aus der Dunkelheit auf mich zukam.

Für einen kurzen Moment verspürte ich ehrliche Angst. Doch dann, als die Gestalt ins Licht trat, erkannte ich eine junge Frau, ziemlich klein und mit einem schwarzen Hut und einem durchnäßten Regenmantel bekleidet. In einer Hand trug sie einen Aktenkoffer. Ihr Gesicht war blaß, die Augen waren dunkel und wirkten irgendwie ängstlich.

»Mr. Higgins? Sie sind doch Mr. Higgins, oder?«

Sie war Amerikanerin, soviel war herauszuhören. Ich atmete tief durch, um meine Nerven zu beruhigen. »Ja, der bin ich. Was kann ich für Sie tun?«

»Ich muß mit Ihnen sprechen, Mr. Higgins. Können wir irgendwohin gehen?«

Ich zögerte, hatte aus allen erdenklichen Gründen Hemmungen, diese Angelegenheit weiterzuverfolgen, aber etwas an dieser Frau war vollkommen ungewöhnlich. Etwas, dem ich nicht widerstehen konnte.

»Meine Wohnung liegt gleich über den Platz«, erklärte ich.

»Ich weiß«, erwiderte sie. Und als ich noch immer zögerte,

fügte sie hinzu: »Sie werden es nicht bereuen, glauben Sie mir. Ich habe für Sie Informationen von lebenswichtiger Bedeutung.«

»Worüber?« wollte ich wissen.

»Über das, was wirklich in Studley Constable passiert ist. Und hinterher. Oh, über eine ganze Menge Dinge, von denen Sie nichts ahnen.«

Das genügte. Ich griff nach ihrem Arm. »In Ordnung. Sehen wir zu, daß wir aus dem Regen kommen, ehe Sie sich noch den Tod holen, und dann können Sie mir erzählen, was das eigentlich alles soll.«

Die Inneneinrichtung des Hauses hatte sich in den letzten Jahren nur wenig verändert, ganz gewiß aber um keinen Deut meine Wohnung, deren Besitzer am spätviktorianischen Dekor festgehalten hatte, an wuchtigen Mahagonimöbeln, roten Samtvorhängen am Erkerfenster und einer Art chinesischer Tapete in Gold und Grün und mit einem dichten Vogelmuster. Abgesehen von den Radiatoren der Zentralheizung bestand die einzige weitere Konzession an die moderne Lebensart in einem Gasfeuer, das den Eindruck vortäuschte, als würden Holzscheite in einem Stahlkorb lebhaft brennen.

»Gemütlich«, sagte sie und drehte sich zu mir um. Sie war kleiner, als ich angenommen hatte. Verlegen streckte sie mir die rechte Hand entgegen, während sie mit der anderen noch immer ihren Aktenkoffer krampfhaft festhielt. »Cohen«, stellte sie sich vor. »Ruth Cohen.«

Ich nickte. »Geben Sie mir erst mal Ihren Mantel, damit ich ihn vor die Heizung hängen kann.«

»Vielen Dank.« Sie nestelte mit der freien Hand an ihrem Gürtel herum. Ich lachte und nahm ihr den Aktenkoffer ab.

»Nun geben Sie schon her.« Während ich ihn auf den Tisch

legte, sah ich, daß ihre Initialen in den schwarzen Lederverschluß eingeprägt waren. Und dahinter war noch ein Ph. D. zu lesen.

»Sie haben einen Doktor?« fragte ich.

Sie deutete ein Lächeln an, während sie sich aus dem Mantel schälte. »Harvard, Zeitgeschichte.«

»Das ist interessant«, fuhr ich fort. »Ich koche uns Tee, oder ist Ihnen Kaffee lieber?«

Sie lächelte wieder. »Ich habe ein Forschungssemester an der London University hinter mir, Mr. Higgins. Seitdem ziehe ich Tee entschieden vor.«

Ich ging in die Küche, setzte den Kessel auf und bereitete das Tablett vor. Während ich wartete, daß das Wasser zu kochen begann, zündete ich mir eine Zigarette an. Als ich mich umdrehte, lehnte sie mit verschränkten Armen in der Tür.

»Ihre Arbeit«, nahm ich das Gespräch wieder auf, »für Ihre Promotion. Wie lautete das Thema?«

»Es ging um bestimmte Aspekte des Dritten Reichs während des Zweiten Weltkriegs.«

»Interessant. Cohen – sind Sie Jüdin?« Ich kümmerte mich um die Teekanne.

»Mein Vater war deutscher Jude. Er hat Auschwitz überlebt und ging dann in die Vereinigten Staaten. Aber er starb ein Jahr nach meiner Geburt.«

Mir fiel nichts Besseres ein als die unzureichende Floskel: »Das tut mir leid.«

Sie starrte mich einen Moment lang mit leerem Blick an, dann ging sie zurück ins Wohnzimmer. Ich folgte ihr mit dem Tablett, stellte es auf einen kleinen Rauchtisch am Feuer, und wir ließen uns in zwei Ohrensessel sinken.

»Was eine Erklärung für Ihr Interesse am Dritten Reich sein dürfte«, stellte ich fest und schenkte uns Tee ein.

Sie runzelte die Stirn und nahm die Tasse, die ich ihr reichte. »Ich bin Historikerin. Es ist keine Obsession. Mein besonderes Interesse gilt der Abwehr, dem militärischen Geheimdienst der Deutschen. Warum er gleichzeitig so gut und doch wieder so schlecht war.«

»Sie meinen Admiral Canaris und seinen Verein?« Ich zuckte die Achseln. »Ich würde sagen, daß er im Grunde niemals mit ganzem Herzen bei der Sache war, aber da die SS ihn im April 1945 im Konzentrationslager Flossenbürg aufhängte, werden wir wohl nie die Wahrheit erfahren.«

»Womit ich zu Ihnen komme«, sagte sie. »Und zu Ihrem Buch *Der Adler ist gelandet*.«

»Ein Roman, Dr. Cohen«, warnte ich. »Reine Spekulation.«

»Mindestens fünfzig Prozent davon sind nachprüfbare historische Fakten, wie Sie selbst zu Beginn des Buchs erklären.«

Sie beugte sich vor, hatte die Hände auf den Knien verschränkt und signalisierte innere Anspannung. »Na schön«, sagte ich leise, »worauf wollen Sie nun eigentlich hinaus?«

»Erinnern Sie sich noch, wie Sie zum erstenmal von der Sache erfuhren?« erwiderte sie. »Die Entdeckung, die Sie dazu brachte, das Ganze weiterzuverfolgen?«

»Natürlich«, antwortete ich. »Die Gedenktafel für Steiner und seine Männer, die die Dorfbewohner von Studley Constable unter dem Grabstein im Kirchhof versteckten.«

»Wissen Sie noch, was darauf stand?«

»Hier ruhen Oberstleutnant Kurt Steiner und dreizehn deutsche Fallschirmjäger, gefallen am 6. November 1943.«

»Genau«, sagte sie. »Es wird an Oberstleutnant Kurt Steiner und dreizehn deutsche Fallschirmjäger erinnert.«

»Und worum geht es nun Ihnen dabei?«

»Dreizehn plus eins ergibt vierzehn, nur liegen keine vierzehn Leichen in dem Grab. Es sind nur dreizehn.«

Ich starrte sie ungläubig an. »Wie, zum Teufel, kommen Sie darauf?«

»Weil Kurt Steiner an jenem Abend auf der Terrasse des Meltham House nicht gestorben ist, Mr. Higgins.« Sie griff nach dem Aktenkoffer, öffnete ihn und holte einen braunen Schnellhefter hervor. »Und den Beweis dafür habe ich hier.«

Diese Eröffnung verlangte entschieden nach einem Bushmills Whiskey. Ich schenkte mir also einen ein. »Darf ich mir diesen Beweis einmal ansehen?«

»Natürlich, deshalb bin ich ja hergekommen, aber lassen Sie mich vorher etwas erklären. Jede Untersuchung der Spionagetätigkeit der Abwehr während des Zweiten Weltkriegs hat immer auch mit der Arbeit des SOE zu tun, des Special Operations Executive, der auf Geheiß Churchills vom britischen Geheimdienst 1940 eingesetzt wurde, um den Widerstand und die Untergrundbewegungen in Europa zu koordinieren.«

»Laßt Europa in Flammen aufgehen, lautete der Befehl des alten Mannes«, warf ich ein.

»Zu meiner Verblüffung entdeckte ich, daß eine Reihe Amerikaner schon für den SOE tätig waren, bevor Amerika in den Krieg eintrat. Ich dachte, daß das vielleicht der Stoff für ein Buch sein könnte. Ich kam hierher, um weitere Nachforschungen anzustellen. Ein Name, der immer wieder auftauchte, war Munro – Brigadier Dougal Munro. Vor dem Krieg war er Archäologe und lehrte in Oxford. Beim SOE war er der Chef von Sektion D. Die allgemein als Abteilung für die Schmutzarbeit bekannt war.«

»Ich habe von ihm gehört«, sagte ich.

»Einen großen Teil meiner Recherchen unternahm ich im Public Records Office. Wie Sie wissen, sind nur wenige Akten, die sich mit Geheimdienstangelegenheiten befassen, wirklich zugänglich. Einige liegen für fünfundzwanzig Jahre unter Verschluß, andere für fünfzig...«

»Und besonders heikles Material sogar für hundert Jahre«, fügte ich hinzu.

»Und so etwas habe ich hier.« Sie hielt den Schnellhefter hoch. »Eine für hundert Jahre unter Verschluß zu haltende Akte über Dougal Munro, Kurt Steiner, Liam Devlin und andere. Eine wilde Geschichte, glauben Sie mir.«

Sie reichte mir die Akte herüber, und ich legte sie auf meine Knie, ohne sie aufzuschlagen. »Wie um alles in der Welt sind Sie denn an die herangekommen?«

»Ich habe gestern ein paar Akten, die Munro betreffen, durchgesehen. Es war nur ein junger Bibliothekar anwesend, und der nahm seine Pflichten nicht allzu genau. Jedenfalls fand ich die Akte, versiegelt natürlich, zwischen zwei anderen. Man muß im Records Office seine Studien an Ort und Stelle durchführen, aber da die Akte nicht auf dem Ausleihformular aufgeführt war, ließ ich sie in meiner Aktentasche verschwinden.«

»Ein krimineller Verstoß«, informierte ich sie.

»Ich weiß. Ich öffnete die Siegel so behutsam wie möglich und las die Akte. Es ist lediglich ein dreißig Seiten langer Bericht über gewisse Ereignisse – gewisse überraschende Ereignisse.«

»Und dann?«

»Habe ich alles fotokopiert.«

»Mit den Wundern der modernen Technik wird man sehr schnell beweisen können, daß Sie das getan haben.«

»Ich weiß. Aber wie dem auch sei, ich habe die Akte wieder versiegelt und heute morgen zurückgebracht.«

»Und wie haben Sie das bewerkstelligt?« fragte ich.

»Ich forderte die gleichen Akten an wie gestern. Brachte dann die Munro-Akte zurück zur Ausgabe und erklärte dem Bibliothekar, daß hier offensichtlich ein Irrtum vorliege.«

»Hat er Ihnen geglaubt?«

»Ich denke schon. Ich meine, warum sollte er nicht?«

»War es derselbe Bibliothekar?«

»Nein – ein älterer.«

Ich saß da, ließ mir alles durch den Kopf gehen und fühlte mich ziemlich unwohl bei der Sache. Schließlich fragte ich sie: »Warum brühen Sie nicht frischen Tee auf, während ich das hier kurz überfliege?«

»Gerne.«

Sie nahm das Tablett und ging hinaus. Ich zögerte, dann schlug ich den Hefter auf und begann zu lesen.

Ich war mir nicht einmal bewußt, daß sie zurückgekommen war, so gepackt war ich von den Ereignissen, die in der Akte geschildert wurden. Als ich meine Lektüre beendet hatte, klappte ich den Hefter zu und blickte auf. Sie saß mir wieder gegenüber und beobachtete mich mit einem seltsam gespannten Ausdruck im Gesicht.

»Ich kann die Verfügung verstehen, dies für hundert Jahre unter Verschluß zu halten. Die darin verwickelten Mächte dürften wenig Interesse daran haben, daß dies an die Öffentlichkeit dringt. Nicht einmal heute.«

»Das habe ich mir auch gedacht.«

»Kann ich das für einige Zeit hierbehalten?«

Sie zögerte, dann nickte sie. »Bis morgen, wenn Sie wollen. Ich fliege mit der Nachtmaschine der PanAm zurück in die Staaten.«

»Ein plötzlicher Entschluß?«

Sie ging hinaus, um ihren Regenmantel zu holen. »Stimmt. Ich denke, ich möchte lieber wieder in meiner Heimat sein.«

»Angst?« fragte ich.

»Wahrscheinlich bin ich nur überempfindlich. Ja, ich habe

Angst. Ich hole die Akte morgen wieder ab. Sagen wir so gegen drei Uhr, auf dem Weg nach Heathrow. Ist Ihnen das recht?«

»Sicher.« Ich legte den Hefter auf den Rauchtisch.

Die Uhr auf dem Kaminsims schlug halb acht, als ich die junge Frau zur Tür brachte. Ich öffnete, und wir blieben noch einen Augenblick lang stehen und schauten in den Regen hinaus, der wolkenbruchartig vom Himmel fiel.

»Natürlich gibt es auch jemanden, der die Richtigkeit der Aufzeichnungen bestätigen kann«, sagte sie. »Liam Devlin. Sie haben in Ihrem Buch geschrieben, daß er immer noch aktiv sei und für die IRA in Irland Operationen durchführt.«

»So lauteten meine letzten Informationen«, antwortete ich.

»Er dürfte mittlerweile siebenundsechzig sein, aber noch immer mit vollem Elan dabei.«

»Also dann.« Sie lächelte wieder. »Wir sehen uns morgen nachmittag.«

Eilig lief sie die Stufen hinunter und ging hinaus in den Regen. Schließlich verschwand sie am Ende der Straße im Dunst der Abenddämmerung.

Ich saß am Fenster und las den Bericht weitere zweimal. Dann ging ich noch einmal in die Küche, bereitete mir frischen Tee zu und ein Geflügelsandwich, setzte mich wieder an den Tisch, aß das Sandwich und dachte über das soeben Gelesene nach.

Es war schon seltsam, wie Dinge, die aus heiterem Himmel auftauchten, alles von Grund auf verändern können. Ich hatte es schon einmal erlebt, damals, bei der Entdeckung der versteckten Gedenktafel für Steiner und seine Männer im Kirchhof von Studley Constable. Ich hatte damals für einen Artikel in einer historischen Fachzeitschrift recherchiert. Am Ende hatte ich etwas gefunden, das bisher von allen übersehen worden war und das mein Leben völlig umgekrempelt hatte. Ich hatte daraufhin ein Buch geschrieben, das um die ganze Welt gegangen war, von New York bis Moskau, und das mich zu einem reichen Mann gemacht hatte. Und nun dies – Ruth Cohen und ihr gestohlener Schnellhefter, und wieder spürte ich diese seltsame, prickelnde Erregung.

Ich mußte mich beruhigen. Mußte versuchen, die Dinge nüchtern zu betrachten. Also begab ich mich unter die Dusche, ließ mir dabei viel Zeit, rasierte mich und zog frische Kleider an. Es war erst halb neun, und es war wenig wahrscheinlich, daß ich früh zu Bett gehen würde, wenn überhaupt.

Ich hatte keinen Whiskey mehr im Haus. Aber ich mußte nachdenken, also machte ich noch mehr Tee und setzte mich wieder in den Sessel am Feuer, zündete eine Zigarette an und begann erneut, die Akte durchzuarbeiten.

Irgendwann klingelte es an der Tür, und ich schreckte aus meinen Gedanken hoch. Ich sah auf die Uhr, es war kurz vor neun. Erneut meldete sich die Türklingel. Ich schob den Hefter in seine Archivhülle, legte ihn dann auf den Rauchtisch und ging hinaus in die Diele. Ich vermutete, daß Ruth Cohen vielleicht noch einmal zurückgekommen war. Aber ich hatte mich gründlich geirrt, denn als ich die Tür öffnete, stand ein junger Polizeibeamter vor mir, dessen dunkelblaue Uniform naß war vom Regen.

»Mr. Higgins?« Er schaute auf einen Zettel in seiner linken Hand. »Mr. Jack Higgins?«

Seltsam, mit welcher Gewißheit man schlechte Nachrichten erahnt, ohne daß auch nur ein Wort dazu nötig wäre. »Ja«, sagte ich.

Er trat in die Diele. »Es tut mir leid, Sie stören zu müssen, Sir, aber ich stelle Nachforschungen im Zusammenhang mit einer Miss Ruth Cohen an. Sind Sie vielleicht mit ihr befreundet, Sir?«

»Das kann man nicht behaupten«, sagte ich. »Gibt es denn ein Problem?«

»Es tut mir leid, es Ihnen sagen zu müssen, Sir, aber die junge Dame ist tot. Ein Unfall mit Fahrerflucht hinter dem Britischen Museum, vor etwa einer Stunde.«

»Mein Gott!« stieß ich hervor.

»Die Sache ist die, Sir, daß wir Ihren Namen und Ihre Adresse auf einer Karte in ihrer Handtasche gefunden haben.«

Es war unfaßbar. Sie hatte vor kurzem noch dort an der Tür gestanden wie jetzt gerade der Polizist. Er war nicht älter als ein- oder zweiundzwanzig. Immer noch jung genug, um aufrichtig besorgt zu sein, und er legte eine Hand auf meinen Arm.

»Ist mit Ihnen alles in Ordnung, Sir?«

»Es ist ein ziemlicher Schock.« Ich holte tief Luft. »Was wünschen Sie denn von mir?«

»Es scheint so, als wäre die junge Dame an der Universität von London eingeschrieben gewesen. Wir haben in dem Studentenheim nachgefragt, in dem sie wohnte. Aber dort ist während des Wochenendes niemand zu erreichen, und wir brauchen jemand, der sie identifizieren kann. Für die Gerichtsmedizin.«

»Und das soll ich jetzt tun?«

»Wenn es Ihnen nichts ausmacht, Sir. Es ist nicht weit. Sie wurde ins Leichenschauhaus in Kensington gebracht.«

Ich holte noch einmal tief Luft, um mich innerlich zu fangen. »In Ordnung. Ich hole nur eben meinen Regenmantel.«

Das Leichenschauhaus war ein trist aussehendes Gebäude in einer Seitenstraße, das eher einem Lagerschuppen als etwas anderem ähnelte. An der Anmeldung in der Eingangshalle versah ein Mann in Uniform seinen Dienst. Ein zweiter Mann – kleinwüchsig, dunkelhaarig, Anfang Fünfzig – stand, mit einer Zigarette im Mundwinkel, am Fenster und sah hinaus in den Regen. Er trug einen Filzhut und einen Trenchcoat.

Schließlich wandte er sich zu mir um, die Hände in den Taschen vergraben. »Mr. Higgins, nicht wahr?«

»Ja«, antwortete ich.

Er nahm die Hände nicht aus den Taschen und hustete, wobei die Asche von seiner Zigarette auf seinen Mantel fiel. »Detective Chief Superintendent Fox. Eine unselige Geschichte, Sir.«

»Ja«, sagte ich wieder.

»Diese junge Dame, Ruth Cohen, war sie eine Freundin?«

»Nein«, entgegnete ich. »Ich habe sie heute abend zum erstenmal gesehen.«

»Ihr Name und Ihre Adresse fanden sich in ihrer Handtasche.« Ehe ich etwas erwidern konnte, fuhr er fort. »Wie dem auch sei, bringen wir es lieber hinter uns. Wenn Sie mir bitte folgen wollen.«

Der Raum, in den man mich führte, war weiß gekachelt und von grellem Neonlicht erhellt. Ich sah eine Reihe Operationstische. Die Leiche lag auf dem letzten und war mit einem weißen Gummituch bedeckt. Ruth Cohen sah sehr friedlich aus. Sie hatte die Augen geschlossen, aber ihr Kopf steckte in einer blutverschmierten Gummikappe.

»Können Sie die Verstorbene zweifelsfrei als Ruth Cohen identifizieren, Sir?« fragte der Polizist.

Ich nickte. »Ja, das ist sie«, und er deckte wieder das Tuch über sie.

Als ich mich umdrehte, saß Fox auf dem Tischende in der Ecke und zündete sich gerade wieder eine Zigarette an. »Wie ich schon sagte, wir fanden Ihren Namen in ihrer Handtasche.«

In diesem Augenblick kam es mir vor, als hätte etwas in meinem Kopf geklickt, und ich kehrte zurück in die Wirklichkeit. Ein Unfall mit Fahrerflucht – ein schweres Vergehen, aber seit wann kümmerte sich ein Detective Chief Superintendent um so etwas? Und mußte einem dieser Fox mit seinem finsteren Gesicht und den dunklen, wachsamen Augen nicht seltsam vorkommen? Das war kein normaler Polizist. Ich witterte an ihm den Special Branch, die Sonderabteilung.

Daß es sich immer auszahlt, so nah wie möglich an der Wahrheit zu bleiben, hatte ich schon vor langer Zeit herausgefunden. »Sie erzählte mir, sie käme aus Boston und arbeite an der Londoner Universität, wo sie für ein Buch recherchierte.«

»Über was, Sir?«

Was meinen Verdacht sofort bestätigte. »Es hatte irgend etwas mit dem Zweiten Weltkrieg zu tun, Superintendent, zufälligerweise ein Thema, über das auch ich schon geschrieben habe.«

»Ich verstehe, sie suchte Hilfe, wollte einen Rat oder so etwas, ja?«

Meine Antwort war eine krasse Lüge. »Überhaupt nicht. So etwas hatte sie nicht nötig. Sie hatte, glaube ich, einen Doktor. Nein, Superintendent, ich habe ein ziemlich erfolgreiches Buch geschrieben, das im Zweiten Weltkrieg spielt. Sie wollte mich einfach nur kennenlernen. Wenn ich es richtig verstanden habe, wollte sie morgen in die Staaten zurückfliegen.«

Der Inhalt ihrer Handtasche und des Aktenkoffers lagen neben ihm auf dem Tisch, das Ticket der PanAm war nicht zu übersehen. Er griff danach. »So sieht es wohl aus.«

»Kann ich jetzt gehen?«

»Natürlich. Der Beamte bringt Sie nach Hause.«

Wir gingen hinaus in die Halle und blieben an der Tür stehen. Er hustete, während er sich eine weitere Zigarette anzündete. »Verdammter Regen. Ich denke, der Fahrer des Wagens ist ins Schleudern geraten. Es war sicherlich ein Unfall, aber er hätte nicht wegfahren dürfen. Das geht doch nicht, oder?«

»Gute Nacht, Superintendent«, war meine Antwort. Ich ging die Treppe hinunter zum Streifenwagen.

Ich hatte das Licht in der Diele brennen lassen. Ohne meinen Mantel auszuziehen ging ich in die Küche, setzte den Wasserkessel auf und kehrte erst dann zurück ins Wohnzimmer. Dort schüttete ich den letzten Tropfen Bushmills, den ich noch fand, in mein Glas und drehte mich zum Feuer um. In diesem Moment entdeckte ich, daß der Umschlag mit dem Schnellhefter, den ich auf dem Rauchtisch liegengelassen hatte, verschwunden war. Einen aufgeregten Augenblick lang glaubte ich, einem Irrtum zu unterliegen. Vielleicht hatte ich ihn woanders deponiert. Doch das war natürlich Unsinn.

Ich stellte mein Glas ab, nahm mir eine Zigarette und dachte nach. Dieser mysteriöse Fox – ich war mir jetzt völlig sicher, daß er zur Spezialabteilung gehörte –, dann die arme junge Frau im Leichenschauhaus, und ich erinnerte mich an mein unbehagliches Gefühl, als sie mir erzählte, wie sie die Akte wieder ins Archiv zurückgebracht hatte. Ich stellte mir vor, wie sie über den Gehsteig eilte und im Regen die Straße hinter dem Britischen Museum überquerte. Und dann sah ich den Wagen vor mir. Eine regnerische Nacht und ein schleuderndes Auto, so wie Fox es dargestellt hatte. Es hätte durchaus ein Unfall sein können, aber ich wußte, daß das nicht sehr wahrscheinlich war, schon gar nicht, wenn ich die fehlende Akte bedachte. Was ein Problem hinsichtlich *meiner* weiteren Existenz schuf.

Es war an der Zeit, erst einmal den Ort zu wechseln. Aber wohin? Und dann fiel mir wieder ein, was Ruth Cohen gesagt hatte. Daß es mindestens noch eine Person gab, die die Geschichte in der Akte bestätigen konnte. Ich packte ein paar Sachen ein, ging zum Fenster und blickte durch einen Vorhangspalt auf die Straße hinaus. Überall standen geparkte Fahrzeuge, es war deshalb unmöglich festzustellen, ob ich beobachtet wurde.

Ich benutzte die Küchentür auf der Rückseite des Hauses,

schlich vorsichtig durch die Gasse und suchte mir einen Weg durch ein Labyrinth stiller Seitenstraßen, während ich mir meine weiteren Schritte überlegte. Es war ganz gewiß eine Angelegenheit der Sicherheitsabteilung. Irgendeine anonyme kleine Abteilung bei DI5, die sich um Leute kümmerte, die aus der Reihe tanzten. Aber mußte das bedeuten, daß sie sich auch an mich heranmachen würden? Schließlich war die junge Frau tot, die Akte lag wieder im Records Office, und die einzige Kopie war aus dem Verkehr gezogen worden. Was konnte ich schon erzählen, was sich auch in irgendeiner Form beweisen ließ oder gar glaubhaft erschien? Andererseits mußte ich aus ganz persönlichen Gründen den Beweis für alles finden, und deshalb winkte ich mir an der nächsten Straßenecke ein Taxi heran.

Der *Green Man* in Kilburn, einer Gegend in London, die vornehmlich von Iren bevölkert wird, zeigte über der Tür ein eindrucksvolles Gemälde von einem irischen Kesselflicker, das darauf hinwies, welche Art Atmosphäre den Gast dieses Etablissements erwartete. Die Bar war überfüllt, das konnte ich durch das Fenster sehen. Ich ging um das Gebäude herum in den Hinterhof. Die Vorhänge waren halb zugezogen. Sean Riley saß hinter einem überfüllten Schreibtisch und erledigte die Buchhaltung. Er war ein kleinwüchsiger Mann mit kurzem weißen Haar und noch viel auf den Beinen für sein Alter, das, wie ich wußte, zweiundsiebzig Jahre betrug. Ihm gehörte der *Green Man*, aber was noch wichtiger war, er galt auch als ein Organisator für *Sinn Fein*, den politischen Flügel der IRA in London. Ich klopfte ans Fenster, er stand auf und kam herüber, um kurz hinauszublicken. Dann machte er kehrt und entfernte sich. Einen Moment später ging die Tür auf.

»Mr. Higgins. Was führt denn Sie hierher?«

»Ich komme gar nicht erst rein, Sean. Ich bin auf dem Weg nach Heathrow.«

»Na, prima! Urlaub in der Sonne, ja?«

»Nicht ganz. Belfast. Die letzte Maschine werde ich wahrscheinlich versäumen, aber dann bekomme ich wenigstens die Frühmaschine. Setzen Sie sich mit Liam Devlin in Verbindung. Bestellen Sie ihm, daß ich im Hotel Europa wohne und daß ich ihn sprechen muß.«

»Herr Jesus, Mr. Higgins, und woher soll ich einen Kerl wie den kennen?«

Durch die Tür konnte ich Musik aus der Bar hören. Sie sangen gerade *Guns of the IRA*. »Keine Diskussion, Sean, tun Sie es einfach«, erwiderte ich. »Es ist wichtig.«

Ich wußte, daß er es machen würde, natürlich, und ich drehte mich ohne ein weiteres Wort um. Ein paar Minuten später hielt ich ein Taxi an, und schon war ich auf dem Weg nach Heathrow.

Das Hotel Europa in Belfast, in der Great Victoria Street unmittelbar neben dem Bahnhof gelegen, war für alle Zeitungsleute auf der ganzen Welt ein sagenumwitterter Ort. Es hatte zahllose Bombenanschläge der IRA überlebt. Ich blieb den größten Teil des Tages auf meinem Zimmer im achten Stock und wartete. Alles schien ruhig zu sein, aber es war eine unbehagliche Ruhe. Am späten Nachmittag war das Dröhnen einer Bombenexplosion zu hören, und als ich aus dem Fenster sah, entdeckte ich in einiger Entfernung eine schwarze Qualmwolke.

Kurz nach sechs, als die Dunkelheit bereits anbrach, beschloß ich, auf einen Drink an die Bar hinunterzugehen. Ich zog gerade mein Jackett an, als das Telefon klingelte. Eine Stimme sagte: »Mr. Higgins? Hier ist der Empfang, Sir. Ihr Taxi wartet.«

Es war ein schwarzes Taxi, wie man sie in London findet, und am Steuer saß eine Frau mittleren Alters, eine Dame mit freundlichem Gesicht wie eine Lieblingstante aus Kindertagen. Ich schob die Trennscheibe zwischen uns auf und begrüßte sie, wie es in Belfast Sitte ist.

»Einen guten Abend wünsche ich Ihnen.«

»Und ich Ihnen auch.«

»Man sieht nicht oft eine Frau am Taxisteuer, in London sowieso nicht.«

»Ein schrecklicher Ort. Aber was kann man dort schon anderes erwarten? Machen Sie es sich gemütlich, und genießen Sie die Fahrt.«

Sie schloß die Scheibe. Die Reise dauerte nicht länger als zehn Minuten. Wir fuhren über die Falls Road, eine katholische Gegend, an die ich mich aus meiner Jugend noch gut erinnern konnte, gelangten in einen Irrgarten düsterer Nebenstraßen und hielten schließlich vor einer Kirche an. Sie öffnete wieder die Trennscheibe.

»Der erste Beichtstuhl auf der rechten Seite, wenn Sie reinkommen.«

»Wenn Sie es sagen.«

Ich stieg aus, und sie fuhr sofort wieder los. Auf dem Schild stand »Kirche vom Heiligen Namen«, und die Zeiten für Messen und Beichte waren in Goldlettern aufgeschrieben. Ich öffnete die Tür, nachdem ich einige Stufen hinaufgestiegen war, und trat ein. Die Kirche war nicht sehr groß und eher schwach erleuchtet, Kerzen flackerten vor dem Altar, an der Seite befand sich eine Marienkapelle. Reflexartig tauchte ich meine Fingerspitzen ins Weihwasser und schlug das Kreuzzeichen, was mich an die katholische Tante in South Armagh erinnerte, die mich eine Zeitlang mit großgezogen und ständig über meine finstere kleine protestantische Seele geklagt hatte.

Die Beichtstühle standen aufgereiht an einer Seite. Niemand wartete dort, was auch nicht verwunderlich war, denn laut der Zeitangaben auf der Tafel vor der Kirche war ich eine Stunde zu früh. Ich ging in den ersten Beichtstuhl auf der rechten Seite und schloß die Tür. Einen Moment lang saß ich in völliger Dunkelheit, dann wurde das Gitter geöffnet.

»Ja, bitte?« sagte eine Stimme leise.

Ich antwortete automatisch. »Vergib mir, Vater, denn ich habe gesündigt.«

»Das haben Sie ganz gewiß, mein Sohn.« Das Licht in der anderen Kabine wurde angeknipst, und Liam Devlin lächelte mich an.

Er sah erstaunlich gut aus. Tatsächlich um einiges besser als beim letzten Mal. Siebenundsechzig, wie ich es Ruth Cohen erklärt hatte, aber immer noch voller Elan. Ein kleiner Mann von enormer Vitalität, das Haar so schwarz wie eh und je, und mit lebhaften blauen Augen. Auf der linken Stirnseite war die Narbe einer alten Schußwunde zu erkennen, und um seine Lippen spielte ständig ein spöttisches Lächeln. Er trug eine Priestersoutane und den Priesterkragen und schien sich in der Sakristei im hinteren Teil der Kirche, wohin er mich geführt hatte, völlig heimisch zu fühlen.

»Sie sehen gut aus, mein Sohn. Erfolgreich und wohlhabend.« Er grinste. »Darauf trinken wir. Irgendwo gibt es hier sicherlich eine Flasche.«

Er öffnete einen Wandschrank und förderte tatsächlich eine Flasche Bushmills und zwei Gläser zutage. »Und was hält der eigentliche Bewohner dieser Räumlichkeiten davon?« erkundigte ich mich.

»Father Murphy?« Er schüttete Whisky in die Gläser. »Der hat ein großes Herz. Er ist irgendwo unterwegs. Wie immer.«

»Und blickt über das Ganze geflissentlich hinweg?«

»Könnte man so sagen.« Er hob sein Glas. »Auf Sie, alter Junge.«

»Und auf Sie, Liam.« Ich erwiderte den Toast. »Sie hören niemals auf, mich zu erstaunen. Seit fünf Jahren bei der britischen Armee auf der Liste der meistgesuchten Personen, und immer noch haben Sie die Dreistigkeit, ganz offen in Belfast herumzulaufen.«

»Na ja, ein Mann muß ja auch mal ein bißchen Spaß haben, nicht wahr?« Er nahm sich eine Zigarette aus einem silbernen Etui und bot mir auch eine an. »Aber lassen wir das. Wem oder was verdanke ich denn das Vergnügen Ihres Besuchs?«

»Hat der Name Dougal Munro irgendeine Bedeutung für Sie?«

Verblüfft riß er die Augen auf. »Was, zum Teufel, führen Sie denn jetzt im Schilde? Ich hab' den Namen dieses alten Bastards seit Jahren nicht mehr gehört.«

»Oder Schellenberg?«

»Walter Schellenberg? Das war ein toller Kerl. General mit Einunddreißig. Schellenberg – Munro? Was soll das?«

»Und Kurt Steiner?« fuhr ich fort, »der, wie jeder behauptet – auch Sie –, bei dem Versuch, den falschen Churchill auf der Terrasse des Meltham House zu erschießen, ums Leben gekommen ist?«

Devlin nahm einen kräftigen Schluck von seinem Whiskey und lächelte freundlich. »Ich war schon immer ein schlechter Lügner. Und jetzt erzählen Sie mir endlich, worum es überhaupt geht.«

Also erzählte ich ihm von Ruth Cohen, von der Akte und ihrem Inhalt, einfach alles, und er hörte mir aufmerksam zu, ohne mich zu unterbrechen.

»Durchaus praktisch, der Tod des Mädchens, da haben Sie ganz recht«, sagte er, nachdem ich geendet hatte.

»Damit sieht es für mich nicht allzugut aus.«

Nicht weit entfernt war wieder ein Explosionsknall zu hören, und während er aufstand, um die Tür zum Hinterhof zu öffnen, folgte das Knattern von Gewehrschüssen.

»Es scheint ein heißer Abend zu werden«, stellte ich fest.

»Das wird er gewiß. Im Augenblick ist es sicherer, von den Straßen wegzubleiben.«

Er schloß die Tür wieder und drehte sich zu mir um.

»Die Schilderungen in der Akte. Entsprechen sie den Tatsachen?« fragte ich.

»Eine gute Geschichte.«

»In groben Zügen.«

»Woraus ich schließe, daß Sie auch den Rest hören wollen.«

»Ich muß ihn hören.«

»Warum nicht?« Er lächelte, ließ sich wieder am Tisch nieder und griff nach der Whiskeyflasche. »Na schön, und ich bin so lange wenigstens die Probleme da draußen los. Wo soll ich denn anfangen?«

Berlin – Lissabon – London

1943

2

Von Brigadier Dougal Munros Wohnung am Haston Place waren es nur zehn Minuten zu Fuß bis zum Londoner Hauptquartier des SOE in der Baker Street. Als Chef der Sektion D mußte er vierundzwanzig Stunden am Tag erreichbar sein, und es stand ihm neben dem normalen Telefon eine abhörsichere Direktleitung zu seinem Büro zur Verfügung. An jenem späten Novemberabend, als dieser spezielle Apparat läutete, saß er gerade am Kamin und ging einige Akten durch.

»Hier ist Carter, Brigadier. Ich bin aus Norfolk zurück.«

»Gut«, antwortete Munro. »Schauen Sie auf dem Nachhauseweg vorbei und erstatten Sie mir Bericht.«

Er legte den Hörer auf die Gabel und holte sich einen Malzwhiskey. Er war ein untersetzter, kräftiger Mann mit weißem Haar und einer Brille mit Stahlgestell. Genaugenommen kein Berufssoldat, diente sein Rang als Brigadier nur dazu, ihm in gewissen Kreisen Respekt zu verschaffen. Mit fünfundsechzig war er in einem Alter, in dem die meisten Männer bereits mit dem Ruhestand konfrontiert werden, sogar in Oxford, und der Krieg war seine Rettung gewesen. Daran war nichts zu deuteln. Er dachte darüber nach, als die Türklingel anschlug, und er ging, um Captain Jack Carter hereinzulassen.

»Sie sind ja völlig durchgefroren, Jack. Nehmen Sie sich einen Drink.«

Jack Carter lehnte seinen Spazierstock an einen Sessel und schlüpfte aus seinem Mantel. Er trug die Uniform eines Hauptmanns der Green Howards. An seinem Waffenrock war auch das Ordensband des Military Cross zu sehen. Seine Beinprothese war ein Vermächtnis von Dünkirchen, und er humpelte deutlich, als er zum Barschrank ging und sich einen Whiskey einschenkte.

»Wie ist die Lage in Studley Constable?« fragte Munro.

»Wieder normal, Sir. Alle deutschen Fallschirmjäger wurden in einem Gemeinschaftsgrab auf dem Kirchhof beerdigt.«

»Ohne Gedenkstein, natürlich, oder?«

»Bislang noch, aber diese Dorfbewohner sind schon ein seltsames Volk. Sie scheinen von Steiner eine hohe Meinung zu haben.«

»Na ja, einer seiner Unteroffiziere hat sein Leben verloren, als er zwei Kinder rettete, die in den Mühlbach gestürzt waren, erinnern Sie sich? Tatsächlich war diese Heldentat dafür verantwortlich, daß ihre Tarnung aufflog und die ganze Operation scheiterte.«

»Außerdem ließ er die Dorfbewohner laufen, bevor die eigentlichen Kämpfe begannen«, sagte Carter.

»Richtig. Haben Sie seine Akte?«

Carter griff seine Aktentasche und zog einige zusammengeheftete Bogen Papier heraus. Munro prüfte sie. »Oberstleutnant Kurt Steiner, siebenundzwanzig Jahre alt. Eine bemerkenswerte Karriere. Kreta, Nordafrika, Stalingrad. Träger des Ritterkreuzes mit Eichenlaub.«

»Seine Mutter ist noch faszinierender, Sir. Stammt aus der feinen Gesellschaft von Boston. Eine ›Boston-Prinzessin‹, sozusagen.«

»Gut und schön, Jack, aber vergessen Sie nicht, daß sein Vater ein deutscher General war, und ein verdammt guter dazu. Nun, was ist mit Steiner? Wie geht es ihm?«

»Es scheint keinen Grund zu geben, an seiner vollkommenen Genesung zu zweifeln. Nicht weit von Norwich gibt es ein RAF-Hospital für Bomberbesatzungen mit starken Verbrennungen. Es ist ziemlich klein. Früher war es mal eine Privatklinik. Wir halten Steiner dort unter strenger Bewachung. Offiziell ist er ein abgeschossener Luftwaffenpilot. Recht vorteilhaft, daß deutsche Fallschirmjäger und die Flugzeugbesatzungen der Luftwaffe fast identische Uniformen tragen.«

»Und seine Verletzungen?«

»Er hat verdammtes Glück gehabt, Sir. Eine Kugel traf ihn von hinten in die rechte Schulter. Die zweite zielte auf das Herz, wurde jedoch vom Brustbein abgelenkt. Der Arzt meint, daß er sich schnell erholen wird, zumal er in bemerkenswert guter körperlicher Verfassung ist.«

Munro holte sich einen weiteren Whiskey. »Gehen wir mal durch, was wir wissen, Jack. Die ganze Sache, der Plan, Churchill zu kidnappen, die aufwendigen Vorbereitungen. Das alles geschah, ohne daß Admiral Canaris darüber Bescheid wußte?«

»Offensichtlich, Sir. Hinter all dem steckt Himmler. Er hat Max Radl in der Zentrale der Abwehr gezwungen, die Planung hinter dem Rücken des Admirals durchzuführen. Wenigstens melden das unsere Quellen in Berlin.«

»Aber jetzt weiß er doch über alles Bescheid, oder?« fragte Munro. »Ich spreche vom Admiral.«

»Sieht ganz so aus, und er ist nicht sehr erfreut darüber. Aber viel kann auch er nicht unternehmen. Er kann sich schlecht beim Führer beschweren.«

»Das kann Himmler auch nicht«, sagte Munro. »Erst recht nicht, wenn die ganze Mission ohne Wissen des Führers erfolgte.«

»Natürlich gab Himmler Max Radl ein Empfehlungsschreiben mit auf den Weg, das von Hitler persönlich unterzeichnet war«, sagte Carter.

»Das so *aussah*, als trüge es Hitlers Unterschrift, Jack. Ich wette, dieses Schriftstück landete als erstes im Feuer. Nein, Himmler wird diese Angelegenheit nicht an die große Glocke hängen.«

»Wir haben ebenfalls wenig Interesse daran, eine entsprechende Meldung auf der Titelseite des *Daily Express* zu sehen, Sir. ›Deutsche Fallschirmjäger versuchen den Premierminister zu entführen und veranstalten eine Schlacht mit einer amerikanischen Kommandotruppe in einem kleinen englischen Dorf.‹ Die Wirkung wäre verheerend.«

»Ja, das würde unseren Kampfgeist nicht gerade fördern.« Munro blätterte wieder in der Akte. »Dieser Mann von der IRA, Devlin. Ein toller Bursche. Er soll ebenfalls verwundet worden sein?«

»Richtig, Sir. Er lag in einem Krankenhaus in Holland, verschwand aber eines Nachts. Soweit wir wissen, hält er sich zur Zeit in Lissabon auf.«

»Wahrscheinlich hofft er, von dort aus in die Vereinigten Staaten zu kommen. Behalten wir ihn im Auge? Wer vom SOE sitzt in Lissabon?«

»Major Arthur Frea, Sir. Der Militärattaché der Botschaft. Er wurde bereits benachrichtigt«, klärte Carter ihn auf.

»Gut.« Munro nickte.

»Und was machen wir jetzt mit Steiner, Sir?«

Munro dachte einen Moment lang nach. »Sobald er sich etwas erholt hat, bringen Sie ihn nach London. Werden noch deutsche Kriegsgefangene im Tower untergebracht?«

»Nur gelegentlich, Sir, und meist auch nur vorübergehend. Es sind vorwiegend Leute, die zuvor in dem kleinen Krankenhaus behandelt wurden. Nicht so wie zu Beginn des Krieges, als ganze U-Bootbesatzungen dort untergebracht waren.«

»Und Heß.«

»Ist das nicht ein Sonderfall, Sir?«

»Na schön. Wir bringen Steiner in den Tower. Er kann dort einstweilen im Krankenhaus bleiben, bis wir uns für einen sicheren Ort entschieden haben. Sonst noch was?«

»Es gibt da noch eine Sache, Sir. Steiners Vater war, wie Sie sicher wissen, an Plänen der Armee beteiligt, die die Ermordung Hitlers zum Ziel hatten. Dafür gibt es laut Gesetz nur eine Strafe. Erhängen an einem Klavierdraht. Auf Befehl des Führers wird die ganze Prozedur auch noch gefilmt.«

»Ekelhaft«, sagte Munro.

»Es geht um folgendes, Sir. Uns ist eine Kopie des Films vom Tod General Steiners in die Hände gefallen. Eine unserer Berliner Quellen hat den Streifen über Schweden herausschmuggeln können. Ich weiß nicht, ob Sie ihn sich ansehen wollen. Es ist nicht sehr schön.«

Munro stand erregt auf und ging im Zimmer auf und ab. Dann blieb er abrupt stehen, und ein leises Lächeln spielte um seine Lippen. »Sagen Sie mal, Jack, arbeitet diese kleine Kröte Vargas noch in der Spanischen Botschaft?«

»Ja, Sir, José Vargas, der Handelsattaché. Wir haben ihn seit längerer Zeit nicht mehr eingesetzt.«

»Aber der deutsche Geheimdienst ist überzeugt, daß er auf ihrer Seite steht?«

»Die einzige Seite, auf der Vargas steht, ist die mit dem dicksten Scheckbuch, Sir. Sein Mittelsmann in Deutschland ist sein Cousin an der Spanischen Botschaft in Berlin.«

»Hervorragend.« Munro lachte jetzt. »Geben Sie ihm den Auftrag, er soll nach Berlin melden, daß wir Kurt Steiner haben. Und daß er im Tower von London sitzt. Das klingt dramatisch.

Er soll dafür sorgen, daß diese Information sowohl zu Canaris wie auch zu Himmler dringt. Das müßte sie eigentlich aufscheuchen.«

»Was in aller Welt haben Sie vor, Sir?« fragte Carter.

»Krieg, Jack, es ist Krieg. Nehmen Sie sich noch einen Drink, und dann verziehen Sie sich nach Hause und legen sich ins Bett. Sie haben einen anstrengenden Tag vor sich.«

In der Nähe von Paderborn in Westfalen, oberhalb der kleinen Stadt Wewelsburg, steht die Burg gleichen Namens, die Heinrich Himmler im Jahr 1934 vom Landrat überschrieben wurde. Ursprünglich hatte er geplant, sie in eine Schule für Führungspersönlichkeiten der Reichs-SS umzuwandeln. Doch nachdem die Architekten und Bauarbeiter ihr Werk vollendet hatten und viele Millionen Reichsmark verbraucht worden waren, stand da eine gotische Monstrosität, die eher einer Filmkulisse von MGM aus jenen Tagen glich, als in Hollywood historische Monumentalschinken in Mode waren. Die Burg hatte drei Flügel, verschiedene Türme und einen Graben. Im Südflügel befanden sich die privaten Räume des Reichsführers und sein ganz besonderer Stolz, ein gigantischer Speisesaal, wo sich ausgewählte Angehörige der SS zu einer Art heiliger Tafelrunde versammelten. Das Ganze entsprang Himmlers Begeisterung für König Artus und die Ritter der Tafelrunde, gewürzt mit einer kräftigen Prise Okkultismus.

Rund zwanzig Kilometer davon entfernt zündete sich Walter Schellenberg an diesem Dezemberabend eine Zigarette im Fond des Mercedes an, der ihn in zügiger Fahrt zu der Burg brachte. Er hatte am Nachmittag in Berlin den Befehl erhalten, sich beim Reichsführer zu melden. Ein Grund wurde nicht genannt, aber er betrachtete die Einladung nicht als Anzeichen für eine mögliche Beförderung.

Er war schon öfter in Wewelsburg gewesen, hatte sogar einmal die Grundrisse der Burg im Hauptquartier des SD einsehen können. Er kannte sie daher recht gut. Er wußte auch, daß die einzigen Männer, die mit dem Reichsführer an der Tafel saßen, Verrückte waren wie Himmler selbst und an all diesen frühmittelalterlichen Unsinn über die Überlegenheit der Sachsen glaubten, oder aber Opportunisten. Sie hatten sogar ihre eigenen Stühle mit silbernen Namensschildern. Die Tatsache, daß König Artus römisch-britischer Herkunft war und gegen sächsische Eindringlinge gekämpft hatte, ließ die ganze Angelegenheit noch bizarrer erscheinen, aber Schellenberg hatte schon lange aufgegeben, sich über die Auswüchse des Dritten Reichs zu wundern.

Aus Rücksichtnahme auf die Bekleidungsvorschriften von Wewelsburg trug er die schwarze Uniform der SS sowie an seinem Waffenrock das Eiserne Kreuz erster Klasse.

»In was für einer Welt leben wir eigentlich«, murmelte er, während der Wagen im leichten Schneegestöber die Straße hinauf zur Burg fuhr. »Manchmal frage ich mich wirklich, wer der Chef von diesem Irrenhaus ist.«

Er lächelte und entspannte sich und wirkte plötzlich sehr charmant, obgleich eine Mensurnarbe auf der Wange von einer härteren Seite seines Charakters kündete. Es war ein Überbleibsel aus seiner Studentenzeit an der Bonner Universität. Trotz einer überdurchschnittlichen Begabung für Sprachen hatte er sich an der medizinischen Fakultät eingeschrieben und war später auf Jura umgestiegen. Aber im Deutschland von 1933 waren die Zeiten schwer, selbst für qualifizierte junge Männer, die gerade ihr Universitätsstudium abgeschlossen hatten.

Die SS warb begabte junge Hochschulabsolventen für ihre höheren Führungskader an. Wie viele andere hatte Schellenberg das Ganze als Beschäftigung angesehen und weniger als eine politische Ideologie, und seine Karriere war erstaunlich gewesen. Aufgrund seiner Fremdsprachenkenntnisse hatte Heydrich ihn in den Sicherheitsdienst übernommen, das Sicherheitsorgan der SS, auch bekannt als SD. Seine Hauptaufgabe war der Spionagedienst im Ausland gewesen, was häufig zu Konflikten mit der Abwehr führte, obgleich seine persönlichen Beziehungen zu Canaris immer gut waren. Eine Reihe brillanter Geheimmissionen hatte ihn sehr schnell auf der Karriereleiter nach oben gebracht. Mit seinen gerade einunddreißig Jahren war er Brigadeführer der SS und Generalmajor der Polizei.

Wirklich erstaunlich aber war, daß Walter Schellenberg sich nicht als Nazi betrachtete und das Dritte Reich für ein armseliges Schmierentheater mit Darstellern der billigsten Sorte hielt. Es gab viele Juden, die ihm ihr Leben verdankten, die mit seiner Hilfe nach Schweden in Sicherheit gebracht worden waren. Es war ein gefährliches Spiel und, wie er sich eingestand, eine Beruhigung für sein Gewissen. Natürlich hatte er Feinde. Überlebt hatte er bis jetzt nur aus einem einzigen Grund. Himmler brauchte seine Intelligenz und seine beachtlichen Talente, und noch reichte das aus.

Der Burggraben war ohne Wasser und wies nur eine leichte Schneedecke wie aus Puderzucker aus. Während der Mercedes langsam über die Brücke zum Tor rollte, lehnte Schellenberg sich zurück und murmelte: »Zu spät, Walter, um jetzt noch vom fahrenden Karussell abzuspringen, viel zu spät.«

Himmler erwartete ihn in seinem privaten Wohnzimmer im Südflügel. Schellenberg wurde von einem Unteroffizier der SS dorthin geleitet und traf auf Himmlers persönlichen Adjutanten, einen Sturmbannführer namens Rossmann, der an einem Tisch vor der Tür saß.

»Major.« Schellenberg nickte grüßend.

Rossmann ließ den Unteroffizier abtreten. »Freut mich, Sie zu sehen, Herr General. Er wartet schon. Übrigens, seine Laune ist nicht die beste.«

»Vielen Dank für die Vorwarnung.«

Rossmann öffnete die Tür, und Schellenberg betrat ein geräumiges Zimmer mit einer gewölbten Decke und Steinfußboden. An den Wänden hingen Gobelins, darunter standen Eichenmöbel. Ein Holzfeuer brannte in einem großen steinernen Kamin. Der Reichsführer saß hinter einem Eichentisch und arbeitete sich durch einen Stapel Schriftstücke und Akten. Er trug keine Uniform, was für ihn ungewöhnlich war, sondern einen Tweedanzug, ein weißes Hemd und eine schwarze Krawatte. Der silberne Kneifer auf seiner Nase verlieh ihm den Anstrich eines ziemlich ungemütlichen Schulmeisters.

Im Gegensatz zu Heydrich, der Schellenberg immer mit seinem Vornamen angesprochen hatte, verhielt Himmler sich stets gleichbleibend formell. »General Schellenberg.« Er blickte auf. »Da sind Sie ja endlich.«

Es war ein kaum verhüllter Vorwurf. »Ich bin sofort von Berlin aufgebrochen, als ich Ihre Nachricht erhielt, Reichsführer«, erwiderte Schellenberg. »In welcher Weise kann ich Ihnen dienlich sein?«

»Operation Adler, Churchill-Affäre. Ich habe Sie an dieser Sache nicht beteiligt, weil Sie andere Aufgaben wahrzunehmen hatten. Mittlerweile dürften Sie jedoch mit den meisten Details vertraut sein.«

»Natürlich, mein Reichsführer.«

Himmler wechselte abrupt das Thema. »Schellenberg, ich mache mir zunehmend Sorgen über die verräterischen Aktivitäten verschiedener Mitglieder des Oberkommandos. Wie Sie wohl wissen, wurde letzte Woche irgendein bedauernswerter junger Major vor dem Eingang zum Führerhauptquartier in Rastenburg mit seinem Wagen in die Luft gesprengt. Offenbar ein weiterer Attentatsversuch auf den Führer.«

»Das ist zu befürchten, mein Reichsführer.«

Himmler stand auf und legte eine Hand auf Schellenbergs Schulter. »Sie und ich, General, gehören einer verschworenen Gemeinschaft an, der SS. Wir haben gelobt, den Führer zu beschützen, und sehen uns dennoch ständig der Gefahr einer Verschwörung von Generälen der Wehrmacht gegenüber.«

»Dafür gibt es keine schlüssigen Beweise«, betonte Schellenberg, was nicht ganz der Wahrheit entsprach.

»General von Stülpnagel, von Falkenhausen, Stieff, Wagner und andere, sogar Ihr guter Freund Admiral Canaris«, zählte Himmler auf. »Überrascht Sie das?«

Schellenberg bemühte sich, ruhig und gelassen zu erscheinen angesichts der Möglichkeit, daß als nächstes sein Name fiel. »Was soll ich dazu sagen, mein Reichsführer?«

»Sogar Rommel, General, der Wüstenfuchs persönlich. Der Held des Volkes.«

»Mein Gott!« stieß Schellenberg angemessen hervor.

»Beweise.« Himmler schnaubte. »Ich werde meine Beweise schon noch kriegen. Dann haben diese Verräter ein Rendezvous mit dem Henker, und zwar einer nach dem anderen. Aber wechseln wir das Thema.« Er kehrte hinter seinen Tisch zurück und setzte sich. »Hatten Sie jemals etwas mit einem Agenten namens Vargas zu tun?« Er warf einen prüfenden Blick auf ein Schriftstück, das vor ihm lag. »José Vargas.«

»Ich habe von ihm gehört. Ein Kontaktmann der Abwehr, Handelsattaché an der Spanischen Botschaft in London. Soweit ich weiß, wurde er nur gelegentlich eingesetzt.«

»Er hat einen Cousin, der ebenfalls Handelsattaché an der Spanischen Botschaft ist, und zwar hier in Berlin. Ein gewisser Juan Rivera.« Himmler blickte auf. »Habe ich recht?«

»Ich verstehe, mein Reichsführer. Vargas benutzt von London aus die Diplomatenpost der Spanier. Die meisten Nachrichten dürften auf diese Weise innerhalb von sechsunddreißig Stunden bei seinem Cousin hier in Berlin landen. Natürlich alles höchst illegal.«

»Gott sei Dank«, sagte Himmler. »Diese Adler-Affäre. Sie sagen, Sie kennen die Einzelheiten?«

»Ich denke doch«, erwiderte Schellenberg ruhig.

»Es gibt da ein Problem, General. Obgleich die Idee vom Führer kam, war es, wie soll ich mich ausdrücken, doch mehr eine Gedankenspielerei als ein realistischer Vorschlag. Man konnte sich nicht unbedingt darauf verlassen, daß Canaris in dieser Richtung etwas unternehmen würde. Ich fürchte, der totale Sieg des Dritten Reichs rangiert auf seiner Prioritätenliste ziemlich weit unten. Deshalb habe ich mich persönlich um Planung und Durchführung dieser Operation gekümmert, unterstützt von Oberst Radl von der Abwehr. Er erlitt übrigens kürzlich einen Herzinfarkt, den er wohl nicht überleben dürfte.«

Schellenberg drückte sich nun sehr vorsichtig aus. »Demnach weiß der Führer nichts von dieser Angelegenheit?«

»Mein lieber Schellenberg, auf seinen Schultern lastet die Verantwortung für diesen Krieg mit all seinen Folgen. Es ist nachgerade unsere Pflicht, ihm soviel wie möglich von dieser Last abzunehmen.«

»Natürlich, mein Reichsführer.«

»Operation Adler, so brillant sie auch geplant war, war ein Fehlschlag, und wer würde sich schon wünschen, mit einer solchen Hiobsbotschaft zum Führer zu gehen und ihn über die Einzelheiten zu informieren?« Noch ehe Schellenberg etwas dazu bemerken konnte, fuhr Himmler fort: »Womit ich zu diesem Bericht aus London komme, der über Vargas' Cousin hier in Berlin auf meinen Tisch gelangt ist.«

Er reichte ein Funktelegramm herüber, und Schellenberg warf einen Blick darauf. »Unmöglich!« sagte er. »Kurt Steiner soll am Leben sein?«

»Und er sitzt im Tower von London.« Himmler nahm das Telegramm wieder an sich.

Lange werden sie ihn dort nicht behalten«, sagte Schellenberg. »Es klingt vielleicht ein wenig absurd, aber der Tower ist nicht gerade die geeignete Adresse, um wichtige Gefangene für einen längeren Zeitraum unterzubringen. Sie werden ihn gewiß an einen sicheren Ort bringen, so wie sie es mit Heß getan haben.«

»Fällt Ihnen zu dieser Sache noch etwas ein?«

»Nur, daß die Briten sicherlich Stillschweigen darüber bewahren werden, daß er sich in ihren Händen befindet.«

»Wie kommen Sie darauf?«

»Operation Adler wäre beinahe erfolgreich gewesen.«

»Aber Churchill war nicht Churchill«, rief ihm Himmler ins Gedächtnis. »Das haben unsere Leute vom Geheimdienst herausbekommen.«

»Natürlich, mein Reichsführer, aber deutsche Fallschirmjäger sind auf britischem Boden gelandet und haben eine blutige Schlacht geschlagen. Wenn diese Geschichte veröffentlicht würde, dann dürfte die Wirkung auf die britische Bevölkerung in diesem Stadium des Kriegs verheerend sein. Die Tatsache, daß der SOE und damit Brigadier Munro in dieser Sache federführend ist, werte ich als weiteren Beweis.«

»Sie kennen den Mann?«

»Ich habe nur von ihm gehört, mein Reichsführer. Ein überaus fähiger Geheimdienstoffizier.«

»Meinen Quellen zufolge hat Rivera auch Canaris über die Neuigkeit informiert«, sagte Himmler. »Wie, glauben Sie, wird er reagieren?«

»Ich habe keine Ahnung, mein Reichsführer.«

»Sie können ihn ja mal aufsuchen, wenn Sie wieder in Berlin sind. Finden Sie es heraus. Ich denke, er wird gar nichts tun. Sicherlich wird er nicht zum Führer rennen.« Himmler betrachtete ein weiteres Schriftstück, das vor ihm lag. »Ich werde Männer wie Steiner nie verstehen. Ein Kriegsheld. Träger des Ritterkreuzes mit Eichenlaub, ein brillanter Soldat, und trotzdem hat er seine Karriere ruiniert, hat eine Niederlage riskiert, alles aufs Spiel gesetzt, nur wegen irgendeiner jüdischen Schlampe in Warschau, der er helfen wollte. Es war nur die Operation Adler, die ihn und seine Männer vor dem Strafkommando rettete, in dem sie seinerzeit dienten.« Er legte das Schriftstück beiseite. »Der Ire ist natürlich ein ganz anderer Fall.«

»Sie meinen Devlin, mein Reichsführer?«

»Ja, ein absolut unangenehmer Mensch. Wissen Sie, was die Iren sind, Schellenberg? Ein armseliges Volk.«

»Nun ja, den Berichten nach zu urteilen scheint er sein Geschäft zu verstehen.«

»Ich gebe Ihnen recht, aber er hat doch nur wegen des Geldes mitgemacht. Irgend jemand war nachlässig genug, um ihm die Flucht aus dem Krankenhaus in Holland zu erlauben.«

»Das meine ich auch, mein Reichsführer.«

»Nach allem, was wir wissen, hält er sich zur Zeit in Lissabon auf«, sagte Himmler. Er schob ein neues Schriftstück über den Tisch. »Hier finden Sie alle Einzelheiten. Er bemüht sich wohl um eine Schiffspassage nach Amerika, aber er hat kein Geld. Laut dieser Angaben arbeitet er als Barkeeper.«

Schellenberg überflog den Funkspruch, dann fragte er: »Was soll ich in dieser Sache unternehmen, mein Reichsführer?«

»Sie kehren noch heute nach Berlin zurück und fliegen morgen nach Lissabon. Überreden Sie diesen Devlin, mit Ihnen zurückzukommen. Ich denke, das dürfte nicht allzu schwierig sein. Radl hat ihm zwanzigtausend Pfund für seine Teilnahme an der Operation Adler gezahlt. Das Geld wurde auf ein Nummernkonto in Genf überwiesen.« Himmler lächelte dünn. »Für Geld würde er alles tun. Er gehört zu dieser Sorte. Bieten Sie ihm das gleiche an – wenn Sie müssen, auch mehr. Ich bewillige jede Zahlung bis dreißigtausend Pfund.«

»Aber wofür, mein Reichsführer?«

»Nun, um Steiners Flucht zu arrangieren, natürlich. Ich dachte, das wäre klar. Der Mann ist ein Held, ein wirklicher Held. Den können wir doch nicht in britischen Händen lassen.«

Wenn er sich daran erinnerte, wie General Steiner in den Gestapokellern in der Prinz-Albrecht-Straße den Tod gefunden hatte, erschien es Schellenberg wahrscheinlicher, daß Himmler andere Gründe für sein Vorhaben hatte. Dennoch sagte er ruhig: »Ich verstehe, mein Reichsführer.«

»Sie wissen, welches Vertrauen ich in Sie setze, General«, sagte Himmler. »Und bisher haben Sie mich noch nicht enttäuscht. Ich lege die Angelegenheit voll und ganz in Ihre fähigen Hände.« Er reichte ihm ein Briefkuvert über den Tisch. »Sie finden darin ein Empfehlungsschreiben, das Ihnen in jeder Hinsicht freie Bahn und totale Handlungsvollmacht verschafft.«

Schellenberg ließ das Kuvert ungeöffnet. Statt dessen meinte er: »Sie sagten gerade, ich solle morgen nach Lissabon fliegen, mein Reichsführer. Darf ich Sie darauf aufmerksam machen, daß Weihnachten ist?«

»Was in aller Welt hat das damit zu tun?« Himmler schien ehrlich überrascht. »Jetzt heißt es einzig und allein, schnell zu handeln, Schellenberg, und indem ich Sie noch einmal an Ihren Treueid als Angehöriger der SS erinnere, will ich Ihnen auch verraten, warum. In etwa vier Wochen wird der Führer nach Cherbourg in der Normandie fliegen. Um genau zu sein, am

21. Januar. Ich werde ihn begleiten. Von dort geht es weiter zu einem Schloß an der Küste. Belle Ile. Die Franzosen haben schon seltsame Namen.«

»Darf ich nach dem Zweck dieser Reise fragen?«

»Der Führer beabsichtigt, dort mit Feldmarschall Rommel zusammenzutreffen, um den ihm übertragenen Oberbefehl über die Heeresgruppe B zu bestätigen. Rommel trägt dann die unmittelbare Verantwortung für den Atlantikwall und seine Anlagen. Die Konferenz wird außerdem über die notwendige Strategie beraten für den Fall, daß unsere Feinde im nächsten Jahr eine Invasion versuchen. Der Führer hat mich mit der ehrenvollen Aufgabe betraut, diese Konferenz zu organisieren und für seine persönliche Sicherheit zu sorgen. Das ist eine reine SS-Angelegenheit. Wie schon gesagt, Rommel wird dort sein, wahrscheinlich auch Canaris. Der Führer hat ausdrücklich nach ihm verlangt.«

Er begann seine Papiere zu einem ordentlichen Stapel zu sortieren und steckte einige davon in eine Aktentasche. Irritiert hakte Schellenberg nach. »Aber die Dringlichkeit dieser Steiner-Mission, mein Reichsführer, die verstehe ich nicht.«

»Ich möchte ihn während der Konferenz dem Führer vorstellen, General. Eine Großtat der SS, seine Flucht und sein Beinahe-Erfolg. Seine Anwesenheit wird Canaris einen hübschen Schlag versetzen, und das kann uns nur recht sein.« Er schloß die Aktentasche, und seine Augen verengten sich. »Das ist alles, was Sie wissen müssen.«

»Aber, mein Reichsführer«, erwiderte Schellenberg, dessen Nerven aufs äußerste gespannt waren, »was geschieht, wenn Devlin sich nicht überreden läßt?«

»Dann müssen Sie entsprechende Maßnahmen ergreifen. Für diesen Fall habe ich einen Angehörigen der Gestapo ausgewählt, der Sie als Ihr Leibwächter nach Lissabon begleiten wird.« Er drückte einen Klingelknopf auf seinem Schreibtisch, und Rossmann kam herein. »Rossmann, ich möchte jetzt Sturmbannführer Berger sehen.«

Schellenberg sehnte sich nach einer Zigarette, während sie warteten, wußte aber, wie sehr Himmler das Rauchen mißbilligte. Schließlich ging die Tür auf, und Rossmann erschien mit einem anderen Mann. Seine Erscheinung überraschte Schellenberg ein wenig. Es war ein junger Mann, nicht älter als fünfundzwanzig oder sechsundzwanzig, mit hellblondem, fast weißem Haar. Früher mußte er sehr gut ausgesehen haben, jetzt wies eine Seite seines Gesichts schwere Verbrennungen auf. Schellenberg konnte erkennen, wo sich die verpflanzte Haut straff spannte.

Der junge Mann streckte ihm die Hand entgegen. »General Schellenberg. Horst Berger. Ich freue mich auf unsere Zusammenarbeit.»

Er lächelte und sah dabei mit seinem entstellten Gesicht aus wie der Teufel persönlich, und Schellenberg meinte nur: »Ganz meinerseits, Major.« Er wandte sich an Himmler. »Kann ich jetzt gehen, mein Reichsführer?«

»Natürlich. Berger kommt gleich nach. Schicken Sie mir Rossmann noch einmal herein.« Schellenberg öffnete die Tür, und Himmler fügte hinzu: »Eines noch – Canaris darf nichts erfahren. Nicht von Devlin, nicht von unseren Absichten in bezug auf Steiner, und einstweilen auch nicht von der Konferenz in Belle Ile. Ihnen ist klar, wie wichtig das ist?«

»Natürlich, mein Reichsführer.«

Schellenberg sagte Rossmann Bescheid, er werde erwartet, und ging durch den Korridor. Auf der nächsten Etage fand er eine Toilette. Dort zündete er sich eine Zigarette an, zog den Briefumschlag, den Himmler ihm ausgehändigt hatte, aus der Tasche und öffnete ihn.

Der Führer

General Schellenberg handelt auf meinen direkten und persönlichen Befehl in einer Angelegenheit, die für das Reich von äußerster Wichtigkeit ist. Er ist nur mir verantwortlich. Alle Personen, aus dem militärischen wie zivilen Bereich und ungeachtet ihres Dienstrangs, werden ihm in jeder Weise behilflich sein, die er für notwendig erachtet.

Adolf Hitler

Schellenberg fröstelte und steckte das Schriftstück wieder ein. Die Unterschrift sah echt aus, er hatte sie oft genug gesehen, aber es wäre für Himmler ein leichtes, die Unterschrift des Führers auf irgendein Schriftstück zu bekommen bei der Vielzahl von Dokumenten, die er ihm täglich vorlegte. Himmler verlieh ihm also die gleiche Macht, wie er sie Max Radl für die Operation Adler gegeben hatte. Aber warum? Warum war es so wichtig, Steiner zurückzuholen, und das auch noch innerhalb des beschriebenen Zeitrahmens?

Hinter der ganzen Sache mußte weitaus mehr stecken, als Himmler ihm erzählt hatte, soviel war klar. Er zündete sich eine weitere Zigarette an und setzte seinen Weg fort, verlor jedoch am Ende des Korridors die Orientierung. Er zögerte und sah dann, daß der Bogengang am Ende auf die große Empore über dem großen Saal führte. Gerade wollte er sich umdrehen und die andere Richtung einschlagen, als er Stimmen hörte. Neugierig geworden, ging er näher zur Empore heran und blickte vorsichtig hinunter. Himmler stand am Kopfende des großen Tisches, flankiert von Rossmann und Berger, und war am reden.

»Da gibt es welche, Berger, denen sind Menschen wichtiger als Ideen. Sie reagieren sehr schnell sentimental. Sie gehören, wie ich glaube, nicht zu dieser Sorte.«

»Nein, mein Reichsführer«, sagte Berger.

»Unglücklicherweise aber General Schellenberg. Deshalb schicke ich Sie mit nach Lissabon. Dieser Mann, dieser Devlin, hat mitzukommen, ob er will oder nicht. Ich erwarte, daß Sie dafür Sorge tragen.«

»Zweifeln der Reichsführer an der Loyalität von General Schellenberg?« fragte Rossmann.

»Er hat dem Reich große Dienste erwiesen«, sagte Himmler. »Vermutlich ist er der begabteste Offizier, der je unter meinem Kommando gestanden hat, aber ich habe immer Zweifel an seiner Gefolgschaftstreue gegenüber der Partei gehabt. Doch das ist in diesem Fall nicht das Problem, Rossmann. Er ist für mich viel zu nützlich, um ihn jetzt schon aus dem Weg zu schaffen. Wir müssen all unsere Energien auf die Vorbereitung der Belle-Ile-Konferenz verwenden, während Schellenberg mit der Steiner-Mission vorerst beschäftigt ist.« Er wandte sich zu Berger. »Sie sollten jetzt lieber gehen.«

»Jawohl, mein Reichsführer.«

Berger schlug die Hacken zusammen und machte kehrt. Als er den Saal zur Hälfte durchschritten hatte, rief Himmler ihm zu: »Zeigen Sie mal, was Sie können, Sturmbannführer!«

Berger hatte die Klappe seiner Pistolentasche offen und wirbelte nun mit unglaublichem Tempo herum, den Arm weit von sich gestreckt. Auf der gegenüberliegenden Wand am Ende des Saals befand sich ein Fresko, das ganz im mittelalterlichen Stil gehalten war und Ritter zeigte. Er feuerte drei schnelle Schüsse ab, und drei Köpfe zerblätterten. Die Schüsse hallten noch durch den Saal, während er die Pistole wieder in der Tasche verstaute.

»Hervorragend«, lobte Himmler.

Schellenberg hatte sich wieder auf den Weg gemacht. Er war so gut wie Berger, aber das war nicht der Punkt. In der Halle holte er seinen Mantel und seine Mütze, zog beides an und saß bereits im Fond des Mercedes, als Berger fünf Minuten später erschien.

»Es tut mir leid, daß Sie warten mußten, Herr General«, entschuldigte er sich, während er einstieg.

»Nicht weiter tragisch«, erwiderte Schellenberg und nickte dem Fahrer zu, den Wagen zu starten. »Sie dürfen ruhig rauchen, wenn Sie wollen.«

»Ich fürchte, ich habe keine Laster«, sagte Berger.

»Tatsächlich? Das ist interessant.« Schellenberg schlug den Kragen seines Mantels hoch, lehnte sich in die Ecke der Sitzbank und zog den Mützenschirm über die Augen. »Bis nach Berlin ist es ein weiter Weg. Ich weiß nicht, was Sie vorhaben, aber ich werde etwas schlafen.«

Und das tat er dann auch. Berger betrachtete ihn für eine Weile, bis er schließlich ebenfalls den Mantelkragen hochschlug und sich in seine Ecke sinken ließ.

In einer Ecke von Schellenbergs Büro in der Berkaer Straße stand ein Feldbett, denn er verbrachte oft die Nacht dort. Er hielt sich gerade in dem kleinen angrenzenden Bad auf und rasierte sich, als seine Sekretärin, Ilse Huber, eintrat. Sie war einundvierzig, allerdings schon Kriegswitwe, eine sinnliche, attraktive Frau, bekleidet mit einer weißen Bluse und einem schwarzen Rock. Früher war sie die Sekretärin von Heydrich gewesen. Schellenberg, dem sie treu ergeben war, hatte sie sozusagen geerbt.

»Er ist da«, sagte sie.

»Rivera?« Schellenberg wischte sich den Seifenschaum aus dem Gesicht. »Und Canaris?«

»Der Herr Admiral wird gegen zehn Uhr im Tiergarten ausreiten, wie immer. Begleiten Sie ihn?«

Schellenberg tat das regelmäßig, doch als er ans Fenster trat und die dünne Schneedecke auf den Straßen sah, winkte er ab. »Heute morgen nicht, danke, aber ich muß ihn sprechen.«

Stets um Schellenbergs Wohlergehen besorgt, hatte Ilse Huber einen wachen Instinkt für viele Dinge. Sie nahm die Kanne vom Tablett, das sie auf seinen Schreibtisch gestellt hatte, und goß Kaffee in eine Tasse. »Schwierigkeiten, General?«

»In gewisser Weise, meine Liebe.« Er trank einen Schluck und zeigte dann dieses harte, gefährliche Lächeln, bei dem ihr Herz schneller klopfte. »Aber keine Sorge. Es ist nichts, womit ich nicht fertig werden könnte. Ich erkläre Ihnen alles, bevor ich abreise. Ich brauche in dieser Sache Ihre Hilfe. Übrigens, wo ist Berger?«

»Unten, in der Kantine, jedenfalls habe ich ihn dort zuletzt gesehen.«

»Na schön. Dann will ich jetzt mit Rivera sprechen.«

Sie blieb an der Tür stehen und wandte sich um. »Er macht mir Angst. Dieser Berger, meine ich.«

Schellenberg ging auf sie zu und legte einen Arm um ihre Schultern. »Ich habe doch gesagt, Sie sollen sich keine Sorgen machen. Schließlich, wann hat der große Schellenberg irgendein Problem schon mal nicht lösen können?«

Seine Art, sich über sich selbst lustig zu machen, brachte sie wie immer zum Lachen. Er drückte sie liebevoll, und sie verschwand lächelnd durch die Tür. Schellenberg knöpfte seinen Uniformrock zu und setzte sich. Sekunden später ging die Tür auf, und Rivera kam herein.

Er trug einen dunkelbraunen Anzug und hatte einen Mantel über dem Arm hängen. Er war ziemlich klein, hatte blasse Haut, und sein schwarzes Haar war sorgfältig gescheitelt. Im Augenblick wirkte er ausgesprochen ängstlich.

»Sie wissen, wer ich bin?« fragte ihn Schellenberg.

»Natürlich, Herr General. Es ist mir eine Ehre, Sie kennenzulernen.«

Schellenberg hielt ein Stück Papier hoch, bei dem es sich lediglich um einen Briefbogen aus dem Hotel in Wien handelte, in dem er in der vergangenen Woche abgestiegen war. »Diese Nachricht über den Verbleib eines gewissen Oberst Steiner haben Sie von Ihrem Cousin, einem gewissen Vargas, aus der Botschaft in London erhalten. Haben Sie mit irgend jemandem darüber gesprochen?«

Rivera schien aufrichtig entsetzt zu sein. »Mit keiner Menschenseele, Herr General. Das schwöre ich bei Gott.« Er spreizte dramatisch die Hände. »Beim Leben meiner Mutter.«

»Ich glaube, die brauchen wir nicht unbedingt in die Sache mit hineinzuziehen. Sie fühlt sich in dem kleinen Häuschen, das Sie ihr in San Carlos gekauft haben, sicher recht wohl.« Rivera riß erschrocken die Augen auf, während Schellenberg trocken meinte: »Sie sehen, es gibt nichts, was ich nicht weiß. Es gibt keinen Ort, an den Sie sich zurückziehen könnten, an dem ich Sie nicht erwischen würde. Verstehen Sie?«

»Voll und ganz, Herr General.« Rivera schwitzte jetzt.

»Sie gehören ab heute zum SD und unterstehen dem Reichsführer Himmler, aber Sie reden nur mit mir und mit niemandem sonst. Also fangen wir an: Es geht um diese Nachricht von Ihrem Cousin in London. Warum haben Sie sie auch an Admiral Canaris geschickt?«

»Das hat mein Cousin so gewollt, Herr General. Bei solchen Dingen erhebt sich immer die Frage nach der Bezahlung, und in diesem Fall...« Er hob die Schultern.

»Dachte er, Sie könnten vielleicht zweimal kassieren?« Schellenberg nickte. Das klang einleuchtend, aber er hatte gelernt, in diesem Spiel nichts als gesichert hinzunehmen. »Erzählen Sie mir von Ihrem Cousin.«

»Was kann ich bieten, das der Herr General nicht schon längst wüßte? Josés Eltern starben kurz nach dem Ersten Weltkrieg. Meine Eltern haben ihn großgezogen. Wir waren wie Brüder. Besuchten gemeinsam die Universität von Madrid. Wir kämpften während des Bürgerkriegs im gleichen Regiment. Er ist ein Jahr älter als ich, also dreiunddreißig.«

»Im Gegensatz zu Ihnen ist er nicht verheiratet«, sagte Schellenberg. »Hat er in London eine Freundin?«

»Zufälligerweise hat José für Frauen nicht allzuviel übrig, Herr General.«

»Ich verstehe.« Schellenberg ließ sich das durch den Kopf gehen. Er hatte nichts gegen Homosexuelle, aber solche Leute waren anfällig für Erpressung. Ein Schwachpunkt bei jedem, der im Geheimdienst arbeitete. Etwas, das gegen Vargas sprach.

»Sie kennen London?«

Rivera nickte. »Ich habe dort 1939 für ein Jahr zusammen mit José in der Botschaft gearbeitet. Meine Frau ist damals in Madrid geblieben.«

»Ich kenne London ebenfalls«, sagte Schellenberg. »Erzählen Sie mal, wie er lebt. Wohnt er in der Botschaft?«

»Offiziell ja, Herr General, aber für bestimmte Bereiche seines Privatlebens hat er eine kleine Wohnung gemietet, eine Art Apartment. Er hat damals, als ich noch in London war, einen Mietvertrag über sieben Jahre abgeschlossen, daher müßte er die Wohnung eigentlich noch haben.«

»Und wo liegt sie?«

»In Stanley Mews, ziemlich nahe bei der Westminster Abbey.«

»Und nicht weit vom Parlament. Eine gute Adresse. Ich bin beeindruckt.«

»José sucht sich stets nur das Beste.«

»Und das muß natürlich bezahlt werden.« Schellenberg stand

auf und ging zum Fenster. Es schneite leicht. »Ist Ihr Cousin zuverlässig?« fragte er dann. »Pflegt er vielleicht irgendwelche engeren Kontakte mit unseren britischen Freunden?«

Rivera verzog erneut erschrocken das Gesicht. »General Schellenberg, ich versichere Ihnen, José ist genau wie ich ein überzeugter Faschist. Wir haben auf der Seite General Francos im spanischen Bürgerkrieg gekämpft. Wir...«

»Schon gut, ich wollte das nur klarstellen. Und jetzt hören Sie genau zu. Möglicherweise werden wir versuchen, Oberst Steiner zu befreien.«

»Aus dem Tower von London, Señor?« Rivera quollen die Augen aus dem Kopf.

»Ich rechne damit, daß sie ihn an irgendeinen anderen Ort bringen werden. Falls sie es nicht schon längst getan haben. Sie werden noch heute Ihrem Cousin eine Nachricht schicken, in der Sie ihn um alle verfügbaren Informationen bitten.«

»Natürlich, Herr General.«

»Dann beeilen Sie sich.« Als Rivera schon in der Tür stand, meinte Schellenberg: »Ich brauche wohl kaum zu betonen, daß Sie, falls Sie plaudern, in der Spree landen, mein Freund, und Ihren Cousin wird man aus der Themse fischen. Ich habe einen außerordentlich langen Arm.«

»Herr General, ich bitte Sie.« Rivera schickte sich an, lautstark zu protestieren.

»Verschonen Sie mich mit Ihrem Sermon, was für ein guter Faschist Sie doch sind. Halten Sie sich nur vor Augen, wie großzügig ich mich erweisen werde. Das ist eine viel solidere Basis für unsere Beziehung.«

Nachdem Rivera sich verabschiedet hatte, telefonierte Schellenberg nach seinem Wagen, zog den Mantel über und verließ sein Büro.

Admiral Wilhelm Canaris war sechsundfünfzig Jahre alt. Während des Ersten Weltkriegs hatte er als U-Boot-Kapitän hohe Auszeichnungen errungen. Seit 1935 leitete er die deutsche Abwehr, und obgleich er stets aus tiefer Überzeugung die deutsche Sache verteidigt hatte, stand er dem Nationalsozialismus sehr kritisch gegenüber. Er lehnte zwar entschieden jeden Plan zur Ermordung Hitlers ab, pflegte jedoch einige Jahre lang enge Kontakte zur deutschen Widerstandsbewegung. Diese gefährliche Gratwanderung wurde ihm schließlich zum Verhängnis und führte letztendlich zu seinem Sturz und kurz darauf zu seinem Tod.

An diesem Morgen jedoch, während er im Tiergarten zwischen den Bäumen über den Reitweg galoppierte und die Hufe seines Pferdes den pulvrigen Schnee hochschleuderten, genoß er das Leben in vollen Zügen. Die beiden Dackel, die ihn überallhin begleiteten, folgten ihm mit einem erstaunlichen Tempo. Er sah Schellenberg neben seinem Mercedes stehen, winkte und ritt auf ihn zu.

»Guten Morgen, Walter. Sie sollten mitreiten.«

»Nicht heute«, erwiderte Schellenberg. »Ich muß wieder verreisen.«

Canaris saß ab, gab die Zügel Schellenbergs Fahrer und bot Schellenberg eine Zigarette an. Sie gingen ein Stück Weg bis zu einem Geländer, von dem aus man über den See blicken konnte.

»Ist es etwas Interessantes?« fragte Canaris.

»Nein, reine Routinesache«, sagte Schellenberg.

»Na kommen Sie schon, Walter, raus damit. Irgend etwas beschäftigt Sie doch.«

»Na schön. Es geht um diese Operation Adler.«

»Damit habe ich nichts zu tun«, wehrte Canaris ab. »Das war eine Idee des Führers. So ein Unsinn! Churchill zu ermorden, wo wir doch den Krieg längst verloren haben.«

»Mir wäre es lieber, Sie würden das nicht so laut sagen«, versuchte Schellenberg ihn zu bremsen.

Canaris ignorierte die Warnung. »Ich erhielt den Befehl, eine Durchführbarkeitsstudie anzufertigen. Ich wußte, daß der Führer schon nach wenigen Tagen alles vergessen haben würde. So war es dann ja auch. Nur Himmler vergaß die Angelegenheit natürlich nicht. Er wollte mir das Leben wie üblich schwer machen. Wurde hinter meinem Rücken aktiv, stiftete Max Radl an, einen meiner treuesten Helfer. Daß das ganze Unternehmen in die Binsen ging, habe ich erwartet.«

»Andererseits hat Steiner es beinahe geschafft«, sagte Schellenberg.

»Was hat er geschafft? Walter, seien Sie doch vernünftig, ich will Steiners Verwegenheit und Tapferkeit gar nicht in Abrede stellen, aber der Mann, den sie im Visier hatten, war noch nicht mal Churchill. Das wäre vielleicht was gewesen, wenn sie mit dem Double zurückgekommen wären. Das Gesicht von Himmler hätte ich zu gerne gesehen.«

»Und nun erfahren wir, daß Steiner noch lebt«, sagte Schellenberg. »Daß sie ihn im Tower von London festhalten.«

»Aha, demnach hat Rivera die Nachricht seines Cousin auch dem Reichsführer zukommen lassen?« Canaris lächelte spöttisch. »Und hat damit wie üblich seine Belohnung verdoppelt.«

»Was meinen Sie, was werden die Briten tun?«

»Mit Steiner? Sie werden ihn einsperren bis zum Kriegsende. Sie werden mit ihm verfahren wie mit Heß, nur werden sie darüber kein Wort verlieren. Das Ganze ist nicht sehr öffentlichkeitswirksam, auch dem Führer dürfte es nicht gefallen, wenn ihm die Fakten bekannt würden.«

»Halten Sie es für wahrscheinlich, daß das passiert?« fragte Schellenberg.

Canaris lachte laut auf. »Meinen Sie durch mich? Darum geht

es Ihnen also? Nein, Walter, ich habe zur Zeit schon genug Ärger am Hals und wenig Lust, mir weiteren einzuhandeln. Sie können dem Reichsführer bestellen, daß ich schweigen werde, wenn er es will.«

Sie gingen zum Mercedes zurück. »Ich nehme doch an«, sagte Schellenberg, »daß wir diesem Vargas trauen können?«

Canaris wurde ernst. »Ich bin der erste, der zugibt, daß unsere Operationen in England schiefgegangen sind. Es war ein genialer Einfall des britischen Geheimdienstes, unsere Agenten nicht mehr zu erschießen, wenn er sie schnappte, sondern sie stattdessen zu Doppelagenten zu machen.«

»Auch Vargas?«

»Sicher kann man nie sein, aber ich glaube eigentlich nicht. Da ist erst mal seine Stellung in der Spanischen Botschaft und die Tatsache, daß er nur gelegentlich aktiv ist, und das auch noch auf eigene Faust, ohne Auftrag. Er unterhält keine Kontakte zu anderen Agenten in England, verstehen Sie?« Sie hatten den Wagen erreicht. Er lächelte. »Sonst noch etwas?«

Schellenberg mußte darauf zu sprechen kommen, ihm bedeutete dieser Mann sehr viel. »Wie Sie sicher wissen, gab es wieder einen Attentatsversuch auf das Leben des Führers, diesmal in Rastenburg. Dabei sind die Bomben, die der beteiligte junge Offizier beförderte, zu früh losgegangen.«

»Sehr unvorsichtig von ihm. Was wollen Sie mir damit sagen, Walter?«

»Daß Sie sich um Gottes willen in acht nehmen sollen. Es herrschen gefährliche Zeiten.«

»Aber Walter. Ich habe niemals viel von der Idee gehalten, den Führer zu ermorden.« Der Admiral schwang sich wieder in den Sattel und ergriff die Zügel. »So erstrebenswert diese Möglichkeit einigen Leuten auch vorkommen mag. Soll ich Ihnen auch verraten, warum?«

»Ich werde Sie nicht daran hindern können.«

»Stalingrad kostete uns, dank der Dummheit des Führers, achtundfünfzigtausend Tote. Und zweihunderttausend Gefangene, zweiundzwanzig Generäle inklusive. Die größte Niederlage, die wir je erleiden mußten. Ein Desaster folgt auf das andere, dank unserem Führer.« Er lachte rauh. »Erkennen Sie denn nicht die grausame Logik, mein Freund? Je länger er lebt, desto kürzer wird der Krieg für uns.«

Er gab seinem Pferd die Sporen, die Dackel jagten hechelnd hinterher, und er verschwand im Galopp zwischen den Bäumen.

Zurück in seinem Büro wechselte Schellenberg im Badezimmer die Kleidung und stieg in einen hellgrauen Flanellanzug. Währenddessen unterhielt er sich durch die offene Tür mit Ilse Huber und informierte sie über seinen neuen Auftrag.

»Was halten Sie davon?« fragte er, als er herauskam. »Klüger wie ein Märchen der Gebrüder Grimm, nicht wahr?«

»Eher schon wie eine Gruselgeschichte«, erwiderte sie und hielt ihm den schwarzen Ledermantel entgegen.

»Zwischenlandung zum Auftanken in Madrid, und dann geht es gleich weiter. Wir dürften am späten Nachmittag in Lissabon eintreffen.«

Er schlüpfte in den Mantel, setzte einen weichen Filzhut auf und griff nach dem Reisekoffer, den sie gepackt hatte. »Ich erwarte in spätestens zwei Tagen eine Nachricht von Rivera. Warten Sie sechsunddreißig Stunden, und dann machen Sie ihm ein bißchen Druck.« Er küßte sie auf die Wange. »Passen Sie auf sich auf, Ilse. Bis bald.« Und schon war er fort.

Das Flugzeug war eine JU 52, dreimotorig und mit dem charakteristischen Wellblechrumpf. Während sie langsam abhob und die Luftwaffenbasis am Rand von Berlin unter ihr versank, löste

Schellenberg den Sitzgurt und griff nach seiner Aktentasche. Berger, der auf der anderen Seite des Mittelgangs saß, lächelte.

»War der Admiral wohlauf, Herr General?«

Das war nicht besonders klug von dir, dachte Schellenberg. Eigentlich solltest du gar nicht wissen, daß ich ihn getroffen habe.

Er erwiderte das Lächeln. »Er wirkte wie immer.«

Dann öffnete er die Aktentasche und begann den Bericht über Devlin zu studieren, ein Foto von ihm lag auch dabei. Nach einer Weile unterbrach er die Lektüre und schaute aus dem Fenster. Dabei rief er sich ins Gedächtnis, was Canaris über Hitler gesagt hatte.

Je länger er lebt, desto kürzer wird der Krieg für uns.

Seltsam, wie dieser Gedanke sich in seinem Kopf festsetzte und einfach nicht mehr verschwinden wollte.

3

Baron Oswald von Hoyningen-Huene, der Gesandte der deutschen Mission in Lissabon, war ein Freund, ein Aristokrat alter Schule. Mit den Nazis hatte er ebenfalls wenig am Hut. Er freute sich, Schellenberg wiederzusehen, und machte daraus keinen Hehl.

»Mein lieber Walter. Wie schön, daß du da bist. Wie ist es in Berlin?«

»Kälter als hier«, antwortete Schellenberg, während sie durch die Glastür traten und an einem Tisch auf der Terrasse Platz nahmen. Der Garten bot einen prächtigen Anblick, Blumen, wohin man sah. Ein Hausdiener in weißer Leinenjacke servierte Kaffee auf einem Tablett, und Schellenberg seufzte. »Ja, jetzt kann ich verstehen, daß du lieber hierbleibst, als nach Berlin zurückzukehren. Lissabon ist in diesen Tagen wirklich der angenehmste Aufenthaltsort.«

»Ich weiß«, pflichtete der Baron ihm bei. »Die ständige Sorge meiner Angestellten ist die, daß sie irgendwann versetzt werden könnten.« Er schenkte Kaffee ein. »Eigentlich ein seltsamer Termin, um herzukommen, Walter. Ausgerechnet zu Weihnachten.«

»Du kennst ja Onkel Heini, wenn er sich in etwas verbissen

hat«, meinte Schellenberg und benutzte den Spitznamen, der in der SS hinter Himmlers Rücken kursierte.

»Es muß etwas Wichtiges sein«, sagte der Baron. »Vor allem, wenn man dich schickt.«

»Es gibt da einen Mann, den wir brauchen, einen Iren – Liam Devlin.« Schellenberg holte Devlins Foto aus der Tasche und reichte es über den Tisch. »Er hat mal eine Zeitlang für die Abwehr gearbeitet. Er war unser IRA-Kontakt. Neulich ist er aus einem holländischen Krankenhaus abgehauen. Laut unseren Informationen hält er sich in Lissabon auf und arbeitet als Barkeeper in einem Club in der Alfama.«

»In der Altstadt?« Der Baron nickte. »Wenn er Ire ist, dann brauche ich wohl kaum darauf hinzuweisen, daß er damit offiziell einer neutralen Nation angehört und sozusagen unantastbar ist. Eine ziemlich delikate Angelegenheit.«

»Härtere Maßnahmen werden wohl auch nicht nötig sein«, wiegelte Schellenberg ab. »Ich hoffe, wir können ihn überreden, in Frieden mitzukommen. Ich kann ihm einen Job anbieten, der ihm ziemlich viel Geld bringt.«

»Schön«, sagte der Baron. »Denk nur stets daran, daß unsere portugiesischen Freunde auf ihre Neutralität pochen. Vor allem jetzt, wo der Endsieg immer unwahrscheinlicher wird. Allerdings sollte Hauptmann Eggar, mein hiesiger Polizeiattaché, in der Lage sein, dir zu helfen.« Er griff nach dem Telefon und sprach kurz mit einem Angestellten. Als er den Hörer auflegte, bemerkte er: »Ich habe deinen Begleiter kurz sehen können.«

»Sturmbannführer Horst Berger – Gestapo«, sagte Schellenberg.

»Du scheinst dich über ihn nicht gerade zu freuen.«

»Er ist ein Weihnachtsgeschenk vom Reichsführer. Ich hatte leider keine Wahl.«

»Ist es so ernst?«

Es klopfte an der Tür, und ein Mann um die Vierzig trat ein. Er hatte einen kräftigen Schnurrbart und trug einen braunen Gabardineanzug, der nicht allzugut saß. Ein typischer Berufspolizist. Schellenberg kannte den Typ.

»Aha, da sind Sie ja, Eggar. Sie kennen doch General Schellenberg, nicht wahr?«

»Natürlich. Sehr erfreut, Sie wiederzusehen. Wir haben uns während der Windsor-Affäre neunzehnhundertvierzig kennengelernt.«

»Nun ja, diese Zeit wollen wir lieber aus dem Gedächtnis streichen.« Schellenberg zeigte ihm Devlins Foto. »Haben Sie diesen Mann schon mal gesehen?«

Eggar betrachtete das Bild eingehend. »Nein, Herr General.«

»Er ist ein Ire, Ex-IRA-Mitglied, wenn man diesen Verein überhaupt jemals verlassen kann, fünfunddreißig Jahre alt. Er war mal für die Abwehr tätig. Wir wollen ihn zurückholen. Nach unseren jüngsten Informationen arbeitet er als Kellner in einer Bar namens *Flamingo*.«

»Ich kenne den Laden.«

»Gut. Sie treffen meinen Assistenten, Major Berger von der Gestapo, draußen. Holen Sie ihn herein.« Eggar ging hinaus und kehrte mit Berger zurück. Schellenberg machte die Anwesenden miteinander bekannt. »Baron von Hoyningen-Heune, Gesandter in der Mission, und Hauptmann Eggar, Polizeiattaché. Sturmbannführer Berger.« Berger nickte förmlich und schlug die Hacken zusammen. In seinem dunklen Anzug und mit seinem verunstalteten Gesicht strahlte er eine gespenstische Kälte aus. »Hauptmann Eggar kennt diese *Flamingo*-Bar. Ich möchte, daß Sie ihn dorthin begleiten und in Erfahrung bringen, ob Devlin noch dort beschäftigt ist. Wenn ja, dann werden Sie auf keinen Fall, ich wiederhole, auf gar keinen Fall mit ihm Kontakt aufnehmen. Sie geben mir nur Bescheid.« Berger zeigte keinerlei Reaktion und wandte sich zur Tür. Während er sie öffnete, hakte Schellenberg noch einmal nach. »Während der dreißiger Jahre war Liam Devlin einer der berüchtigsten Scharfschützen der IRA. Das, meine Herren, sollten Sie sich vor Augen halten.«

Die Bemerkung, das begriff Berger auf Anhieb, war auf ihn gemünzt. Er lächelte schwach. »Das werden wir, Herr General.« Damit verließ er die Terrasse, gefolgt von Eggar.

»Ein übler Bursche. Scheint dich nicht zu mögen. Dennoch...« Der Baron sah auf seine Uhr. »Kurz nach fünf, Walter. Wie wäre es mit einem Glas Champagner?«

Major Arthur Frear war fünfundvierzig, sah aber mit seinem weißen Haar wesentlich älter aus. Er hätte sich längst zur Ruhe setzen und mit einer bescheidenen Pension ein Leben in gemäßigter Armut in Brighton oder Torquay führen können. Statt dessen war er dank Adolf Hitler als Militärattaché in der Britischen Botschaft in Lissabon tätig, wo er die Funktion eines inoffiziellen Vertreters des SOE wahrnahm.

Das *Estrela de Lisboa* am südlichen Rand des Alfama-Viertels war eines seiner bevorzugten Etablissements. Wie angenehm, daß Devlin dort als Pianist auftrat, obgleich im Augenblick von ihm nichts zu sehen war. Devlin allerdings beobachtete ihn durch den Perlenvorhang im hinteren Teil der Bar genau. Er trug einen fast weißen Leinenanzug. Dunkles Haar fiel ihm in die Stirn, und seine lebhaften blauen Augen funkelten belustigt, während er Frear eingehend betrachtete. Frear bemerkte ihn erst, als Devlin sich auf den Barhocker neben ihm schob und ein Bier bestellte.

»Mr. Frear, nicht wahr?« Er nickte dem Barkeeper zu. »José erzählte mir, Sie seien im Portweingeschäft?«

»Stimmt«, erwiderte Frear aufgeräumt. »Ich, das heißt, meine Firma, exportiert ihn schon seit Jahren nach England.«

»Mir hat er noch nie so richtig geschmeckt«, gestand Devlin. »Na ja, wenn Sie mit irischem Whiskey zu tun hätten...«

»Ich fürchte, in dieser Hinsicht kann ich nicht dienen.« Frear lachte wieder. »Aber sagen Sie mal, alter Junge, wissen Sie, daß Sie einen Schlips der Guards Brigade tragen?«

»Tatsächlich? Finde ich toll, daß Sie das erkannt haben.« Devlin lächelte freundlich. »Dabei habe ich das Ding erst letzte Woche auf dem Flohmarkt gekauft.«

Er rutschte vom Hocker herunter, und Frear fragte: »Wollen Sie uns nicht etwas vorspielen?«

»Ach, das kommt später.« Devlin ging zur Tür und grinste. »Major«, fügte er noch hinzu und verschwand.

Das *Flamingo* war eine schäbige kleine Bar mit Restaurant. Major Berger war gezwungen, alles weitere Eggar zu überlassen, der die Landessprache fließend beherrschte. Zuerst zogen sie eine Niete. Ja, Devlin habe eine Weile hier gearbeitet, aber vor drei Tagen sei er verschwunden. Dann hörte eine Frau, die hereingekommen war, um den Gästen Blumen zu verkaufen, einen Teil ihrer Unterhaltung mit und mischte sich ein. Der Ire arbeite jetzt in einem anderen Etablissement, im *Estrela de Lisboa*, allerdings sei er dort nicht als Kellner, sondern als Pianist in der Bar angestellt. Eggar gab ihr ein Trinkgeld, und sie gingen hinaus.

»Kennen Sie das Lokal?« fragte Berger.

»O ja, sogar ganz gut. Es liegt ebenfalls im alten Teil der Stadt. Ich sollte Sie warnen, die Leute dort können ziemlich ungemütlich werden. Das findet man hier öfter.«

»Mit dem Abschaum des Volkes habe ich eigentlich noch nie Probleme gehabt«, sagte Berger. »Und jetzt führen Sie mich endlich hin.«

Die hohen Mauern des Castelo de São Jorge ragten in den

Abendhimmel, als sie sich ihren Weg durch das Labyrinth der engen Gassen suchten. Während sie einen kleinen Platz vor einer Kirche überquerten, tauchte plötzlich Devlin aus einer Seitengasse auf und eilte über das Pflaster auf ein Café zu.

»Mein Gott, das ist er«, murmelte Eggar. »Genau wie auf dem Foto.«

»Natürlich ist er es, Sie Idiot«, sagte Berger. »Ist das dort das *Estrela de Lisboa*?«

»Nein, Herr Major, das ist ein anderes Café. Eins der berüchtigsten in Alfama. Die Gäste sind ausschließlich Zigeuner, Stierkämpfer und Berufsverbrecher.«

»Dann ist es ja günstig, daß wir bewaffnet sind. Wenn wir reingehen, dann sorgen Sie dafür, daß Ihre Pistole in der rechten Jackentasche steckt und Ihre rechte Hand ebenfalls.«

»Aber General Schellenberg hat uns ausdrücklichen Befehl gegeben ...«

»Widersprechen Sie nicht. Ich habe keine Lust, den Mann jetzt noch zu verlieren. Tun Sie, was ich sage, und folgen Sie mir.« Berger ging auf das Café zu, aus dem Gitarrenmusik nach draußen drang.

Drinnen war es hell und luftig, obwohl draußen bereits die Abenddämmerung hereinbrach. Die Bar hatte eine Theke aus Marmor, dahinter standen vor einem altertümlichen Spiegel sorgfältig aufgereiht die Flaschen. Die Wände waren gekalkt und mit Stierkampfplakaten bedeckt. Der Barkeeper, untersetzt und häßlich und mit einem blinden Auge, in dem nur noch das Weiße zu sehen war, trug eine Schürze und ein schmuddeliges Hemd. Er saß auf einem Hocker und las in einer Zeitung. Vier andere Männer, dunkelhäutige, gefährlich aussehende Zigeuner, spielten an einem Tisch Poker. Ein junger Mann lehnte an der Wand und klimperte auf einer Gitarre herum.

Ansonsten war die Bar leer bis auf Devlin, der an einem Tisch vor der hinteren Wand saß, in einem dünnen Buch las und ein Glas Bier vor sich stehen hatte. Die Tür öffnete sich knarrend, und Berger trat ein, dicht gefolgt von Eggar. Der Gitarrist unterbrach abrupt sein Spiel. Jegliche Unterhaltung erstarb, als Berger über die Schwelle trat. Es schien, als wäre der Tod selbst zu Besuch gekommen. Berger ging an den Kartenspielern vorbei. Eggar rückte langsam nach und hielt sich dabei links von ihm.

Devlin blickte auf, lächelte freundlich und griff mit der linken Hand nach dem Bierglas. »Liam Devlin?« fragte Berger.

»Und wer sind Sie?«

»Ich bin Sturmbannführer Horst Berger von der Gestapo.«

»Mein Gott, warum haben Sie nicht gleich den Teufel persönlich geschickt? Mit dem stehe ich nämlich auf freundschaftlichem Fuß.«

»Sie sind viel kleiner, als ich erwartet hatte«, meinte Berger. »Ich bin nicht besonders beeindruckt.«

Devlin lächelte wieder. »Das höre ich ständig, mein Sohn.«

»Ich muß Sie auffordern, uns zu begleiten.«

»Ich habe das Buch erst zur Hälfte gelesen. *The Midnight Court*, ›Urteil um Mitternacht‹, und sogar in Irisch. Können Sie sich vorstellen, daß ich das gute Stück in der vergangenen Woche auf dem Flohmarkt gefunden habe?«

»Sofort!« sagte Berger.

Devlin trank einen Schluck Bier. »Sie erinnern mich an ein mittelalterliches Fresko, das ich mal in einer Kirche in Donegal bewundern durfte. Es stellte Menschen dar, die entsetzt vor einem Mann mit Kapuze davonliefen. Jeder, den er berührte, starb an der Pest.«

»Eggar!« gab Berger das Kommando.

Devlin schoß durch die Tischplatte, und neben der Tür spritzte Verputz von der Wand. Eggar versuchte, seine Pistole aus der Tasche zu ziehen. Die Walther, die Devlin auf den Knien liegen hatte, erschien nun über der Tischplatte. Er feuerte erneut und schoß Eggar durch die rechte Hand. Der Polizeiattaché schrie auf, kippte nach hinten gegen die Wand, während einer der Zigeuner nach seiner Pistole schnappte.

Bergers Hand verschwand in seinem Jackett und griff nach der Mauser, die er in einem Schulterhalfter trug. Devlin schüttete ihm das Bier ins Gesicht und schleuderte ihm den Tisch entgegen. Die Kante knallte gegen die Schienbeine des Deutschen, so daß er stolperte und nach vorn fiel. Devlin stieß ihm die Mündung der Walther in den Nacken, faßte in Bergers Rock, fischte die Mauser heraus und warf sie auf die Theke.

»Ein Geschenk für dich, Barbosa.« Der Barkeeper grinste und nahm die Mauser an sich. Die Zigeuner waren aufgesprungen, zwei hielten Messer in der Hand. »Glück für Sie, daß Sie sich einen Laden ausgesucht haben, wo man nicht sofort die Polypen ruft«, meinte Devlin. »Ziemlich wildes Volk, diese Burschen. Nicht mal der Kapuzenmann kann sie beeindrucken. Unser Barbosa hier ist ihm öfter in den Stierkampfarenen in Spanien begegnet. Dort hat er auch das Horn ins Auge bekommen.«

Der Ausdruck in Bergers Gesicht sagte alles. Devlin verstaute das Buch in seiner Tasche, ging um ihn herum, wobei er die Walther nach unten hielt, und griff nach Eggars Hand. »Zwei Knöchel hat's erwischt. Sie brauchen einen Arzt.« Er steckte nun auch die Walther in die Tasche und wandte sich zum Gehen.

Bergers eiserne Selbstkontrolle zerbrach. Er rannte hinter ihm her und versuchte ihn zu packen. Devlin schwang herum, sein rechter Fuß flog nach vorn und traf Berger unterhalb der linken Kniescheibe. Während der Deutsche nach vorn einknickte, wuchtete er ihm ein Knie ins Gesicht und warf ihn zurück gegen die Bar. Berger zog sich mühsam hoch, klammerte sich an die Marmorplatte, während die Zigeuner in schallendes Gelächter ausbrachen.

Devlin schüttelte den Kopf. »Mein Gott, Kleiner, ich würde Ihnen empfehlen, sich eine andere Arbeit zu suchen. Das gilt auch für Ihren Begleiter.« Er drehte sich um und ging hinaus.

Als Schellenberg den kleinen Sanitätsraum betrat, saß Eggar am Schreibtisch, während der Botschaftsarzt seine rechte Hand verband.

»Wie geht es ihm?« erkundigte sich Schellenberg.

»Er bleibt am Leben.« Der Arzt beendete sein Werk und schnitt säuberlich einen Streifen Heftpflaster ab. »Die Hand wird in Zukunft etwas steif sein. Die Fingerknöchel haben etwas abbekommen.«

»Kann ich mal kurz mit ihm sprechen?« Der Arzt nickte und ging hinaus. Schellenberg zündete sich eine Zigarette an und ließ sich auf der Schreibtischkante nieder. »Ich nehme an, Sie haben Devlin gefunden?«

»Wurde das dem Herrn General noch nicht mitgeteilt?« fragte Eggar.

»Ich habe Berger noch nicht gesprochen. Ich habe nur gehört, daß ihr ziemlich lädiert mit dem Taxi zurückgekommen seid. Und jetzt schildern Sie mal genau, was passiert ist.«

Was Eggar bereitwillig tat, denn so wie seine Schmerzen schlimmer wurden, steigerte sich auch sein Zorn. »Er wollte nicht auf mich hören, Herr General. Er mußte unbedingt seinen Kopf durchsetzen.«

Schellenberg legte ihm eine Hand auf die Schulter. »Es ist nicht Ihre Schuld, Eggar. Ich fürchte, Major Berger meint, er sei über gewisse Vorschriften erhaben. Es wird Zeit, daß er eine Lektion erhält.«

»Oh, dafür hat Devlin schon gesorgt«, meinte Eggar. »Als ich mich von ihm verabschiedete, sah das Gesicht unseres Majors gar nicht schön aus.«

»Tatsächlich?« Schellenberg grinste. »Ich hätte nicht gedacht, daß es noch häßlicher werden könnte.«

Berger stand mit nacktem Oberkörper vor dem Waschbecken in dem kleinen Zimmer, das man ihm zugewiesen hatte, und untersuchte sein Gesicht im Spiegel. Ein Bluterguß hatte sich bereits um sein linkes Auge gebildet, und seine Nase war angeschwollen. Schellenberg kam herein, schloß die Tür und lehnte sich dagegen.

»Soso, Sie haben also meine Befehle mißachtet.«

»Ich habe versucht, das Beste aus der Situation zu machen«, entgegnete Berger. »Ich wollte nicht, daß er untertaucht.«

»Und er war besser als Sie. Ich habe Sie gewarnt.«

Wut flackerte in Bergers Gesicht auf, während er sich im Spiegel betrachtete und seine Wange betastete. »Diese miese irische Sau. Das nächste Mal mache ich ihn fertig.«

»Das werden Sie lassen, denn von jetzt an nehme ich die Sache selbst in die Hand«, sagte Schellenberg. »Es sei denn, Ihnen ist es lieber, ich berichte dem Reichsführer, daß wir den Mann aufgrund Ihrer Dummheit verloren haben.«

Berger wirbelte herum. »General Schellenberg, ich protestiere.«

»Füße zusammen, und nehmen Sie Haltung an, wenn Sie mit mir reden, Sturmbannführer«, bellte Schellenberg. Berger gehorchte, und die eiserne Disziplin der SS machte sich bemerkbar. »Sie haben beim Eintritt in die SS einen Eid abgelegt. Sie haben Ihrem Führer und denen, die Ihnen Befehle erteilen, bedingungslosen Gehorsam geschworen. Ist es nicht so?«

»Jawohl, Brigadeführer.«

»Hervorragend«, lobte ihn Schellenberg. »Sie erinnern sich. Vergessen Sie das nie wieder. Die Folgen könnten sonst furchtbar sein.« Er ging zur Tür, öffnete sie und blieb kopfschüttelnd stehen. »Sie sehen schlimm aus, Major. Versuchen Sie, Ihr Gesicht ein wenig auf Vordermann zu bringen, ehe Sie zum Essen runterkommen.«

Er ging hinaus, und Berger schaute wieder in den Spiegel. »Schweinehund!« zischte er leise.

Liam Devlin saß im *Estrela de Lisboa* am Klavier, eine Zigarette im Mundwinkel, ein Glas Wein neben den Tasten. Es war zehn Uhr, noch zwei Stunden bis Weihnachten. Im Café herrschte Hochbetrieb und Festtagsstimmung. Er spielte eine Nummer mit dem Titel »Moonlight on the Highway«, ein Lieblingslied der Gäste, sehr langsam und gefühlvoll. Schellenberg bemerkte er im gleichen Moment, als dieser eintrat, nicht weil er ihn erkannt hätte, sondern weil er sofort wußte, wo er einzuordnen war. Er sah ihn zur Bar gehen und ein Glas Wein bestellen und wandte dann den Blick ab, als Schellenberg zum Klavier herüberkam.

»›Moonlight on the Highway‹«, sagte Schellenberg. »Das gefällt mir. Einer der besten Titel von Al Bowlly«, fügte er hinzu und nannte damit den Namen des Mannes, der bis zu seinem Tod der beliebteste Schnulzensänger Englands gewesen war.

»Wußten Sie, daß er im Bombenhagel auf London ums Leben kam?« fragte Devlin. »Er wollte nicht in den Keller runterrennen wie die anderen, wenn die Sirenen losheulten. Sie haben ihn nach einem Angriff tot in seinem Bett gefunden.«

»Ein Unglück«, sagte Schellenberg.

»Ich glaube, es hängt davon ab, auf welcher Seite man steht.«

Devlin spielte eine Überleitung und machte mit »A Foggy Day in London Town« weiter, und Schellenberg bemerkte: »Sie sind ein Mann mit vielen Talenten, Mr. Devlin.«

»Ein ganz passabler Pianist, mehr nicht«, meinte Devlin bescheiden. »Die Früchte einer verkorksten Jugend.« Er griff nach seinem Weinglas und spielte einhändig weiter. »Und wer sind Sie, alter Junge?«

»Mein Name ist Schellenberg – Walter Schellenberg. Sie haben vielleicht schon mal von mir gehört.«

»Aber sicher.« Devlin grinste. »Dafür habe ich lange genug in Berlin gelebt. Jetzt General, nicht wahr, und beim SD, oder? Haben Sie etwas mit den beiden Idioten zu tun, die mich heute am frühen Abend belästigten?«

»Ich bedaure das, Mr. Devlin. Der Mann, den Sie angeschossen haben, ist der Polizeiattaché der Botschaft. Der andere, Major Berger, ist bei der Gestapo. Er begleitet mich nur deshalb, weil der Reichsführer es so wollte.«

»Mein Gott, rührt der alte Himmler sich wieder? Als ich ihn das letzte Mal sah, war er nicht gerade gut auf mich zu sprechen.«

»Nun, er braucht Sie jetzt.«

»Für was?«

»Sie sollen für uns nach England gehen, Mr. Devlin. Nach London, um genau zu sein.«

»Nein, danke. Ich habe in diesem Krieg zweimal für den deutschen Geheimdienst gearbeitet. Das erste Mal in Irland, was mich beinahe den Kopf gekostet hätte.« Er tippte gegen die Schußnarbe an der Stirn.

»Und beim zweitenmal, diesmal in Norfolk, bekamen Sie eine Kugel in die rechte Schulter und sprangen dem Tod im letzten Moment von der Schippe. Kurt Steiner mußten Sie zurücklassen.«

»Ach, davon wissen Sie?«

»Operation Adler? Aber ja.«

»Ein guter Mann, der Oberstleutnant. Mit den Nazis hatte er eigentlich nicht viel am Hut...«

»Wissen Sie auch, was mit ihm passiert ist?«

»Klar – sie brachten Max Radl damals nach seinem Herzinfarkt ins Krankenhaus in Holland, in dem auch ich lag. Er erhielt eine Meldung von irgendwelchen geheimen Quellen in England, daß Steiner an einem Ort namens Meltham House bei dem Versuch getötet wurde, Churchill zu entführen.«

»Zwei Dinge stimmen dabei nicht«, erklärte Schellenberg. »Zwei Dinge, die Radl nicht wußte. Erstens war es nicht Churchill an jenem Wochenende. Er war unterwegs zur Konferenz in Teheran. Es war sein Double. Irgendein Varietékünstler.«

»Jesus, Maria und Josef!« Devlin hörte auf zu spielen.

»Und zweitens, was noch wichtiger ist, Kurt Steiner ist nicht tot. Er lebt und erfreut sich bester Gesundheit. Zur Zeit befindet er sich im Tower in London, und deshalb möchte ich, daß Sie für mich nach England gehen. Sehen Sie, mir wurde die Aufgabe übertragen, ihn wohlbehalten ins Reich zurückzuholen, und ich habe kaum mehr als drei Wochen Zeit, um das zu organisieren.«

Frear hatte das Café einige Minuten früher betreten und Schellenberg sofort erkannt. Er zog sich in eine Nische zurück, von der aus er einem Kellner winkte, ein Bier bestellte und beobachtete, wie die beiden Männer hinaus in den Garten hinter dem Café gingen. Dort setzten sie sich an einen Tisch und blickten hinunter auf die Lichter der Schiffe auf dem Tejo.

»General, Sie haben den Krieg verloren«, sagte Devlin. »Warum finden Sie sich nicht damit ab, anstatt sich dagegen aufzubäumen?«

»Ach, wir alle müssen unser Bestes tun, bis diese verdammte Sache zu Ende ist. Ich sage immer, es ist schwierig, von einem Karussell abzuspringen, wenn es erst einmal in Fahrt gekommen ist. Wir müssen unser Spiel weiterspielen.«

»Genauso wie der alte Knacker mit dem weißen Haar in der

Ecknische, der uns die ganze Zeit beobachtet«, stellte Devlin fest.

Schellenberg dreht sich wie zufällig um und schaute verstohlen in die Richtung. »Wer ist das?«

»Er tut so, als wäre er im Portweingeschäft. Er heißt Frear. Von meinen Freunden weiß ich, daß er Militärattaché in der hiesigen Britischen Botschaft ist.«

»Tatsächlich.« Schellenberg ließ sich nicht aus der Ruhe bringen und kam wieder zum Thema. »Sind Sie interessiert?«

»Was sollte mich denn reizen?«

»Geld. Sie haben für Ihre Mitwirkung an der Operation Adler zwanzigtausend Pfund erhalten. Der Betrag wurde auf ein Nummernkonto in Genf überwiesen.«

»Und jetzt hänge ich hier fest ohne einen Penny in der Tasche.«

»Fünfundzwanzigtausend Pfund, Mr. Devlin. Das Geld wird überwiesen, wohin Sie wollen.«

Devlin zündete sich eine Zigarette an und lehnte sich zurück. »Weshalb wollen Sie ihn? Warum diese ganze Mühe?«

»Es geht um Fragen der Sicherheit.«

Devlin lachte rauh. »Nun hören Sie aber auf, Herr General. Sie wollen, daß ich wie damals über Irland mitten in der Nacht aus fünftausend Fuß aus einer Dornier abspringe, und Sie versuchen, mich mit solchem Quatsch abzuspeisen?«

»Na schön.« Schellenberg hob in einer beschwichtigenden Geste seine Hand. »Am 21. Januar findet in Frankreich eine Konferenz statt. Erwartet werden der Führer, Rommel, Canaris und Himmler. Der Führer hat keine Ahnung von der Operation Adler. Der Reichsführer möchte Steiner bei der Konferenz präsentieren. Er möchte ihn vorstellen.«

»Und warum will er das?«

»Steiners Mission ist gescheitert, aber er hat mit deutschen

Soldaten auf englischem Boden gekämpft. Daher ist er ein Held des Dritten Reiches.«

»Immer noch dieser alte Quatsch?«

»Hinzu kommt, daß der Reichsführer und Admiral Canaris nicht immer einer Meinung sind. Auch was Steiner betrifft.« Er hob die Schultern. »Die Tatsache, daß seine Flucht von der SS organisiert wurde ...«

»Würde Canaris ziemlich schlecht aussehen lassen?« Devlin schüttelte den Kopf. »Was für eine Bande. Ich habe für keinen von denen etwas übrig, und auch die Motive dieser alten Krähe Himmler interessieren mich nicht. Aber bei Kurt Steiner sieht das anders aus. Er ist ein großartiger Kerl. Aber der verdammte Tower von London ...«

Er schüttelte den Kopf, und Schellenberg sagte: »Sie werden ihn nicht lange dort lassen. Ich vermute, daß sie ihn in eines ihrer sicheren Verstecke in London bringen.«

»Und wie wollen Sie das herausfinden?«

»Wir haben in London einen Agenten, der in der Spanischen Botschaft sitzt und von dort aus seine Informationen schickt.«

»Können Sie sicher sein, daß er kein Doppelagent ist?«

»In diesem Fall ziemlich sicher.«

Devlin saß da, runzelte die Stirn, dachte nach.

Schellenberg raunte: »Dreißigtausend Pfund.« Er lächelte. »Ich mache meinen Job gut, Mr. Devlin. Ich entwickle einen Plan für Sie, der funktioniert.«

Devlin nickte. »Ich werde es mir durch den Kopf gehen lassen.« Er stand auf.

»Aber die Zeit drängt. Es eilt, und ich muß schnellstens nach Berlin zurück.«

»Ich brauche Zeit zum Nachdenken, und es ist Weihnachten. Ich habe versprochen, aufs Land hinauszufahren auf eine Stier- und Rinderfarm, die ein Freund von mir leitet. Er heißt Barbosa und war mal ein berühmter Torero in Spanien, wo der Stierkampf ein Volksvergnügen ist. Ich bin in drei Tagen wieder zurück.«

»Aber Mr. Devlin –«, versuchte Schellenberg erneut sein Glück.

»Wenn Sie mich haben wollen, müssen Sie warten.« Devlin klopfte ihm auf die Schulter. »Kommen Sie schon, Walter, Weihnachten in Lissabon. Lichter, Musik, schöne Frauen. Im Augenblick haben sie in Berlin sicherlich gerade Verdunkelung angeordnet, und zudem könnte ich wetten, daß es schneit. Was gefällt Ihnen besser?«

Schellenberg brach in hilfloses Gelächter aus. Hinter ihnen erhob sich Frear und verschwand.

Dringende Geschäfte hatten Dougal Munro am Weihnachtsmorgen sein Büro in der SOE-Zentrale aufsuchen lassen. Er wollte gerade wieder gehen, als Jack Carter hereinhumpelte. Es war kurz nach Mittag.

»Hoffentlich ist es etwas Wichtiges«, sagte Munro. »Ich bin mit Freunden zum Mittagessen bei Garrick verabredet.«

»Ich nahm an, daß Sie darüber informiert werden wollen, Sir.« Carter hielt ein Funktelegramm hoch. »Von Major Frear, unserem Mann in Lissabon. Es geht um unseren Freund Devlin.«

Munro wurde aufmerksam. »Was ist mit ihm?«

»Raten Sie mal, mit wem er sich gestern abend in einem Club in Lissabon ausführlich unterhalten hat? Mit Walter Schellenberg.«

Munro ließ sich hinter seinem Tisch niedersinken. »Was zum Teufel führt der liebe Walter im Schilde?«

»Das weiß der liebe Gott allein, Sir.«

»Eher schon der Teufel. Schicken Sie Frear sofort einen Funkspruch. Er soll versuchen herauszubekommen, was Schellenberg vorhat. Falls er und Devlin Portugal gemeinsam verlassen, dann will ich sofort informiert werden.«

»Ich kümmere mich persönlich darum, Sir«, versprach Carter und eilte hinaus.

Zwar hatte der Wetterbericht zu Weihnachten Schnee angekündigt, aber als Jack Carter am Abend des Siebenundzwanzigsten in die kleine Straße am Portman Square einbog, regnete es. Er hatte diese Gegend bewußt für das Treffen mit Vargas ausgewählt, weil sie nicht weit von der SOE-Zentrale lag. Das Café hieß *Mary's Pantry*, war völlig verdunkelt, doch als er eintrat, erstrahlte das Innere von Weihnachtsschmuck und Stechpalmen. Es war noch früh am Abend, und es waren nur drei oder vier Gäste zu sehen.

Vargas saß in einer Ecke, trank Kaffee und las in einer Zeitung. Er trug einen dicken dunkelblauen Mantel, auf dem Tisch vor ihm lag ein Hut. Er hatte dunkle Haut, eingefallene Wangen und einen bleistiftdünnen Schnurrbart. Sein Haar glänzte von Pomade und war in der Mitte gescheitelt.

»Hoffentlich haben Sie mir etwas Anständiges zu bieten«, begrüßte ihn Carter.

»Würde ich mich bei Ihnen melden, wenn es nicht so wäre, Señor?« fragte Vargas. »Ich habe Nachricht von meinem Cousin in Berlin erhalten.«

»Und?«

»Sie wünschen weitere Informationen über Steiner. Sie beabsichtigen eine Befreiungsaktion.«

»Sind Sie sicher?«

»So lautete die Nachricht. Sie wollen alles über seinen Aufenthaltsort wissen. Sie scheinen anzunehmen, daß Sie ihn aus dem Tower an einen anderen Ort verlegen.«

»Wer ist ›sie‹? Die Abwehr?«

»Nein. General Schellenberg vom SD leitet das Projekt. Zumindest ist er es, für den mein Cousin tätig ist.«

Carter nickte, verspürte eine zunehmende innere Erregung und stand auf. »Rufen Sie mich gegen elf unter der üblichen Nummer an, alter Freund, und lassen Sie mich nicht umsonst warten.« Er beugte sich vor. »Das ist die ganz große Nummer, Vargas. Wenn Sie klug sind, dann verdienen Sie eine Menge Geld.«

Er machte kehrt und ging hinaus. Danach eilte er durch die Baker Street, so schnell es sein künstliches Bein erlaubte.

In Lissabon stieg zur gleichen Zeit Walter Schellenberg die steile kopfsteingepflasterte Gasse in die Alfama hinauf zum *Estrela de Lisboa*. Er konnte die Musik schon hören, noch ehe er das Café erreichte. Als er eintrat, fand er den Gastraum bis auf den Barkeeper und Devlin am Klavier völlig verlassen vor.

Der Ire hielt inne, um sich eine Zigarette anzuzünden, und lächelte. »Hatten Sie ein schönes Weihnachtsfest, General?«

»Es hätte schlimmer sein können. Und Sie?«

»Die Stiere waren sehr wild. Ich bekam ein paar Huftritte ab. Ich hatte zuviel getrunken.«

»Ein gefährliches Spiel.«

»Nicht wirklich. In Portugal werden die Hornspitzen stumpf gemacht. Niemand gerät in Lebensgefahr.«

»Dann lohnt es doch gar nicht die Mühe«, sagte Schellenberg.

»Wirklich nicht? Wein, gutes Essen, Stiere und viel, viel Sonne, das war es, was ich zu Weihnachten hatte, General.« Er begann herumzuklimpern und stimmte »Moonlight on the Highway« an. »Und ich mußte plötzlich an den alten Al Bowlly und die Bombennächte, an London und den Nebel in den Straßen denken. Ist das nicht seltsam?«

Schellenberg hatte Mühe, seine Erregung zu verbergen. »Heißt das, Sie machen mit?«

»Unter einer Bedingung. Ich kann es mir bis zuletzt noch anders überlegen, wenn ich meine, daß der Plan nicht absolut wasserdicht ist.«

»Meine Hand darauf.«

Devlin stand auf, und sie gingen hinaus auf die Terrasse. »Morgen früh fliegen wir nach Berlin«, sagte Schellenberg.

»Sie, General, aber nicht ich.«

»Aber Mr. Devlin –«

»Sie müssen in diesem Spiel an alles denken, wissen Sie. Sehen Sie mal dort unten.« Hinter der Mauer war Frear aufgetaucht und unterhielt sich mit einem der Kellner, der die Tische im Freien abwischte. »Er beobachtet mich die ganze Zeit, der alte Frear. Er hat mich mit dem großen Walter Schellenberg zusammen gesehen. Ich denke doch, daß dies in einem seiner Berichte nach London besondere Erwähnung gefunden hat.«

»Was schlagen Sie also vor?«

»Sie fliegen nach Berlin zurück und setzen Ihre Vorbereitungen fort. Es gibt ja eine Menge zu tun. In der Mission müssen die richtigen Papiere für mich ausgestellt werden, dann brauche ich Reisegeld und so weiter, und ich komme inzwischen mit der Eisenbahn nach. Von Lissabon nach Madrid, dann weiter mit dem Paris-Expreß. Wenn Sie wollen, kann ich ja von dort aus fliegen, oder aber ich lege die ganze Strecke mit der Eisenbahn zurück.«

»Auf diese Weise brauchen Sie mindestens zwei Tage.«

»Wie ich schon sagte, Sie haben eine Menge zu tun. Behaupten Sie nur nicht, daß in Berlin keine dringenden Angelegenheiten auf Sie warten.«

Schellenberg nickte. »Sie haben recht. Also trinken wir darauf. Auf unser englisches Unternehmen.«

»Heilige Maria Muttergottes, alles, nur das nicht, General. Jemand hat bei meinem letzten Einsatz genau diesen Toast angebracht. Niemand war sich bewußt, daß dies genau die Worte waren, mit denen die spanische Armada verabschiedet wurde, und Sie wissen ja, was damals passiert ist.«

»Dann auf uns, Mr. Devlin«, verbesserte sich Schellenberg. »Ich trinke auf Sie, und Sie trinken auf mich.« Und damit gingen sie wieder hinein.

Munro saß an seinem Schreibtisch in der Wohnung am Haston Place und hörte aufmerksam zu, während Carter ihm den Inhalt seines Gesprächs mit Vargas wiedergab.

Er nickte. »Zwei Teile eines Puzzles, Jack. Schellenberg ist daran interessiert, Steiner zu befreien, und wo ist Schellenberg jetzt? In Lissabon, wo er sich mit Liam Devlin trifft. Zu welcher Schlußfolgerung bringt Sie das?«

»Daß er Liam Devlin anwerben will, Sir.«

»Natürlich. Er ist der ideale Partner.« Munro nickte. »Daraus könnten sich interessante Perspektiven ergeben.«

»Welche zum Beispiel?«

Munro schüttelte den Kopf. »Ich habe nur laut nachgedacht. Es wird sowieso Zeit, Steiner zu verlegen. Was schlagen Sie vor?«

»Da wäre das Londoner Kriegsgefangenenlager in Kensington«, sagte Carter.

»Vergessen Sie's, Jack. Das wird doch nur als Durchgangsstation benutzt, oder? Für Kriegsgefangene wie etwa die Besatzungen der Luftwaffe.«

»Dann wäre da noch Cockfosters, Sir, aber das ist auch nur ein Lager, und die Schule gegenüber dem Wandsworth Prison. Eine Reihe deutscher Agenten wurde dort festgehalten.« Munro war nicht überzeugt, und Carter versuchte es weiter. »Dann ist da natürlich noch Mytchett Place in Hampshire. Das haben sie für Heß in eine kleine Festung verwandelt.«

»Der dort in derart herrlicher Einsamkeit lebt, daß er im Juni 1941 von einem Balkon sprang und Selbstmord begehen wollte. Nein, das ist nicht das Wahre.« Munro ging zum Fenster und schaute hinaus. Der Regen war in einen nassen Schnee übergegangen. »Ich glaube, es wird Zeit, daß ich mich mal mit Steiner unterhalte. Und zwar morgen.«

»Gut, Sir. Ich werde das arrangieren.«

Munro drehte sich um. »Devlin – gibt es in der Akte ein Foto von ihm?«

»Ein Paßfoto, Sir. Als er in Norfolk war, mußte er ein Meldeformular für Fremde ausfüllen. Das ist für irische Staatsangehörige Pflicht, ein Paßfoto ist mit dabei. Die Special Branch hat es mitgeschickt. Es ist nicht besonders gut.«

»Das sind diese Dinger nie.« Munro lächelte plötzlich. »Ich hab's, Jack. Ich weiß jetzt, wo wir Steiner unterbringen. In Wapping. Im St. Mary's Priory.«

»Bei den Kleinen Barmherzigen Schwestern, Sir? Aber das ist ein Krankenhaus für aussichtslose Fälle, eine Art Sterbeklinik.«

»Sie kümmern sich dort auch um Leute, die Nervenzusammenbrüche hatten, nicht wahr? Besonders tapfere RAF-Piloten, die durchgedreht sind.«

»Ja, Sir.«

»Und Sie vergessen den Agenten der Abwehr, Baum, im Februar. Der eine Kugel in die Brust bekam, als Special Branch und MI5 ihn in Bayswater aus dem Verkehr ziehen wollten. Sie brachten ihn in das Kloster, pflegten ihn dort gesund und verhörten ihn. Ich habe die Berichte gelesen. Der MI5 benutzt diese Adresse nicht regelmäßig, das weiß ich genau. Der Ort wäre für uns ideal. Erbaut wurde der Komplex im siebzehnten Jahrhundert. Da es früher mal ein geschlossener Orden war, ist alles von einer Mauer umgeben. Es erinnert an eine Festung.«

»Ich war noch nie dort, Sir.«

»Aber ich. Ein seltsamer Ort. Sehr lange protestantisch, als die Katholiken geächtet waren, dann verwandelte irgendein viktorianischer Industrieller, der eine religiöse Ader hatte, den Bau in eine Herberge für Obdachlose und Landstreicher. Er stand danach jahrelang leer, und schließlich, um 1910, kaufte irgendein christlicher Wohltäter das Gebäude. Es wurde katholisch geweiht, und schon waren die Kleinen Barmherzigen Schwestern im Geschäft.« Er nickte begeistert. »Ja, ich glaube, das Kloster ist genau das richtige.«

»Eine Sache ist da noch, Sir. Ich muß Sie daran erinnern, daß dies eigentlich eine Angelegenheit der Spionageabwehr ist, was bedeutet, daß ausschließlich MI5 und Special Branch dafür zuständig sind.«

»Nicht, wenn sie keine Ahnung davon haben.« Munro lächelte. »Wenn Vargas anruft, dann treffen Sie sich sofort mit ihm. Sagen Sie ihm, er soll drei oder vier Tage warten und dann seinen Cousin darüber informieren, daß Steiner in die St. Mary's Priory verlegt wird.«

»Wollen Sie sie wirklich dazu animieren, ihre Operation durchzuführen, Sir?«

»Warum nicht, Jack? Wir würden nicht nur Devlin einkassieren, sondern auch alle Kontakte, die er hat. Er kann gar nicht allein arbeiten. Nein, in dieser Sache steckt eine ganze Menge an Möglichkeiten. Und jetzt gehen Sie.«

»Jawohl, Sir.«

Carter humpelte zur Tür, und Munro sagte: »Zu dumm, fast hätte ich das Wichtigste vergessen. Walter Schellenberg wird wissen wollen, aus welcher Quelle die Information stammt. Sie muß überzeugend wirken.«

»Darf ich einen Vorschlag machen, Sir?«

»Schießen Sie los.«

»José Vargas ist homosexuell, und im Augenblick tut eine

Kompanie der Scots Guards Dienst im Tower. Nehmen wir an, Vargas hat einen von ihnen in den Pubs rund um den Tower kennengelernt, die von den Soldaten regelmäßig besucht werden.«

»Hervorragend, Jack«, sagte Munro. »Dann fädeln Sie das mal ein.«

Von einem versteckten Aussichtspunkt auf der Besucherterrasse des Flughafens von Lissabon beobachtete Frear, wie Schellenberg und Berger über das Flugfeld gingen und in die Junkers stiegen. Er wartete, bis die Maschine zum Start rollte, und ging erst hinaus zu den Taxiständen, als das Flugzeug abgehoben hatte.

Eine halbe Stunde später betrat er das *Estrela de Lisboa* und setzte sich an die Bar. Nachdem er ein Bier bestellt hatte, fragte er den Barkeeper: »Wo ist eigentlich unser irischer Freund?«

»Der? Weg.« Der Barkeeper zuckte die Achseln. »Nichts als Ärger. Der Chef hat ihn rausgeworfen. Gestern abend war ein Gast hier. Ein netter Mann. Ein Deutscher, glaube ich. Devlin hatte Streit mit ihm. Fast wäre es zu einer Prügelei gekommen. Wir konnten ihn gerade noch zurückhalten.«

»Ach du liebe Güte«, sagte Frear. »Was macht er denn jetzt?«

»In der Alfama gibt es viele Bars«, meinte der Barkeeper.

»Da haben Sie sicherlich recht.« Frear leerte sein Glas. »Ich muß weg. Bis bald.«

Er ging hinaus, und Devlin schob sich durch den Perlenvorhang im hinteren Teil der Bar. »Bist ein prima Kerl, José. Und jetzt nehmen wir unseren Abschiedstrunk.«

Es war später Nachmittag, und Munro saß an seinem Schreibtisch in der SOE-Zentrale, als Carter hereinkam.

»Wieder eine Nachricht von Frear, Sir. Schellenberg ist heute morgen nach Berlin geflogen, aber Devlin ist nicht mitgegangen.«

»Wenn Devlin so clever ist, wie ich annehme, Jack, dann hat er Frear von Anfang an bemerkt. Wenn man an einem Ort wie Lissabon Militärattaché an der Botschaft ist, dann kennen einen die Leute.«

»Sie meinen, er nimmt eine andere Route nach Berlin, Sir?«

»Genau. Dieser alte Fuchs schlägt Haken und benutzt Schleichwege, aber es wird ihm nichts nützen.« Munro lächelte. »Wir haben Rivera und Vargas in der Tasche, und das bedeutet, daß wir ihm stets einen Schritt voraus sind.«

»Und was geschieht jetzt, Sir?«

»Wir warten, Jack, wir warten einfach und sehen uns an, was ihr nächster Zug ist. Haben Sie ein Treffen mit Steiner arrangiert?«

»Jawohl, Sir.«

Munro trat ans Fenster. Aus dem Schneeregen war wieder Regen geworden, und er schnaubte. »Sieht so aus, als käme bald Nebel auf. Scheißwetter.« Er seufzte. »Was für ein Krieg, Jack, was für ein Krieg.«

4

Während der Wagen am Tower Hill entlangfuhr, stieg von der Themse Nebel auf. »Wie sieht es hier zur Zeit aus?« wollte Munro wissen.

»Die ganze Anlage ist bewacht, Brigadier. Die Öffentlichkeit hat nicht freien Zutritt so wie vor dem Krieg. Soweit ich verstanden habe, werden an einigen Tagen Besichtigungstouren für Angehörige der alliierten Truppen veranstaltet.«

»Und die Yeomen?«

»Oh, die sind noch im Dienst und wohnen mit ihren Familien in den eigens eingerichteten Quartieren. Die ganze Anlage ist mehr als einmal bombadiert worden. Dreimal allein während Rudolf Heß dort saß.«

Sie wurden von einem Wachtposten angehalten, der ihre Passierscheine überprüfte. Dann fuhren sie weiter durch den watteartigen Nebel, begleitet vom gedämpften Verkehrslärm und einem gequälten Schrei von der Themse, der von einem Schiff kam, das in Richtung Meer fuhr und sein Nebelhorn erklingen ließ.

Sie wurden erneut kontrolliert, rollten dann über die Zugbrücke und durch das Tor. »Nicht gerade ein Tag, der einem das Herz erfreut«, stellte Munro fest.

Wegen des dichten Nebels gab es nicht viel zu sehen, als sie weiterfuhren, nur graue Steinmauern. Schließlich kamen sie in den inneren Hof, wo sie völlig von der Außenwelt abgeschnitten waren.

»Das Krankenhaus ist da drüben, Sir«, sagte Carter.

»Haben Sie alles so arrangiert, wie ich es angeordnet habe?«

»Ja, Sir, aber gerne tat ich es nicht.«

»Sie sind ein netter Kerl, Jack, aber dies hier ist kein netter Krieg. Kommen Sie, wir steigen aus und gehen zu Fuß weiter.«

»In Ordnung, Sir.«

Mühsam quälte sich Carter aus dem Wagen. Der Nebel hatte einen gelblichen Schimmer angenommen. Er war beißend und brannte in der Kehle wie Säure.

»Schlimm, nicht wahr?« sagte Munro. »Eine richtige Erbsensuppe. Wie hat Dickens es mal genannt? Eine Londoner Spezialität?«

»Ich glaube ja, Sir.«

Sie gingen los. »Was für ein verdammter Ort, Jack. Angeblich soll es hier Geister geben. Zum Beispiel dieses arme kleine Mädchen, Lady Jane Grey, und auch Sir Walter Raleigh soll ständig durch die Wände gehen. Ich möchte bloß wissen, wie es Steiner hier zumute ist.«

»Ich nehme nicht an, daß ihm das beim Einschlafen hilft, Sir.«

Einer der berühmten schwarzen Raben des Towers tauchte krächzend mit großen flatternden Flügeln aus dem Nebel auf.

Munro zuckte heftig zusammen. »Verschwinde, du widerliches Biest.« Er erschauerte. »Da, was habe ich gesagt, die Geister der Toten.«

Das kleine Krankenzimmer war mit dunkelgrüner Farbe gestrichen. Möbliert war es mit einem schmalen Bett, einem Schrank und einer Garderobe. Außerdem gehörte ein kleines Bad mit

Toilette dazu. Kurt Steiner saß in Schlafanzug und Bademantel am Fenster und las. Das Fenster war von innen vergittert. Durch das Gitter konnte man jedoch hindurchgreifen und den Fensterflügel öffnen. Er saß gerne dort, denn bei gutem Wetter konnte er in den Innenhof und auf den White Tower blicken. Es vermittelte ihm einen Eindruck von Raum, und Raum bedeutete Freiheit. Begleitet von einem lauten Poltern wurde die stabile Tür entriegelt: Sie ging auf, und ein Militärpolizist kam herein.

»Besuch für Sie, Herr Oberst.«

Munro erschien, gefolgt von Carter. »Sie dürfen uns allein lassen, Corporal«, sagte er zu dem Militärpolizisten.

»Sir.«

Der Mann ging hinaus und schloß ab. Munro, auf äußere Wirkung bedacht, trug seine Uniform. Er schlüpfte aus seinem Wintermantel, und Steiner sah die Rangabzeichen und roten Kragenspiegel eines Stabsoffiziers.

»Oberstleutnant Kurt Steiner?«

Steiner erhob sich. »Brigadier?«

»Munro, und das ist mein Adjutant, Captain Jack Carter.«

»Gentlemen, ich habe Ihnen schon vor längerer Zeit meinen Namen, meinen Dienstrang und meine Dienstnummer genannt«, sagte Steiner. »Dem habe ich nichts hinzuzufügen. Ich bin aber überrascht, daß seitdem niemand versucht hat, mehr aus mir herauszubekommen. Außerdem entschuldige ich mich dafür, daß es hier nur einen Stuhl gibt und ich Ihnen daher keinen Platz anbieten kann.«

Sein Englisch war makellos, und Munro empfand Sympathie für den Deutschen. »Wir setzen uns auf das Bett, wenn wir dürfen. Jack, bieten Sie dem Herrn Oberst eine Zigarette an.«

»Vielen Dank«, lehnte Steiner ab. »Die Kugel in meiner Brust war ein guter Anlaß, das Rauchen ganz aufzugeben.«

Sie setzten sich. Dabei meinte Munro: »Ihr Englisch ist wirklich hervorragend.«

»Brigadier«, sagte Steiner lächelnd. »Sie wissen sicherlich schon lange, daß meine Mutter Amerikanerin war und daß ich als Junge einige Jahre in London gelebt habe, wo mein Vater als Militärattaché an der Deutschen Botschaft beschäftigt war. Meine Schulausbildung erhielt ich in St. Paul's.«

Er war siebenundzwanzig Jahre alt und gut in Form, abgesehen von den leicht hohl wirkenden Wangen, offenbar eine Folge des langen Krankenhausaufenthalts. Er war sehr ruhig, und ein ständiges Lächeln spielte um seine Lippen, eine Art von Selbstzufriedenheit, die Munro schon bei vielen Soldaten der fliegenden Truppe aufgefallen war.

»Sie wurden nicht nur wegen Ihres doch recht lange andauernden schlechten Zustands keinen weiteren Verhören unterzogen«, sagte Munro, »sondern weil wir über die Operation Adler alles wissen, was es überhaupt zu wissen gibt.«

»Tatsächlich?« fragte Steiner trocken.

»Ja. Ich arbeite beim Special Operations Executive, Oberst. Bescheid zu wissen ist unsere vordringlichste Aufgabe. Es wird Sie sicherlich überraschen, daß der Mann, denn Sie seinerzeit im Meltham House erschießen wollten, nicht Mr. Churchill war.«

Steiner schüttelte ungläubig den Kopf. »Was versuchen Sie mir da weiszumachen? Was soll dieser Unsinn?«

»Das ist kein Unsinn«, sagte Jack Carter. »Es handelte sich um einen gewissen George Howard Foster, der in den Kabaretts unter dem Namen ›Der große Foster‹ auftritt. Ein recht guter Imitator.«

Steiner lachte hilflos. »Das ist ja wundervoll. Was für eine Ironie. Begreifen Sie nicht? Wenn alles geklappt hätte und wir mit ihm zurückgekommen wären? Mein Gott, ein Kabarettclown. Das Gesicht von diesem Schwein Himmler hätte ich sehen wollen.« Erschrocken, daß er sich vielleicht zu sehr hatte hinreißen lassen, holte er tief Luft und sammelte sich. »Also?«

»Ihr Freund, Liam Devlin, wurde verwundet, blieb aber am Leben«, sagte Carter. »Er verschwand aus einem Krankenhaus in Holland und schlug sich nach Lissabon durch. Soweit wir wissen, ist Ihr Stellvertreter, Neumann, noch am Leben und befindet sich im Krankenhaus.«

»Was Oberst Max Radl betrifft, Ihren Organisator«, ergriff Munro wieder das Wort, »der erlitt einen Herzinfarkt.«

»Demnach sind von uns nicht viele übriggeblieben«, meinte Steiner gleichmütig.

»Eines habe ich nie verstanden, Herr Oberst«, sagte Carter, »Sie sind kein Nazi, das wissen wir. Sie haben Ihre Karriere ruiniert, weil Sie einem jüdischen Mädchen in Warschau helfen wollten, und in jener Nacht in Norfolk haben Sie trotzdem versucht, Churchill zu erwischen.«

»Ich bin Soldat, Captain, das Spiel war am Laufen, und ein Spiel ist es ja wirklich, meinen Sie nicht?«

»Aber am Ende hat das Spiel Ihnen kein Glück gebracht«, meinte Munro scharfsinnig.

»So könnte man sagen.«

»Hing es vielleicht nicht damit zusammen, daß Ihr Vater, General Karl Steiner, im Gestapo-Hauptquartier in der Prinz-Albrecht-Straße in Berlin festgehalten wurde, weil er angeblich an einer Verschwörung gegen den Führer beteiligt war?« fragte Carter.

Steiners Gesicht verdüsterte sich. »Captain Carter, Reichsführer Himmler wird alles mögliche nachgesagt, aber Nachsicht und Mitgefühl gehören nicht dazu.«

»Hinter der ganzen Aktion stand Himmler«, klärte Munro ihn auf. »Er hat Max Radl zur Mitarbeit gezwungen, und zwar ohne Wissen von Admiral Canaris. Nicht einmal der Führer hatte eine Ahnung, was da im Gange war. Und er weiß noch immer nichts.«

»Jetzt überrascht mich gar nichts mehr«, sagte Steiner, stand auf und machte ein paar Schritte. Dann drehte er sich zu seinen Besuchern um. »Also, Gentlemen, um was geht es überhaupt?«

»Sie wollen Sie zurückhaben«, teilte Munro ihm mit.

Steiner starrte ihn entgeistert an. »Sie machen Witze. Warum sollten sie?«

»Ich weiß nur, daß Himmler alles daransetzt, Sie hier herauszuholen.«

Steiner setzte sich wieder. »Aber das ist doch Unsinn. Mit allem gebührenden Respekt vor meinen Landsleuten. Aber daß deutsche Kriegsgefangene aus England geflohen sind, das hat es noch nie gegeben, nicht seit dem Ersten Weltkrieg.«

»Doch, einen Fall gab es«, korrigierte ihn Carter. »Einen Luftwaffenpiloten, doch selbst der schaffte es nur über Kanada und die Vereinigten Staaten. Das war jedoch, bevor diese in den Krieg eintraten.«

»Sie verstehen nicht richtig«, sagte Munro. »Wir reden hier nicht von einem Gefangenen, der einfach die Gelegenheit nutzt und wegläuft. Es geht um eine großangelegte Befreiungsaktion. Eine sorgfältig konstruierte, umsichtig eingefädelte Operation, geplant und geleitet von General Walter Schellenberg vom SD. Kennen Sie ihn?«

»Nicht persönlich, aber ich habe schon von ihm gehört«, erwiderte Steiner automatisch.

»Natürlich braucht man den richtigen Mann, um die ganze Sache durchzuziehen, und an dieser Stelle tritt Liam Devlin auf den Plan«, sagte Carter.

»Devlin?« Steiner schüttelte den Kopf. »Unsinn, Devlin ist einer der erstaunlichsten Männer, die ich je kennengelernt habe, aber nicht einmal er könnte mich hier herausholen.«

»Nun ja, das braucht er auch nicht. Wir bringen Sie in ein anderes Haus in Wapping. In die St. Mary's Priory. Die Einzelheiten erfahren Sie später.«

»Das kann ich alles nicht glauben. Das ist nur ein Trick«, sagte Steiner.

»Lieber Gott, Mann, welchen Vorteil hätten wir davon?« fragte Munro. »In der Spanischen Botschaft in London ist ein Mann namens José Vargas angestellt, ein Handelsattaché. Er arbeitet gelegentlich für uns. Der Grund ist Geld. Er benutzt die Diplomatenpost, sein Cousin ist Attaché an der Spanischen Botschaft in Berlin.«

»Der arbeitet ebenfalls für uns, verstehen Sie, auch gegen Geld«, sagte Carter. »Die beiden haben miteinander Verbindung aufgenommen, das Interesse Ihrer Leute bekundet, Sie zu befreien. Die Deutschen haben weitere Informationen über Ihren Verbleib angefordert.«

»Und wir haben unserem Mann mitgeteilt, was er wissen muß«, warf Munro ein. »Sogar Ihre neue Bleibe in der Priorei.«

»Jetzt verstehe ich«, sagte Steiner. »Sie lassen zu, daß der Plan in die Tat umgesetzt wird, damit Devlin nach London kommt. Er wird Hilfe brauchen, klar, andere Agenten oder wen auch immer, und im geeigneten Augenblick verhaften Sie die ganze Bande.

»Ja, das ist die eine Möglichkeit«, gab Munro zu. »Aber es gibt noch eine andere.«

»Und die wäre?«

»Daß ich einfach nur zuschaue und gar nichts tue. Sie fliehen nach Deutschland . . .«

»Wo ich dann für Sie arbeite?« Steiner schüttelte den Kopf. »Tut mir leid, Brigadier. Carter hatte zwar recht. Ich bin kein Nazi, aber immer noch Soldat – deutscher Soldat. Mir will das Wort Verräter überhaupt nicht gefallen.«

»Würden Sie denn Ihren Vater und andere als Verräter bezeichnen, weil sie versucht haben, den Führer zu beseitigen?« wollte Munro wissen.

»In einem ganz wesentlichen Punkt ist das etwas völlig anderes. Die Deutschen versuchen eben, ihre Probleme selbst zu lösen.«

»Das leuchtet ein.« Munro wandte sich um und gab seinem Begleiter ein Zeichen. »Jack?«

Carter ging zur Tür und klopfte dagegen. Sie schwang auf, und der Militärpolizist erschien wieder. »Wenn Sie mir vielleicht folgen würden, Oberst, ich muß Ihnen etwas zeigen.«

Soweit es Adolf Hitler betraf, gab es für einen Verräter nicht einmal die Gnade eines ehrenvollen Todes. Kein Offizier, der des Verrats gegen ihn für schuldig befunden wurde, verlor sein Leben vor einem Erschießungskommando. Tod durch Erhängen hieß die Strafe, sie war zwingend. Gewöhnlich wurden dazu ein Fleischerhaken und ein Stück Klavierdraht benutzt. Die Opfer hatten oft einen langen Todeskampf, der nicht selten grauenhaft anzusehen war. Der Führer hatte Befehl gegeben, jede dieser Hinrichtungen zu filmen. Viele waren derart entsetzlich, daß sogar Himmler gelegentlich den Hinrichtungsraum verließ, weil ihm speiübel war.

Der Film, der nun in dem länglichen Lagerraum am Ende des Korridors gezeigt wurde, flackerte stark und war ziemlich grobkörnig. Der junge Unteroffizier des Geheimdienstes, eine anonyme Erscheinung im Dunkel hinter dem Filmprojektor, benutzte die weiß gekalkte Mauer als Leinwand. Steiner saß als einziger auf einem Stuhl, Munro und Carter standen ein Stück hinter ihm.

Als General Steiner von zwei SS-Männern in den Hinrichtungsraum hereingetragen wurde, war er bereits tot. Gestorben an einem Herzanfall. Das war das einzig Gute an dem, was nun stattfand. Sie hängten ihn trotzdem an dem Fleischerhaken auf und entfernten sich. Für eine Weile blieb die Kamera auf die tragische Gestalt gerichtet, die sacht hin und her schwang, dann wurde die Wand dunkel.

Der Filmvorführer schaltete die Beleuchtung ein. Kurt Steiner stand auf, machte kehrt und ging wortlos zur Tür. Er öffnete sie, ging an dem Militärpolizisten vorbei und schritt durch den Korridor zu seinem Zimmer. Munro und Carter folgten ihm. Als sie das Zimmer betraten, stand Steiner am Fenster, stützte sich gegen das Gitter und sah hinaus. Er drehte sich um. Sein Gesicht war leichenblaß.

»Wissen Sie, ich denke, es wird Zeit, daß ich wieder mit dem Rauchen anfange, Gentlemen.«

Jack Carter schüttelte eine Zigarette aus seiner Packung Players und gab ihm Feuer.

»Es tut mir leid«, sagte Munro, »aber es war uns wichtig, daß Sie erfahren, wie Himmler sein Versprechen gebrochen hat.«

»Vergessen Sie's, Brigadier.« Steiner winkte ab. »Ihnen tut überhaupt nichts leid. Sie wollten mir etwas klarmachen, und das haben Sie. Ich hatte niemals angenommen, daß mein Vater eine echte Überlebenschance hat. Versprechen einzuhalten ist für Himmler nahezu bedeutungslos.«

»Und was denken Sie jetzt?« wollte Munro wissen.

»Aha, kommen wir endlich zum Zweck dieser Übung? Werde ich jetzt, in einem Zustand rasender Wut, den Alliierten meine Dienste anbieten? Lasse ich mich nun nach Deutschland schikken, wo ich bei der erstbesten Gelegenheit ein Attentat auf Hitler verübe?« Er schüttelte den Kopf. »Nein, Brigadier. Ich werde sicherlich ein paar schlaflose Nächte haben. Vielleicht bitte ich sogar darum, daß man mir einen Priester schickt, aber meine Position bleibt im Prinzip unverändert. Als mein Vater sich an einer Verschwörung gegen Hitler beteiligte, hat er das als Deutscher getan. Auf keinen Fall deshalb, um damit die Pläne der Alliierten zu unterstützen. Er tat es für Deutschland.«

»Ja, das ist wohl klar«, sagte Carter. »Ich verstehe.«

Steiner sah ihn an. »Dann müßte Ihnen ebenfalls klar sein, daß ich, wenn ich wirklich täte, was der Brigadier von mir erwartet, alles verraten würde, wofür mein Vater einstand und wofür er sein Leben opferte.«

»Na schön.« Munro erhob sich. »Wir vergeuden unsere Zeit. Sie werden am Neujahrstag in die St. Mary's Priory verlegt, Oberst. Ihr Freund Devlin hat natürlich nicht die geringste Chance, Sie dort herauszuholen, aber wir würden uns freuen, wenn er es versucht.« Er gab Carter ein Zeichen. »Gehen wir, Jack.«

Steiner war noch nicht fertig. »Eine Sache noch, Brigadier.«

»Ja, bitte?«

»Meine Uniform. Ich möchte Sie daran erinnern, daß mir laut der Genfer Konvention gestattet ist, sie zu tragen.«

Munro sah fragend zu Carter, und dieser erklärte: »Sie wurde ausgebessert, Herr Oberst, und gereinigt. Ich werde veranlassen, daß sie Ihnen im Laufe des Tages gebracht wird, natürlich mit all Ihren Ehrenzeichen.«

»Das wäre dann geklärt«, sagte Munro und ging hinaus. Carter holte eine Zigarettenpackung und eine Schachtel Zündhölzer heraus und legte beides auf den Spind. »Sie sprachen von einem Priester. Ich besorge Ihnen einen, wenn Sie wollen.«

»Ich sage Ihnen Bescheid.«

»Und wie ist es mit Zigaretten?«

»Lieber nicht. Diese eine hat ganz furchtbar geschmeckt.« Steiner brachte ein Lächeln zustande.

Carter ging zur Tür, hielt inne und drehte sich noch einmal um. »Wenn es Ihnen in irgendeiner Weise hilft, Herr Oberst, sollten

Sie wissen, daß Ihr Vater tatsächlich an einem Herzanfall gestorben ist. Die genauen Umstände kenne ich nicht, aber ...«

»Ach, die kann ich mir sehr gut vorstellen, trotzdem vielen Dank«, sagte Steiner.

Er stand da, hatte die Hände in den Taschen seines Bademantels vergraben, wirkte sehr ruhig und gefaßt, und Carter, der nicht wußte, was er sonst noch hätte sagen sollen, trat in den Korridor und ging eilig Munro hinterher.

Während sie durch den Nebel am Tower Hill entlangfuhren, meinte Munro: »Sie billigen das Ganze nicht, nicht wahr, Jack?«

»Eigentlich nicht, Sir. Meiner Meinung nach war das unnötig grausam.«

»Nun ja, wie ich Ihnen schon sagte, es ist kein netter Krieg. Wenigstens wissen wir jetzt, woran wir bei unserem Freund Steiner sind.«

»Ich glaube auch, Sir.«

»Und was Devlin betrifft – wenn er verrückt genug ist, es zu versuchen, dann soll er kommen, wann immer er will. Da Vargas uns über jeden seiner Schritte unterrichtet, kann eigentlich gar nichts schiefgehen.«

Er lehnte sich zurück, entspannte sich und schloß die Augen.

Es war schon Neujahr, als Devlin endlich in Berlin eintraf. Er hatte zwei Tage in Madrid warten müssen, um einen Platz im Paris-Expreß zu bekommen. In Paris schließlich konnte er dank Schellenberg und seiner Papiere sofort in den Berlin-Expreß steigen, jedoch hatten B17-Bomber der Achten Amerikanischen Luftflotte, die in England stationiert war, die Rangierbahnhöfe in Frankfurt bombardiert. Daher mußte ein Großteil des Eisenbahnverkehrs, der von Frankreich und den Niederlanden nach Deutschland ging, umgeleitet werden.

Das Wetter in Berlin war sehr schlecht. Es war ein Winter, der sich offensichtlich nicht schlüssig war, was er bieten sollte. Er wechselte ständig zwischen Schnee und Regen hin und her. Devlin, der immer noch einen Anzug trug, der eher dem Klima in Portugal gerecht wurde, hatte sich in Paris wenigstens einen Regenmantel besorgen können, doch er fror und fühlte sich ziemlich unbehaglich, als er durch die Menschenmassen im Berliner Hauptbahnhof trottete.

Ilse Huber erkannte ihn sofort nach dem Foto in seiner Akte. Sie wartete an der Sperre neben dem Posten der Sicherheitspolizei und hatte bereits mit dem diensthabenden Unteroffizier gesprochen. Als Devlin auftauchte, den Koffer in der einen Hand, seine Papiere in der anderen, intervenierte sie sofort.

»Herr Devlin? Kommen Sie bitte hierher.« Sie reichte ihm die Hand. »Ich bin Ilse Huber, die Sekretärin von General Schellenberg. Sie sehen bedauernswert aus.«

»Ich fühle mich auch furchtbar.«

»Auf uns wartet eine Limousine«, sagte sie.

Es war ein Mercedes-Salonwagen mit dem weithin erkennbaren Hoheitszeichen der SS. »Ich nehme an«, meinte Devlin, »dieses Symbol sorgt dafür, daß die Leute schnellstens Platz machen.«

»Es ist recht nützlich«, sagte sie. »General Schellenberg rechnete damit, daß Sie nicht auf unser Wetter vorbereitet sein würden.«

»Das können Sie laut sagen.«

»Ich denke, wir machen erst einmal einen Abstecher in ein Herrenbekleidungsgeschäft. Dort bekommen Sie alles Nötige. Und dann brauchen Sie eine Bleibe. Meine Wohnung liegt nicht weit von der Zentrale. Sie hat zwei Zimmer. Wenn es Ihnen recht ist, dann können Sie eines benutzen, solange Sie hier sind.«

»Viel wichtiger ist, ob es Ihnen recht ist«, meinte er.

Sie hob die Schultern. »Mr. Devlin, mein Mann ist im Winterfeldzug in Rußland gefallen. Ich habe keine Kinder. Meine Mutter und mein Vater starben bei einem Bombenangriff der Engländer auf Hamburg. Meine Tätigkeit für General Schellenberg nimmt mich mindestens sechzehn Stunden am Tag in Anspruch, daher bin ich eigentlich kaum zu Hause.«

Sie lächelte, und Devlin fand sie auf Anhieb sympathisch. »Wenn das so ist, dann nehme ich Ihr Angebot gerne an. Ilse, nicht wahr? Sorgen wir erst mal für meine Garderobe. Ich komme mir vor, als hätte ich mir bereits einige edle Teile abgefroren.«

Als sie eine knappe Dreiviertelstunde später den Laden verließen, zu dem sie ihn gebracht hatte, trug er einen Tweedanzug, Schnürschuhe, einen dicken, fast bodenlangen Mantel, Handschuhe und einen weichen Filzhut.

»Jetzt haben Sie die richtige Ausrüstung, um dem Januar in Berlin zu trotzen«, stellte sie fest.

»Wohin jetzt? In Ihre Wohnung?«

»Nein, das hat Zeit. General Schellenberg möchte Sie so bald wie möglich sehen. Er wartet in der Berkaer Straße.«

Devlin konnte das Knattern von Schüssen hören, als sie die steile Treppe hinunterstiegen. »Und was ist das?«

»Der Schießstand im Keller«, antwortete Ilse Huber. »Der General möchte in Übung bleiben.«

»Ist er gut?«

Sie reagierte fast geschockt. »Er ist der Beste. Ich habe bisher niemanden gesehen, der besser schießt.«

»Tatsächlich?« Devlin war nicht überzeugt.

Aber er mußte seine Vorbehalte schon einen kurzen Moment später revidieren, als sie die Tür öffneten und eintraten. Schellenberg feuerte gerade auf eine Reihe russischer Pappkameraden, und ein Hauptfeldwebel der SS, der offenbar den Schießstand beaufsichtigte, beobachtete ihn interessiert. Schellenberg nahm sich nacheinander drei Ziele vor und setzte jeweils zwei Kugeln in jedes Herz. Als er innehielt, um nachzuladen, bemerkte er die Neuankömmlinge.

»Ah, Mr. Devlin, da sind Sie ja endlich.«

»Das war vielleicht eine Irrfahrt, General.«

»Ilse hat sich schon um Ihre Garderobe gekümmert, wie ich sehe.«

»Woran erkennen Sie das?« wollte Devlin wissen. »Mich kann höchstens der Geruch nach Mottenkugeln verraten haben.«

Schellenberg lachte und lud seine Mauser nach. »Schwarz«, sagte er zu dem Feldwebel. »Geben Sie Mr. Devlin auch eine Waffe. Ich glaube, er ist ein ganz guter Schütze.«

Schwarz rammte ein Magazin in den Griff einer Walther PP und reichte sie dem Iren.

»Bereit?« fragte Schellenberg.

»Auf Ihr Zeichen, General.«

Neue Ziele sprangen hoch, und Schellenberg feuerte sechsmal in schneller Folge, und wieder erschienen jeweils zwei Löcher in der Herzgegend der Pappfigur.

»Nicht schlecht.« Devlins Hand zuckte hoch, und nun feuerte er drei Schüsse so schnell hintereinander ab, daß sie wie ein einziger klangen. Volltreffer alle drei.

Er legte die Walther beiseite, und Ilse Huber schüttelte bewundernd den Kopf. »Mein Gott!«

Schellenberg gab Schwarz seine Waffe zurück. »Ein bemerkenswertes Talent, Mr. Devlin.«

»Ein bemerkenswerter Fluch würde besser passen. Und was geschieht nun, General?«

»Der Reichsführer hat den Wunsch geäußert, Sie zu sprechen.«

Devlin stöhnte. »Beim letztenmal war er nicht sehr freundlich zu mir. Dieser Mann ist eine Strafe. Aber was soll's, bringen wir es hinter uns.«

Der Mercedes verließ den Wilhelmplatz, bog in die Voßstraße ein und rollte in Richtung Reichskanzlei.

»Was ist denn das?« wollte Devlin wissen.

»Die Zeiten haben sich geändert. Es ist lange her, seit Göring erklärt hat, man könne ihn Meier nennen, wenn auch nur eine einzige Bombe auf Berlin fiele.«

»Sie meinen, er hat sich geirrt?«

»Ich fürchte. Der Führer hat sich unter der Reichskanzlei einen Bunker bauen lassen. Eine unterirdische Befehlszentrale. Dreißig Meter Beton, da kann die RAF so viele Bomben werfen wie sie will.«

»Will er dort vielleicht bis zum letzten Augenblick ausharren?« erkundigte sich Devlin. »Während die Musik von Wagner aus den Lautsprechern dröhnt?«

»So in etwa, aber daran wollen wir jetzt nicht denken«, sagte Schellenberg. »Alle wichtigen Leute haben da unten ihre Ausweichquartiere, und der Reichsführer gehört dazu.«

»Und was passiert jetzt? Erwartet man etwa, daß die RAF heute nacht die Stadt bombardiert?«

»Es ist nicht ganz so dramatisch. Der Führer veranstaltet gerne ab und zu Konferenzen im Kartenraum. Anschließend lädt er alle zum Essen ein.«

»Da unten?« Devlin schüttelte sich. »Da ziehe ich ein Corned-beef-Sandwich vor.«

Der Mercedes rollte die Auffahrt hinauf, und ein SS-Posten trat an den Wagen. Trotz Schellenbergs Uniform überprüfte der Posten eingehend ihre Ausweise, ehe er sie durchwinkte. Devlin folgte Schellenberg einen anscheinend endlosen Gang hinunter. Ein leises Summen von den elektrischen Ventilatoren des Belüftungssystems war zu hören, und gelegentlich streifte sie ein kalter Lufthauch. Hier und da waren SS-Wachen zu sehen, aber sonst schien das Bunkergebäude menschenleer. Dann öffnete sich eine Tür, ein junger Unteroffizier tauchte auf, und Devlin konnte in dem Raum hinter ihm eine Funkanlage und eine Reihe Funker bei der Arbeit erkennen.

»Glauben Sie bloß nicht, hier unten ist niemand«, sagte Schellenberg. »Überall gibt es Diensträume. Rund hundert Leute arbeiten ständig hier unten, zum Beispiel in diesem Funkraum.«

Ein Stück weiter den Gang hinunter ging eine andere Tür auf, und zu Devlins Erstaunen erschien Hitler selbst, gefolgt von einem breitschultrigen, ziemlich untersetzten Mann in einer unauffälligen Uniform. Als sie sich näherten, zog Schellenberg Devlin zur Seite und nahm Haltung an. Der Führer unterhielt sich leise mit seinem Begleiter und ignorierte sie völlig, als er an ihnen vorbeiging. Schließlich verschwand er die Treppe am Ende des Ganges hinunter.

»Der Mann neben ihm war Bormann«, erklärte Schellenberg. »Reichsleiter Martin Bormann. Chef der Parteikanzlei. Ein sehr mächtiger Mann.«

»Das also war der Führer?« sagte Devlin. »Und ich hätte beinahe den Saum seines Mantels berührt.«

Schellenberg lächelte. »Manchmal, mein Freund, da frage ich mich, wie Sie es geschafft haben, so lange am Leben zu bleiben.«

»Nun, das muß wohl an meinem guten Aussehen liegen, Herr General.«

Schellenberg klopfte an eine Tür, öffnete sie und trat ein. Eine junge Frau, eine Angehörige des SS-Hilfspersonals in Uniform, saß hinter einer Schreibmaschine. Als sie Schellenberg erkannte, sprang sie sofort auf und führte die beiden Männer ins Nebenzimmer, wo hinter einem riesigen Schreibtisch Himmler saß und Akten durcharbeitete. Er blickte auf und nahm seinen Kneifer ab.

»Aha, General, er ist also eingetroffen.«

»Gott segne Sie alle«, sagte Devlin fröhlich.

Himmler krümmte sich sichtlich und sagte zu der jungen Frau: »Ich möchte die nächsten fünfzehn Minuten nicht gestört werden.« Als sie gegangen war, fuhr er fort: »Ich habe Sie früher in Berlin erwartet, Herr Devlin.«

»Ihre Eisenbahn scheint Probleme mit der Royal Air Force zu haben«, erwiderte Devlin und zündete sich eine Zigarette an. Er wußte, daß Himmler das Rauchen verabscheute.

Himmler ärgerte sich, aber er hielt sich mit einer Bemerkung zurück. Statt dessen sagte er zu Schellenberg: »Sie scheinen bisher übermäßig viel Zeit vergeudet zu haben, General. Warum ist Herr Devlin nicht mit Ihnen zusammen aus Lissabon zurückgekommen?«

»Oh, der General hat sich sehr bemüht«, sagte Devlin. »Ich war es, der Pläne für Weihnachten hatte. Der General hat seine Sache wirklich gut gemacht. Was man von diesem anderen Kerl, Berger hieß er, soweit ich mich erinnern kann, nicht behaupten kann. Wir haben uns so gar nicht verstanden.«

»Davon habe ich gehört«, sagte Himmler. »Aber das ist jetzt nebensächlich, Sturmbannführer Berger hat andere Aufgaben.« Er lehnte sich zurück. »So, Sie meinen also, man könnte das Vorhaben durchführen? Sie glauben, Sie könnten Steiner herausholen?«

»Das hängt vom Plan ab«, entgegnete Devlin, »aber nichts ist unmöglich.«

Himmler nickte. »Es wäre für uns alle eine ganz große Leistung.«

»Das denke ich auch«, pflichtete Devlin ihm bei. »Was mir allerdings Sorgen bereitet, ist die Frage, ob ich halbwegs heil wieder zurückkomme. Das letzte Mal habe ich es nur knapp geschafft.«

»Sie wurden gut bezahlt, und ich möchte Sie daran erinnern, daß Ihr Lohn auch diesmal reichlich ist.«

»Das ist wohl wahr«, meinte Devlin. »Schon meine alte Mutter pflegte immer zu sagen, daß das Geld noch mal mein Tod sein wird.«

Himmler war ausgesprochen ungehalten. »Könnt ihr Iren denn überhaupt nichts ernst nehmen?«

»Als ich das letzte Mal das Vergnügen hatte, mit Eurer Hoheit zusammenzutreffen, habe ich Ihnen auf diese Frage bereits geantwortet. Es liegt am Regen.«

»Schaffen Sie ihn raus«, sagte Himmler. »Und Sie machen weiter, General. Ich brauche wohl nicht eigens darauf hinzuweisen, daß ich regelmäßig Meldung über den Stand der Dinge erhalten möchte.«

»Jawohl, mein Reichsführer.« Schellenberg schob Devlin nach draußen.

Der Ire grinste breit. »Das habe ich richtig genossen.« Er ließ die Zigarette auf den Fußboden fallen und trat sie gerade aus, als Berger, mit einer zusammengerollten Karte unter dem Arm, um die Ecke des Ganges bog.

Er war in Uniform und trug auf seinem Rock das Eiserne Kreuz Erster und Zweiter Klasse. Als er sie bemerkte, versteifte er sich, und Devlin meinte aufgeräumt: »Sehr schön, mein Sohn, aber ich glaube, irgend jemand hat Ihnen die hübsche Fassade ruiniert.«

Bergers Gesicht war sehr blaß, und obwohl die Schwellung zurückgegangen war, konnte man deutlich erkennen, daß seine Nase gebrochen war. Er ignorierte Devlin und grüßte Schellenberg förmlich mit einem Kopfnicken. »Herr General.« Dann ging er weiter und klopfte an die Tür Himmlers.

»Er scheint ja mächtig in seiner Gunst zu stehen«, stellte Devlin fest.

»Ja.« Schellenberg nickte. »Offensichtlich.«

»Wohin jetzt? In Ihr Büro?«

»Nein, dazu ist es morgen noch früh genug. Ich lade Sie zum Essen ein und setze Sie nachher bei Ilse ab. Sie schlafen sich aus, und morgen früh gehen wir alles durch.«

Als sie den Eingang des Tunnels erreicht hatten, wehte frische Luft herein, und Devlin atmete tief durch. »Gott sei Dank«, seufzte er erleichtert, und dann lachte er auf.

»Was ist los?« erkundigte sich Schellenberg.

An der Wand hing ein Plakat, das einen ziemlich idealisierten SS-Soldaten darstellte. Darunter stand der Satz: »Der Endsieg ist unser!«

Devlin lachte erneut laut auf. »Gott schütze uns, General, aber einige Leute glauben wirklich jeden Quatsch.«

Berger schlug vor Himmlers Schreibtisch die Hacken zusammen. »Ich habe hier die Grundrißpläne des Château de Belle Ile, mein Reichsführer.«

»Hervorragend«, sagte Himmler. »Zeigen Sie mal her.«

Berger rollte den Plan auseinander, und der Reichsführer betrachtete ihn. »Gut. Sehr gut.« Er blickte auf. »Sie haben das alleinige Kommando, Berger. Wie viele Männer schlagen Sie für die Ehrenwache vor?«

»Fünfundzwanzig, höchstens dreißig, mein Reichsführer.«

»Haben Sie sich dort schon umgesehen?« fragte Himmler.

»Ich bin vorgestern nach Cherbourg geflogen und anschließend zum Château hinausgefahren. Es ist wirklich sehr schön. Die Eigentümer sind französische Adlige, die nach England geflohen sind. Im Augenblick wohnt dort nur ein Hausmeister mit seiner Frau. Ich habe ihn davon unterrichtet, daß wir in nächster Zukunft das Anwesen übernehmen werden, aber natürlich nicht zu welchem Zweck.«

»Sehr gut. Während der nächsten zwei Wochen brauchen wir uns dort nicht mehr blicken zu lassen. Mit anderen Worten, warten Sie so lange wie möglich, bevor Sie und Ihre Männer im Schloß anrücken. Sie wissen ja, wie die sogenannte französische Résistance arbeitet. Sie besteht nur aus Terroristen. Alles Bombenwerfer und Mörder.« Er rollte den Plan zusammen und gab ihn Berger zurück. »Schließlich sind wir bei dieser Konferenz für den Führer verantwortlich, Major. Es ist eine heilige Aufgabe.«

»Natürlich, mein Reichsführer.«

Berger schlug die Hacken zusammen und ging hinaus. Himmler griff nach seinem Füllfederhalter und begann wieder zu schreiben.

Der Mercedes rollte über den Kurfürstendamm, während es erneut zu schneien anfing. Überall gab es Spuren der Zerstörung, und angesichts der allgemeinen Verdunkelung und der hereinbrechenden Dämmerung war der Anblick ziemlich trostlos.

»Sehen Sie sich ruhig um«, sagte Schellenberg. »Das war mal eine prächtige Stadt. Voller Kunst, Musik, Theater. Und erst die Nachtclubs, Mr. Devlin. Das *Paradies* und der *Blaue Nil*. Dort trieben sich die bestangezogensten Transvestiten der Stadt herum.«

»Meine Vorlieben lagen eigentlich nie in dieser Richtung«, sagte Devlin.

»Meine auch nicht«, sagte Schellenberg lachend. »Ihnen entgeht doch etwas ganz Entscheidendes. Aber gehen wir lieber essen. Ich kenne ein kleines Restaurant in einer Seitenstraße nicht weit von hier, wo es gutes Essen gibt. Reinster Schwarzmarkt, aber man kennt mich dort, was manchmal recht nützlich ist.«

Es war ein gemütliches Lokal, das von einem Ehepaar geführt wurde, das Schellenberg gut zu kennen schien. Der General entschuldigte sich, daß er seinem Gast kein Cornedbeef-Sandwich bieten konnte, dafür bestellte er eine Hammelsuppe, Lammrücken, Kartoffeln mit Wirsing und eine Flasche Rheinwein.

Sie saßen in einer Nische, wo sie ungestört waren, und als sie ihre Mahlzeit beendet hatten, fragte Schellenberg: »Meinen Sie wirklich, dieses Unternehmen könnte klappen?«

»Möglich ist alles. Ich erinnere mich an einen Vorfall während der irischen Revolution. Das war im Jahr 1920. Die Schwarzen und die Braunen hatten einen Burschen namens Michael Fitzgerald geschnappt, einen wichtigen Führer der IRA. Sie hielten ihn im Limerick Prison fest. Ein Mann namens Jack O'Malley, der als Hauptmann in der britischen Armee in Flandern gedient hatte, holte seine alte Uniform hervor, staffierte ein halbes Dutzend seiner Männer als Soldaten aus und begab sich mit einem gefälschten Befehl ins Limerick Prison. Der Befehl lautete, Fitzgerald umgehend nach Dublin Castle zu verlegen.

»Und das funktionierte?«

»Wie geschmiert.« Devlin verteilte den restlichen Wein auf die beiden Gläser. »Bei unserer Sache gibt es nur ein Problem.«

»Und das wäre?«

»Vargas.«

»Aber das ist doch schon erledigt. Wir haben ihm mitgeteilt, daß wir genau wissen müssen, wohin sie Steiner bringen.«

»Sie glauben wirklich, daß sie ihn verlegen?«

»Ich bin mir ganz sicher. Sie können ihn nicht länger im Tower festhalten. Das wäre einfach dumm.«

»Sie meinen also, daß Vargas uns die richtige Information liefert?« Devlin schüttelte den Kopf. »Er muß verdammt gut sein.«

»Bisher ist er es immer gewesen, jedenfalls hat die Abwehr

nichts Gegenteiliges feststellen können. Es handelt sich bei ihm um einen spanischen Diplomaten, Mr. Devlin, also um jemanden in einer bevorzugten Position. Er ist kein gewöhnlicher Agent. Ich habe seinen Cousin, diesen Rivera, auf Herz und Nieren überprüfen lassen.«

»Na schön, ich will es glauben. Nehmen wir an, daß Rivera völlig sauber ist, aber wer überprüft dann Vargas? Niemand. Rivera ist lediglich ein Mittelsmann, über den die Informationen hin und her gehen, aber wenn Vargas nun eine ganz andere Rolle spielt?«

»Sie meinen, wenn das Ganze ein Komplott des britischen Geheimdienstes ist, um uns zu einer Aktion zu verführen?«

»Nun, betrachten wir die Angelegenheit doch einmal mit den Augen der anderen Seite. Wer immer rübergeht, braucht in London Freunde, Helfer, irgendeine Art von Organisation. Wenn ich auf britischer Seite das Kommando hätte, dann würde ich alles ganz locker angehen, abwarten, bis die Aktion anläuft, und dann jeden verhaften, der in irgendeiner Form damit zu tun hat. Aus deren Sicht wäre das ein ganz toller Coup.«

»Wollen Sie etwa andeuten, daß Ihnen Bedenken kommen? Daß Sie doch nicht mitmachen wollen?«

»Darum geht es nicht. Aber wenn ich loslege, dann muß ich zunächst einmal davon ausgehen, daß ich erwartet werde. Muß einkalkulieren, daß Vargas uns verraten hat. Und schon stellt sich die Situation ganz anders da.«

»Ist das Ihr Ernst?« fragte Schellenberg.

»Ich wäre ein blutiger Narr, wenn ich bei der Vorbereitung der Mission grundsätzlich davon ausginge, daß Vargas auf unserer Seite steht. Und dann komme ich drüben an und stelle fest, daß er es nicht tut. Was wir brauchen, General, ist eine wohlüberlegte Taktik. Es ist wie bei einem Schachspiel. Wir müssen immer drei Züge voraus sein.«

»Mr. Devlin, Sie sind wirklich eine bemerkenswerte Persönlichkeit«, sagte Schellenberg.

»An meinen guten Tagen sogar ein Genie«, klärte Devlin ihn ernsthaft auf.

Schellenberg bezahlte die Rechnung, und sie verließen das Lokal. Es schneite immer noch leicht, als sie zum Mercedes gingen.

»Ich bringe Sie jetzt zu Ilse. Wir treffen uns dann morgen früh.« In diesem Moment begannen die Luftschutzsirenen zu heulen. Schellenberg rief seinen Fahrer. »Hans, dort entlang.« Er wandte sich an Devlin. »Wenn ich es mir recht überlege, sollten wir zum Restaurant zurückkehren und uns mit den anderen vernünftigen Leuten in den Keller verziehen. Er ist recht gemütlich dort unten. Ich hatte das Vergnügen schon einmal.«

»Warum nicht?« sagte Devlin und folgte ihm. »Wer weiß? Vielleicht finden wir da unten sogar noch eine gute Flasche Wein?«

Hinter ihnen war bereits wie ein ferner Donner das Feuer der Flugabwehrkanonen am Stadtrand zu hören.

5

Als sie Schellenbergs Büro in der Berkaer Straße erreichten, war die Morgenluft mit Qualm geschwängert. »Offenbar haben sie in der vergangenen Nacht ihre Ziele getroffen«, stellte Schellenberg fest.

»Das kann man wohl sagen«, erwiderte Devlin.

Die Tür ging auf, und Ilse Huber wünschte ihnen einen guten Morgen. »Da sind Sie ja, Herr General. Ich hatte mir schon Sorgen gemacht.«

»Mr. Devlin und ich haben die Nacht im Keller des Restaurants in der Marienstraße verbracht.«

»Rivera ist unterwegs hierher«, informierte sie ihn.

»Gut. Schicken Sie ihn rein, wenn er da ist.«

Sie ging hinaus und erschien zehn Minuten später wieder mit Rivera. Der Spanier trat ein, knetete seinen Hut und musterte Devlin mit nervösen Blicken.

»Sie können offen reden«, sagte Schellenberg.

»Ich habe wieder Nachricht von meinem Cousin bekommen, Herr General. Er teilt mit, daß sie Steiner aus dem Tower an einen Ort namens St. Mary's Priory bringen.«

»Hat er Ihnen auch die Adresse durchgegeben?«

»Er sagte nur, es läge in Wapping, direkt am Fluß.«

Devlin nickte anerkennend. »Ein erstaunlicher Bursche, Ihr Cousin, daß er so leicht an derart brisante Informationen herankommt.«

Rivera lächelte eifrig. »José ist sicher, daß die Informationen stimmen, Señor. Er hat sie von einem Freund, der Soldat bei den Scots Guards ist. Eine Kompanie von ihnen tut zur Zeit Dienst im Tower. Abends machen sie die Restaurants und Kneipen in der Umgebung unsicher, und mein Cousin...« Rivera zuckte die Achseln. »Die Angelegenheit ist etwas delikat.«

»Ja, wir verstehen schon, Rivera.« Schellenberg nickte. »Sie können jetzt gehen. Ich melde mich, wenn ich Sie wieder brauche.«

Ilse begleitete den Besucher hinaus und kam dann zurück. »Gibt es noch etwas zu erledigen, Herr General?«

»Ja, suchen Sie mir mal dieses geographische Namensverzeichnis aus dem Archiv. Sie wissen schon, was ich meine. Diese Karte mit den genauen Straßenbeschreibungen von London. Mal sehen, ob unser Ort irgendwo erwähnt wird.«

Sie verließ das Zimmer. »Ich kannte Wapping früher mal sehr gut«, meinte Devlin.

»Als Sie noch in der IRA kämpften?«

»Ja, zur Zeit der Bombenattentate. Wobei die Vertreter der harten Linie ja eigentlich niemals Ruhe gegeben haben. Manche hätten sogar den Papst umgebracht, wenn das für ihre Sache von Nutzen gewesen wäre. 1936 gab es eine aktive Einsatzgruppe, die in London ein oder zwei Bomben legte. Sie haben sicher schon davon gehört. Frauen, Kinder, ganz normale Passanten waren die Opfer. Ich arbeitete damals als eine Art politischer Kommissar in der IRA, und die Männer an der Spitze wollten, daß derartige Aktivitäten eingestellt würden. Schlechte Publicity, verstehen Sie?«

»Und in dieser Zeit waren Sie in Wapping?«

»Ja, bei einem Jugendfreund aus dem County Down. Genaugenommen war es ein Freund meiner Mutter.«

»Und wie heißt dieser Freund?«

»Michael Ryan. Bei ihm konnte man unterschlüpfen, sein Haus war sicher. Er selbst war nicht aktiv. Es war eine perfekte Tarnung.«

»Und Sie haben diese Einsatzgruppe aus dem Verkehr gezogen?«

»Es waren nur drei.« Devlin zuckte die Achseln. »Sie wußten von nichts. Danach ging ich nach Spanien. Kämpfte gegen Franco, bis die Italiener mich gefangennahmen. Am Ende holte die Abwehr mich wieder raus.«

»Und dieser Freund von Ihnen in Wapping, dieser Ryan – haben Sie eine Ahnung, was er jetzt so treibt?«

»Wahrscheinlich ist er immer noch dabei, der gute Michael. Am liebsten war ihm gewöhnlich, wenn er von gar nichts wußte. Er ist so ein Typ. Hatte so seine Zweifel über den Sinn und den Nutzen von Gewalt. Als die Abwehr mich 1941 nach Irland schickte, traf ich in Dublin einen Freund von ihm. Aus dem, was er mir erzählte, schließe ich mit einiger Sicherheit, daß die IRA Mick während ihrer spektakulären Bombenserie in England zu Beginn des Krieges nicht benutzt hat.«

»Könnte das für uns von Vorteil sein?« fragte Schellenberg.

»Mein Gott, Herr General, Sie schicken die Kutsche ja schon auf die Reise, ehe die Pferde eingespannt sind.«

Ilse kam mit einem Buch mit orangefarbenen Einband herein. »Ich hab's gefunden, Herr General, die St. Mary's Priory in Wapping. Da, sehen Sie, liegt direkt am Themseufer.«

Schellenberg und Devlin betrachteten den Stadtplan. »Nun ja, viel können wir daraus nicht ersehen«, sagte Devlin.

Schellenberg nickte. »Mir kommt da gerade ein Gedanke. Operation Seelöwe, 1940.«

»Sie meinen die Invasion, die niemals stattfand?«

»Ja, aber sie wurde bis ins letzte ausgearbeitet. Der SD hatte damals die Aufgabe, einen genauen Stadtplan von London anzufertigen. Es ging dabei um die Gebäude und deren Verwendbarkeit, falls London besetzt würde.«

»Sie meinen, welche Adresse sich als Gestapo-Zentrale eignen würde? Etwas in der Art?«

Schellenberg lächelte freundlich. »Genau. Es gab eine Liste mit Hunderten solcher Orte. Wir hatten sie akribisch in Akten aufgeführt und auf Karten verzeichnet, soweit wir Informationen darüber hatten.« Er wandte sich an Ilse Huber. »Sehen Sie mal zu, was Sie auftreiben können.«

»Sofort, Herr General.«

Devlin saß am Fenster, Schellenberg hinter seinem Schreibtisch. Sie zündeten Zigaretten an. Schellenberg sagte: »Sie meinten gestern abend, daß Sie bei der Planung lieber davon ausgehen, daß Vargas ein Verräter ist.«

»Das stimmt.«

»Was wollen Sie also tun? Wie wollen Sie an die Sache herangehen?«

»Ganz einfach – während des Bombenangriffs gestern nacht hatte ich einen genialen Gedanken, Herr General. Wir teilen Vargas gar nicht mit, daß ich nach England komme.«

»Wie meinen Sie das?«

»Wir holen so viele Informationen ein, wie wir brauchen. Wahrscheinlich wissen wir schon jetzt genug. Später dann verlangt Rivera einmal pro Woche weitere Informationen. Steiners Unterbringung im Hospiz, das Wachsystem, solche Einzelheiten, nur werde ich dann längst in London sein. Sie werden zugeben müssen, Walter, die Idee ist nicht schlecht.«

Schellenberg lachte und war für einen Moment sprachlos. Dann stand er auf. »Sehr gut – einfach brillant. Kommen Sie, gehen wir in die Prinz-Albert-Straße in die Kantine und trinken wir darauf einen Kaffee.«

Später ließ Schellenberg seinen Mercedes kommen. Sie fuhren hinaus zum Tiergarten und spazierten um den See.

»Es gibt da noch ein Problem«, sagte Devlin. »Die Special Branch hat mich damals, als ich in Norfolk war, aufgestöbert. Ein bißchen spät zwar, aber immerhin. Es kam ihnen dabei zugute, daß ich als irischer Staatsbürger gezwungen war, mich in der Fremdenliste bei der örtlichen Polizei einzutragen. Dazu mußte ich außerdem ein Paßfoto vorlegen.«

»Ich verstehe. Was heißt das für uns?«

»Ich muß meine äußere Erscheinung verändern – und zwar gründlich.«

»Sie denken an Haare färben und so weiter?«

Devlin nickte. »Ich sollte mich auch älter machen.«

»Ich glaube, damit kann ich dienen«, sagte Schellenberg. »Ich habe gute Beziehungen zu den Filmstudios der UFA hier in Berlin. Es gibt dort Maskenbildner, die wahre Wunder vollbringen.«

»Und noch etwas – diesmal gibt es keinen Eintrag im Fremdenregister. Ich wurde im County Down geboren, bin also offiziell britischer Bürger. Daran halten wir uns, wenn ich meine falschen Papiere bekomme.«

»Und Ihre Lebensgeschichte?«

»Beim letztenmal war ich ein Kriegsheld. Ein tapferer Ire, der bei Dünkirchen verwundet wurde und in die Heimat zurückkehrte.« Devlin tippte mit einem Finger gegen die Schußnarbe an seinem Kopf. »Das hat der Story zusätzlich Glaubwürdigkeit verliehen.«

»Gut, also wieder etwas in dieser Richtung. Wie wollen Sie rüberkommen?«

»Ach, wieder mit dem Fallschirm.«

»Nach England?«

Devlin schüttelte den Kopf. »Das wäre zu riskant. Wenn ich dabei beobachtet werde, dann gibt es ganz gewiß eine Meldung. Nein, ich gehe wie beim letztenmal in Irland runter. Dort stört sich niemand daran, wenn man mich entdeckt. Ein kleiner Spaziergang über die Grenze in Ulster, dann mit dem Frühzug nach Belfast, und schon stehe ich auf britischem Boden.«

»Und danach?«

»Geht's mit dem Schiff weiter. Von Belfast nach Heysham in Lancashire. Das letzte Mal mußte ich noch die andere Route von Larne nach Stranaer in Schottland nehmen. Die Schiffe füllen sich allmählich, genauso wie die Eisenbahnen.« Devlin grinste. »Es ist Krieg, Herr General.«

»Also gut, Sie sind in London. Was geschieht dann?«

Devlin zündete sich eine Zigarette an. »Nun, wenn ich mich von Vargas fernhalte, heißt das auch, daß ich von Ihren offiziellen Quellen keinerlei Hilfe erwarten kann.«

Schellenberg runzelte nachdenklich die Stirn. »Aber Sie werden die Unterstützung anderer brauchen. Außerdem Waffen, ein Funkgerät, denn ohne die Möglichkeit, sich zu melden . . .«

»Na schön«, unterbrach ihn Devlin. »Dann müssen eben einige Dinge auf Treu und Glauben angenommen werden. Wir erwähnten gerade meinen alten Freund in Wapping, Michael Ryan. Die Chancen stehen gut, daß er immer noch in der Gegend wohnt, und wenn er das tut, dann hilft er mir auch, zumindest verschafft er mir die nötigen Kontakte.«

»Welche zum Beispiel?«

»Michael war früher Taxifahrer und arbeitete nebenbei für die Buchmacher. Er hat aus seinen alten Tagen noch eine Menge Freunde in der Unterwelt. Gauner, die für Geld alles tun, die Waffen besorgen können und so weiter. Die Einsatzgruppe der

IRA, die ich damals, sechsunddreißig, in London ausschalten mußte, benutzte auch häufig Unterweltkontakte. Auf diese Weise haben sie sich ihren Sprengstoff organisiert.«

»Nun, das klingt ja nicht schlecht. Die Hilfe Ihres IRA-Freundes und im Notfall die Unterstützung durch Leute aus der Unterwelt. Aber Sie können sich nicht sicher sein. Es ist ebensogut möglich, daß Ihr Freund gar nicht mehr in London lebt, das müssen Sie zugeben.«

»Oder daß er im Bombenhagel auf London ums Leben gekommen ist, Herr General. Sicher ist überhaupt nichts.«

»Und Sie wollen es trotzdem riskieren?«

»Wenn ich in London eintreffe, dann sehe ich mich um und verschaffe mir ein Bild über die Lage. Das muß ich sowieso tun, egal wie ausgefeilt unser Plan ist. Wenn ich Michael Ryan nicht antreffe, dann dürfte die ganze Sache aussichtslos sein. In diesem Fall nehme ich das nächste Schiff zurück nach Belfast und bin schneller über die Grenze und in Dublin in Sicherheit, als Sie denken können.« Devlin grinste. »Die schlechte Nachricht schicke ich Ihnen dann aus Ihrer dortigen Botschaft. Könnten wir jetzt wieder in Ihr Büro zurückkehren? Es ist so verdammt kalt hier.«

Nach einem kurzen Essen machten sie weiter. Ilse saß mit einem Schreibblock in einer Ecke des Büros und machte sich Notizen.

Schellenberg begann: »Nur um es mal durchzuspielen. Nehmen wir an, Sie hätten Steiner an einem dunklen Abend in London rausgeholt.«

»Sie meinen, aus dem Kloster befreit?«

»Genau. Das ist ja nur der erste Schritt. Wie schaffen Sie ihn zurück? Wie bringen Sie ihn nach Irland? Auf dem gleichen Weg, wie Sie gekommen sind?«

»Das wäre nicht sehr sinnvoll«, sagte Devlin. »De Valera, der irische Premierminister, verhält sich ja sehr geschickt. Er hat Irland aus dem Krieg herausgehalten, das heißt aber nicht, daß er sich für Ihre Leute ein Bein ausreißt. Alle Luftwaffenbesatzungen, die in Irland runtergingen, wurden in Kriegsgefangenenlager gesperrt. Kommt andererseits ein Flugzeug der RAF vom Kurs und legt eine Bruchlandung hin, dann gibt's meist Eier und Speck zum Frühstück und eine Fahrkarte nach Hause.«

»Soweit ich weiß, hat er auch Mitglieder der IRA einsperren lassen.«

Devlin nickte und sagte dann: »Einundvierzig kam ich auf einem neutralen Schiff zurück, einem brasilianischen Frachtdampfer aus Irland, der in Lissabon anlegte, aber das ist eine heikle Sache. Viel zu unsicher.«

Ilse meldete sich zu Wort und meinte schüchtern: »Eines ist gewiß – sobald der Oberst geflohen ist, werden sie nach ihm suchen.«

»Genau«, sagte Devlin. »Die Polizei, die Armee, die Home Guard, die Sicherheitsorgane. Jeder Hafen wird überwacht werden, vor allem die irischen Routen.« Er schüttelte den Kopf. »Nein, sobald er draußen ist, müssen wir England umgehend verlassen. Wir müssen weg sein, ehe sie überhaupt begreifen, was passiert ist.«

Schellenberg nickte und ließ sich das durch den Kopf gehen. »Mir scheint, als sei der cleverste Teil an der Operation Adler die Art und Weise gewesen, wie Oberst Steiner und seine Männer nach England gebracht wurden.«

»Sie meinen die Dakota?« fragte Devlin.

»Eine Dakota der RAF, die in Holland bauchlanden mußte und die wir reparierten. Völlig unverdächtig, auch wenn sie jemand bemerken sollte. Einfach ein britisches Flugzeug auf dem Heimweg. Um die Männer abzusetzen, brauchte es nur eine Zeitlang unter achthundert Fuß zu fliegen, denn viele Teile der englischen Küste verfügen noch nicht über Radaranlagen, die in diesem niedrigen Bereich arbeiten.«

»Es funktionierte blendend«, sagte Devlin. »Außer auf dem Rückweg. Gericke, der Pilot, lag mit mir im gleichen Krankenhaus. Er wurde von einem Nachtjäger der Luftwaffe abgeschossen.«

»Das war Pech, aber der Gedanke an sich ist faszinierend. Ein kleines Flugzeug, das unterhalb der Radargrenze operiert. Eine britische Maschine. Dazu ein geeigneter Landeplatz. So könnten Sie und Steiner in kürzester Zeit rausgeholt und nach Frankreich gebracht werden.«

»Und Schweine haben Flügel und können fliegen, Herr General. Sie brauchen dazu nicht nur ein geeignetes Flugzeug, sondern auch eine Rollbahn. Darf ich außerdem darauf hinweisen, daß für das Ganze ein hervorragender Pilot nötig ist?«

»Ich bitte Sie, Mr. Devlin, machbar ist alles. Wir haben eine Abteilung für feindliches Fluggerät. Dort testet die Luftwaffe englische und amerikanische Maschinen, die in unsere Hände gefallen sind. Sie haben sogar eine B17. Ich habe sie selbst gesehen.« Er wandte sich an Ilse Huber. »Setzen Sie sich sofort mit denen in Verbindung. Schauen Sie außerdem in den Unterlagen über die Operation Seelöwe nach. Suchen Sie nach Plätzen in der Nähe von London, die wir für geheime Operationen, für nächtliche Landungen und so weiter vorgesehen haben.«

»Und vergessen Sie den Piloten nicht«, fügte Devlin hinzu. »Er muß, wie gesagt, etwas ganz Besonderes sein.«

»Ich kümmere mich sofort darum.«

Während sie sich entsprechende Notizen machte, klopfte es an der Tür. Eine junge Frau in der Uniform der SS-Helferinnen kam mit einem Aktenordner herein. »Die St. Mary's Priory in Wapping. Die wollten Herr General doch sehen, nicht wahr?«

Ilse lachte zufrieden. »Gut gemacht, Sigrid. Warte im Büro auf mich. Ich hab' noch etwas für dich.« Sie wandte sich um und reichte Schellenberg die Akte. »Ich suche Ihnen die Sachen gleich heraus.«

Als sie die Tür erreichte, hielt Schellenberg sie kurz zurück. »Mir fällt da noch etwas ein, Ilse. Schauen Sie mal in den Akten über diese rechtsextremen englischen Organisationen nach, die vor dem Krieg existierten. Einige von ihnen hatten sogar Parlamentsmitglieder unter ihren Förderern.«

Sie ging hinaus, und Devlin fragte: »Von wem, zum Teufel, sprechen Sie, Herr General?«

»Von Antisemiten, Leuten, die mit den Faschisten sympathisieren. Viele Angehörige des englischen Adels und der Oberklassen waren glühende Verehrer des Führers, jedenfalls vor Kriegsbeginn.«

»Die Sorte, die enttäuscht war, daß die deutschen Panzer nicht vor dem Buckingham Palast vorfuhren?«

»Genau die.« Schellenberg klappte den prallen Aktenordner auf, zog den ersten Plan heraus und faltete ihn auseinander. »So, Mr. Devlin, da haben Sie es in seiner ganzen Pracht, die St. Mary's Priory.«

Asa Vaughan war siebenundzwanzig Jahre alt. In Los Angeles als Sohn eines Filmproduzenten geboren, war er von frühester Kindheit an von der Fliegerei fasziniert gewesen. Den Pilotenschein hatte er gemacht, noch ehe er nach West Point ging. Anschließend hatte er seine Ausbildung als Jagdflieger abgeschlossen und war dabei so erfolgreich gewesen, daß er sofort einen Kursus als Flugausbilder bei der Marine in San Diego anschließen konnte. Und dann kam der Abend, an dem seine ganze Welt in Brüche ging, der Abend, an dem er in einer Hafenbar in einen Streit verwickelt wurde und einem Major einen Kinnhaken verpaßte.

Es war der 5. Oktober 1939.

Dieses Datum hatte sich unauslöschlich in sein Herz eingebrannt. Es gab keinen Skandal, kein Kriegsgerichtsverfahren. Das wollte niemand. Er mußte nur seinen Abschied nehmen. In dem luxuriösen Haus seiner Eltern in Beverly Hills hielt er es genau eine Woche lang aus, dann packte er seine Koffer und ging nach Europa.

Nach dem Ausbruch des Krieges im September stellte die RAF auch einige Amerikaner ein, doch ihnen gefiel seine Personalakte nicht. Dann, am dreißigsten November, marschierten die Russen in Finnland ein. Die Finnen brauchten dringend Piloten, und Freiwillige aus aller Herren Länder strömten herbei, um sich bei der finnischen Luftwaffe einzuschreiben. Asa war einer von ihnen.

Von Anfang an war dieser Kampf ein hoffnungsloses Unterfangen, trotz der Tapferkeit der finnischen Armee. Dazu kam, daß die meisten Kampfflugzeuge völlig veraltet waren. Nicht, daß die Russen soviel besser und ihre Maschinen soviel moderner gewesen wären, doch sie verfügten über ein paar von den deutschen FW 190.

Asa hatte Doppeldecker wie die italienische Fiat Falco und die englische Gloucester Gladiator geflogen, hoffnungslos unterlegen alle beide, und nur seine überragenden Fähigkeiten als Pilot hatten ihm dabei Vorteile verschafft. Seine persönliche Abschußquote betrug sieben feindliche Maschinen, was ihn zum Helden stempelte. Und dann kam dieser Morgen mit den heftigen Windböen und dem dichten Schneetreiben. Er flog in vierhundert Fuß Höhe ein, völlig blind, und verlor im letzten Moment die Kontrolle über die Maschine. Es kam zu einer Bauchlandung.

Das war im März 1940, zwei Tage bevor die Finnen kapitulierten. Er hatte sich das Becken und die Wirbelsäule gebrochen und lag für achtzehn Monate im Krankenhaus. Danach unterzog er sich einer abschließenden Therapie und war noch immer Leutnant der finnischen Luftwaffe, als sich Finnland am 26. Juni 1941 mit Nazideutschland verbündete und Rußland den Krieg erklärte.

Nach und nach kam er seinen fliegerischen Pflichten wieder nach, arbeitete jedoch vorwiegend als Lehrer und hatte mit direkten Einsätzen nichts zu tun. Die Monate verstrichen, und plötzlich überschlugen sich die Ereignisse. Zuerst Pearl Harbor, dann folgte die Kriegserklärung Deutschlands und Italiens an die Vereinigten Staaten.

Drei Monate lang sperrten ihn die Deutschen in ein Internierungslager. Dann erschienen eines Tages Offiziere der SS, um sich mit ihm zu unterhalten. Himmler wollte die Fremdenlegion der SS vergrößern. Dazu gehörten Skandinavier, Franzosen, die neutralen Schweden sowie indische Kriegsgefangene der britischen Armee in Nordafrika. Es gab sogar das britische Freikorps mit drei Leoparden auf den Kragenspiegeln anstelle der SS-Runen und dem Union Jack am linken Ärmel. Viele Männer waren es nicht, die sich locken ließen, nicht mehr als fünfzig. Und es war vorwiegend der Bodensatz aus den Kriegsgefangenenlagern, bei dem die SS mit ihren Versprechungen Erfolg hatte – ein anständiges Essen, die Aussicht auf Frauen und Geld ließ viele ihre Herkunft vergessen.

Wieder etwas anderes war die George-Washington-Legion. Für Amerikaner bestimmt, die mit den Ansichten der Nazis sympathisierten, hatte die Truppe, soweit Asa wußte, niemals mehr als ein halbes Dutzend Mitglieder. Er hatte die Wahl, einzutreten oder ins Konzentrationslager abkommandiert zu werden. Er sträubte sich, so lange es ging. Schließlich kam man überein, daß er ausschließlich an der russischen Front eingesetzt würde. Dort flog er schließlich nur selten direkte Kampfeinsätze, denn sein Können als Pilot war derart gefragt, daß er vorwiegend im Kurierdienst eingesetzt wurde und hochrangige Offiziere beförderte.

Da war er nun, Hauptsturmführer Asa Vaughan aus den Vereinigten Staaten, nicht weit von der russisch-polnischen Grenze entfernt, am Steuerknüppel eines Storchs, die verschneiten Wälder fünftausend Fuß unter sich. Ein SS-Brigadeführer namens Farber saß hinter ihm und studierte Landkarten.

Farber blickte auf. »Wie lange noch?«

»Zwanzig Minuten«, antwortete Asa. Er sprach ein hervorragendes Deutsch, allerdings mit amerikanischem Akzent.

»Gut. Ich bin durchgefroren bis auf die Knochen.«

Wie zum Teufel bin ich in dieses Schlamassel geraten? fragte sich Asa. *Und wie komme ich wieder raus?* Ein großer Schatten stieß plötzlich auf sie herab, der Storch bockte heftig, und Farber stieß einen gellenden Warnschrei aus. Für einen kurzen Moment befand sich ein Jagdflugzeug auf gleicher Höhe. Der rote Stern auf seinem Rumpf war deutlich zu erkennen. Dann zog es davon.

»Ein russischer Yak-Jäger. Jetzt wird's gefährlich«, sagte Asa.

Der Yak kam rasendschnell von achtern heran, schoß mit beiden Bordkanonen, und der Storch geriet ins Taumeln, während Stücke aus den Tragflächen herausbrachen. Asa ging in den Sturzflug, der Yak folgte, flog einen Halbkreis und ging wieder in Kampfposition. Der gegnerische Pilot war sich seiner Überlegenheit in jeder Hinsicht bewußt. Er winkte ihnen zu und schien sich köstlich zu amüsieren.

»Schwein!« fluchte Asa.

Der Yak startete einen neuen Angriff, kam schnell näher und jagte eine Salve in den Storch. Farber schrie auf, als ihn eine Kugel in die Schulter traf. Während die Windschutzscheibe explodierte, brüllte er: »Tun Sie was, verdammt noch mal!«

Asa, dessen Gesicht von einem Glassplitter blutverschmiert war, brüllte zurück: »Na gut, wenn Sie unbedingt wollen. Mal sehen, ob dieser Hund wirklich fliegen kann.«

Er brachte den Storch auf zweitausend Fuß herunter, wartete ab, bis sich der Yak wieder genähert hatte, kippte dann seitlich weg und ließ sich noch tiefer sinken. Der Wald auf der verschneiten Ebene raste auf sie zu.

»Was tun Sie da?« brüllte Farber.

Asa ging bis auf tausend Fuß, dann fünfhundert, und der Yak, entschlossen, ihnen den Todesstoß zu versetzen, blieb dicht hinter ihnen. Genau im richtigen Moment fuhr der Amerikaner die Bremsklappen aus, der Yak sackte ab, um die Kollision zu vermeiden, und pflügte mit dreihundertfünfzig Meilen pro Stunde in den Wald hinein. Eine Feuerzunge leckte hoch, Asa zog den Steuerknüppel zurück und ging wieder auf die Höhe von zweitausend Fuß.

»Sind Sie in Ordnung, Herr General?«

Farber umklammerte seinen Arm, aus dem das Blut sickerte. »Sie sind ein Genie – ein wahres Genie. Ich verspreche Ihnen, dafür bekommen Sie das Eiserne Kreuz.«

»Danke.« Asa wischte sich das Blut von der Wange. »Das hat mir gerade noch gefehlt.«

Im Luftwaffenstützpunkt vor den Toren Warschaus ging Asa zur Offiziersmesse. Er fühlte sich seltsam bedrückt. Der Sanitätsoffizier hatte die Wunde in seiner Wange mit zwei Stichen genäht, war jedoch über Brigadeführer Farbers Zustand weitaus besorgter gewesen.

Asa betrat die Messe und zog seine Fliegerjacke aus. Darunter trug er eine elegant geschnittene Uniform in Feldgrau mit den SS-Runen auf dem Kragenspiegel. Am linken Ärmel war ein Schild mit der amerikanischen Flagge befestigt, und auf einem

Namensstreifen über dem linken Handgelenk stand zu lesen: »George Washington Legion«. Er trug an seinem Uniformrock das Ordensband des Eisernen Kreuzes zweiter Klasse sowie das finnische Goldene Kreuz für Tapferkeit.

Seine ausgesprochene Einzigartigkeit bewirkte, daß die anderen Piloten ihn mieden. Er bestellte sich einen Kognak, kippte ihn schnell hinunter und bestellte sich einen zweiten.

»Dabei ist noch nicht einmal Mittag«, meinte eine Stimme hinter ihm.

Während Asa sich umdrehte, nahm Gruppenkommandant Oberst Erich Adler auf dem Hocker neben ihm Platz. »Champagner«, bestellte er bei dem Barkeeper.

»Und was ist der Anlaß?« fragte Asa.

»Zuerst einmal, mein armer, kleiner Yankeefreund, hat der gute Brigadeführer Farber dich zur sofortigen Auszeichnung mit einem Eisernen Kreuz Erster Klasse vorgeschlagen, was du, nach allem, was er erzählt hat, rundum verdient hast.«

»Aber Erich, ich hab' doch schon einen Orden«, beschwerte sich Asa.

Adler ignorierte ihn, wartete auf den Champagner und reichte ihm dann ein Glas. »Zweitens, du hast es hinter dir. Für dich ist hier Schluß.«

»Was ist los?«

»Du fliegst mit der nächsten Maschine nach Berlin. Die Sache hat äußerste Dringlichkeit. Das kommt direkt von Göring. Du meldest dich bei General Walter Schellenberg in der SD-Zentrale in Berlin.«

»Einen Moment mal«, widersprach Asa. »Ich fliege nur an der russischen Front. So war es abgemacht.«

»Ich würde mich an deiner Stelle nicht sträuben. Dieser Befehl kommt von Himmler persönlich.« Adler hob sein Glas. »Viel Glück, mein Freund.«

»Gott helfe mir, aber ich glaube wirklich, daß ich das nötig habe«, meine Asa Vaughan.

Devlin wurde gegen drei Uhr morgens von fernem Kanonendonner aus dem Schlaf gerissen. Er stand auf, tappte ins Wohnzimmer und lugte durch einen Spalt in den Verdunkelungsvorhängen nach draußen. Er konnte die Blitze am fernen Horizont jenseits der Stadt sehen.

Hinter ihm knipste Ilse Huber in der Küche das Licht an. »Ich kann auch nicht schlafen. Ich mache uns Kaffee.«

Sie trug einen Bademantel gegen die Kälte und hatte ihr Haar zu zwei Zöpfen geflochten, die sie seltsam verletzlich aussehen ließen. Er holte sich seinen Mantel, zog ihn über den Schlafanzug und setzte sich an den Tisch, um eine Zigarette zu rauchen.

»Zwei Tage und noch immer haben wir keinen geeigneten Landeplatz«, sagte er. »Ich glaube, der General wird langsam ungeduldig.«

»Am liebsten würde er alles schon gestern erledigt haben«, meinte Ilse. »Wenigstens haben wir einen günstigen Stützpunkt an der französischen Küste gefunden, und der Pilot macht einen vielversprechenden Eindruck.«

»Das dürfen Sie ruhig zweimal sagen«, erwiderte Devlin. »Ein Yankee in der SS, nicht daß der arme Teufel eine Wahl hatte, wie aus den Akten hervorgeht. Ich kann es kaum erwarten, ihn kennenzulernen.«

»Mein Mann war auch bei der SS, wußten Sie das? Hauptfeldwebel in einem Panzerregiment.«

»Das tut mir leid«, sagte Devlin.

»Sie müssen manchmal denken, daß wir alle böse sind, Mr. Devlin, aber Sie müssen auch verstehen, wie alles anfing. Nach dem Ersten Weltkrieg lag Deutschland völlig am Boden.«

»Und dann kam der Führer?«

»Er versprach so viel. Er wollte uns unseren Stolz zurückgeben – und für Wohlstand sorgen. Und dann fing es an – so viele schlimme Dinge passierten, vor allem mit den Juden.« Sie zögerte. »Eine meiner Urgroßmütter war Jüdin. Mein Mann mußte sich eine Sondererlaubnis besorgen, um mich heiraten zu können. Es steht in meiner Akte, und manchmal wache ich mitten in der Nacht auf und denke, was wohl geschähe, wenn irgend jemand anfinge, diesem Hinweis nachzugehen.«

Devlin ergriff ihre Hände. »Ganz ruhig, mein Mädchen, wir alle werden schon mal trübsinnig, wenn alles um uns herum schlimm und trostlos aussieht.« In ihren Augen glitzerten Tränen. »Hören Sie, gleich werden Sie wieder lachen. Was meinen Sie, welche Verkleidung ich mir für das Unternehmen ausgesucht habe? Raten Sie mal.«

Sie lächelte bereits. »Verraten Sie es mir.«

»Ich gehe als Priester.«

Ihre Augen weiteten sich. »Sie, ein Priester?« Sie brach in schallendes Gelächter aus. »Das glaubt Ihnen keiner, Mr. Devlin.«

»Moment mal, ich erkläre es Ihnen. Sie würden sich über meinen religiösen Hintergrund wundern. O ja.« Er nickte würdevoll. »Ich war Meßdiener. Und nachdem die Briten meinen Vater im Jahr 1921 aufhängten, zogen meine Mutter und ich zu meinem alten Onkel, der Priester in Belfast war. Er schickte mich auf eine Tagesschule der Jesuiten. Und die trichtern einem jede Menge Religion ein.« Er zündete sich noch eine Zigarette an. »Sie können mir ruhig glauben, ich spiele den Priester perfekt.«

»Na ja, hoffen wir lieber, daß Sie keine Messe lesen oder die Beichte hören müssen.« Sie lachte. »Noch eine Tasse Kaffee?«

»Mein Gott, Sie bringen mich da auf eine Idee. Wo ist Ihre Aktentasche? Der Aktenordner, den wir uns angesehen haben? Der mit den allgemeinen Informationen?«

Sie verschwand in ihrem Schlafzimmer und kam mit dem Ordner zurück. »Da ist er.«

Devlin blätterte ihn hastig durch, dann nickte er. »Wußte ich's doch. Hier steht es. Die Steiners sind eine alte katholische Familie.«

»Worauf wollen Sie hinaus?«

»Diese St. Mary's Priory. Es ist ein kleines Kloster, das häufig von Priestern aufgesucht wird, die kommen, um die Beichte zu hören. Die Barmherzigen Schwestern sind zwar wahre Heilige im Vergleich zu uns, aber sie müssen beichten, um die heilige Messe feiern zu können. Für beides ist ein Priester nötig. Und dann sind da ja noch die Patienten, die katholisch sind.«

»Also auch Steiner, meinen Sie?«

»Sie können ihm keinen Priester verweigern, schon gar nicht an einem solchen Ort.« Er grinste. »Es ist eine Idee.«

»Haben Sie schon mal über Ihr Aussehen nachgedacht?« erkundigte sie sich.

»Ach, damit können wir uns noch etwas Zeit lassen. Ich werde zu einem dieser Filmleute gehen, die der General erwähnt hat. Und mich völlig auf sie verlassen.«

Sie nickte. »Hoffentlich finden wir etwas in den Akten der Operation Seelöwe. Das Problem ist, daß das Material so umfangreich ist.« Sie stand auf. »Wie dem auch sei, ich glaube, ich gehe wieder ins Bett.«

Draußen erklangen die Luftschutzsirenen. Devlin lächelte sarkastisch. »Nein, das werden Sie nicht. Sie ziehen sich jetzt an, sind ein braves Mädchen, und wir gehen zusammen runter und verbringen eine weitere lustige Nacht im Keller. Wir treffen uns in fünf Minuten.«

Schellenberg nickte. »Als Priester? Ja, das gefällt mir.«

»Mir auch«, sagte Devlin. »Es ist fast so gut wie eine Uniform.

Ein Soldat, ein Briefträger, ein Gepäckträger – man erinnert sich an die äußere Erscheinung, nicht so sehr an das Gesicht. Man sieht nur die Uniform. Bei einem Priester ist es ganz ähnlich. Eine schwarze Soutane, aber kein Gesicht.«

Sie standen über einen zusammenklappbaren Kartentisch gebeugt, den Schellenberg aufgestellt hatte. Vor ihnen lagen die Grundrißpläne der St. Mary's Priory.

»Haben Sie schon eine Idee?« fragte Schellenberg. »Schließlich beschäftigen wir uns jetzt seit Tagen mit diesen verdammten Skizzen.«

»Am interessantesten ist dies hier.« Devlin tippte mit einem Finger darauf. »Das sind die Pläne des Architekten für die Umbauten, die im Jahr 1910 vorgenommen wurden, als das Kloster römisch-katholisch wurde und die Barmherzigen Schwestern einzogen.«

»Was meinen Sie genau?«

»Unter der Erde ist London ein Irrgarten, eine Welt für sich. Ich habe mal gelesen, daß es unter der Stadt über hundert Meilen Flußläufe gibt, wie der Fleet, der im Hampstead entspringt und in Blackfriars in die Themse mündet, und das alles unterirdisch.«

»Und?«

»Das Abwassersystem ist sieben- oder achthundert Jahre alt, es ist ein Gewirr von Kanälen und Rohren. Niemand weiß genau, wo sie überall verlaufen. Meist bringen das erst Ausgrabungen ans Licht oder Umbauten, wie in unserem Fall. Sehen Sie sich mal den Bauplan an. Die Krypta unter der Kapelle wurde füher regelmäßig überflutet. Dieses Problem konnten sie lösen, weil sie einen Fluß entdeckten, der gleich nebenan durch einen Tunnel aus dem achtzehnten Jahrhundert floß. Sehen Sie, der Plan zeigt, wo er in die Themse mündet.«

»Sehr interessant«, sagte Schellenberg.

»In die Wand der Krypta wurde ein Gitter eingebaut, damit

das Wasser in den Tunnel abfließen kann. Auf dem Plan steht ein entsprechender Hinweis.«

»Also ein Weg nach draußen, meinen Sie?«

»Es ist eine Möglichkeit. Das müßte überprüft werden.« Devlin warf seinen Bleistift auf die Pläne. »Wir müssen vor allem in Erfahrung bringen, wie es dort drinnen aussieht, Herr General. Nach dem, was wir bisher wissen, könnte es kinderleicht sein. Eine Handvoll Wächter, lasche Disziplin.«

»Möglich wäre aber auch, daß man Sie bereits erwartet.«

»Klar, aber nicht, wenn sie glauben, daß ich immer noch in Berlin bin«, erinnerte ihn Devlin.

In diesem Augenblick kam Ilse Huber aufgeregt herein. »Sie hatten recht, mich die rechtsgerichteten Organisationen der Briten überprüfen zu lassen, Herr General. Ich fand dort Informationen über einen Mann, der auch mit Seelöwe zu tun hatte.«

»Wie lautet sein Name?« fragte Schellenberg.

»Shaw«, sagte sie. »Sir Maxwell Shaw«, und sie legte zwei pralle Aktenordner auf den Tisch.

6

Romney Marsh, etwa fünfundvierzig Meilen südöstlich von London an der Küste von Kent gelegen, ist ein zweihundert Quadratmeilen großes Gebiet, das mit Hilfe von Kanälen und Gräben bereits zur Zeit der Römer dem Meer abgerungen worden war. Ein großer Teil liegt unterhalb des Meeresspiegels, und unzählige Entwässerungsgräben verhindern, daß es wieder in seinen ursprünglichen Zustand zurückfällt.

Charbury war noch nicht einmal ein Dorf. Ein Weiler mit fünfzehn Häusern, einer Kirche und einem Gemischtwarenladen. Es gab keine Dorfschenke, und die Hälfte der Häuser stand leer. Nur die Alten waren geblieben. Die jüngeren Leute waren längst weggegangen, arbeiteten in der Kriegsindustrie oder im zivilen Dienst, oder sie waren in die Armee eingetreten.

Es regnete an diesem Morgen, als ein Mann mit seinem schwarzen Labradorhund die Dorfstraße hinunterging. Sir Maxwell Shaw war kräftig gebaut und mittelgroß. Sein zerfurchtes Gesicht verriet den Gelegenheitstrinker, und der schwarze Schnurrbart konnte diesen Eindruck nicht mildern. Die meiste Zeit machte er ein mürrisches Gesicht, war stets zu einem Streit aufgelegt, und im allgemeinen gingen ihm seine Mitmenschen aus dem Weg.

Er trug einen Tweedhut mit heruntergezogener Krempe, eine wasserdichte Jagdjacke und Gummistiefel. Unter einem Arm hing eine doppelläufige Schrotflinte. Als er den Laden erreichte, bückte er sich und strich dem Labrador über die Ohren, wobei sein Gesicht einen fast zärtlichen Ausdruck annahm.

»Gutes Mädchen, Nell. Sitz.«

Eine Glocke erklang, als er den Laden betrat. Ein alter Mann in den Siebzigern lehnte an der Theke und unterhielt sich mit einer Frau dahinter, die noch älter war.

»Guten Morgen, Tinker«, sagte Shaw.

»Guten Morgen, Sir Maxwell.«

»Sie haben mir Zigaretten versprochen, Mrs. Dawson.«

Die alte Frau holte ein Paket unter der Theke hervor. »Ich hab' von meinem Bekannten in Dymchurch zweihundert Players bekommen, Sir Maxwell. Sie stammen vom Schwarzmarkt, daher sind sie ziemlich teuer.«

»Trifft das heutzutage nicht auf alles zu? Schreiben Sie es auf meine Rechnung.«

Er verstaute das Paket in einer seiner Jagdtaschen und ging hinaus. Während er die Tür schloß, hörte er noch, wie Tinker sagte: »Armer Teufel!«

Er holte tief Luft, um seine Wut zu zügeln, und gab der Labradorhündin einen Klaps. »Komm, Mädchen, gehen wir«, sagte er dann und marschierte davon.

Es war Maxwell Shaws Großvater gewesen, ein Stahlbaron, der auf dem Höhepunkt der viktorianischen Industrialisierung den Grundstein zum Wohlstand der Familie gelegt hatte. Er war es auch gewesen, der das Anwesen erworben, es in Shaw Place umbenannt und sich 1885, als Millionär mit dem Titel eines Baronets, dort zur Ruhe gesetzt hatte. Sein Sohn hatte kein Interesse an der Firma gehabt, daher war sie in andere Hände übergegangen. Er hatte Karriere in der Armee gemacht und war schließlich während der Burenkriege in der Schlacht von Spion Kop gefallen.

Maxwell Shaw, 1890 geboren, trat in die Fußstapfen seines Vaters. Eton, Sandhurst, eine Offiziersstelle in der indischen Armee. Er diente während des Ersten Weltkriegs in Mesopotamien, kehrte 1916 nach Hause zurück und wurde zu einem Infanterieregiment versetzt. Seine Mutter lebte zu der Zeit noch. Seine Schwester, zehn Jahre jünger als er, war mit einem Piloten des Royal Flying Corps verheiratet und versah selbst ihren Dienst als Krankenschwester. Im Jahr 1917 kam Maxwell aus Frankreich zurück, schwer verwundet und mit einem Military Cross ausgezeichnet. Während seiner Rekonvaleszenz lernte er beim örtlichen Jägerball ein Mädchen kennen, das seine Frau werden sollte. Er heiratete es, ehe er wieder nach Frankreich ging.

Es war 1918, das letzte Kriegsjahr, als sich auf einmal die Ereignisse überstürzten. Seine Mutter starb, kurz darauf seine Frau. Sie war mit einer Jagdgesellschaft ausgeritten und dabei schwer gestürzt. Zehn Tage lang rang sie mit dem Tod, lange genug für Shaw, um mit Sonderurlaub nach Hause zu eilen und bei ihr zu sein, als sie starb. Es war seine Schwester Lavinia, die ihm auf seinem schweren Gang beistand, die ihm am Grab eine Stütze war. Doch schon nach einem Monat war auch sie allein. Ihr Mann war über der Westfront abgeschossen worden.

Wie so viele fanden sich die Geschwister Shaw nach dem Krieg in einer völlig fremden Welt wieder, und Maxwell gefiel sie überhaupt nicht. Wenigstens waren er und Lavinia zusammen, und sie hatten Shaw Place, doch als die Jahre vergingen und ihr Kapital immer mehr schwand, wurde das Leben zunehmend schwieriger. Maxwell saß eine Zeitlang für die Konservativen im Parlament, verlor seinen Sitz jedoch nach einer beschämenden

Wahlniederlage an einen Sozialisten. Wie viele Angehörige seiner Gesellschaftsschicht war er ein fanatischer Antisemit. Dies wurde noch verschlimmert durch seinen plötzlichen politischen Sturz und führte zu einem intensiven Kontakt mit Sir Oswald Mosley und dem British Fascist Movement.

Bei all dem wurde er von Lavinia tatkräftig unterstützt, obgleich sie mehr daran interessiert war, sie beide halbwegs über Wasser zu halten und das Anwesen nicht zu verlieren. Enttäuscht von der Art und Weise, wie die Gesellschaft sich verändert hatte, betrachteten sie Hitler als Hoffnungsträger und bewunderten, was er für Deutschland leistete. Viele, die in einer ähnlichen Lage waren, fühlten wie sie.

Und dann, während eines Abendessens im Januar 1939 in London, wurden sie einem Major Werner Keitel vorgestellt, einem Militärattaché an der Deutschen Botschaft. Mehrere Monate lang hatte Lavinia mit ihm eine leidenschaftliche Affäre. Er war regelmäßig auf Shaw Place anzutreffen, denn da er Pilot der Luftwaffe war, teilte er Lavinias Begeisterung für die Fliegerei. Damals besaß sie eine Tiger Moth, die in einer alten Scheune untergebracht war. Die Südweide benutzte sie als Start- und Landebahn. Regelmäßig flogen sie zusammen in ihrem zweisitzigen Doppeldecker, lernten dabei große Abschnitte der Südküste kennen, und Keitel konnte ausgiebig seinem Hobby frönen, der Luftfotografie.

Shaw hatte nichts dagegen. Lavinia hatte schon früher intensivere Beziehungen zu Männern gehabt, während er sich wenig für Frauen interessierte. Dennoch war die Keitel-Affäre etwas ganz anderes. Vor allem wegen der Folgen, die sie hatte.

»Na schön, wir wissen, woran wir mit ihm sind«, meinte Devlin über Shaw. »Er würde Kinder nach Australien verbannen, weil sie ein Stück Brot gestohlen haben.«

Schellenberg bot ihm eine Zigarette an. »Werner Keitel war ein Agent der Abwehr und sollte damals potentielle Hilfsagenten anwerben. Allerdings nicht auf die übliche Weise. Ein Krieg stand vor der Tür, das war offensichtlich, und es existierten bereits damals erste Überlegungen hinsichtlich der Operation Seelöwe.«

»Und das Anwesen des alten Knackers war ideal«, stellte Devlin fest. »Ziemlich abgelegen, aber trotzdem nur fünfundvierzig Meilen von London entfernt. Dazu diese herrliche Südweide, auf der ein Flugzeug ohne große Probleme landen und starten konnte.«

»Genau. Laut seinem Bericht war es für Keitel verblüffend einfach, sie zu rekrutieren. Er stattete sie mit einem Funkgerät aus. Die Schwester beherrschte bereits das Morsealphabet. Natürlich wurde ihnen ausdrücklich verboten, sich anderweitig zu engagieren. Keitel kam übrigens beim Luftangriff auf England ums Leben.«

»Hatten sie auch einen Codenamen?«

Ilse Huber, die den Ausführungen bisher schweigend gefolgt war, zog ein weiteres Schriftstück aus der Akte. »Falke. Als Einsatzsignal war die Botschaft vorgesehen: ›Ist der Falke noch bereit? Jetzt kann er endlich zuschlagen.‹«

Devlin nickte nachdenklich. »Da waren sie nun. Und warteten auf die große Invasion, die niemals stattfand. Und wie sieht es im Augenblick aus?«

»Wir haben tatsächlich einige weitere Informationen«, sagte Ilse Huber. »Es gibt da einen Artikel, der in einem amerikanischen Magazin erschienen ist.« Sie suchte nach dem Datum. »Und zwar im März 1943. Es geht um ›Die Faschistische Bewegung Englands‹. Der Journalist machte ein Interview mit Shaw und seiner Schwester. Sie bekannten sich offen dazu. Es gibt sogar ein Foto.«

Lavinia saß auf einem Pferd, trug ein Kopftuch und sah viel

attraktiver aus, als Devlin erwartet hatte. Shaw stand neben ihr und hielt eine Schrotflinte unter dem Arm.

Schellenberg überflog den Artikel und reichte ihn Devlin. »Ziemlich traurig. Wie die meisten seiner Art wurde er 1940 ohne rechtsgültiges Urteil aufgrund der Zwangsverordnung 18B inhaftiert.«

»Im Brixton Gefängnis? Das muß ein schwerer Schlag für ihn gewesen sein«, sagte Devlin.

»Der Rest ist noch trauriger. Das Land mußte verkauft werden, die Hausangestellten wurden entlassen. Nur die beiden sind noch übrig und leben mehr schlecht als recht in ihrem heruntergekommenen alten Haus«, sagte Schellenberg. »Es könnte ein idealer Ort für unsere Zwecke sein. Sehen Sie sich mal die Karte vom Kanal an.« Sie traten an den Kartentisch. »Da. Das Cap de La Hague und Chernay. Dort gab es mal einen Fliegerclub. Die Anlage wird nur in Notfällen von der Luftwaffe als Lande- und Startbahn benutzt. Meistens zum Auftanken. Nur ein Dutzend Männer ist dort stationiert. Für unsere Zwecke einfach perfekt, denn von dort sind es nur noch etwa dreißig Meilen bis zum Chateau de Belle Ile, wo der Führer seine Konferenz abhält.«

»Und wie weit haben wir es bis zu unseren Freunden in Romney Marsh?«

»Hundertfünfzig Meilen, größtenteils über dem Meer.«

»Prima«, sagte Devlin. »Bleibt nur noch eins. Sind die Shaws gewillt, mitzumachen?«

»Könnte Vargas das nicht feststellen?«

»Vargas könnte uns alle aufs Kreuz legen, wie ich schon sagte. Das wäre genau das, wovon der britische Geheimdienst träumt. Die Chance, alle auf einen Schlag zu erwischen.« Devlin schüttelte den Kopf. »Nein, die Shaws werden warten müssen, bis ich in England bin, genauso wie alles andere. Wenn sie mitmachen, dann sind wir im Geschäft.«

»Aber wie wollen Sie mit uns Verbindung aufnehmen?« wollte Ilse Huber wissen.

»Sie besitzen vielleicht noch das Funkgerät, und mit diesen Dingern kenne ich mich aus. Als die Abwehr mich einundvierzig angeworben hat und dann nach Irland schickte, habe ich vorher den üblichen Funkerkurs mitgemacht und dabei auch das Morsealphabet gelernt.«

»Und wenn das Gerät nicht mehr existiert?«

Delvin lachte. »Dann erbettle ich mir eines, oder ich leihe eines aus oder stehle es. Mein Gott, Herr General, Sie machen sich zu viele Sorgen.«

Shaw entdeckte den Hasen, riß die Schrotflinte aber zu spät hoch und schoß daneben. Er fluchte, zog eine Flasche aus der Tasche und trank. Nell winselte und blickte gespannt zu ihm hoch. Das Schilf war mannshoch, und langsam strömte das Wasser in den Kanälen dem Meer entgegen. Alles wirkte trostlos, und der Himmel war schwarz von schweren Regenwolken. Als die ersten Tropfen fielen, erschien Lavinia auf ihrem Pferd. Durch einen Graben galoppierte sie auf ihn zu.

»Hallo, Liebling. Ich habe deinen Schuß gehört.«

»Ich treffe nicht mal mehr eine Wand, wenn ich direkt davor stehe, altes Mädchen.« Er setzte die Flasche wieder an die Lippen, dann machte er eine dramatische, ausholende Bewegung mit dem Arm. »Sieh dir das an – eine tote Welt, Lavinia, alles ist hin, ich auch. Wenn doch nur mal was passieren würde – irgend etwas.« Und er nahm einen weiteren Schluck aus der Flasche.

Asa Vaughan klappte den Aktenordner zu und blickte auf. Schellenberg lehnte sich über den Tisch und bot ihm eine Zigarette an. »Was halten Sie davon?«

»Warum ich?«

»Weil es heißt, daß Sie ein hervorragender Pilot sind, der praktisch alles fliegen kann.«

»Mit Komplimenten kommt man meistens zum Ziel, Herr General, aber betrachten wir doch mal die Tatsachen. Als ich, na, sagen wir mal, in die SS berufen wurde, lautete die Vereinbarung, daß ich ausschließlich gegen die Russen zum Einsatz kommen sollte. Mir wurde versichert, daß ich an keiner Aktion teilzunehmen brauche, die in irgendeiner Form gegen mein Land gerichtet ist.«

Devlin, der am Fenster saß, lachte rauh. »Was für ein Quatsch, mein Junge. Haben Sie das wirklich geglaubt? Dann glauben Sie auch an Märchen. Die haben Sie doch mit Haut und Haaren gefressen, als sie Sie in diese Uniform steckten.«

»Ich fürchte, er hat recht, Hauptmann«, sagte Schellenberg. »Mit diesen Argumenten würden Sie beim Reichsführer nicht weit kommen.«

»Das kann ich mir denken«, sagte Asa, und ein düsterer Ausdruck breitete sich auf seinem Gesicht aus.

»Wo ist das Problem?« wollte Devlin wissen. »Wo wären Sie denn lieber? Wieder an der Ostfront oder hier? Im Grunde haben Sie doch überhaupt keine Wahl. Sagen Sie nein, und schon schickt Himmler, dieser alte Sack, Sie ins nächste Konzentrationslager.«

»Damit wäre ja alles klar, bis auf eine Kleinigkeit«, meinte Asa. »Wenn ich in England in dieser Uniform geschnappt werde, dann bekomme ich sicherlich das schnellste Kriegsgerichtsverfahren der amerikanischen Geschichte und anschließend sofort einen Termin vor dem Erschießungskommando.«

»Nein, den bekommen Sie nicht, mein Sohn«, widersprach Devlin. »Man wird Sie aufhängen. Nun zu dem Flug. Meinen Sie, Sie schaffen es?«

»Ich wüßte nicht, was dagegen spricht. Aber ich muß mich mit den Verhältnissen über dem Kanal vertraut machen. Soweit ich sehe, befinde ich mich fast während des ganzen Fluges über Wasser. Erst die letzten Meilen lege ich über Land zurück.«

»Genau«, sagte Schellenberg.

»Nun zu diesem Haus, Shaw Place. Dort kommt nur eine Landung bei Nacht in Frage. Selbst bei Vollmond brauche ich irgendeine Orientierungshilfe.« Er nickte, während er überlegte. »Damals, in Kalifornien, war mein Fluglehrer ein ehemaliges Mitglied der Lafayette Excadrille in Frankreich. Ich erinnere mich, daß er mir einiges aus den alten Zeiten erzählte, als alles noch etwas primitiver war als heute. Damals stellten sie ein paar Batterielampen in Form eines umgekippten L auf, und zwar mit dem Querbalken gegen den Wind.«

»Das dürfte zu machen sein«, sagte Devlin.

»Nun zum Flugzeug – es müßte eine kleine Maschine sein. So etwas wie der Fieseler Storch.«

»Ja, sicher, ich hoffe, das läßt sich machen«, meinte Schellenberg. »Ich habe mit dem Kommandierenden der Abteilung für feindliches Fluggerät gesprochen. Sie sitzen in Hildorf. Von Berlin aus sind es mit dem Auto zwei Stunden. Sie erwarten uns morgen früh. Er meint, sie hätten eine geeignete Maschine für uns.«

»Das wär's dann wohl.« Asa stand auf. »Und was geschieht jetzt?«

»Wir gehen essen, mein Sohn«, erklärte Devlin. »Das beste, was der schwarze Markt zu bieten hat. Dann kommen Sie mit mir zu Frau Huber und übernachten in meinem Zimmer. Keine Angst, Sie haben Ihr eigenes Bett.«

Die Kapelle im St. Mary's war kalt und feucht, und es roch nach Kerzenwachs und Weihrauch. Im Beichtstuhl wartete Father Frank Martin, bis die Nonne, der er gerade die Beichte abgenommen hatte, gegangen war. Danach knipste er die Beleuchtung aus und verließ den Beichtstuhl.

Er war der leitende Geistliche von St. Patrick's zwei Straßen weiter, und daher gleichzeitig der Beichtvater des Klosters. Mit seinen sechsundsiebzig Jahren war er ein kleiner, zierlicher Mann mit schlohweißem Haar. Wäre der Krieg nicht gewesen, so hätte man ihn längst in den Ruhestand geschickt, aber in diesen Zeiten wurden alle gebraucht.

Er ging in die Sakristei, zog das Meßgewand aus und faltete sorgfältig seine violette Stola zusammen. Er griff nach seinem Regenmantel und dachte daran, heute einmal früher Feierabend zu machen, doch Mitgefühl und christliche Nächstenliebe behielten die Oberhand. Achtzehn Patienten lagen zur Zeit im Hospiz, sieben davon schon vom Tod gezeichnet. Ein letzter Rundgang durch die Zimmer würde nicht schaden. Er hatte die Kranken zwar bereits am frühen Nachmittag besucht, aber er wollte es noch einmal tun.

Er verließ die Kapelle und sah, wie die Priorin, Schwester Maria Palmer, den Fußboden wischte, eine niedere Arbeit, die sie an das erinnern sollte, was sie für ihre größte Schwäche hielt: die Sünde des Hochmuts.

Father Martin blieb stehen und schüttelte den Kopf. »Sie sind zu streng mit sich.«

»Nicht streng genug«, widersprach sie ihm. »Ich freue mich, Sie zu sehen. Seit ihrem letzten Besuch hat es eine Veränderung gegeben. Man hat uns wieder einen deutschen Kriegsgefangenen gebracht.«

»Tatsächlich?« Sie gingen aus der Kapelle in die Eingangshalle.

»Ja, einen Offizier der Luftwaffe, erst kürzlich verwundet, aber schon wieder auf dem Weg der Besserung. Ein Colonel Kurt Steiner. Sie haben ihn ins oberste Stockwerk gelegt, genau wie die anderen, die bei uns waren.«

»Was ist mit Wächtern?«

»Ein halbes Dutzend Militärpolizisten. Das Kommando führt ein junger Second Lieutenant namens Benson.«

In diesem Moment kamen Jack Carter und Dougal Munro die Haupttreppe herunter. Schwester Maria Palmer fragte: »Ist alles zu Ihrer Zufriedenheit geregelt, Brigadier?«

»Absolut«, antwortete Munro. »Wir bemühen uns, Ihnen so wenig Unannehmlichkeiten zu bereiten wie möglich.«

»Sie machen keine Unannehmlichkeiten«, sagte sie. »Übrigens, das ist Father Martin, unser Geistlicher.«

»Freut mich«, sagte Munro und wandte sich an Carter. »Ich muß mich jetzt beeilen, Jack. Vergessen Sie nicht, einen Doktor zu holen, der ihn untersucht.«

Schwester Maria Palmer meinte: »Wahrscheinlich wurde Ihnen nicht mitgeteilt, Brigadier, daß ich Ärztin bin. Ich glaube, daß wir Oberst Steiner durchaus geben können, was er braucht. Da Sie offensichtlich fertig sind, gehe ich mal hinauf und schaue nach, wie es ihm geht.«

Jack Carter machte ein skeptisches Gesicht. »Nun, wissen Sie, Schwester, ich halte das nicht für gut.«

»Captain Carter, dieses Kloster, das ich leite, ist nicht nur ein Haus Gottes, sondern auch ein Ort, wo wir uns um die Kranken und die Sterbenden kümmern. Ich habe Oberst Steiners Krankenbericht gesehen. Es ist nur wenige Wochen her, daß er schwer verwundet wurde. Er braucht sicherlich meine Fürsorge. Und wie ich aus seiner Akte weiterhin entnehmen konnte, ist er römisch-katholischen Glaubens, deshalb bedarf es vielleicht auch des seelischen Trostes durch Father Martin.«

»Sie haben recht, Schwester«, meinte Munro. »Kümmern Sie sich darum, Jack, ja?«

Er ging hinaus, und Carter machte kehrt und stieg vor ihnen die Treppe hinauf. Oben befand sich eine massive Tür, die mit

Stahlbändern verstärkt war. Ein Militärpolizist saß an einem kleinen Tisch daneben.

»Öffnen Sie«, befahl Carter. Der Militärpolizist klopfte an die Tür, die nach einem kurzen Moment von einem anderen Militärpolizisten geöffnet wurde. Sie traten ein. »Wir benutzen die anderen Zimmer als Quartier für die Männer«, erklärte Carter.

»Das sehe ich«, sagte Schwester Maria Palmer.

Die Tür des ersten Zimmers stand offen. Neben einem schmalen Bett stand ein kleiner Tisch, an dem der junge Second Lieutnant Benson saß. Er sprang auf. »Was kann ich für Sie tun, Sir?«

»Die Schwester und Father Martin haben freien Zugang. Befehl von Brigadier Munro. Wir wollen den Gefangenen jetzt sprechen.«

Ein weiterer Militärpolizist saß auf einem Stuhl vor dem letzten Zimmer am Ende des Ganges.

»Mein Gott. Sie bewachen den Mann aber streng«, stellte Father Martin fest.

Benson schloß die Tür auf, und Steiner, der am Fenster stand, wandte sich um. Er war eine eindrucksvolle Erscheinung in seiner blau-grauen Luftwaffenuniform mit dem Ritterkreuz mit Eichenlaub am Kragen und all den anderen Orden und Ehrenzeichen, die viel von seiner Tapferkeit verrieten.

Carter stellte die Besucher vor. »Das ist die Priorin, Schwester Maria Palmer. Sie hatten noch keine Gelegenheit, miteinander zu reden. Und Father Martin.«

Schwester Maria Palmer ergriff das Wort. »Morgen, Herr Oberst, lasse ich Sie zu einer gründlichen Untersuchung in die Ambulanz hinunterbringen.«

»Ist das gestattet, Sir?« erkundigte sich Carter.

»Bringen Sie ihn in Gottes Namen selbst hinunter, Lieutnant, bauen Sie all Ihre Männer um ihn auf, aber wenn er nicht um zehn Uhr in der Ambulanz erscheint, dann werde ich ein ernstes Wörtchen mit Ihnen reden«, versprach Benson ihm.

»Kein Problem«, sagte Carter. »Veranlassen Sie das Nötige, Benson. Sonst noch was, Schwester?«

»Nein, das genügt einstweilen.«

»Ich würde gerne mit dem Colonel sprechen«, meldete sich Father Martin, »unter vier Augen, wenn Sie nichts dagegen haben.«

Carter nickte und wandte sich an Steiner. »Ich schaue gelegentlich nach Ihnen.«

»Das kann ich mir denken.«

Sie gingen alle hinaus bis auf Father Martin, der die Tür schloß und sich auf das Bett setzte. »Mein Sohn, Sie haben eine schlimme Zeit hinter sich, das verrät mir Ihr Gesicht. Wann haben Sie das letzte Mal an einer heiligen Messe teilgenommen?«

»Das ist schon so lange her, daß ich mich nicht mehr erinnern kann. Der Krieg, Father, der ist mir wohl dazwischengekommen.«

»Auch keine Beichte? Sicher ist es genauso lange her, daß Sie sich von der Last Ihrer Sünden befreit haben.«

»Ich fürchte ja.« Steiner lächelte. Er empfand Sympathie für diesen alten Mann. »Ich weiß, daß Sie es gut mit mir meinen, Father.«

»Um Himmels willen, Mann, mir geht es nicht um uns beide. Ich denke nur an Sie und an Gott.« Father Martin erhob sich. »Ich bete für Sie, mein Sohn, und ich besuche Sie jeden Tag. Wenn Sie meinen, Sie müßten beichten und an der Meßfeier teilnehmen, dann sagen Sie es mir, und ich sorge dafür, daß Sie zu uns in die Kapelle kommen können.«

»Ich fürchte, Lieutnant Benson wird darauf bestehen, mich zu begleiten«, sagte Steiner.

»Meinen Sie nicht, daß das auch seiner unsterblichen Seele

guttun würde?« Der alte Priester lachte verhalten und ging hinaus.

Asa Vaughan saß am Eßtisch im Wohnzimmer von Ilse Huber, Devlin ihm gegenüber.

»Meinen Sie wirklich, daß es klappen könnte?« fragte der Amerikaner.

»Alles klappt, solange der Motor läuft, oder etwa nicht?«

Asa stand auf und ging ruhelos im Zimmer auf und ab. »Was zum Teufel tue ich hier überhaupt? Begreifen Sie das? Alles hat mich irgendwie überrumpelt. Es ist einfach passiert. Ich hatte offenbar keine Wahl. Und die habe ich auch jetzt nicht, wenn ich es recht bedenke.«

»Natürlich haben Sie die«, sagte Devlin. »Sie machen mit, fliegen mit der Maschine nach England, landen und stellen sich.«

»Und was würde das nützen? Sie würden mir nicht glauben, Devlin.« Das nackte Entsetzen stand in seinem Gesicht, als er hinzufügte: »Wenn ich es recht bedenke, werden sie das niemals tun.«

»Dann sollten Sie lieber beten, daß Adolf den Krieg gewinnt«, sagte Devlin.

Am folgenden Morgen schien der Amerikaner seine alte Unbekümmertheit wiedergefunden zu haben. Sie waren auf dem Luftwaffenstützpunkt in Hildorf, und Major König, der kommandierende Offizier der Abteilung für feindliches Fluggerät, führte sie herum. Er schien Demonstrationsobjekte von den meisten Flugzeugtypen der Alliierten zu haben. Da war eine B17, eine Lancaster, eine Hurricane, eine Mustang. Alle Maschinen trugen die Abzeichen der Luftwaffe.

»Und was jetzt kommt, dürfte für Ihre Zwecke ideal sein«, sagte er. »Dort im letzten Hangar.«

Das Flugzeug, daß er meinte, war ein Eindecker mit hoch

angesetzten Tragflächen, einmotorig und mit einer Spannweite von fast fünfzehn Metern.

»Sehr schön«, sagte Asa. »Was ist das?«

»Eine Westland Lysander. Schafft in zehntausend Fuß Höhe eine Spitzengeschwindigkeit von zweihundertdreißig Meilen. Extrem kurze Lande- und Startbahn. Zweihundertvierzig Meter reichen aus, wenn sie voll beladen ist.«

»Das heißt, Sie könnten den Flug in weniger als einer Stunde schaffen«, sagte Schellenberg zu Asa.

Asa achtete nicht auf ihn. »Passagiere?«

»An wie viele denken Sie?« wollte König wissen.

»Zwei.«

»Komfortabel. Sie bietet Platz für drei. Sogar vier, wenn es sein muß.« Er wandte sich an Schellenberg. »Ich dachte sofort an sie, als ich Ihre Anfrage bekam. Wir schnappten die Maschine vor einem Monat in Frankreich. Sie gehörte zur RAF. Der Pilot wurde von einer Kugel in die Brust getroffen, als er von einem JU-Nachtjäger angegriffen wurde. Er schaffte noch die Landung und brach zusammen, ehe er die Maschine zerstören konnte. Dieser Flugzeugtyp wird vom britischen Geheimdienst für verdeckte Operationen benutzt. Sie halten damit den Kontakt mit der französischen Résistance aufrecht, bringen Agenten von England auf den Kontinent, fliegen andere aus. Das ist die perfekte Maschine für solche Einsätze.«

»Gut – dann nehme ich sie«, entschied Schellenberg.

»Aber, Herr General –«, begann König.

Schellenberg zog den Führer-Befehl aus der Tasche. »Lesen Sie das.«

König tat es, gab das Schriftstück zurück und schlug die Hacken zusammen. »Zu Befehl, Herr General.«

Schellenberg wandte sich an Asa. »Also, wie lauten Ihre Wünsche?«

»Nun, natürlich möchte ich die Maschine ausprobieren. Mich mit ihr vertraut machen, obgleich ich nicht erwarte, daß das ein Problem sein wird.«

»Sonst noch was?«

»Ja, ich möchte, daß für den Flug nach England die RAF-Zeichen wieder aufgemalt werden. Aber nur provisorisch. Vielleicht nimmt man dazu irgendeine Leinwand, die sich leicht wieder abziehen läßt, so daß die Maschine auf dem Rückflug wieder zur Luftwaffe gehört.«

»Das läßt sich problemlos bewerkstelligen«, sagte König.

»Na wunderbar«, sagte Schellenberg zufrieden. »Hauptsturmführer Vaughan bleibt den ganzen Tag hier und unternimmt mit der Maschine Testflüge, bis er zufrieden ist. Danach präparieren Sie die Maschine nach seinen Anweisungen und bringen sie am Wochenende zu ihrem Bestimmungsort in Frankreich. Meine Sekretärin wird Ihnen den genauen Ort noch mitteilen.«

»Wird erledigt, Herr General«, sagte König.

Schellenberg wandte sich an Asa. »Genießen Sie es, solange Sie können. Ich habe veranlaßt, daß die Luftwaffe uns einen Fieseler Storch ausleiht. Morgen fliegen wir nach Chernay und inspizieren dort die Rollbahn. Ich würde mir außerdem gerne das Château de Belle Ile ansehen, wenn wir schon mal da sind.«

»Und ich soll fliegen?« erkundigte sich Asa.

»Keine Sorge, mein Sohn, wir vertrauen Ihnen blind«, versicherte ihm Devlin, während er und Schellenberg hinausgingen.

In London saß Dougal Munro an seinem Schreibtisch und arbeitete, als Jack Carter hereinkam.

»Was gibt's, Jack?«

»Ich habe von Schwester Maria Palmer den Bericht über Steiners Gesundheitszustand erhalten, Sir.«

»Und was meint sie?«

»Er sei noch nicht hundertprozentig wiederhergestellt. Er scheint irgendeine Infektion zu haben. Sie bat mich, ihr bei der Beschaffung dieses neuen Wundermittels, Penicillin, behilflich zu sein. Offensichtlich läßt sich damit so gut wie alles heilen, allerdings ist es wohl ziemlich knapp.«

»Dann besorgen Sie es, Jack, nur zu.«

»In Ordnung, Sir, das kann ich bestimmt.«

Er blieb zögernd an der Tür stehen, und Munro blickte ungeduldig auf. »Mein Gott, was ist denn noch, Jack? Ich stecke bis über die Ohren in der Arbeit und muß außerdem um drei Uhr zu einer Konferenz in der Befehlszentrale der Alliierten, die General Eisenhower persönlich leitet.«

»Nun, ich denke an Steiner, Sir. Wir haben ihn in dieses Klosterkrankenhaus gebracht. Und was geschieht jetzt?«

»Liam Devlin – wenn sie überhaupt Devlin für diesen Einsatz angeworben haben – wird wohl kaum schon morgen abend mit dem Fallschirm im Hof des Klosters landen, Jack. Und wenn er es tut, was soll's? Um Steiner noch schärfer zu bewachen, müßten wir ihm einen Militärpolizisten ins Bett legen, und das ist schlecht möglich.«

»Demnach warten wir, Sir?«

»Natürlich. Wenn die Gegenseite etwas versuchen will, dann dürfte allein die Planung einige Wochen in Anspruch nehmen, aber auch das ist eigentlich nebensächlich. Schließlich haben wir Vargas. Sobald sich etwas tut, sind wir die ersten, die davon erfahren.«

»Na schön, Sir.«

Während Carter die Tür öffnete, fügte Munro hinzu: »Wir haben alle Zeit der Welt, Jack. Und Steiner ebenfalls.«

Als Steiner an jenem Abend die Kapelle aufsuchte, wurde er von Lieutenant Benson und einem Militärpolizisten begleitet. Die Kapelle war alt und feucht, und das flackernde Licht der Kerzen auf dem Altar und der rötliche Schein des Ewigen Lichts sorgten für eine etwas unheimliche Stimmung. Er fühlte sich kurzzeitig in seine Kindheit zurückversetzt und tauchte reflexartig seine Finger in ein Weihwasserbecken. Dann ließ er sich am Ende einer Sitzbank neben zwei Nonnen nieder und wartete, bis er an der Reihe war. Die Priorin kam aus dem Beichtstuhl heraus, lächelte ihm zu und ging vorbei. Eine der Nonnen nahm ihren Platz ein. Nach einer Weile verließ auch sie den Beichtstuhl, und die andere Nonne ging hinein.

Als Steiner an der Reihe war, betrat er den Beichtstuhl und setzte sich. Er empfand die Dunkelheit zu seiner Überraschung als tröstlich. Er zögerte, und dann kam wieder die Erinnerung, und er sagte beinahe automatisch. »Gelobt sei Jesus Christus, Father.«

Father Martin hatte den Deutschen natürlich sofort erkannt. Er antwortete: »In Ewigkeit, Amen. Möge Gott der Herr Ihnen helfen, sich von Ihrer Sündenlast zu befreien.«

»Verdammt, Father«, brach es aus Steiner hervor, »ich weiß überhaupt nicht, warum ich hergekommen bin! Vielleicht wollte ich nur mal etwas anderes sehen als mein Zimmer.«

»Oh, ich bin überzeugt, daß Gott Ihnen das verzeiht, mein Sohn.« Steiner verspürte den unwiderstehlichen Drang, laut zu lachen. Der alte Mann fuhr fort: »Gibt es etwas, das Sie mir erzählen wollen? Irgend etwas?«

Und plötzlich begann Steiner zu reden. »Mein Vater. Sie haben meinen Vater ermordet. Sie haben ihn an einem Haken aufgehängt wie ein Stück Schlachtvieh.«

»Wer hat das getan, mein Sohn?«

»Die Gestapo – die verdammte Gestapo.« Steiner konnte

kaum atmen. Seine Kehle war ausgetrocknet, seine Augen brannten. »Haß, das ist alles, was ich empfinde, und Rache. Ich will mich rächen. Wie kommt das einem Menschen wie Ihnen vor, Father? Mache ich mich nicht einer schweren Sünde schuldig?«

Father Martin antwortete ruhig: »Unser Herr Jesus Christus möge Ihnen verzeihen, und ich erteile Ihnen die Absolution im Namen des Vaters, des Sohnes und des Heiligen Geistes.«

»Aber, Father, Sie verstehen nicht«, sagte Kurt Steiner. »Ich kann nicht mehr beten.«

»Das ist schon in Ordnung, mein Sohn«, erwiderte Father Martin. »Ich bete für Sie.«

7

Der Flug von Berlin zum Cap de La Hague dauerte etwas mehr als drei Stunden. Asa folgte dabei einem Kurs, der sie über Teile des besetzten Holland, Belgien und Frankreich führte. Sie näherten sich Chernay vom Meer. Der kleine Ort sah trostlos aus. Es gab noch nicht einmal einen Kontrollturm, und die Rollbahn war von Gras überwuchert. An ihrem Ende standen drei alte Hangars aus der Zeit vor dem Krieg und mehrere Hütten, die anscheinend von der Luftwaffe bereitgestellt worden waren. Außerdem war da noch eine Tankstation.

Asa meldete sich über Funk. »Angekündigter Storch aus Gatow.«

»Chernay, Kontrolle«, antwortete eine Stimme. »Landeerlaubnis erteilt. Windrichtung Südosten, Windstärke drei bis vier, leicht auffrischend.«

»Die nehmen sich aber verdammt ernst«, sagte Asa über die Schulter. »Also los.«

Er legte eine perfekte Landung hin und rollte zu den Hangars hinüber, wo ein halbes Dutzend Männer in Monteuranzügen der Luftwaffe wartete. Während Schellenberg und Devlin ausstiegen, erschien ein Feldwebel aus der Hütte mit dem Funkmast und eilte auf sie zu.

Er erkannte Schellenbergs Uniform und nahm Haltung an. »Herr General?«

»Name?«

»Leber, Herr General. Oberfeldwebel.«

»Und Sie führen hier das Kommando?«

»Jawohl, Herr General.«

»Lesen Sie das.« Schellenberg reichte ihm das Empfehlungsschreiben des Führers. »Sie und Ihre Männer stehen ab jetzt unter meinem Kommando. Es geht um eine Angelegenheit von höchster Wichtigkeit für das Deutsche Reich.«

Leber schlug die Hacken zusammen und gab das Schreiben zurück. »Ich erwarte Ihre Befehle, Herr General.«

»Hauptsturmführer Vaughan wird einen gefährlichen und absolut geheimen Flug über den Ärmelkanal unternehmen. Er benutzt dazu ein bei uns nicht gebräuchliches Flugzeugmodell. Sie werden es noch sehen, wenn es hergebracht und startklar gemacht wird.«

»Und was haben wir zu tun, Herr General?«

»Das erkläre ich Ihnen später. Was ist mit Ihrer Funkanlage? Arbeitet sie technisch einwandfrei?«

»O ja, Herr General, wir haben nur das Beste, was die Luftwaffe zu bieten hat. Manchmal kommen Maschinen über den Kanal zurück, die schwer angeschlagen sind. Die müssen wir dann per Funk hierher umleiten, wenn es nicht anders geht.«

»Gut.« Schellenberg nickte. »Kennen Sie zufälligerweise einen Ort namens Château de Belle Ile? Laut Karte liegt er zirka fünfzig Kilometer entfernt von hier in Richtung Carentan.«

»Ich fürchte nein, Herr General.«

»Das macht nichts. Wir werden schon hinkommen. Besorgen Sie uns bitte einen Kübelwagen.«

»Sofort, Herr General. Darf ich fragen, ob Sie über Nacht bleiben?«

Schellenberg ließ seine Blicke über die trostlose Landschaft schweifen. »Am liebsten nicht, Herr Feldwebel, aber man weiß ja nie. Lassen Sie den Storch auftanken und für den Rückflug startklar machen.«

»Mein Gott«, sagte Devlin, während Leber sie zu einem Geländewagen brachte, der vor der Funkhütte stand. »Sehen Sie sich mal diese Gegend an. Ein absolut lausiger Posten. Ich wundere mich, daß man es hier aushalten kann.«

»Immer noch besser als in Rußland«, meinte Asa Vaughan.

Asa fuhr, Devlin saß neben ihm. Auf der Rückbank hatte Schellenberg eine Landkarte auf seinem Schoß ausgebreitet. »So müßte es gehen. Die Straße südlich von Cherbourg führt nach Carentan. Und von dort gibt es eine Abzweigung zur Küste.«

»Wäre es nicht vernünftiger, auf dem Luftwaffenstützpunkt in Cherbourg zu landen?« fragte Asa.

»So wie der Führer, wenn er herkommt?« Schellenberg schüttelte den Kopf. »Mir ist es lieber, wenn wir vorerst so unauffällig wie möglich vorgehen. Wir brauchen nämlich nicht durch Cherbourg hindurchzufahren. Es gibt dort unten ein dichtes Netz von Landstraßen, die nach Süden und zur Küste hin führen. Es sind fünfzig, höchstens sechzig Kilometer.«

»Was ist denn überhaupt der Sinn unseres kleinen Ausflugs?« wollte Devlin wissen.

»Dieses Belle Ile und seine Umgebung interessieren mich. Ich möchte über die Gegend Bescheid wissen, wenn wir schon mal in der Nähe sind.« Er zuckte die Achseln.

Devlin betrachtete ihn nachdenklich. »Weiß eigentlich der Reichsführer, daß wir hier sind?«

»Er ist über unseren Flug nach Chernay informiert, oder er wird zumindest bald davon erfahren. Er verlangt ja eine regelmäßige Berichterstattung.«

»Nun, Herr General, der Flug nach Chernay ist eine Sache, aber Belle Ile ist eine ganz andere.«

»So könnte man das ausdrücken, Mr. Devlin. Sie haben völlig recht.«

»Donnerwetter, Sie sind ein Fuchs«, staunte Devlin. »Mir tut der Jäger leid, der es auf Sie abgesehen hat.«

Viele der Landstraßen waren so schmal, daß noch nicht einmal zwei Fahrzeuge aneinander vorbeigepaßt hätten, doch nach einer halben Stunde erreichten sie die Hauptstraße, die Cherbourg mit Carentan verband. Dort bekam Schellenberg Schwierigkeiten mit der Orientierung und fand sich auf seiner Landkarte nicht mehr zurecht. Schließlich entdeckten sie vor dem Dorf St. Aubin ein Schild am Straßenrand, das die Aufschrift *Zwölftes Fallschirmjäger-Kommando* trug. Hinter den Bäumen waren die Wirtschaftsgebäude eines Bauernhofs zu erkennen.

»Versuchen wir mal dort unser Glück«, sagte Schellenberg, und Asa verließ die Straße.

Die Männer auf dem Bauernhof waren ausnahmslos Fallschirmjäger, harte junge Männer mit kurzgeschnittenen Haaren, die älter aussahen, als sie wirklich waren. Die meisten trugen Tarnanzüge und Springerstiefel. Einige saßen auf Bänken vor der Hauswand und reinigten ihre Waffen. Zwei reparierten den Motor eines Mannschaftswagens. Sie blickten neugierig hoch, als der Kübelwagen in den Hof rollte. Als sie Schellenbergs Uniform sahen, richteten sie sich auf und nahmen Haltung an.

»Schon gut, weitermachen«, rief Schellenberg.

Ein junger Hauptmann trat aus dem Bauernhaus. Es war ein zäher junger Mann mit harten Gesichtszügen. Er trug das Eiserne Kreuz Erster und Zweiter Klasse, dazu die Ärmelbänder für den Einsatz auf Kreta und im Afrikakorps.

»Haben Sie hier das Kommando?« erkundigte sich Schellenberg.

»Ja, Herr General. Hauptmann Erich Kramer. Kann ich Ihnen helfen?«

»Wir suchen nach einem Ort namens Château de Belle Ile«, sagte Schellenberg. »Kennen Sie ihn?«

»Sehr gut. Er liegt knapp zwanzig Kilometer östlich von hier an der Küste. Ich zeige es Ihnen auf meinem Meßtischblatt von dieser Gegend.«

Sie folgten ihm ins Bauernhaus. Der Wohnraum wirkte mit seinem Funkgerät und den großen Landkarten an den Wänden wie eine Kommandozentrale. Die Nebenstraße nach Belle Ile war deutlich zu erkennen.

»Hervorragend«, sagte Schellenberg. »Verraten Sie mir bitte eins – welche Aufgabe hat Ihre Einheit?«

»Sicherheitsdienst, Herr General. Wir kontrollieren die ganze Gegend und versuchen, die französische Résistance lahmzulegen.«

»Haben Sie viel Ärger mit denen?«

»Eigentlich nicht.« Kramer lachte. »In meiner Einheit sind nur fünfunddreißig Männer. Wir sind gerade noch aus Stalingrad rausgekommen. Da ist dies hier die reinste Erholung.«

Sie gingen wieder nach draußen. Während sie zum Kübelwagen zurückschlenderten, meinte Devlin: »Kreta und das Afrikakorps, außerdem Stalingrad. Kannten Sie Steiner?«

Sogar die Männer, die ihre Waffen reinigten, blickten bei der Erwähnung dieses Namens hoch. Kramer nickte. »Oberst Kurt Steiner? Wer von uns kennt ihn nicht. Er ist eine Legende bei den Fallschirmjägern.«

»Demnach haben Sie ihn schon mal gesehen?«

»Mehrmals. Sie kennen ihn?«

»Das würde ich meinen.«

Kramer sah ihn fragend an. »Es gibt Gerüchte, daß er gefallen ist.«

»Na ja, Sie dürfen nicht alles glauben, was Sie hören«, riet ihm Devlin.

»Herr Hauptmann.« Schellenberg salutierte zum Abschied ebenfalls, während Asa losfuhr.

»Lieber Himmel«, sagte Devlin. »Manchmal frage ich mich, warum Steiner nicht aus eigener Kraft über den Kanal zurückkehrt, indem er einfach übers Wasser schreitet.«

Belle Ile bot einen imposanten Anblick. Eine Burg auf einem Hügel über dem Meer, zu ihren Füßen eine weite Meeresbucht und Sandstrand, dort wo die Ebbe gerade eingesetzt hatte. Asa lenkte den Kübelwagen die menschenleere gewundene Straße hinauf. Eine schmale Brücke führte über den Burggraben, der schon eher einer tiefen Schlucht als einem Graben glich. Die zwei großen Türflügel unter dem gewölbten Torbogen standen weit offen, und so gelangten sie mühelos auf den kopfsteingepflasterten Innenhof. Asa bremste am Fuß einer breiten Treppe, die zum Eingang hinaufführte. Mauern und Türme ragten um sie herum auf und schienen sie erdrücken zu wollen.

Sie stiegen aus, und Schellenberg ging voran. Die Tür war aus massivem Eichenholz, von der Witterung verzogen und mit rostigen Eisennägeln und Stahlbändern beschlagen. An der Wand daneben hing eine Glocke. Schellenberg zog an der Kette, und das Klingeln hallte laut durch den Hof und wurde von den Mauern zurückgeworfen.

»Mein Gott«, sagte Devlin, »jetzt fehlt nur noch Quasimodo.«

Einen Moment später öffnete sich knarrend die Tür, und Quasimodo erschien tatsächlich oder zumindest ein würdiger Ersatz für ihn. Es war ein sehr alter Mann mit grauem, schulterlangem Haar. Bekleidet war er mit einem schwarzen Frack aus Samt, der schon bessere Tage gesehen hatte, und einer ausgebeulten Cordhose, wie sie von den Bauern dieser Gegend häufig getragen wurde.

Sein Gesicht war voller Fältchen, und er hatte offensichtlich dringend eine Rasur nötig. »Ja bitte, Messieurs?« sagte er auf französisch. »Was kann ich für Sie tun?«

»Sind Sie hier der Hausmeister?« fragte Schellenberg.

»Ja, Monsieur. Pierre Dissard heiße ich.«

»Sie wohnen hier mit Ihrer Frau?«

»Ja, Monsieur, normalerweise. Zur Zeit besucht sie ihre Nichte in Cherbourg.«

Devlin stieß Asa an. »Verstehen Sie etwas?«

»Kein Wort. Ich spreche kein Französisch.«

»Ich vermute mal, Sie haben früher nur Football gespielt. Der General und ich hingegen, Männer von Intellekt und Wissen, verstehen alles, was dieser alte Knacker erzählt. Ich übersetze es Ihnen, wenn nötig.«

»Ich möchte mich hier einmal umschauen«, meinte inzwischen Schellenberg und trat an Dissard vorbei in die große Eingangshalle. Sie war mit Granitplatten ausgelegt; vereinzelt lagen Teppiche auf dem Boden. Auf der einen Seite befand sich ein riesiger offener Kamin sowie eine Treppe, die zum ersten Stock führte und breit genug war, um einer ganzen Kompanie Platz zu bieten.

»Gehören Sie zur SS, Monsieur?« fragte Dissard.

»Ich denke, das ist wohl nicht zu übersehen«, antwortete Schellenberg.

»Aber das Anwesen wurde bereits inspiziert, Monsieur, vor ein paar Tagen. Ein Offizier in einer ähnlichen Uniform wie der Ihren war hier.«

»Erinnern Sie sich noch an seinen Namen?«

»Er sagte, er sei Major.« Der alte Mann runzelte die Stirn und dachte angestrengt nach. »Die eine Hälfte seines Gesichts sah sehr schlimm aus.«

»Berger?« meinte Schellenberg beiläufig. »War das sein Name?«

Dissard nickte eifrig. »Ja, Monsieur, Major Berger. Sein Französisch war sehr schlecht.«

Asa meldete sich zu Wort. »Was ist los?«

»Er erzählt gerade, daß vor uns schon jemand hier war. Ein SS-Major namens Berger«, übersetzte Devlin.

»Kennen Sie ihn?«

»Oh, sehr gut sogar, vor allem seine Nase, aber das erkläre ich Ihnen später«, grinste Devlin.

Schellenberg fuhr an Dissard gewandt fort: »Dann wissen Sie ja Bescheid, daß diese Räume in naher Zukunft gebraucht werden. Ich wünsche, daß Sie mich herumführen.«

»Das Château ist seit 1940 für die Öffentlichkeit geschlossen, Monsieur. Mein Herr, der Comte de Beaumont, ist nach England gegangen, um gegen die Boches zu kämpfen.«

»Tatsächlich?« meinte Schellenberg trocken. »Dann mal weiter. Fangen wir oben an und bewegen uns langsam wieder nach unten.«

Der alte Mann stieg vor ihnen die Treppe hoch. Es gab unzählige Schlafzimmer, einige mit Baldachinbetten und Möbeln, die mit Tüchern zugedeckt waren. Zwei Türen führten in einen separaten Flügel, der schon lange nicht mehr benutzt worden war, wie man sehen konnte, denn hier lag der Staub fingerdick auf dem Fußboden.

»Heilige Muttergottes, lebt man so, wenn man reich ist?« fragte Devlin, während sie wieder hinuntergingen. »Haben Sie gesehen, wie weit es bis zur Toilette ist?«

Am Ende des Treppenabsatzes bemerkte Schellenberg eine

Tür oberhalb des Eingangs. »Wohin gelangt man denn von dort?«

»Ich zeige es Ihnen, Monsieur. Es ist ein anderer Weg in den Speisesaal.«

Sie gingen durch die Tür und durch Gänge und kamen schließlich auf eine lange, dunkle Galerie über einem großen Raum, in dem sich ein wuchtiger offener Kamin mittelalterlicher Bauart befand. Davor stand ein riesiger Eichentisch, umringt von hochlehnigen Stühlen. Standarten hingen über dem Kamin.

Sie gingen die Treppe hinunter, und Schellenberg fragte: »Was für Fahnen sind das?«

»Andenken an Kriege, Monsieur. Die de Beaumonts haben Frankreich immer treu gedient. Sehen Sie, dort in der Mitte, die Standarte in Scharlachrot und Gold. Ein Vorfahr des Grafen hat sie bei Waterloo getragen.«

»Tatsächlich?« meinte Devlin. »Und ich dachte immer, die Franzosen hätten diese Schlacht verloren.«

Schellenberg schaute sich im Saal um, dann ging er durch die hohen Eichentüren zurück in die Eingangshalle.

»Ich habe genug gesehen. Was hat Major Berger zu Ihnen gesagt?«

»Daß er zurückkäme, Monsieur.« Der alte Mann zuckte die Achseln. »In einer, vielleicht auch erst in zwei Wochen.«

Schellenberg legte ihm eine Hand auf die Schulter. »Niemand darf wissen, daß wir hier waren, mein Freund, vor allem Major Berger nicht.«

»Monsieur?« Dissard blickte verwirrt.

Schellenberg fuhr fort: »Dies ist eine Angelegenheit von höchster Geheimhaltung und erheblicher Bedeutung.«

»Ich verstehe, Monsieur.«

»Wenn bekannt werden sollte, daß wir hier waren, sieht es schlecht für Sie aus.« Er klopfte mit seiner behandschuhten

Hand auf Dissards Tisch. »Es wäre dann offensichtlich, daß die Information von Ihnen stammt.«

Der alte Mann hatte wirklich Angst. »Monsieur – ich bitte Sie. Ich sage kein Wort. Ich schwöre es.«

Sie gingen hinaus zum Kübelwagen und fuhren davon. »Walter«, meinte Devlin, »Sie können wirklich ein kaltblütiger Hund sein, wenn Sie es für nötig halten.«

»Aber auch nur dann.« Schellenberg klopfte Asa auf die Schulter. »Schaffen wir heute noch den Rückflug nach Berlin?«

Das Licht wurde schwächer, dunkle Wolken zogen in Richtung Meer, und Regenschauer trieben über den nassen Sand.

»Durchaus möglich«, meinte Asa. »Wenn wir Glück haben. Aber wahrscheinlich müssen wir in Chernay übernachten und morgen in aller Frühe starten.«

Devlin meinte: »Schöne Aussichten.« Er schlug den Mantelkragen hoch und zündete sich eine Zigarette an. »Das also ist die Herrlichkeit des Krieges.«

Am Nachmittag des folgenden Tages wurde Devlin zu den Filmstudios der UFA gebracht, wo er mit dem Chefmaskenbildner verabredet war. Karl Schneider war Ende Vierzig und ein hochgewachsener, breitschultriger Mann, in dem man eher den Hafenarbeiter als irgend etwas anderes vermutet hätte.

Er betrachtete gerade ein Paßfoto von Devlin. »Wenn ich Sie recht verstehe, dann besitzt die Gegenseite dieses Foto?«

»So ist es.«

»Nun ja, nicht gerade viel, jedenfalls nicht für einen Polizisten, der in der Menge nach einem Gesicht Ausschau hält. Wann geht es los?«

Devlin traf in diesem Moment die Entscheidung. Für sich selbst, für Schellenberg, für alle Beteiligten. »Sagen wir mal in zwei oder drei Tagen.«

»Und wie lange sind Sie weg?«

»Höchstens zehn Tage. Können Sie dafür etwas vorbereiten?«

»Aber sicher.« Schneider nickte. »Man kann die gesamte Gesichtsform verändern, indem man sich etwa Wangenpolster in den Mund stopft oder ähnliches tut, aber ich glaube nicht, daß das bei Ihnen nötig ist. Sie schleppen nicht viel Gewicht mit sich herum, mein Freund, viel ist an Ihnen nicht dran.«

»Alles eine Folge des schlechten Lebenswandels«, sagte Devlin.

Schneider überging diesen Scherz. »Ihr Haar ist dunkel und wellig, und sie tragen es lang. Ich glaube, es kommt entscheidend darauf an, was wir mit Ihrem Haar machen. In welche Rolle wollen Sie schlüpfen?«

»In die eines Priesters. Ehemaliger Militärgeistlicher, der nach einer Verwundung in die Heimat zurückkehrt.«

»Ja, es ist das Haar.« Schneider legte ihm ein Tuch über die Schultern und griff nach einer Schere.

Als er sein Werk beendet hatte, war Devlins Haar Streichholzkurz.

»Mein Gott, bin ich das?«

»Das ist nur der Anfang. Kommen Sie mal rüber zum Waschbecken.« Schneider wusch ihm die Haare, dann massierte er eine Lösung ein. »Ich habe für die besten Schauspieler gearbeitet. Für Marlene Dietrich, ehe sie auswanderte. Die hatte wundervolles Haar. Und dann war da noch Conrad Veidt. Ein herrlicher Schauspieler. Von diesen Nazischweinen verjagt und nach Hollywood geflohen. Dort spielt er, wie ich mir habe sagen lassen, Nazischweine.«

»Das Leben ist schon seltsam.« Devlin behielt die Augen geschlossen und ließ den Mann weiterarbeiten.

Er erkannte das Gesicht kaum wieder, das ihn aus dem Spiegel ansah. Das kurzgeschnittene Haar war jetzt völlig ergraut, betonte die Wangenknochen und machte ihn um zehn oder zwölf Jahre älter.

»Das ist absolut einmalig!«

»Noch eine Kleinigkeit.« Schneider kramte in seinem Schminkkasten herum, holte mehrere Brillen hervor und betrachtete sie prüfend. »Ja, die ist es, glaube ich. Natürlich Fensterglas.« Er setzte Devlin eine Brille mit Stahlgestell auf die Nase und rückte sie zurecht. »Hervorragend. Ich muß mich selber loben.«

»Herrgott im Himmel, steh mir bei, aber ich sehe aus wie Himmler persönlich«, rief Devlin in komischer Verzweiflung. »Bleibt das so, das Haar, meine ich?«

»Etwa zwei Wochen, und Sie meinen ja, daß Sie höchstens zehn Tage unterwegs sind.« Schneider reichte ihm eine kleine Flasche. »Eine Spülung damit verlängert den Effekt ein wenig, aber nicht viel.«

»Nein.« Devlin schüttelte den Kopf. »Ich sagte zehn Tage, und dabei bleibt es. Wenn es länger dauern sollte, bin ich sowieso ein toter Mann.«

»Verblüffend!« staunte Schellenberg.

»Es freut mich, daß Sie es so sehen«, sagte Devlin. »Dann lassen Sie uns jetzt die Fotos für meinen Paß machen. Ich will endlich vorankommen.«

»Was heißt das?«

»Daß ich so bald wie möglich starten möchte. Morgen oder übermorgen.«

Schellenberg musterte ihn ernst. »Sind Sie sich da ganz sicher?«

»Es gibt keinen Grund, noch länger zu warten, jetzt, wo Ihr

Freund bei der UFA mir ein neues Gesicht verpaßt hat. Wir haben in Chernay alles vorbereitet, wir haben Asa und die Lysander. Bleiben drei Unsicherheitsfaktoren. Mein Freund aus der IRA, Michael Ryan, die Shaws und das Kloster.«

»Stimmt«, gab Schellenberg zu. »Ganz gleich, was im Kloster vor sich geht, falls Ihr Freund Ryan nicht verfügbar ist, wird es schwierig für Sie. Das gleiche gilt auch für die Shaws.«

»Ohne die Shaws«, meinte Devlin, »ist die Durchführung unseres Plans sowieso unmöglich. Je eher ich deshalb hinkomme, desto eher wissen wir auch, woran wir sind.«

»Richtig«, pflichtete Schellenberg ihm bei und klingelte nach Ilse Huber, die sofort hereinkam. »Die Papiere von Mr. Devlin aus der Fälschungsabteilung.«

»Sie brauchen sicher auch Fotos von meiner neuen Fassade«, sagte Devlin zu ihr.

»Mr. Devlin, was Sie am dringendsten brauchen, ist ein britischer Personalausweis. Ein Heft mit Bezugsmarken für bestimmte Lebensmittel, Kleidermarken, einen Führerschein. Und für keines dieser Dokumente ist ein Paßfoto nötig.«

»Wie schade«, meinte Devlin. »Wenn man von jemandem überprüft wird, ist es ein schönes Gefühl zu wissen, daß sie einen gefahrlos mit einem Foto vergleichen können. Fast glaubt man dann selber daran, ein anderer zu sein.«

»Haben Sie sich schon Gedanken über Ihren Namen und Ihre Legende gemacht?« fragte Schellenberg.

»Wie schon gesagt, am besten ist immer die Lüge, die der Wahrheit am nächsten kommt«, meinte Devlin. »Es hat keinen Sinn, den perfekten Engländer spielen zu wollen. Selbst der große Devlin würde damit nicht durchkommen. Also bin ich ein echter Nordire.« Er wandte sich an Ilse Huber. »Merken Sie sich alles?«

»Jedes Wort.«

»Conlon. Das ist ein Name, der mir schon immer gefallen hat. Meine erste Freundin hieß Conlon. Und dann ist da noch mein alter Onkel, dieser Priester in Belfast, bei dem ich als Kind gelebt habe. Er hieß Henry, obwohl alle ihn Harry nannten.«

»Also dann Father Harry Conlon?« sagte sie.

»Ja, aber mit einem militärischen Rang. Major Harry Conlon, Soldatenpfarrer, nach einer Verwundung auf verlängerten Sonderurlaub in der Heimat.«

»Und wo verwundet?« wollte Schellenberg wissen.

»Am Kopf.« Devlin tippte gegen seine Schußnarbe. »Oh, ich verstehe. Sie wollen den Ort wissen.«

»Wie wäre es mit der Invasion Siziliens durch die Alliierten im vergangenen Sommer?« schlug Schellenberg vor.

»Ganz hervorragend. Es hat mich gleich am ersten Tag während eines Luftangriffs erwischt. Deshalb brauche ich auch nicht allzuviel über diese Gegend zu wissen, falls mich jemand darüber ausquetschen sollte.«

»Ich habe in unserem Militärarchiv einen Hinweis auf britische Militärgeistliche gefunden«, sagte Ilse Huber. »Ich erinnere mich daran, weil es mir so ungewöhnlich erschien. Darf ich mal eben nachsehen, Herr General? Es dauert nur ein paar Minuten.«

Schellenberg nickte. Sie ging hinaus, und er sagte: »Die Vorbereitungen für Ihren Flug nach Irland laufen. Ich habe mich bereits mit der Luftwaffe in Verbindung gesetzt. Sie schlagen vor, daß Sie vom Stützpunkt Laville bei Brest starten sollten.«

»Jetzt weiß ich, was man unter déjà vu versteht«, sagte Devlin. »Von dort bin ich schon beim letztenmal aufgebrochen. Sie haben doch nicht etwa auch einen Dornier-Bomber empfohlen, den guten alten Fliegenden Bleistift?«

»Genau.«

»Na schön, ich glaube, das letzte Mal lief es damit ganz gut.»

In diesem Moment erschien Ilse Huber wieder. »Ich hatte recht. Sehen Sie, was ich gefunden habe.«

Der Paß lautet auf einen gewissen Major George Harvey, Militärgeistlicher, und es gibt auch ein Foto. Er wurde vom Kriegsministerium ausgestellt und gestattet ungehinderten Zutritt zu allen militärischen Stützpunkten und Krankenhäusern.

»Erstaunlich, wie groß das Bedürfnis nach geistigem Beistand ist«, sagte Schellenberg. »Woher kommt das Dokument?«

»Es wurde einem Kriegsgefangenen abgenommen, Herr General. In der Fälschungsabteilung wird man sicherlich keine Schwierigkeiten haben, eine Kopie davon herzustellen, und Mr. Devlin hätte auf diese Art auch das Foto, das er sich so sehr wünscht.«

»Brillant«, lobte Devlin sie. »Sie sind ein Juwel von einer Frau.«

»Sie müssen sich auch noch Kleidung aussuchen«, erinnerte sie ihn. »Wollen Sie eine Uniform?«

»Das ist ein guter Gedanke. Ich meine, sie könnte nützlich sein. Ansonsten einen dunklen Anzug, Priesterkragen, einen dunklen Hut, Regenmantel, und Sie können mir auch das Military Cross geben. Wenn schon Priester, dann wenigstens ein tapferer. Das macht immer Eindruck. Und ich brauche einen Reiseausweis für die Strecke von Belfast nach London. Wie er beim Militär üblich ist, nur für den Fall, daß ich den Major spielen muß.«

»Ich leite alles in die Wege.«

Sie ging wieder hinaus, und Schellenberg sah ihn fragend an. »Sonst noch was?«

»Geld. Fünftausend Pfund, würde ich sagen. Das müßte reichen, sowohl um das ein oder andere Schmiergeld zu verteilen als auch um mich selbst zu versorgen. Falls Sie auch noch einen dieser militärischen Leinensäcke auftreiben können, wie die

Offiziere sie benutzen, dann könnte ich das Geld eventuell in einem doppelten Boden verstecken.«

»Ich denke, auch das dürfte kein Problem sein.«

»Es sollten Fünfer sein, Walter, und zwar echte. Nichts von diesem falschen Mist, den die SS irgendwann mal gedruckt hat.«

»Kommt nicht in Frage. Sie haben mein Wort. Jetzt brauchen Sie noch einen Codenamen.«

»Wir bleiben bei dem der Shaws. Falke ist ganz in Ordnung. Erklären Sie mir genau, wie ich Ihre Funker hier erreiche, und ich melde mich, bevor Sie wissen, was los ist.«

»Sehr schön. Die Konferenz des Führers in Belle Ile findet am einundzwanzigsten statt. Das könnten wir prima schaffen.«

»Wir schaffen es.« Devlin erhob sich. »Ich glaube, ich gehe mal in die Kantine.« An der Tür drehte er sich noch einmal um. »Eines noch.«

»Und das wäre?«

»Als ich einundvierzig für die Abwehr mit dem Fallschirm über Irland absprang, hatte ich zehntausend Pfund in einem Koffer bei mir, Gelder für die IRA. Als ich den Koffer öffnete, fand ich ordentliche Bündel von neuen Fünfern, jedes mit einer Banderole der Bank von Berlin. Meinen Sie, diesmal könnten Sie es besser machen?«

Schellenberg schüttelte den Kopf. »Und dann wundern Sie sich, warum wir den Krieg verlieren.

Asa saß in der Kantine, trank ein Bier und las in einem Exemplar des *Signal*, der Illustrierten der deutschen Wehrmacht, als Devlin hereinkam. Der Ire holte sich einen Kaffee und setzte sich zu ihm.

»Ich glaub's einfach nicht«, sagte Asa. »Sie sind kaum wiederzuerkennen.«

»Das neue Ich, Father Harry Conlon, steht Ihnen allzeit zu

Diensten. Ebenso Major Harry Conlon, Militärpfarrer. Morgen abend breche ich auf.«

»Ist das nicht ein bißchen überstürzt?«

»Mein Gott, Mann, ich will endlich anfangen.«

»Von wo aus starten Sie?«

»Laville, in der Nähe von Brest.«

»Und das Flugzeug?«

»Eine Dornier 17.«

»In Ordnung, ich fliege Sie.«

»Nein, das werden Sie nicht, Sie sind zu wertvoll. Stellen Sie sich vor, Sie bringen mich nach Irland und werden auf dem Rückflug vor der französischen Küste von einem englischen Nachtjäger abgeschossen. Dann können wir die ganze Aktion abblasen.«

»Na schön«, gab Asa sich geschlagen. »Aber ich kann Sie wenigstens nach Laville bringen. Dagegen kann niemand etwas haben.«

»Es ist immer angenehmer, wenn man sich von einem Freund verabschieden kann«, sagte Devlin.

Es war kurz nach neun am folgenden Abend, und der Regen trieb vom Wind gepeitscht vom Atlantik landeinwärts, als Asa in Laville im Kontrollturm stand und den Start der Dornier verfolgte. Er öffnete ein Fenster und lauschte dem Motorengebrumm, das sich langsam in der Nacht verlor. Dann schloß er das Fenster wieder und sagte zu dem Funker: »Ich möchte eine Botschaft schicken.«

Devlin saß, bekleidet mit einer Fliegerkombination, in der Dornier und hatte seinen Gepäcksack neben sich liegen. Der Funker der Maschine kam zu ihm. »Ich habe hier eine Nachricht für Sie. Da scheint sich jemand einen schlechten Scherz zu erlauben.«

»Lesen Sie vor.«

»Es heißt hier nur ›break a leg‹. Was soll das heißen? Sie sollen sich ein Bein brechen?«

Devlin lachte. »Wissen Sie, um das zu verstehen, müßten Sie Engländer oder zumindest Schauspieler sein.«

Die Dornier kam gut voran, und es war gerade zwei Uhr morgens, als Devlin aus fünftausend Fuß Höhe absprang. Wie bei seinem letzten Einsatz hatte er sich für das County Monaghan entschieden. Es war eine Gegend, die er sehr gut kannte und von wo aus er es nicht weit hatte bis zur Grenze von Ulster.

Ein Gepäcksack hat für Fallschirmspringer eine besondere Bedeutung. Er baumelt gewöhnlich an einem Seil sechs bis sieben Meter unter ihm und schlägt zuerst auf dem Erdboden auf, eine nützliche Vorsichtsmaßnahme bei nächtlichen Absprüngen. In dieser Nacht war die Sichel des Mondes zu erkennen, was zusätzlich half. Devlin landete problemlos. Schnell hatte er seinen Koffer und einen Klappspaten sowie einen dunklen Regenmantel und einen Filzhut aus seinem Gepäcksack geholt. Er fand eine kleine Senke, grub ein Loch, legte den Sack, den Fallschirm und seine Fliegerkombination hinein, schaufelte das Loch zu und versenkte den Spaten in einem Tümpel in der Nähe.

Dann zog er Regenmantel und Hut an, öffnete den Koffer und holte die Brille heraus, die er zur Sicherheit zwischen seinen Sachen verstaut hatte. Unter der säuberlich zusammengefalteten Uniform lagen auch eine Koppel und ein Halfter mit einer .38er Smith & Wesson, der Waffe, die gewöhnlich von britischen Offizieren getragen wurde. Dazu gehörte eine Schachtel mit fünfzig Schuß Munition. Alles schien unversehrt zu sein. Er setzte die Brille auf und erhob sich.

»Heilige Muttergottes voller Gnaden, hier stehe ich, ein armer Sünder«, sagte er leise. »Steh mir bei«, und er schlug das Kreuzzeichen, griff nach seinem Koffer und ging los.

Für den, der sie kannte, stellte die Grenze von Ulster kein Problem dar. Er folgte einem System von Landstraßen und Feldwegen und gelangte gegen vier Uhr vierzehn nach Ulster und somit auf englischen Boden.

Und dann hatte er unglaubliches Glück. Ein Lastwagen fuhr an ihm vorbei, hielt an, und der Fahrer, ein Mann in den Sechzigern, schaute heraus. »Mein Gott, Father, was laufen Sie denn hier so früh am Morgen herum?«

»Ich will nach Armagh«, erklärte Devlin. »Um den Frühzug nach Belfast zu erwischen.«

»Das ist aber ein Zufall, denn ich fahre direkt zum Markt in Belfast.«

»Gott segne Sie, mein Sohn«, sagt Devlin, stieg ein und machte es sich auf dem Beifahrersitz bequem.

»Ist doch selbstverständlich, Father«, meinte der Bauer, als sie losfuhren. »Und außerdem, wo kämen wir hin, wenn ein Priester noch nicht mal in Irland jemanden fände, der ihm hilft?«

Später an diesem Morgen, genau um zehn Uhr, klopfte Schellenberg an die Tür des Reichsführers und trat ein.

»Ja?« fragte Himmler. »Was gibt es?«

»Ich bekam soeben die Bestätigung aus Laville, Reichsführer, daß Devlin heute nacht gegen zwei Uhr über Irland abgesprungen ist.«

»Tatsächlich?« Himmler staunte. »Da haben Sie ja schnell gearbeitet, Brigadeführer. Meinen Glückwunsch.«

»Das ist natürlich noch keine Garantie für einen Erfolg, mein Reichsführer. Was seine sichere Landung betrifft, so können wir nur hoffen. Wie es jetzt in London weitergeht, ist ebenfalls noch nicht klar.«

»Es gibt übrigens eine Änderung in unseren Plänen«, sagte Himmler. »Die Konferenz in Belle Ile findet schon am fünfzehnten des Monats statt.«

»Aber, mein Reichsführer, dann bleibt uns nur eine Woche.«

»Nun ja, wir müssen uns nach dem Führer richten. Es steht uns nicht zu, seine Entscheidungen in Frage zu stellen. Aber ich weiß ja, daß Sie Ihr Bestes tun. Nur weiter so, General.«

Schellenberg ging hinaus, schloß die Tür hinter sich und war völlig verwirrt. »Verdammt noch mal, was führt dieser Kerl im Schilde?« murmelte er leise und kehrte in sein Büro zurück.

8

In Belfast war es für Devlin unmöglich, eine Fahrkarte für die Überfahrt nach Heysham in Lancashire zu ergattern. Es gab eine Warteliste, und auf der Strecke nach Glasgow war es nicht besser. Blieb nur noch Larne, nördlich von Belfast, nach Stranaer, der gleiche Weg, den er auch während der Operation Adler genommen hatte. Es war nur eine kurze Fahrt, und ein spezieller Zubringerzug brachte die Passagiere anschließend nach London. Doch diesmal ging er kein Risiko ein. Er fuhr mit dem Vorortzug von Belfast nach Larne, suchte sich am Hafen eine öffentliche Toilette und schloß sich in einer Kabine ein. Als er eine Viertelstunde später wieder herauskam, trug er seine Uniform.

Dieser Schritt zahlte sich sofort aus. Das Schiff war vollbesetzt, aber nicht für Angehörige des Militärs. Er holte den Reiseausweis hervor, den man ihm in Berlin mitgegeben hatte. Der Fahrkartenverkäufer warf kaum einen Blick auf das Dokument, sah nur die Majorsuniform, das Ordensband für das Military Cross und den Priesterkragen und wies ihm sofort einen Platz an Bord zu.

In Stranaer lief es genauso. Dort bekam er trotz der Menschenmassen, die sich in dem Zug drängten, einen Sitzplatz im Erster-Klasse-Waggon. Von Stranaer fuhr er nach Glasgow, von

Glasgow runter nach Birmingham und von dort aus weiter nach London, wo er am nächsten Tag um drei Uhr in der Frühe auf dem King's Cross Bahnhof eintraf. Als er aus dem Zug stieg und über den Bahnsteig eilte, ein Gesicht unter Tausenden in der Menge, war das erste, was er hörte, eine Luftschutzsirene. Der Beginn des Jahres 1944 prägte sich den Londonern als der sogenannte »Baby Blitz« ein. Die Luftwaffe, deren Maschinen mittlerweile einen hohen technischen Standard erreicht hatte, fing wieder damit an, nächtliche Bombenangriffe auf London zu fliegen. Die Sirene, die Devlin hörte, kündigte das Auftauchen der JU 88-Kundschafterflugzeuge aus Chartres in Frankreich an. Die schweren Bomber kamen später, aber zu diesem Zeitpunkt war er bereits wie tausend Menschen in Deckung gegangen und verbrachte eine ungemütliche Nacht in der relativen Sicherheit einer Londoner U-Bahnstation.

Mary Ryan war eine junge Frau, die die Leute nur schwer vergessen konnten, nicht etwa weil sie besonders hübsch war, sondern weil sie ein seltsames, fast schon ätherisches Aussehen hatte. Tatsächlich war ihre Gesundheit niemals die robusteste gewesen, und die Nöte und Sorgen der Kriegszeit hatten bei ihr tiefere Spuren hinterlassen als bei anderen. Ihr Gesicht war immer blaß, mit tiefen, dunklen Schatten unter den Augen, und sie humpelte deutlich, die Folge eines Geburtsfehlers. Sie war erst neunzehn, wirkte aber viel älter.

Ihr Vater, ein aktives Mitglied der IRA, war kurz vor dem Krieg einem Herzinfarkt im Mountjoy Prison in Dublin erlegen; ihre Mutter starb 1940 an Krebs. Als einziger Verwandter blieb ihr Onkel Michael, der jüngere Bruder ihres Vaters, der seit Jahren in London wohnte und seit dem Tod seiner Frau im Jahr 1938 allein lebte. Mary war daher von Dublin nach London gezogen und führte ihm nun den Haushalt, ansonsten arbeitete sie als Verkäuferin in einem großen Kaufhaus in der High Street in Wapping.

Damit war es nun allerdings vorbei, denn als sie an diesem Morgen pünktlich um acht Uhr zur Arbeit erschien, hatte sich der Laden und ein beträchtlicher Teil der Straße über Nacht in einen qualmenden Trümmerhaufen verwandelt. Sie blieb noch einige Zeit stehen, schaute zu, wie die Krankenwagen eintrafen und wieder losbrausten, wie Feuerwehrleute immer wieder neu aufflackernde Brände löschten und die Männer der Rettungstrupps die Mauerreste nach möglichen Überlebenden durchsuchten.

Nachdem sie eine Zeitlang nach Kräften mitgeholfen hatte, verließ sie den Unglücksort, eine seltsame kleine Gestalt mit ihrem schwarzen Hut und dem alten Regenmantel, die eilig durch die Straßen humpelte. In einer Nebenstraße hielt sie kurz an einem Laden, kaufte Milch und Brot sowie ein paar Zigaretten für ihren Onkel und setzte ihren Weg fort. Als sie in der Cable Wharf einbog, begann es zu regnen.

Ursprünglich hatten hier einmal zwanzig Häuser gestanden, alle mit der Rückfront zum Fluß. Fünfzehn waren während der Bombenangriffe zerstört worden. Vier weitere standen leer und waren mit Brettern zugenagelt. Sie und ihr Onkel wohnten im letzten Haus der Zeile. Die Küchentür befand sich an der Seitenfront und war über eine Eisenterrasse zu erreichen. Unten wälzten sich die Fluten der Themse vorbei. Sie blieb am Geländer stehen und schaute hinunter zur Tower Bridge und auf den Tower von London, die beide nicht weit entfernt waren. Sie liebte den Fluß, konnte sich daran nicht sattsehen. Sie genoß den Anblick der großen Schiffe in den Docks des Londoner Hafens und den lebhaften Verkehr der Schlepper und Frachter. Am Ende der Terrasse führte eine Holztreppe zu einem kleinen privaten Landungssteg hinunter. Dort lagen zwei Boote ihres

Onkels. Ein Ruderboot und ein etwas größeres Fahrzeug, ein kleines Motorboot mit Kajüte. Als sie hinüberblickte, sah sie einen Mann, der eine Zigarette rauchte und Schutz vor dem Regen suchte. Er trug einen schwarzen Hut und einen ebensolchen Regenmantel. Neben ihm auf dem Steg stand ein Reisekoffer.

»Was wollen Sie?« rief sie ungehalten. »Das hier ist Privatbesitz!«

»Einen guten Tag wünsche ich, *a colleen*«! rief er fröhlich, nahm den Koffer und kam die Treppe herauf.

»Wer sind Sie?« wollte sie wissen.

Devlin lächelte. »Ich möchte zu Michael Ryan. Kennen Sie ihn vielleicht? Ich habe es an der Tür versucht. Es hat niemand aufgemacht.«

»Ich bin seine Nichte Mary«, erwiderte sie. »Onkel Michael kommt erst später nach Hause. Er hatte Nachtschicht.«

»Nachtschicht?« fragte Devlin erstaunt.

»Ja, er fährt Taxi. Von zehn bis zehn. Zwölf Stunden.«

»Ich verstehe.« Er schaute auf die Uhr. »Noch anderthalb Stunden.«

Sie war etwas unsicher, wollte ihn nicht hereinbitten. Er spürte das. »Ich glaube nicht«, meinte sie, »daß ich Sie schon mal gesehen habe.«

»Das überrascht mich nicht, ich bin gerade von Irland herübergekommen.«

»Kennen Sie Onkel Michael von dort?«

»O ja, wir waren alte Freunde. Ich heiße Conlon. Father Harry Conlon«, fügte er hinzu und öffnete den obersten Knopf seines Regenmantels, damit sie seinen Priesterkragen sehen konnte.

Sie entspannte sich auf der Stelle. »Möchten Sie nicht hereinkommen und drinnen warten, Father?«

»Ich glaube nicht. Ich mache einen kleinen Spaziergang und komme später wieder. Könnte ich denn meinen Koffer hierlassen?«

»Natürlich.«

Sie schloß die Küchentür auf, und er folgte ihr ins Haus, wo er den Koffer abstellte. »Kennen Sie zufälligerweise die St. Mary's Priory?«

»Aber ja«, antwortete sie. »Sie gehen die Wapping High Street hinunter bis zur Wapping Wall. Das ist am Fluß unweit von den St. James' Stairs. Ich schätze eine Meile.«

Er verließ die Küche und trat wieder hinaus. »Sie haben hier ja einen wundervollen Blick. Es gibt ein Buch von Charles Dikkens, das damit beginnt, wie ein Mädchen und sein Vater in einem Boot über die Themse rudern und nach den Leichen der Ertrunkenen suchen, um ihnen die Taschen auszuräumen.«

»Unser gemeinsamer Freund«, meinte die junge Frau. »Das Mädchen hieß Lizzie.«

»Lieber Himmel, Kind, Sie sind aber belesen.«

Sie strahlte ihn an. »Bücher sind mein ein und alles.«

»Das finde ich schön.« Er tippte an seinen Hut. »Ich komme wieder.«

Er ging die Terrasse hinunter, wobei seine Schritte auf den Dielen widerhallten, und sie schloß die Tür.

Von der Wapping High Street aus war deutlich zu sehen, welche Schäden die deutschen Luftangriffe im Londoner Hafen hinterlassen hatten, und trotzdem war es erstaunlich, wieviel Betrieb dort unten herrschte und wie viele Schiffe im Hafen lagen.

»Würde mich interessieren, was Adolf dazu sagen würde«, murmelte Devlin. »Das wäre für ihn sicher eine hübsche Überraschung.«

Er hatte keine Schwierigkeiten, die St. Mary's Priory zu finden. Das Kloster stand auf der anderen Seite der Hauptstraße, direkt am Fluß. Man konnte die hohen Mauern aus grauem Stein erkennen, im Lauf der Jahre vom Schmutz der Stadt fast schwarz gefärbt, das Dach der Kapelle an der Flußseite und den Glockenturm, der es überragte. Interessanterweise stand die große Eichentür am Eingang weit offen.

Ein Hinweisschild neben der Tür verkündete: *St. Mary's Priory*. Die Kleinen Barmherzigen Schwestern. *Priorin*: Schwester Maria Palmer.« Devlin lehnte sich gegen die Mauer, zündete sich eine Zigarette an und wartete. Nach einiger Zeit erschien ein Pförtner in blauer Uniform. Er blieb auf der obersten Treppenstufe stehen, schaute aufmerksam die Straße entlang und ging wieder hinein.

Zwischen dem Fluß und der Ufermauer gab es einen schmalen Streifen aus Schlamm und Kies. Ein kleines Stück weiter führten Treppen zum Fluß hinunter. Dorthin spazierte Devlin jetzt. Er stieg die Stufen hinunter und schlenderte über den Uferkies, wobei er sich die Baupläne des Klosters und den alten Abwasserkanal ins Gedächtnis rief. Der Kiesstreifen brach abrupt ab, Wasser schlug plätschernd gegen die Mauer, und dann sah er sie, eine gewölbte Öffnung, die fast vollständig unter Wasser stand.

Er stieg wieder zur Straße hinauf und fand eine Ecke weiter ein Pub namens *The Bargee*. Als er die Bar betrat, wischte eine junge Frau mit Kopftuch und langer Hose gerade den Fußboden. Überrascht blickte sie auf.

»Was wollen Sie? Wir machen erst um elf auf.«

Devlin knöpfte seinen Regenmantel auf, so daß sie den Priesterkragen sehen konnte. »Ich wollte Sie nicht stören. Conlon ist mein Name – Father Conlon.«

Sie trug eine Kette um den Hals, an der ein Kruzifix hing. Ihre Haltung änderte sich sofort. »Was kann ich für Sie tun, Father?«

»Ich hatte hier in der Nähe zu tun, und ein Kollege bat mich, einen Freund von ihm zu besuchen und ihm Grüße zu bestellen. Er ist Beichtvater des St. Mary's Kloster. Dummerweise habe ich seinen Namen vergessen.«

»Das ist Father Frank.« Sie lächelte. »Jedenfalls nennen wir ihn so. Father Frank Martin. Er ist der Pfarrer von St. Patrick's, ein Stück weit die Straße hinunter, und er betreut auch das Kloster. Gott allein mag wissen, wie er das in seinem Alter schafft. Er hat keine Hilfe, aber so ist das eben in Kriegszeiten, vermute ich.«

»St. Patricks's, sagten Sie? Gott segne Sie.« Devlin bedankte sich und ging hinaus.

An der Kirche war nichts Auffälliges. Ihr Baustil war spätviktorianisch wie bei den meisten katholischen Kirchen in England, da sie erst erbaut worden war, nachdem die englischen Gesetze diesen Zweig der christlichen Religion ausdrücklich zuließen.

In ihr herrschte der übliche Geruch von Kerzenwachs und Weihrauch, und sie verfügte über die obligatorischen Heiligenbilder und einen Kreuzweg, alles Dinge, die Devlin trotz seiner Schulzeit bei den Jesuiten niemals viel bedeutet hatten. Er setzte sich in eine Kirchenbank, und nach einer Weile kam Father Martin aus der Sakristei und beugte vor dem Altar das Knie. Der alte Mann verharrte betend in dieser Haltung, und Devlin stand auf und ging leise hinaus.

Michael Ryan war knapp über einsachtzig groß und hatte sich für seine sechzig Jahre erstaunlich gut gehalten. Er saß in seiner schwarzen Lederjacke am Küchentisch. Um den Hals hatte er sich einen weißen Schal geschlungen, und neben ihm lag eine Schlägerkappe. Langsam nippte er Tee aus einer großen Tasse, die Mary ihm hingestellt hatte.

»Conlon, sagst du?« Er schüttelte den Kopf. »Ich hatte niemals einen Freund namens Conlon. Wenn ich es recht überlege, hatte ich auch nie einen Freund, der Priester war.«

Es klopfte an der Küchentür. Mary öffnete. Devlin stand draußen. »Gott schütze dieses Haus«, sagte er und trat ein.

Ryan starrte ihn an, runzelte die Stirn, und dann nahm sein Gesicht einen Ausdruck totaler Verwirrung an. »Herrgott im Himmel! Das ist doch nicht möglich – Liam Devlin. Bist du's wirklich?«

Er stand auf, und Devlin legte ihm die Hände auf die Schultern. »Die Jahre haben es gut mit dir gemeint, Michael.«

»Aber du, Liam, was haben sie mit dir gemacht?«

»Oh, du mußt nicht alles glauben, was du siehst. Ich mußte mein Aussehen ein wenig verändern. Hab' ein paar Jahre hinzugefügt.« Er nahm den Hut ab und fuhr sich mit den Fingern durch die grauen Stoppel. »Dieses Haar ist im Augenblick eher ein Produkt der chemischen Industrie als der Natur.«

»Komm rein, Mann, herzlich willkommen.« Ryan schloß die Tür. »Bist du auf der Flucht, oder was?«

»So ähnlich. Ich erklär's dir später.«

Ryan stellte vor. »Das ist meine Nichte Mary. Du erinnerst dich doch an meinen älteren Bruder, Seamus? Er ist im Mountjoy-Gefängnis gestorben.«

»Ein guter Mann in schlimmen Zeiten«, sagte Devlin.

»Mary – das ist mein alter Freund Liam Devlin.«

Die Reaktion des Mädchens war erstaunlich. Es schien, als wäre plötzlich ein Licht in ihr angegangen. Ihr Gesicht strahlte und hatte einen Ausdruck, der fast heilig zu nennen war. »Sie sind Liam Devlin? Heilige Muttergottes, seit ich ein kleines Kind war, habe ich ständig von Ihnen gehört.«

»Hoffentlich nichts Schlechtes«, meinte Devlin.

»Bitte, setzen Sie sich doch. Möchten Sie eine Tasse Tee? Haben Sie schon gefrühstückt?«

»Eigentlich nicht.«

»Ich habe noch ein paar Eier, und es ist auch noch etwas von Onkel Michaels Schwarzmarktspeck übrig. Ich werde Ihnen eine Kleinigkeit machen.«

Während sie zum Herd ging, zog Devlin seinen Mantel aus und nahm Ryan gegenüber Platz. »Hast du Telefon?«

»Ja. In der Diele.«

»Gut. Ich muß nachher mal anrufen.«

»Was ist los, Liam? Hat die IRA sich entschlossen, wieder in London aktiv zu werden?«

»Diesmal komme ich nicht von der IRA«, gestand ihm Devlin. »Nicht direkt jedenfalls. Um ganz offen zu sein, ich komme aus Berlin.«

Ryan nickte. »Ich habe schon gehört, daß die Organisation mit den Deutschen zu tun hat, aber zu welchem Zweck, Liam? Willst du etwa behaupten, daß du mit diesem Verein einverstanden bist?«

»Die meisten Nazis sind Schweine«, sagte Devlin. »Aber nicht alle. Sie wollen den Krieg gewinnen, und ich träume von einem vereinten Irland. Ich hatte gelegentlich mit ihnen zu tun, immer gegen gutes Geld; Geld, das auf ein Schweizer Nummernkonto überwiesen wurde und der Organisation zugute kam.«

»Und jetzt bist du in ihrem Auftrag hier? Warum?«

»Der britische Geheimdienst hält einen Mann nicht weit von hier, im St. Mary's Kloster, fest. Einen Colonel Steiner. Er ist ein aufrechter Deutscher und kein Nazi. Das mußt du mir glauben. Die Deutschen wollen ihn zurückhaben. Und deshalb bin ich hier.«

»Um ihn zu befreien?« Ryan schüttelte den Kopf. »So einen wie dich gibt es wirklich nur einmal. Du bist total verrückt.«

»Ich gebe mir alle Mühe, dich so weit wie möglich aus der Sache herauszuhalten, aber ich brauche deine Hilfe. Ich verlange nichts Unmögliches, das verspreche ich. Ich könnte dich bitten, es um der alten Zeiten willen zu tun, aber das will ich nicht.« Devlin griff nach dem Koffer, legte ihn auf den Tisch und öffnete ihn. Er schob die Kleider beiseite, tastete mit einem Finger den Boden ab, riß das Innenfutter auf und zeigte das Geld, das er dort versteckt hatte. Er nahm einen Stapel Fünfpfundnoten heraus und legte ihn auf den Tisch. »Eintausend Pfund, Michael.«

Ryan fuhr sich mit den Fingern durch das Haar. »Mein Gott, Liam, was soll ich sagen?«

Das Mädchen servierte den beiden Männern Teller mit Rührei und Speck. »Du solltest dich schämen, nach den Geschichten, die du von Mr. Devlin erzählt hast, auch nur einen Penny von ihm anzunehmen. Du solltest lieber froh sein, ihm umsonst helfen zu können.«

»Oh, wie schön es doch ist, jung zu sein.« Devlin legte einen Arm um ihre Taille. »Wenn das Leben doch nur halb so einfach wäre, aber träum ruhig weiter, mein Mädchen.« Er wandte sich an Ryan. »Nun, Michael?«

»Himmel noch mal, Liam, man lebt nur einmal, aber um dir zu zeigen, daß ich auch nur ein schwacher Mensch bin, nehme ich die tausend Pfund an.«

»Zuerst das wichtigste. Hast du zufällig eine Pistole im Haus?«

»Eine Luger von vor dem Krieg, die unter den Fußbodenbrettern in meinem Schlafzimmer liegt. Sie schlummert dort sicherlich schon an die fünf Jahre zusammen mit der notwendigen Munition.«

»Ich seh' sie mir an. Kann ich hierbleiben? Es wird nicht für lange sein.«

»Ja, sicher. Wir haben jede Menge Platz.«

»Zweitens, Fahrgelegenheit. Ich habe draußen dein Taxi gesehen. Ist das dein Wagen?«

»Nein, ich habe einen Ford Kombi im Schuppen. Mit dem fahre ich nur ab und zu. Die Spritknappheit, weißt du.«

»Na prima. Ich benutze mal eben dein Telefon, wenn du nichts dagegen hast.«

»Bedien dich nur.«

Devlin schloß die Tür, um in Ruhe zu telefonieren. Er rief die Fernsprechauskunft an und fragte nach der Telefonnummer von Shaw Place. Es dauerte ein oder zwei Minuten, dann nannte die Frau in der Auskunft die Nummer, und er notierte sie sich. Er ließ sich auf dem Stuhl neben dem Telefon nieder und dachte eine Weile nach. Schließlich nahm er den Hörer ab, wählte die Fernvermittlung und gab die gewünschte Nummer durch.

Nach einiger Zeit wurde am anderen Ende abgenommen, und eine Frauenstimme meldete sich. »Charbury drei-eins-vier.«

»Ist Sir Maxwell Shaw zu sprechen?«

»Nein, er ist nicht da. Wer spricht dort?«

Devlin beschloß, das Risiko einzugehen. In der Akte hatte er gelesen, daß sie schon vor Jahren wieder ihren Mädchennamen angenommen hatte, daher fragte er: »Sind Sie Miss Lavinia Shaw?«

»Ja, die bin ich. Wer ist denn am Apparat?«

Devlin sagte: »Ist der Falke noch bereit? Jetzt kann er endlich zuschlagen.«

Die Wirkung war durchschlagend. »O mein Gott!« stieß Lavinia Shaw hervor, und dann herrschte Stille.

Devlin wartete einen Moment und fragte dann: »Sind Sie noch dran, Miss Shaw?«

»Ja, ich bin hier.«

»Ich muß Sie und Ihren Bruder so bald wie möglich sprechen. Es ist dringend.«

Sie sagte: »Mein Bruder ist in London. Er mußte etwas bei seinem Anwalt erledigen. Er wohnt im *Army and Navy Club*. Er wollte dort zu Mittag essen und mit dem Nachmittagszug zurückkommen.«

»Das ist ja ideal. Setzen Sie sich mit ihm in Verbindung, und erklären Sie ihm, er soll auf mich warten. Ich käme so gegen zwei Uhr. Conlon – Major Harry Conlon.«

Eine Pause trat ein. Dann erklang wieder die Frauenstimme. »Kommt sie endlich?«

»Wer soll kommen, Miss Shaw?«

»Sie wissen schon – die Invasion.«

Er unterdrückte den Drang, in schallendes Gelächter auszubrechen. »Wir unterhalten uns bestimmt noch mal, nachdem ich mit Ihrem Bruder gesprochen habe.«

Er kehrte in die Küche zurück, wo Ryan immer noch am Tisch saß. Das Mädchen säuberte das Geschirr am Spülbecken. »Ist alles in Ordnung?« erkundigte es sich.

»Alles bestens«, versicherte er. »Wenn man eine Reise tut, ist der erste Schritt immer der wichtigste.« Er nahm seinen Koffer vom Tisch. »Wenn Sie mir jetzt mein Zimmer zeigen könnten. Ich muß mich umziehen.«

Sie brachte ihn nach oben, führte ihn in eines der hinteren Zimmer mit Blick auf den Fluß. Devlin packte den Koffer aus und legte die Uniform auf das Bett. Die Smith & Wesson schob er unter die Matratze, zusammen mit dem Gürtelhalfter und einem Beinhalfter aus Leder, das er ebenfalls aus dem Koffer nahm. Das Badezimmer lag am Ende des Korridors. Er rasierte sich schnell, fuhr sich mit einer Bürste durch die Haare, dann kehrte er in sein Zimmer zurück und zog sich um.

Fünfzehn Minuten später kam er in seine schneidige Uniform gehüllt herunter. »Mein Gott, Liam, daß ich den Tag noch erlebe«, sagte Ryan.

»Du kennst doch das alte Sprichwort, Michael«, sagte Devlin. »Wenn du ein Fuchs und allein bist und dir sitzt die Meute im

Nacken, dann sieh zu, daß du so aussiehst wie einer von ihnen.« Er wandte sich an Mary und lächelte. »Und nun, mein liebes Kind, wäre eine Tasse Tee genau das, was mir noch fehlt.«

In diesem Moment verliebte sich das Mädchen unsterblich in ihn. Es war das, was die Franzosen *coup de foudre* nennen, der Blitz hatte eingeschlagen. Sie spürte, wie sie puterrot anlief, und drehte sich schnell zum Herd um. »Natürlich, Mr. Devlin. Ich mache gleich frischen.«

Seine Mitglieder nannten den *Army and Navy Club* nur den Laden. Es war ein grandios wirkender, düsterer Palazzo im venezianischen Stil auf der Pall Mall. Die Leitung des Clubs war schon seit viktorianischen Zeiten für ihre Nachsicht gegenüber Mitgliedern berühmt berüchtigt, die sich irgend etwas hatten zuschulden kommen lassen oder deren Ehre leicht angeschlagen war. Sir Maxwell Shaw war einer dieser Fälle. Niemand hatte es auch nur im entferntesten für notwendig gehalten, ihm wegen seiner zeitweisen Inhaftierung aufgrund seines Verstoßes gegen Zwangsverordnung 18b Schwierigkeiten zu machen. Er war, trotz allem, ein Offizier und ein Gentleman, der im Dienst für sein Vaterland verwundet und für seine Tapferkeit ausgezeichnet worden war.

Er saß in einer Ecke des Damenzimmers, trank den Whiskey, den der Kellner ihm gebracht hatte, und dachte über Lavinias wunderlichen Telefonanruf nach. Völlig unglaublich, daß es jetzt, nach so langer Zeit, wirklich losgehen sollte. Mein Gott, war er aufgeregt. So aufgekratzt hatte er sich schon seit Jahren nicht mehr gefühlt.

Er bestellte einen zweiten Scotch, und gleichzeitig näherte sich ein Portier. »Ihr Gast ist eingetroffen, Sir Maxwell.«

»Mein Gast?«

»Major Conlon. Soll ich ihn hereinführen?«

»Ja, natürlich, Mann. Auf der Stelle.«

Shaw erhob sich und strich seine Krawatte glatt, während der Portier mit Devlin zurückkehrte, der ihn aufgeräumt begrüßte: »Harry Conlon. Ich freue mich, Sie kennenzulernen, Sir Maxwell.«

Shaw war völlig perplex. Nicht so sehr wegen der Uniform, sondern aufgrund des Priesterkragens. Er schüttelte die Hand, die sich ihm entgegenstreckte, während der Kellner sein Glas Scotch servierte. »Möchten Sie auch etwas, Major?«

»Nein, danke.« Der Kellner zog sich zurück, und Devlin setzte sich und zündete sich eine Zigarette an. »Sie sehen ein wenig erschüttert aus, Sir Maxwell.«

»Lieber Mann, natürlich bin ich das. Ich meine, was hat das alles zu bedeuten? Wer sind Sie?«

»Ist der Falke noch bereit?« fragte Devlin. »Denn jetzt kann er endlich zuschlagen.«

»Ja aber ...«

»Kein Aber, Sir Maxwell. Sie haben vor langer Zeit, als Werner Keitel Sie und Ihre Schwester anwarb, ein Versprechen gegeben, nämlich daß Sie sich für die, sagen wir mal, Sache einsetzen wollten. Stehen Sie noch dazu oder nicht? Wie denken Sie heute darüber?«

»Heißt das, Sie haben eine Aufgabe für mich?«

»Es muß etwas erledigt werden.«

»Fängt die Invasion endlich an?«

»Noch nicht«, wich Devlin aus, »aber bald. Machen Sie mit?«

Er war darauf vorbereitet gewesen, Druck ausüben zu müssen, doch in diesem Fall war das unnötig. Shaw kippte hastig seinen Whisky. »Natürlich mache ich mit. Was verlangen Sie?«

»Machen wir erst einmal einen kleinen Spaziergang«, sagte Devlin. »Der Park auf der anderen Straßenseite ist dafür wie geschaffen.«

Es hatte angefangen zu regnen, und die Tropfen trommelten gegen die Fenster. Es war gerade kein Portier an der Garderobe. Shaw holte sich seinen Bowlerhut, seinen Regenmantel und den Regenschirm. Zwischen den zahlreichen Mänteln hing auch ein Trenchcoat in militärischem Zuschnitt. Devlin nahm ihn vom Haken, folgte Shaw nach draußen und zog den Mantel über.

Sie gingen über die Straße in den St. James Park und spazierten am See entlang zum Buckingham Palast. Shaw hatte seinen Regenschirm aufgespannt. Nach einer Weile kamen sie in den Schutz einiger Bäume, und Devlin zündete sich eine Zigarette an.

»Wollen Sie auch eine?«

»Im Augenblick nicht. Also, was soll ich tun?«

»Vor dem Krieg flog Ihre Schwester häufig mit einer Tiger Moth. Besitzt sie die Maschine noch?«

»Die RAF hat sie im Winter 1939 zu Trainingszwecken eingezogen.«

»Sie benutzte damals als Hangar eine Scheune. Steht die noch?«

»Ja.«

»Und das Gelände, von dem aus sie immer gestartet ist? Die Südweide, so haben Sie sie doch genannt? Ist sie im Zuge der allgemeinen Kriegsanstrengungen umgepflügt worden, um sie anderweitig zu nutzen?«

»Nein, das ganze Land um Shaw Place, das früher einmal uns gehörte, dient als Schafweide.«

»Und die Südweide gehört noch Ihnen?«

»Natürlich. Ist das wichtig?«

»Das kann man wohl sagen. Ein Flugzeug, das aus Frankreich kommt, wird dort landen, und das in gar nicht zu ferner Zukunft.«

Shaws Gesicht bekam einen erregten Glanz. »Tatsächlich? Und weshalb?«

»Um mich und einen anderen Mann abzuholen. Je weniger Sie

wissen, desto besser ist es für Sie, aber der Mann ist überaus wichtig. Sehen Sie bei irgendeinem dieser Punkte ein Problem?«

»Lieber Himmel, nein. Ich helfe gerne, alter Junge.« Shaw runzelte die Stirn. »Sie sind aber kein Deutscher, oder?«

»Ich bin Ire«, erklärte ihm Devlin. »Aber wir stehen auf der gleichen Seite. Sie haben von Werner Keitel ein Funkgerät bekommen. Existiert es noch?«

»Na ja, also in diesem Punkt sieht es schlecht aus, alter Junge. Ich fürchte, das ist weg. Sehen Sie, damals, einundvierzig, erließ die Regierung so eine dämliche Verordnung. Ich saß deswegen ein paar Monate lang im Gefängnis.«

»Das weiß ich.«

»Meine Schwester Lavinia, Sie wissen ja, wie Frauen sind. Sie geriet in Panik. Dachte wohl, daß die Polizei käme, um das Haus auf den Kopf zu stellen. In unserer Gegend gibt es sehr viele Sümpfe, einige praktisch bodenlos tief. Sie hat das Funkgerät dort versenkt.« Er betrachtete ihn gespannt. »Ist das ein Problem, alter Junge?«

»Nur vorübergehend. Sie fahren heute nach Hause zurück?«

»Ja.«

»Gut. Ich melde mich. Morgen oder übermorgen.« Devlin trat seine Zigarette aus. »Mein Gott, dieser Regen. Das ist das einzige, was einem einfällt, wenn man an London denkt. Es ändert sich nie.« Und er entfernte sich.

Als er die Terrasse neben dem Haus am Cable Wharf betrat, peitschte der Regen über den Fluß. Über das Cockpit des Motorbootes war eine Plane gespannt. Mary Ryan saß darunter, sicher vor dem Regen, und las in einem Buch.

»Gefällt es Ihnen da unten?« rief Devlin.

»Sicher. Onkel Michael ist in der Küche. Kann ich irgend etwas für Sie tun?«

»Nein, im Augenblick habe ich alles, was ich brauche.«

Als Devlin ins Haus kam, saß Ryan am Tisch. Er hatte Zeitungspapier auf dem Küchentisch ausgebreitet und nahm mit ölverschmierten Fingern eine Luger auseinander. »Gott helfe mir, Liam, ich hab' völlig vergessen, wie man das macht.«

»Laß mir eine Minute Zeit zum Umziehen, und ich zeige es dir«, riet ihm Devlin.

Nach fünf Minuten war er wieder da, in eine dunkle Hose und einen schwarzen Rollkragenpullover gekleidet. Er griff nach den Einzelteilen der Luger, ölte sie und setzte die Waffe wieder zusammen.

»Ist alles gut gelaufen?« erkundigte sich Ryan.

»Wenn ein Treffen mit einem total Verrückten überhaupt gut laufen kann, dann ja«, antwortete Devlin. »Michael, ich habe mit einem Vertreter des englischen Adels zu tun, der so gründlich den Verstand verloren hat, daß er immer noch ungeduldig auf die deutsche Invasion wartet, und das sogar in nüchternem Zustand.«

Er erzählte Ryan von Shaw Place, von Shaw und dessen Schwester. Als er seinen Bericht beendet hatte, sagte Ryan: »Das klingt ja wirklich so, als seien sie verrückt, alle beide.«

»Ja, aber das Problem ist, daß ich ein Funkgerät brauche, und sie haben ihres nicht mehr.«

»Was wirst du jetzt tun?«

»Ich dachte an die guten alten Zeiten, als ich hier war, um mich um diese Einsatzgruppe zu kümmern. Sie hatten ihre Waffen und sogar den Sprengstoff aus Unterweltkreisen. Habe ich recht?«

Ryan nickte. »Stimmt.«

»Und soweit ich mich erinnern kann, Michael, warst du der Mann mit den nötigen Kontakten.«

»Aber das ist schon lange her.«

»Nun hör aber auf, Michael. Wir haben Krieg, und es gibt für alles, vom Benzin bis zu den Zigaretten, einen schwarzen Markt. In Berlin ist es genauso. Erzähl mir bloß nicht, daß du, ein Londoner Taxifahrer, nicht bis zum Hals in diesen Geschäften drinsteckst.«

»Ist ja schon gut.« Ryan hob abwehrend eine Hand. »Du willst also ein Funkgerät, aber es soll ein gutes sein, am besten aus Armeebeständen.«

»Stimmt genau.«

»Und das bekommt man wohl kaum bei einem fliegenden Händler.«

Stille breitete sich aus. Devlin nahm die Luger wieder auseinander und wischte jedes Teil sorgfältig mit einem Putzlumpen ab. »An wen könnte ich mich denn sonst wenden?«

»Ich kenne da einen Burschen namens Carver«, sagte Ryan, »Jack Carver. Er hat einen Bruder namens Eric.«

»Schwarzhändler?«

»Mehr als das. Jack Carver ist zur Zeit der wohl mächtigste und einflußreichste Gangster der Londoner Unterwelt. Von allem, was läuft, bekommt Carver seinen Anteil. Das gilt nicht nur für den schwarzen Markt. Mädchen, Glücksspiel, Schutzgebühren. Was du willst.«

»Ich kannte in Dublin mal jemanden, der im gleichen Gewerbe tätig war«, erzählte Devlin. »Der war gar nicht so übel.«

»Jack Carver ist ein Schwein, und sein kleiner Bruder Eric ist eine Kröte. Jedes Mädel auf dem Pflaster hat Angst vor ihm.«

»Was redest du da?« staunte Devlin. »Ich wundere mich, daß sich bisher noch niemand gewehrt hat.«

»Es waren nicht die Gangster in New York, die als erste auf die Idee kamen, Leichen im Schotterbett neuer Straßen unterzubringen«, sagte Ryan. »Jack Carver hat das Patent auf diese Methode. Er war damals, sechsunddreißig, derjenige, der die aktive Einsatzgruppe mit Waffen und Sprengstoff belieferte. Wenn er eine Großmutter hätte, dann würde er die sofort den Deutschen verhökern, wenn sie irgendwelchen Gewinn abwerfen würde.«

»Ich zittere vor Angst«, sagte Devlin. »Carver ist dennoch der Mann, der alles besorgen kann. Wenn ich nun also ein Funkgerät brauche . . .«

»Genau.«

»Sehr schön. Und wo finde ich ihn?«

»Zwei Meilen von hier in Limehouse gibt es die Tanzhalle *Astoria Ballroom*. Sie gehört Carver. Darüber liegt seine Wohnung. Das gefällt ihm. So hat sein Bruder es einfach, wenn er irgendein Mädchen abschleppen will.«

»Er selbst doch auch, nehme ich an.«

»Da irrst du dich, Liam. Mädchen interessieren ihn nicht im mindesten.«

Devlin nickte. »Ich verstehe, worauf du hinauswillst.«

Seine Hände bewegten sich plötzlich mit unglaublicher Geschmeidigkeit und setzten die Luger zusammen. Innerhalb von Sekunden war er fertig und rammte das Magazin in den Griff.

»Mein Gott, du siehst aus wie der leibhaftige Tod, wenn du das tust«, sagte Ryan.

»Das ist nur ein Trick, Michael.« Devlin rollte das ölverschmierte Zeitungspapier zusammen und stopfte es in den Abfalleimer unter der Spüle. »Und nun sollten wir am Fluß ein wenig spazierengehen. Ich würde gerne deine Meinung zu etwas hören.«

Er ging die Treppe zu dem Boot hinunter, wo Mary immer noch saß und las. Der Regen tropfte vom Rand der Plane herunter, und ein leichter Dunst lag auf dem Fluß. Devlin trug den Soldatentrenchcoat, den er im *Army and Navy Club* gestohlen hatte. Er lehnte sich ans Geländer und schob die Hände in die Taschen.

»Was lesen Sie?«

Sie hielt das Buch hoch. »›Unser gemeinsamer Freund‹!«

»Ich hätte es mir fast denken können.«

Sie stand auf. »In den nächsten Tagen bekommen wir Nebel. Eine richtige dicke Erbsensuppe.«

»Woran merken Sie das?«

»Keine Ahnung, aber ich irre mich nie. Es ist der Geruch, den ich zuerst spüre.«

»Und das gefällt Ihnen?«

»Aber ja. Man ist allein, eingeschlossen in seine eigene, private Welt.«

»Ist es nicht das, wonach wir alle suchen?« Er ergriff ihren Arm. »Ihr Onkel Michael und ich unternehmen einen kleinen Spaziergang im Regen am Fluß entlang. Warum begleiten Sie uns nicht? Natürlich nur, wenn Sie nichts Besseres zu tun haben.«

Sie fuhren mit Ryans Taxi zum St. Mary's Kloster. Er parkte den Wagen am Straßenrand, und sie blieben sitzen und beobachteten den Eingang. Davor stand eine Morris-Limousine in Olivgrün. Auf der Seitenfläche befand sich die Aufschrift »Military Police«. Sie brauchten nicht lange zu warten, bis Second Lieutenant Benson und ein Soldat herauskamen, in den Wagen stiegen und wegfuhren.

»Wenn du es durch die Vordertür versuchst, kommt du nicht weit«, sagte Ryan.

»Es gibt immer irgendeine Möglichkeit, man muß sie nur finden«, sagte Devlin. »Kommt, gehen wir ein Stück.«

Der Kiesstreifen, über den er vor kurzem schon einmal gegangen war, schien breiter geworden zu sein, und als er stehenblieb, um ihnen die Öffnung des Abwasserkanals zu zeigen, war die Distanz zwischen Wasseroberfläche und Decke ebenfalls größer. »Heute morgen stand fast die ganze Öffnung unter Wasser«, sagte er.

»Die Themse ist ein Gezeitenfluß, Liam, und im Augenblick haben wir Ebbe. Es gibt Zeiten, da steht dieses Ding vollständig unter Wasser. Ist das denn wichtig?«

»Der Kanal verläuft dicht neben den Fundamenten des Klosters. Laut den Plänen gibt es ein Gitter zur Krypta unter der Kapelle des Klosters. Das könnte ein möglicher Zugang sein.«

»Das müßtest du dir aber vorher mal anschauen.«

»Natürlich, aber nicht jetzt. Später, wenn das Wetter besser und wenn es dunkel ist.«

Der Regen nahm allmählich monsunartige Ausmaße an. Ryan schüttelte sich. »Verdammt noch mal«, sagte er schließlich, »sehen wir zu, daß wir ins Trockene kommen«, und er eilte die Treppe hinauf.

Devlin ergriff Marys Arm. »Haben Sie vielleicht noch irgendwo ein hübsches Kleid vesteckt? Wenn ja, dann gehe ich heute abend mit Ihnen tanzen.«

Sie hielt inne, schaute ihn mit großen Augen an, und als sie weiterging, schien ihr Humpeln noch ausgeprägter als sonst. »Ich tanze nicht, Mr. Devlin. Ich kann nicht.«

»O doch, meine Liebe, Sie können, Sie schaffen alles, was Sie wollen auf dieser Welt. Sie müssen es sich nur mit aller Kraft vornehmen.«

9

Das *Astoria* war eine für jene Zeit typische Tanzhalle. Auf jeder Seite des Saales spielte eine Band, eine in blaue Smokings gekleidet, die andere in rote. Devlin trug seinen dunklen Priesteranzug, allerdings mit einem normalen weißen Oberhemd und einer schwarzen Krawatte, die er sich von Ryan ausgeliehen hatte. Er wartete vor der Garderobe auf Mary, die hineingegangen war, um ihren Mantel abzugeben. Als sie herauskam, sah er, daß sie ein hübsches Baumwollkleid und braune Strümpfe trug. Hinzu kamen weiße Plastikohrclips, die gerade hochmodern waren, und ein winziger Hauch Lippenstift.

»Kompliment für das Kleid«, sagte er.

»Ich habe nicht oft Gelegenheit, mich richtig schick anzuziehen«, verriet sie ihm.

»Nun, dann sollten wir diese Gelegenheit nutzen.«

Er ergriff ihre Hand und zog sie hinter sich her zur Tanzfläche, ehe sie protestieren konnte. Eine der Kapellen spielte einen Slowfox. Er fing an, die Melodie mitzusummen. »Das können Sie aber gut«, stellte sie fest.

»Nun ja, ich habe eine winzige Begabung für Musik. Ich spiele ein bißchen Klavier, allerdings mehr schlecht als recht. Dafür tanzen Sie sehr gut.«

»Hier mitten unter den Leuten ist es nicht so schlimm. Dann bemerkt es niemand.«

Sie meinte eindeutig ihr Hinken. Devlin schüttelte den Kopf. »Liebes Mädchen, das bemerkt sowieso niemand.«

Sie drückte sich fester an ihn, legte ihre Wange an seine Schulter, und sie tauchten in der Menge unter, während die Glitzerkugel über ihren Köpfen sich drehte und ihre Strahlen alles mit blauem Licht übergossen. Das Stück klang aus, und die andere Band begann mit einem schnellen, spritzigen Quickstep.

»O nein«, protestierte sie. »Das schaffe ich nicht.«

»Na schön«, lenkte Devlin ein. »Dann bleibt uns nur noch eine Tasse Kaffee.«

Sie gingen die Treppe hinauf zum Balkon. »Ich gehe mich nur mal eben frischmachen«, sagte sie.

»Dann hole ich den Kaffee und warte hier auf Sie.«

Sie ging stark humpelnd hinüber zur anderen Seite des Balkons und kam dabei an zwei jungen Männern vorbei, die am Geländer lehnten. Einer trug einen zweireihigen Nadelstreifenanzug und eine buntbedruckte Krawatte. Der andere war ein paar Jahre älter, hatte die deformierte Nase eines Preisboxers und vernarbtes Gewebe um seine Augen. Bekleidet war er mit einer Lederjacke.

»Gefällt Ihnen so was, Mr. Carver?« fragte er, als sie Mary nachsahen, wie sie in der Toilette verschwand.

»Aber sicher, George«, erwiderte Eric Carver. »Ich hatte noch nie einen Krüppel im Bett.«

Eric Carver war zweiundzwanzig Jahre alt und hatte schmale, wölfische Gesichtszüge unter zurückgekämmten, langen blonden Haaren. Eine Neigung zu gelegentlichen Asthmaanfällen hatte ihm den Dienst in der Armee erspart. Zumindest stand es so in dem ärztlichen Attest, das der Doktor seines Bruders ihm ausgestellt hatte. Sein Vater war ein trunksüchtiger Schläger gewesen, der bei einem Autounfall in der Miles End Road ums Leben gekommen war. Jack, der damals bereits eine beachtliche Karriere als Krimineller vorzuweisen hatte und fünfzehn Jahre älter war als er, hatte sich um Eric und um ihre Mutter gekümmert, bis sie kurz vor dem Krieg an einem Krebsleiden gestorben war. Ihr Tod hatte die beiden Brüder noch enger zusammengebracht. Es gab nichts, was Eric nicht tun durfte, kein Mädchen, das er nicht bekam, wenn er es haben wollte, denn er war Jack Carvers Bruder, und das machte er jedem unmißverständlich klar.

Mary kam aus der Toilette und humpelte an ihnen vorbei, und Eric sagte: »Wir sehen uns nachher, George.«

George lächelte, wandte sich um und entfernte sich, und Eric ging über den Balkon zu Mary hinüber, die am Geländer stand und von oben den Tänzern im Saal zusah. Er legte einen Arm um ihre Taille und schob dann eine Hand nach oben, bis sie ihre linke Brust umschloß. »Na, Schätzchen, wie heißt du denn?«

»Bitte lassen Sie das«, sagte sie und versuchte sich loszureißen.

»Oh, ich mag das sehr«, erwiderte er und verstärkte noch den Druck seiner Hand.

Da erschien Devlin, in jeder Hand eine Tasse Kaffee. Er stellte sie auf einem Tisch in der Nähe ab. »Gestatten Sie«, sagte er.

Während Eric sich umdrehte, seinen Griff lockerte, trat Devlin ihm auf den rechten Fuß und verlagerte sein ganzes Gewicht darauf. Der junge Mann verzerrte wütend das Gesicht, versuchte zurückzuweichen, und Devlin griff nach einer Kaffeetasse und schüttete ihren Inhalt über Erics Oberhemd.

»O mein Gott, Junge, das tut mir aber leid«, sagte er.

Eric starrte völlig entgeistert auf sein Hemd. »Du widerliche kleine Ratte«, stieß er hervor und holte zu einem wütenden Schlag aus.

Devlin blockte den Schwinger ab und trat seinem Gegner

wuchtig vor das Schienbein. »Warum verschwindest du nicht und spielst den bösen Buben woanders?«

Rasende Wut loderte in Erics Gesicht. »Du Schwein. Das wirst du mir büßen. Paß nur auf!«

Er entfernte sich hinkend, und Devlin schob Mary einen Stuhl zurecht, damit sie sich setzen konnte. Dann gab er ihr die andere Tasse Kaffee. Sie trank einen Schluck und sah zu ihm hoch. »Das war ja furchtbar.«

»Er ist nur ein kleiner Wurm, mein liebes Kind, kein Grund zur Sorge. Meinen Sie, Sie könnten es einen Moment ohne mich aushalten, während ich mit diesem Carver rede? Es wird nicht lange dauern.«

Sie lächelte. »Gehen Sie nur, Mr. Devlin.« Er wandte sich um und verschwand im Menschengewühl.

Am Ende des Balkons verkündete ein Schild auf einer Tür »Geschäftsleitung«. Als er sie öffnete, sah er jedoch nur einen Korridor. An seinem Ende öffnete er eine weitere Tür und stand schließlich auf einem mit Teppich belegten Treppenabsatz. Stufen führten zu einer Tür hinunter, offensichtlich der Hintereingang. Von oben drang Musik herab, daher stieg er zum nächsten Absatz hinauf, wo eine andere Tür offenstand. Es war nur ein kleines Zimmer mit einem Tisch und einem Stuhl. George saß hier und las in einer Zeitung. Die Musik kam aus einem Radio auf dem Tisch.

»Hübsch.« Devlin lehnte sich an den Türpfosten. »Carroll Gibbons aus dem Savoy. Ein hervorragender Pianist, meinen Sie nicht auch?«

George musterte ihn. »Was wollen Sie?«

»Nur ganz kurz Jack Carvers wertvolle Zeit in Anspruch nehmen.«

»Worum geht's? Mr. Carver will niemanden sprechen.«

Devlin holte eine Fünfpfundnote aus der Tasche und legte sie auf den Tisch. »Darum geht es, mein Freund, darum und um insgesamt hundertneunundneunzig weitere von der Sorte.«

George legte die Zeitung beiseite und griff nach dem Schein. »Alles klar. Warten Sie.«

Er drängte sich an Devlin vorbei und klopfte an der anderen Tür. Dann ging er hinein. Nach einer Weile öffnete er sie wieder und sah hinaus. »Kommen Sie, er wartet.«

Jack Carver saß hinter einem Regency-Schreibtisch aus Nußbaum, der echt aussah. Er war ein kräftiger und gefährlich wirkender Mann mit fleischigem Gesicht, in dem sich schon frühzeitig die Spuren des Verfalls eingenistet hatten. Er trug einen eleganten, maßgeschneiderten dunkelblauen Kammgarnanzug aus der Savile Row, dazu eine dezente Krawatte. Seiner äußeren Erscheinung nach hätte man ihn für einen wohlhabenden Geschäftsmann halten können, doch die gezackte Narbe, die im linken Augenwinkel begann und sich zwischen seinen dunklen Haaren verlor, sowie der kalte Ausdruck seiner Augen widersprachen diesem Bild.

George blieb an der Tür stehen, und Devlin sah sich in dem Zimmer um, das erstaunlich geschmackvoll möbliert war. »Gefällt mir.«

»Schön, und um was geht es?« sagte Carver und hielt die Fünfpfundnote hoch.

»Ist das nicht etwas Schönes?« fragte Devlin. »Ein absolutes Kunstwerk, die Fünfpfundnote der Bank von England.«

Carver winkte unwillig ab. »George meinte, Sie hätten irgend etwas von hundertneunundneunzig weiteren Scheinen erwähnt. Als ich noch zur Schule ging, waren das insgesamt tausend Pfund.«

»Ach, Sie haben es sich tatsächlich gemerkt und ihm Bescheid gesagt, George?« staunte Devlin.

In diesem Moment ging die Tür auf, und Eric kam herein. Er hatte sich ein frisches Hemd angezogen und rückte sich die Krawatte zurecht. Nun blieb er wie angewurzelt stehen, namenlose Verblüffung im Gesicht, die aber sofort von rasender Wut verdrängt wurde. »Da, Jack, das ist er, dieser kleine Mistkerl hat mir den Kaffee über die Figur geschüttet.«

»Ach, das war wirklich nur ein Versehen«, versicherte ihm Devlin.

Eric machte Anstalten, sich auf ihn zu stürzen, und Jack Carver schaltete sich ein. »Hör auf, Eric, das ist eine geschäftliche Angelegenheit.« Eric blieb am Schreibtisch stehen. Der Haß verzerrte seine Züge, und Carver fragte: »Was müßte ich denn für tausend Pfund tun? Jemanden umbringen?«

»Ich bitte Sie, Mr. Carver, wir beide wissen, daß Sie das kostenlos und zum Vergnügen tun«, sagte Devlin. »Nein, ich brauche ein bestimmtes Gerät, das nur in der Armee eingesetzt wird. Ich hörte, daß Sie sozusagen alles beschaffen können. Jedenfalls ist das die Meinung der IRA. Würde mich interessieren, was die Special Branch von Scotland Yard zu diesem Gerücht meint.«

Carver glättete den Fünfer zwischen den Fingern und setzte eine ausdrucksvolle Miene auf. »Ich glaube, jetzt fangen Sie an, Unsinn zu reden.«

»Ich und mein loses Maul. Ich werd's wohl nie lernen«, sagte Devlin. »Dabei wollte ich nur ein Funkgerät kaufen.«

»Ein Funkgerät?« Zum erstenmal erschien Carver verwirrt.

»Ja, mit dem man senden und empfangen kann. Es gibt da ein besonders hübsches Modell, das heutzutage bei der Armee im Einsatz ist. Ich meine das sogenannte Achtundzwanziger-Gerät oder auch Mark Four. Gott weiß, warum sie sich gerade diesen Namen ausgedacht haben. Es wird in einer Holzkiste mit Tragegriff befördert. Genau wie ein Koffer. Sehr praktisch.« Devlin holte einen Zettel aus der Tasche und legte ihn auf den Tisch. »Ich habe die technischen Daten aufgeschrieben.«

Carver betrachtete den Zettel. »Das scheint mir ein ganz besonderes Gerät zu sein. Was könnte jemand damit schon anfangen?«

»Sehen Sie, Mr. Carver, das wissen ich und Gott allein. Können Sie es beschaffen?«

»Jack Carver beschafft alles. Eintausend, sagten Sie?«

»Und ich brauche es schon morgen.«

Carver nickte. »In Ordnung, aber ich nehme die Hälfte im voraus.«

»Einverstanden.«

Devlin hatte das erwartet und das Geld gleich mitgebracht. Er holte das Bündel aus der Tasche und warf es auf den Tisch. »Bitte sehr.«

Carver nahm es an sich. »Jetzt kostet es Sie nur noch tausend. Morgen abend, zehn Uhr. Ein Stück weiter die Straße hinunter. Am Black Lion Dock. Dort steht ein Lagerschuppen mit meinem Namen über der Tür. Seien Sie pünktlich.«

»Klar doch, Sie sind ein ganz schön harter Brocken als Geschäftsmann«, stellte Devlin fest. »Aber in diesem Leben muß man für alles bezahlen, was man haben will.«

»Das können Sie ruhig zweimal sagen«, meinte Carver. »Und jetzt verschwinden Sie.«

Devlin ging hinaus und hörte, wie George hinter ihm die Tür schloß. Drinnen protestierte Eric. »Er gehört mir, Jack, ich muß mit ihm abrechnen.«

»Laß es gut sein, Eric. Ich habe dies hier.« Carver hielt die fünfhundert Pfund hoch. »Und ich will auch den Rest. Dann können wir ihn uns vornehmen. Diese Bemerkung mit der IRA hat mir gar nicht gefallen. Das war ziemlich gemein. Und jetzt verschwinde, ich muß telefonieren.«

Mary saß am Tisch und schaute den Tänzern zu, als Devlin neben ihr auftauchte. »Hat es mit Carver geklappt?« erkundigte sie sich.

»Lieber würde ich dem Teufel persönlich guten Abend sagen. Diese kleine Ratte, der ich anständiges Benehmen beigebracht habe, war sein kleiner Bruder Eric. Können wir gehen?«

»Sicher. Ich hole nur eben meinen Mantel.«

Als sie auf die Straße kamen, regnete es. Sie hakte sich bei ihm unter, und sie gingen eilig über das nasse Pflaster in Richtung Hauptstraße. Rechts von ihnen befand sich eine schmale Gasse, und als sie auf gleicher Höhe waren, tauchten Eric Carver und George aus dem Dunkeln auf und versperrten ihnen den Weg.

»Ich hab' dich weggehen sehen. Dabei wollte ich dir so gerne noch gute Nacht sagen«, meinte Eric.

»Das wäre doch nicht nötig gewesen.« Devlin schob das Mädchen zur Seite.

»Na los, George, mach ihn fertig!« kreischte Eric.

»Mit Vergnügen.« George näherte sich und rieb sich erwartungsvoll die Hände.

Devlin machte einen schnellen Schritt nach links und trat seinem Gegner seitlich gegen die Kniescheibe. George schrie schmerzerfüllt auf, sackte nach vorn, und Devlin rammte ihm ein Knie ins Gesicht. »Haben sie dir das nicht beigebracht, George?«

Eric wich entsetzt zurück. Devlin ergriff Marys Arm und spazierte an ihm vorbei. »Worüber hatten wir gerade gesprochen?«

Jack Carver schlug mit der Faust auf den Tisch. »Ich hab' dir doch gesagt, du sollst ihn in Ruhe lassen, Eric! Kannst du denn nie gehorchen?«

»Dieses Schwein hat George fast zum Krüppel gemacht. Hat

ihm einfach die Kniescheibe gebrochen. Ich mußte ihn um die Ecke zu Dr. Aziz bringen.«

»Vergiß George, ich habe Morrie Green angerufen. Er weiß besser über die Armeeausrüstung Bescheid als jeder andere in London.«

»Hat er auch das Funkgerät, das diese kleine Ratte haben will?«

»Nein, aber er kann eins besorgen. Kein Problem. Er bringt es morgen her. Interessant ist nur, was er darüber erzählte. Es ist kein gewöhnliches Funkgerät. Dieses Modell benutzt die Armee für Operationen hinter den feindlichen Linien.«

Eric blickte etwas ratlos. »Und was bedeutet das, Jack?«

»Daß hinter diesem kleinen Burschen mehr steckt, als man auf den ersten Blick vermuten könnte. Ich glaube, morgen abend werde ich mit ihm meinen Spaß haben.« Carver lachte rauh. »Und jetzt brauche ich einen Scotch.«

Devlin und Mary erreichten die Harrow Street. »Soll ich uns ein Taxi rufen?« fragte er.

»O nein, es ist ja nur noch eine Meile bis nach Hause, und außerdem gehe ich gerne im Regen spazieren.« Sie drückte sacht seinen Arm. »Sie sind sehr schnell, Mr. Devlin, und Sie fackeln nicht lange. Ich meine vorhin.«

»Na ja, ich habe noch nie lange überlegt.«

Sie spazierten eine Zeitlang schweigend am Fluß entlang in Richtung Wapping. Dichter Nebel lag auf der Themse, und ein großer Frachter glitt an ihnen vorbei. Seine roten und grünen Positionslampen leuchteten trotz der Verdunkelung weithin sichtbar über das Wasser.

»Ich würde gerne dieses Schiff sein«, sagte sie. »Übers Meer fahren, ferne, fremde Orte sehen, jeden Tag etwas anderes erleben.«

»Mein Gott, Mädchen, Sie sind erst neunzehn. Das alles wartet auf Sie da draußen, und dieser verdammte Krieg kann ja nicht ewig dauern.«

Sie blieben im Schutz einer Mauer stehen, während er sich eine Zigarette anzündete. »Ich wünschte, wir hätten genug Zeit«, sagte sie, »um bis zum Fluß hinunterzugehen.«

»So weit?«

»Ich hab' es mal im Kino gesehen. Ich glaube, es war Fred Astaire. Er ging mit einer jungen Frau am Themseufer entlang, und sein Chauffeur folgte ihm im Schrittempo im Rolls-Royce.«

»Und das hat Ihnen gefallen?«

»Es war sehr romantisch.«

»Tja, die Frauen sind doch alle gleich.«

Sie bogen auf den Cable Wharf ein und blieben noch für einen Moment auf der Terrasse stehen, ehe sie ins Haus gingen.

»Es war ein wunderschöner Abend.«

Er lachte schallend. »Sie machen wohl Witze, Kindchen.«

»Nein, wirklich. Ich bin gerne mit Ihnen zusammen.«

Sie hielt noch immer seinen Arm fest und lehnte sich an ihn. Er schlang seinen anderen Arm um sie, und so standen sie einige Sekunden lang schweigend und schauten dem Regen zu, der glitzerte und funkelte, wenn er durch den Lichtkegel der Lampe über der Tür fiel. Er empfand plötzlich eine unendliche Traurigkeit wegen allem, was er bisher in seinem Leben erfahren hatte. Und er erinnerte sich an ein Mädchen in Norfolk, ein Mädchen wie Mary Ryan, dem er sehr weh getan hatte.

Er seufzte, und Mary blickte auf. »Was ist los?«

»Ach, nichts. Ich habe nur darüber nachgedacht, warum alles so gekommen ist. Es ist dieses Gefühl, das einem meist morgens um drei überkommt, wenn man meint, alles hinter sich lassen zu müssen.«

»Aber Sie doch nicht, oder? Sie haben doch noch viele Jahre vor sich.«

»Mary, liebes Kind. Sie sind neunzehn, und ich bin ein uralter Fünfunddreißiger, der alles gesehen hat und für den es nicht mehr viel gibt, woran er glauben kann. In ein paar Tagen bin ich schon wieder unterwegs, und das ist gut so.« Er drückte sie an sich. »Darum lassen Sie uns lieber reingehen, ehe ich auch noch den letzten Rest Vernunft verliere und vielleicht etwas ganz Dummes tue.«

Ryan, der am Tisch saß, machte ein bedenkliches Gesicht. »Jack Carver ist ein ganz schlimmer Finger, Liam. Wie kannst du sicher sein, daß er dich nicht aufs Kreuz legt?«

»Das kann er überhaupt nicht, selbst wenn er es wollte«, sagte Devlin. »Aber in der ganzen Sache steckt noch mehr. Viel mehr. Ich brauche dieses Funkgerät, das Achtundzwanziger. Es ist ein ungewöhnliches Gerät, und wenn Carver das klar wird, wird er wissen wollen, was ich wohl im Schilde führe.«

»Und was wirst du tun?«

»Ich laß mir was einfallen, aber das hat noch Zeit. Was nicht warten kann, ist eine Inspektion dieses Abwasserkanals unter dem Kloster.«

»Ich begleite dich«, entschied Ryan. »Wir nehmen das Motorboot. Dann brauchen wir bis zu der Öffnung nur eine Viertelstunde.«

»Ist das denn nicht zu auffällig?«

»Überhaupt nicht.« Ryan schüttelte den Kopf. »Die Themse ist heutzutage die Straße mit dem dichtesten Verkehr in London. Gerade nachts sind dort jede Menge Schiffe unterwegs. Schlepper, Frachtkähne und andere Boote.«

Mary, die an der Spüle stand, wandte sich zu den Männern um. »Darf ich mitkommen?«

Noch ehe Devlin ablehnen konnte, meinte Ryan: »Eine gute Idee. Du kannst auf das Boot aufpassen.«

»Aber Sie bleiben an Bord«, verlangte Devlin. »Keine Leichtsinnigkeiten.«

»In Ordnung. Ich ziehe mich schnell um.« Sie eilte hinaus.

»O diese Jugend«, sagte Devlin.

Ryan nickte. »Sie mag dich, Liam.«

»Und ich mag sie, Michael, alter Freund, und genau an dieser Stelle ist Schluß. Also, was brauchen wir?«

»Die Ebbe ist zwar schon eingetreten, aber es wird trotzdem eine nasse Angelegenheit werden. Ich suche mal ein paar Overalls und Stiefel zusammen«, sagte Ryan und ging ebenfalls hinaus.

Das kleine Motorboot näherte sich mit dumpf knatterndem Motor dem Ufer. Der Rumpf grub sich in Schlamm und Sand, und Ryan schaltete den Motor aus. »Also, Mary. Halt die Augen offen. Wir bleiben nicht lange weg.«

In ihren dunklen Overalls und hohen Gummistiefeln kletterten er und Devlin aus dem Boot und verschmolzen mit der Dunkelheit. Ryan schleppte einen Werkzeugsack und Devlin eine starke Lampe, wie sie von Kanalarbeitern benutzt wird. Im Tunnel stand das Wasser knapp einen Meter hoch.

Ryan zeigte auf die Brühe. »Demnach müssen wir waten.«

Während sie sich durch das Waser vorarbeiteten, wurde der Geruch immer strenger. »Du lieber Himmel«, sagte Devlin, »daß das eine Kloake ist, merkt man aber deutlich.«

»Paß lieber auf, daß du nicht hinfällst, und wenn doch, dann halte wenigstens den Mund geschlossen«, empfahl ihm Ryan. »Du kannst dir hier in diesen Röhren die schlimmsten Krankheiten holen.«

Devlin ging voraus. Vor ihm erstreckte sich der Tunnel im

Licht seiner Lampe. Das Mauerwerk war uralt. Stellenweise war es schon verrottet und im Begriff, sich aufzulösen. Ein Plätschern ertönte, und zwei Ratten sprangen von einem Betonvorsprung herunter und paddelten davon.

»Widerliches Ungeziefer«, zischte Ryan angeekelt.

»Weit kann es nicht mehr sein«, meinte Devlin. »Hundert Meter vielleicht. Viel mehr bestimmt nicht.«

Und plötzlich standen sie davor. Es war ein Eisengitter, etwa ein Meter mal ein Meter zwanzig groß, das sich in der Wand dicht über der Wasseroberfläche befand. Sie sahen durch das Gitter in die Krypta, und Devlin ließ den Lampenstrahl über das Innere des Raums wandern. Zwei Särge waren fast völlig von Wasser bedeckt, und in einer fernen Ecke führten mehrere Stufen zu einer Tür.

»Eins ist wohl klar«, sagte Ryan. »Dieses Gitter hat überhaupt keinen Nutzen. Jedenfalls wurde damit das Entwässerungsproblem des Klosters in keiner Weise gelöst.«

»Es wurde immerhin schon vor vierzig Jahren eingebaut«, sagte Devlin. »Vielleicht hat es damals funktioniert.«

Ryan holte eine Brechstange aus seinem Werkzeugsack. Devlin hielt den Sack fest, während Ryan dem Mauerwerk neben dem Gitter mit dem Eisen zu Leibe rückte. Er stieß einen Warnruf aus, als die Mauer nachgab und fünf oder sechs Ziegel ins Wasser klatschten. »Der ganze Bau bricht jeden Moment zusammen. Wir haben dieses Gitter sicherlich in weniger als zehn Minuten draußen, Liam.«

»Nein, nicht jetzt. Ich muß erst einmal wissen, wie es da oben aussieht. Im Augenblick haben wir alles in Erfahrung gebracht, was wir wissen müssen. Das Gitter dürfte kein Problem sein. Und jetzt sollten wir von hier verschwinden.«

Zur gleichen Zeit ließ in Romney Marsh der Wind vom Meer die Wohnzimmertüren zur Veranda erzittern. Shaw zog die Vorhänge zu. Die Möbel waren nicht mehr das, was sie früher einmal gewesen waren, die Teppiche waren verschlissen, doch im Kamin loderte ein Feuer, und Nell hatte es sich davor gemütlich gemacht. Die Tür ging auf, und Lavinia kam herein. Sie trug eine lange Hose und balancierte ein Tablett vor sich her. »Ich habe Kaffee gekocht, mein Lieber.«

»Kaffee?« brüllte er. »Zur Hölle mit Kaffee. Ich habe im Keller noch eine Flasche Champagner gefunden. Echten Bollinger.« Er nahm sie aus einem Sektkübel, der auf dem Tisch stand, öffnete sie und schüttete etwas davon in zwei Gläser.

»Dieser Conlon«, sagte sie. »Wie ist er so?«

»Das habe ich dir doch schon mindestens fünfmal erzählt, altes Mädchen.«

»Oh, Max, ist das nicht alles schrecklich aufregend? Auf dich, mein Lieber.«

»Und auf dich, Mädchen«, sagte er und erwiderte ihren Toast.

In Schellenbergs Büro in Berlin war es sehr still. Während der General beim Licht der Schreibtischlampe einige Akten durcharbeitete, ging die Tür einen Spaltbreit auf, und Ilse Huber schaute herein. »Kaffee, Herr General?«

»Sie sind noch da? Ich dachte, Sie wären längst nach Hause gegangen.«

»Ich werde die Nacht hier verbringen. Asa ist auch geblieben. Er sitzt in der Kantine.«

»Dann können wir ihm ja Gesellschaft leisten.« Schellenberg stand auf und knöpfte seinen Uniformrock zu.

»Machen Sie sich wegen Devlin Sorgen, Herr General?«

»Meine liebe Ilse, Liam Devlin ist ein Mann mit unerschöpflichen Energien und grenzenloser Hinterlist. Betrachtet man diese Eigenschaften, sollte ich eigentlich keinen Grund haben, mir Sorgen zu machen.« Er hielt ihr die Tür auf und lächelte. »Statt dessen stehe ich wahre Todesängste aus.«

Von seinem Fenster aus konnte Steiner über den Fluß schauen. Er lugte durch einen Schlitz in seinem Verdunklungsvorhang und schloß ihn wieder sorgfältig. »Ein großes Schiff, das stromabwärts unterwegs ist. Erstaunlich, wieviel Betrieb da draußen noch herrscht, vor allem nachts.«

Father Martin, der an dem kleinen Tisch saß, nickte. »Wie es in dem alten Lied so schön heißt, die Themse fließt unbeirrt weiter.«

»Tagsüber sitze ich manchmal am Fenster und schaue stundenlang hinaus.«

»Ich kann Sie verstehen, mein Sohn. Es ist für Sie sicherlich schwierig.« Der Priester seufzte und stand auf. »Ich muß gehen. Ich lese gegen Mitternacht noch einmal eine Messe.«

»Lieber Himmel, Father, machen Sie denn niemals Feierabend?«

»Es ist Krieg, mein Sohn.« Father Martin klopfte an die Tür.

Der diensthabende Militärpolizist schloß auf, und der alte Priester schritt durch den Korridor zur Außentür. Second Lieutenant Benson saß am Tisch in seinem Zimmer und blickte kurz hoch. »Alles in Ordnung, Father?«

»Wie immer«, meinte Martin und ging hinaus.

Während er in die Halle hinunterging, kam Schwester Maria Palmer aus ihrem Büro. »Noch immer im Dienst, Father?«

»Es gibt so viel zu tun, Schwester.«

»Sie sehen müde aus.«

»Es ist auch ein langer Krieg.« Er lächelte. »Gute Nacht, und Gott schütze Sie.«

Der Nachtpförtner tauchte aus seinem Kämmerchen auf, half ihm in den Regenmantel und reichte ihm seinen Schirm, dann schloß er die Tür auf. Der alte Mann blieb kurz auf der Schwelle stehen, betrachtete den Regen, spannte dann den Schirm auf und entfernte sich mit müden Schritten.

Munro war noch immer in seinem Büro. Er stand an einem Kartentisch, auf dem Karten vom Ärmelkanal und von der Normandie ausgebreitet waren, als Carter hereinhinkte.

»Die Invasion, Sir?«

»Ja, Jack. Es ist die Normandie. Sie haben ihre Entscheidung getroffen. Hoffen wir, daß der Führer immer noch glaubt, es werde in Pas de Calais passieren.«

»Soweit ich weiß, hat sein persönlicher Astrologe ihn davon überzeugt«, sagte Carter.

Munro lachte. »Die alten Ägypter haben nur Generäle ernannt, die im Zeichen des Löwen geboren waren.«

»Das wußte ich gar nicht, Sir.«

»Ja, man lernt jeden Tag etwas Neues. Heute abend wird es nichts aus Ihrem Feierabend, Jack. Eisenhower wünscht einen ausführlichen Bericht über die Stärke der französischen Résistance in dieser Gegend, und er möchte ihn morgen früh auf seinem Tisch haben.«

»In Ordnung, Sir.«

»War sonst noch was?«

»Vargas hat angerufen.«

»Was wollte er?«

»Eine weitere Nachricht von seinem Cousin in Berlin. Ob er so viele Informationen wie möglich über das St. Mary's Kloster schicken könne.«

»Gut, Jack, denken Sie sich in den nächsten beiden Tagen irgend etwas aus. Halten Sie sich so nahe wie möglich an die Wahrheit, und geben Sie es dann an Vargas weiter. Im Augenblick haben wir wichtigere Dinge zu tun.«

10

Am folgenden Morgen kniete Father Martin mit geschlossenen Augen am Altargeländer und betete. Er war müde, das war das Problem, er war schon so lange müde, und nun betete er um Kraft zu dem Gott, den er sein Leben lang geliebt hatte, und um die Fähigkeit, an seinem Platz weiterhin auszuhalten.

»Ich preise den Herrn, der mich leitet mit seinem Ratschluß, der sogar bei Nacht meinem Herzen den Weg weist. Immer will ich dem Herrn, meinem Gott dienen.«

Er hatte die Worte laut ausgesprochen und hielt inne, weil er sich an den Rest nicht mehr erinnern konnte. Eine kräftige Stimme half ihm weiter: *»Da er mir zur Seite steht, habe ich die Kraft, auf meinem Platz auszuharren.«* Father Martin drehte sich halb um und sah Devlin in seiner Uniform. Den Trenchcoat hatte er über einen Arm gelegt. »Major?« Der alte Mann versuchte, aus seiner knienden Position hochzukommen, und Devlin half ihm dabei, indem er eine Hand unter einen seiner Ellbogen legte und ihn stützte.

»Oder Father. Die Uniform trage ich nur zuweilen. Conlon – Harry Conlon.«

»Ich bin Frank Martin, der Gemeindepfarrer. Kann ich etwas für Sie tun?«

»Nicht im besonderen. Ich bin auf Genesungsurlaub. Ich wurde in Sizilien verwundet«, erzählte ihm Devlin. »Ich wohne für ein paar Tage bei Freunden nicht weit von hier. Ich sah die Kirche und dachte, ich schaue mal hinein.«

»Kann ich Sie zu einer Tasse Tee einladen?« erkundigte sich der alte Mann.

Devlin saß in der kleinen, engen Sakristei, während Father Martin Wasser in einem elektrischen Kessel zum Kochen brachte und Tee aufbrühte.

»Dann waren Sie also von Anfang an dabei?«

Devlin nickte. »Ja, ich wurde im November 1939 einberufen.«

»Wie ich sehe, haben Sie das MC.«

»Das bekam ich während der Landung auf Sizilien«, erklärte ihm Devlin.

»War es schlimm?« Father Martin schenkte Tee ein und reichte ihm eine Dose Kondensmilch.

»Ziemlich schlimm.« Der alte Mann trank von seinem Tee, und Devlin zündete sich eine Zigarette an. »Sicherlich genauso schlimm wie für Sie. Ich denke an die Luftangriffe. Sie wohnen ja sehr nahe bei den Londoner Docks.«

»Ja, es war manchmal schrecklich.« Father Martin nickte. »Und es wird nicht leichter. Ich bin zur Zeit ganz allein hier.«

Er wirkte plötzlich sehr zerbrechlich, und bei Devlin regte sich das schlechte Gewissen, doch nun gab es keinen Weg mehr zurück, das war ihm klar. »Ich war in einem Pub ganz in der Nähe, ich glaube, ›The Bargee‹ war sein Name, um Zigaretten zu holen. Dabei unterhielt ich mich mit einer jungen Frau, die viel Gutes über sie erzählt hat.«

»Ach, das war sicherlich Maggie Brown.«

»Sie sagte, Sie seien auch noch der Hausgeistliche eines Krankenhauses in der Nähe? Im St. Mary's Kloster?«

»Das stimmt.«

»Da haben Sie sicherlich mehr als genug zu tun, Father.«

»Das schon, aber einer muß es ja machen. Schließlich müssen wir alle unser Scherflein beitragen.« Der alte Mann schaute auf die Uhr. »Ich muß in ein paar Minuten los. Muß meine Runden machen.«

»Haben Sie dort viele Patienten zu betreuen?«

»Das ist unterschiedlich. Fünfzehn, manchmal zwanzig. Die meisten sind hoffnungslose Fälle. Einige haben spezielle Probleme. Soldaten, die Nervenzusammenbrüche hatten. Gelegentlich Piloten. Sie wissen ja, wie das ist.«

»Das kann man wohl sagen«, meinte Devlin. »Als ich vorhin am Kloster vorbeiging, sah ich, wie einige Militärpolizisten hineingingen. Das kam mir etwas seltsam vor. Ich meine, Militärpolizei in einem Klosterkrankenhaus.«

»Nun ja, dafür gibt es einen Grund. Manchmal sind in der obersten Etage deutsche Kriegsgefangene untergebracht. Ich weiß nicht viel über sie, aber es sind gewöhnlich besondere Fälle.«

»Aha, dann leuchtet mir die Anwesenheit der MP ein. Liegt denn zur Zeit jemand dort?«

»Ja, ein Colonel der deutschen Luftwaffe. Ein netter Mann. Ich habe ihn sogar überreden können, nach Jahren wieder einmal an einer heiligen Messe teilzunehmen.«

»Das ist interessant.«

»Jetzt muß ich mich aber beeilen.« Der alte Mann nahm seinen Regenmantel von der Garderobe, und Devlin half ihm hinein. Während sie durch die Kirche gingen, meinte er zu seinem neuen Bekannten. »Ich habe eine Idee, Father. Sehen Sie, ich habe sehr viel Zeit, und Sie sind völlig allein. Vielleicht kann ich Ihnen ein wenig helfen? Wenigstens ein paar Patienten die Beichte abnehmen.«

»Das finde ich sehr nett von Ihnen«, sagte Father Martin.

Liam Devlin hatte sich in seinem Leben nur selten niederträchtiger gefühlt, aber er setzte seinen eingeschlagenen Kurs fort. »Und dann würde ich mir auch gerne ansehen, wie Sie die Kranken im Kloster betreuen.«

»Ich habe nichts dagegen«, sagte der alte Mann und ging die Treppe voraus zur Straße hinunter.

In der Kapelle des Klosters war es eisig kalt. Sie gingen bis zum Altar, und Devlin sog prüfend die Luft ein. »Es scheint hier sehr feucht zu sein. Ist das immer so?«

»Ja, die Krypta steht schon seit Jahren regelmäßig unter Wasser. Manchmal ist es besonders schlimm. Es ist kein Geld da, um Abhilfe zu schaffen.«

Devlin konnte in einer Ecke des Raums die stabile, mit Eisenbeschlägen versehene Eichentür im Schatten erkennen. »Ist das der Eingang zur Krypta?«

»Ja, aber der wird schon lange nicht mehr benutzt. Niemand steigt mehr hinunter.«

»Ich habe in Frankreich vor einiger Zeit eine Kirche besichtigt, die ein ähnliches Problem hatte. Darf ich mich mal umsehen?«

»Wenn Sie wollen.«

Die Tür war verriegelt. Er schob den Riegel zurück und stieg halb die Treppe hinunter. Als er sein Feuerzeug aufschnippen ließ, sah er das Wasser durch das Gitter schwappen und zwischen den Gräbern spielen. Er ging wieder nach oben und schloß die Tür.

»Schlimm, aber da kann man wohl nicht allzuviel tun«, rief er.

»Da haben Sie recht. Vergessen Sie nicht, die Tür wieder zu verriegeln«, rief der alte Mann zurück. »Damit sich niemand nach unten verirrt. Es ist nicht ganz ungefährlich.«

Devlin schob den Riegel kräftig vor, so daß sein metallisches

Klicken laut durch die Kirche hallte. Dann zog er ihn leise wieder zurück. Es war ziemlich unwahrscheinlich, daß jemand den offenen Riegel in der dunklen Ecke bemerken würde. Er kehrte zu Father Martin zurück, und sie gingen durch den Mittelgang zur Tür. Als sie hindurchtraten, kam gerade Schwester Maria Palmer aus ihrem Büro.

»Ach, da sind Sie ja«, begrüßte sie Father Martin. »Ich hatte schon mal nachgeschaut, als wir hereinkamen, aber Sie waren nicht da. Ich habe Father Conlon –« Er lachte und korrigierte sich. »Ich fange noch einmal an. Ich habe Major Conlon die Kapelle gezeigt. Er begleitet mich auf meinem Rundgang.«

»Father ist mir ganz recht.« Devlin schüttelte ihre Hand. »Sehr angenehm, Schwester.«

»Major Conlon wurde in Sizilien verwundet.«

»Ich verstehe. Hat man Ihnen in London einen Posten angeboten?« fragte sie.

»Nein – ich habe noch Genesungsurlaub. Ich halte mich nur für ein paar Tage in dieser Gegend auf. Father Martin habe ich in seiner Kirche kennengelernt.«

»Er war so nett, mir seine Hilfe anzubieten. Er nimmt die Beichte ab und so weiter«, erzählte Father Martin.

»Schön, Sie können wirklich eine Pause vertragen. Wir machen den Rundgang gemeinsam.« Während sie die Treppe hinaufstiegen, meinte sie: »Übrigens, Lieutenant Benson hat drei Tage frei. Vertreten wird er durch den jungen Sergeant. Wie heißt er noch? Morgan, nicht wahr?«

»Der Waliser?« fragte Martin. »Ich habe gestern nach Steiner gesehen. Sie auch?«

»Nein, wir hatten einen Notfall, nachdem Sie gegangen waren, Father. Ich hatte keine Zeit. Ich begleite Sie zu ihm. Hoffentlich hat das Penicillin angeschlagen und die letzten Reste seiner Bronchialinfektion beseitigt.«

Sie eilte mit fliegenden Röcken vor ihnen die Treppe hinauf. Devlin und Father Martin folgten ihr.

Sie wanderten von Zimmer zu Zimmer, blieben hier und da etwas länger, um sich mit dem einen oder anderen Patienten ausführlicher zu unterhalten, und so dauerte es eine halbe Stunde, bis sie in die oberste Etage kamen. Der diensthabende Militärpolizist saß an seinem Tisch vor der äußeren Tür und salutierte automatisch, als er Devlin sah. Die Tür wurde von einem anderen MP geöffnet, und sie gingen hindurch.

Der junge Sergeant, der in Bensons Zimmer saß, erhob sich und kam nach draußen. »Guten Tag, Schwester – Father Martin.«

»Guten Morgen, Sergeant Morgan«, erwiderte Schwester Maria Palmer. »Wir möchten zu Colonel Steiner.«

Morgan betrachtete Devlins Uniform und seinen Priesterkragen. »Ich verstehe«, sagte er unsicher.

»Major Conlon begleitet uns«, informierte sie ihn.

Devlin holte seine Brieftasche heraus und zeigte den falschen Ausweis des Kriegsministeriums vor, den ihm Schellenbergs Leute beschafft hatten und der ihm ungehinderten Zugang zu allen militärischen Einrichtungen gestattete. Der Ausweis machte die Runde.

»Ich denke, damit dürfte alles seine Ordnung haben, Sergeant.«

Morgan inspizierte das Dokument eingehend. »Ich trage die Daten nur eben ins Besucherprotokoll ein, Sir.« Dann gab er den Ausweis zurück. »Wenn Sie mir bitte folgen wollen.«

Er ging voraus zum Ende des Korridors und befahl dem diensthabenden MP, die Tür zu öffnen. Schwester Maria Palmer trat zuerst ein, gefolgt von Father Martin und Liam Devlin, der als letzter hineinging. Die Tür schloß sich hinter ihnen.

Steiner, der am Fenster saß, stand auf, und Schwester Maria Palmer erkundigte sich: »Wie geht es Ihnen heute, Colonel?«

»Gut, Schwester.«

»Es tut mir leid, daß ich Sie gestern abend nicht mehr besuchen konnte. Wir hatten einen Notfall, doch Father Martin erzählte mir gerade, er sei noch bei Ihnen gewesen.«

»Wie immer.« Steiner nickte.

Der alte Priester stellte vor: »Das ist übrigens Major Conlon. Wie Sie sehen, ist er Militärgeistlicher. Er ist auf Genesungsurlaub. Wie Sie wurde er vor kurzem verwundet.«

Devlin lächelte freundlich und streckte seine Hand aus. »Es ist mir ein großes Vergnügen, Sie kennenzulernen, Colonel.«

Kurt Steiner, der in diesem Moment eine der größten schauspielerischen Leistungen seines Lebens vollbrachte, schaffte es tatsächlich, sich nichts anmerken zu lassen. »Sehr angenehm, Major Conlon.« Devlin drückte die Hand des Deutschen, und Steiner erkundigte sich: »Wo haben Sie sich Ihre Verwundung geholt?«

»In Sizilien«, antwortete Devlin.

»Ein verlustreiches Unternehmen.«

»Nun ja, viel habe ich darüber nicht zu erzählen. Mich erwischte es gleich am ersten Tag.« Er trat ans Fenster und blickte hinunter auf die Straße, die parallel zur Themse verlief. »Sie haben von hier oben eine schöne Aussicht. Da unten die Treppe und der kleine Strand am Fluß und dahinter die Schiffe, die hin und her fahren. Richtig idyllisch.«

»Es hilft mir, die Zeit zu vertreiben.«

»Wir müssen jetzt gehen«, meldete sich Schwester Maria Palmer wieder und klopfte an die Tür.

Father Martin legte eine Hand auf Steiners Schulter. »Vergessen Sie nicht, daß ich heute abend wieder in der Kapelle bin und die Beichte abnehme. Alle Sünder sind herzlich willkommen.«

»Father«, schaltete sich Devlin ein, »meinten Sie nicht, daß es Ihnen ganz angenehm wäre, wenn ich Ihnen einen Teil Ihrer Aufgaben wenigstens kurzzeitig abnehmen würde? Ich werde heute abend die Beichte übernehmen.« Er wandte sich an Steiner. »Aber Sie sind natürlich trotzdem herzlich willkommen, Colonel.«

»Macht es Ihnen wirklich nichts aus?« fragte Father Martin.

Während die Tür geöffnet wurde, meinte Schwester Maria Palmer mit Nachdruck: »Das ist eine sehr gute Idee.«

Sie gingen durch den Korridor, und Morgan hielt die Außentür für sie auf. Father Martin wandte sich an Devlin. »Eine Kleinigkeit noch. Ich fange gewöhnlich um sieben Uhr an. Die MPs bringen Steiner um acht Uhr nach unten, dann ist keiner mehr in der Kapelle. Es ist ihnen so lieber.«

»Demnach ist er der letzte, dem Sie die Beichte abnehmen.«

»Stimmt genau.«

»Kein Problem«, sagte Devlin.

Sie kamen in die Halle, wo ihnen der Pförtner ihre Regenmäntel reichte. Schwester Maria Palmer verabschiedete sich: »Wir sehen uns dann heute abend, Major.«

»Ganz gewiß«, versprach Devlin und ging mit dem alten Priester die Eingangstreppe hinunter.

»Mein Gott, gegen dich ist Daniel in der Löwengrube ein Waisenknabe«, sagte Ryan. »Du würdest sogar mit dem Teufel persönlich ein Gläschen trinken.«

»Aber es hat doch funktioniert«, sagte Devlin. »Natürlich habe ich wenig Lust, mich dort allzu lange herumzutreiben. Das könnte gefährlich werden.«

»Aber heute abend gehst du wieder hin, oder?«

»Ich muß. Das ist meine einzige Gelegenheit, in Ruhe mit Steiner zu reden.«

Mary, die am anderen Ende des Tisches saß, meinte: »Aber Mr. Devlin, sich in einen Beichtstuhl zu setzen und ahnungslosen Menschen, teilweise sogar Nonnen, die Beichte abzunehmen – das ist eine Todsünde.«

»Ich habe keine andere Wahl, Mary. Ich muß es tun. Es widerstrebt mir zutiefst, den feinen alten Herrn zu hintergehen, aber es gibt keine andere Möglichkeit.«

»Trotzdem finde ich es furchtbar.« Sie verließ die Küche, kam wenig später in einem Regenmantel zurück und ging nach draußen.

»Sie hat manchmal ihre Launen«, sagte Ryan.

»Darum kann ich mich jetzt nicht kümmern, wir haben einiges zu besprechen. Es geht um mein Treffen mit Carver heute abend. Am Black Lion Dock. Können wir in deinem Boot hinfahren?«

»Ich kenne die Gegend. Wir brauchen etwa eine halbe Stunde. Um zehn, sagtest du?«

»Ich wäre gerne etwas früher da. Um mir die Umgebung anzusehen, du verstehst.«

»Dann um neun. Sicherlich bist du rechtzeitig aus dem Kloster zurück, oder?«

»Ich denke schon.« Devlin zündete sich eine Zigarette an. »Ich kann schlecht in deinem Taxi zu den Shaws hinausfahren, Michael. Ein Londoner Taxi würde in Romney Marsh sofort auffallen. Ich denke an deinen Ford Kombi. Ist er in Ordnung? Kann man damit fahren?«

»Sicher. Wie schon gesagt benutze ich ihn ab und zu.«

»Noch etwas Wichtiges«, sagte Devlin. »Wenn ich Steiner rausgeholt habe, dann müssen wir uns beeilen. In zwei Stunden müssen wir es bis Shaw Place geschafft haben, dort wartet das Flugzeug, und wir sind über alle Berge, ehe Polizei und SOE überhaupt begreifen, was passiert ist. Ich brauche den Wagen in dieser Nacht, und es wäre seine letzte Fahrt. Du wärst nicht gut beraten, wenn du versuchen würdest, ihn wieder zurückzuholen.«

Ryan lächelte. »Ich hab' ihn vor zwei Jahren sozusagen als Ausgleich für eine nicht bezahlte Schuld von einem Händler in Brixton bekommen. Die Wagenpapiere sind eine plumpe Fälschung, und mit den Nummernschildern ist es nicht anders. Keine Chance, daß dieser Wagen zu mir zurückverfolgt werden kann. Außerdem ist er prima in Schuß. Du kennst mich ja und weißt, daß Motoren mein Hobby sind.«

»Na schön, dafür bekommst du ein paar Pfund extra«, sagte Devlin und stand auf. »Ich sehe jetzt erst einmal zu, daß ich mit deiner Nichte wieder Frieden schließe.«

Sie saß im Boot unter dem Dach und las, als er zu ihr herunterkam.

»Was ist es diesmal?« fragte er.

»*The Midnight Court*«, antwortete sie widerstrebend.

»Auf englisch oder auf irisch?« fragte er weiter.

»Ich habe die irische Ausgabe nicht.«

»Das ist äußerst schade. Ich konnte früher ganze Stellen auf Irisch aufsagen. Mein Onkel schenkte mir eine Bibel als Belohnung. Er war Priester.«

»Es würde mich nur interessieren, was er von dem hielte, was Sie heute abend vorhaben«, sagte sie.

»Das weiß ich ganz genau«, verriet ihr Devlin. »Er würde mir verzeihen.« Damit ging er wieder nach oben zum Haus.

Devlin saß in Uniform im Beichtstuhl, trug nur die violette Stola um den Hals und hörte sich geduldig die Beichten von vier Nonnen und zwei männlichen Patienten an. Es war nichts Schlimmes, was er zu hören bekam. Vorwiegend läßliche Sünden oder derart harmlose Vergehen, daß sie kaum der Erwähnung wert waren, und doch belasteten sie die Menschen, die auf der anderen Seite des Gitters saßen und sich ihm offenbarten. Er bemühte sich aufrichtig, seine Rolle überzeugend zu spielen, die richtigen Dinge zu sagen, aber es kostete ihn große Mühe. Sein letzter Besucher verließ den Beichtstuhl. Er saß da, lauschte in die Stille, und dann hörte er, wie sich die Kapellentür öffnete und Armeestiefel näher kamen.

Die Tür des Beichtstuhls öffnete und schloß sich. Aus der Dunkelheit ertönte die Stimme Steiners: »Vergeben Sie mir, Father, denn ich habe gesündigt.«

»Nicht halb so viel wie ich, Oberst.« Devlin knipste die Beleuchtung an und blickte lächelnd durch das Gitter.

»Mr. Devlin«, wunderte sich Steiner. »Was ist mit Ihnen passiert?«

»Ein paar kleine Veränderungen, um die Meute von meiner Fährte abzubringen.« Devlin fuhr sich mit der Hand durch die grauen Haare. »Und wie geht es Ihnen?«

»Das ist unwichtig. Die Engländer haben gehofft, daß Sie irgendwann auftauchen. Ich hatte Besuch von einem Brigadier Munro vom Special Operations Executive. Er erzählte mir, daß man dafür gesorgt habe, daß mein Aufenthaltsort in Berlin bekannt würde. Die Information lief über einen Mann in der Spanischen Botschaft namens Vargas. Er arbeitet für die Engländer.«

»Ich wußte es«, zischte Devlin. »Dieses Schwein.«

»Sie haben mir zwei Dinge verraten. Daß General Walter Schellenberg das Unternehmen zu meiner Flucht leitet und daß sie davon ausgehen, daß er Sie einsetzt. Sie warten schon auf Sie. Hoffen, daß Sie jeden Augenblick auftauchen.«

»Schon, aber Sie haben mich unterschätzt. Ich habe so etwas geahnt und dafür gesorgt, daß alles nach ihren Wünschen läuft. Vargas bekommt noch immer Nachrichten von uns, in denen um weitere Informationen gebeten wird. Sie denken, daß ich noch immer in Berlin bin.«

»Mein Gott!« stieß Steiner hervor.

»Wie viele MPs begleiten Sie normalerweise, wenn Sie zur Beichte kommen?«

»Zwei. Gewöhnlich ist Lieutenant Benson dabei, doch er hat Urlaub.«

»Schön. Ich hole Sie im Laufe der nächsten zwei oder drei Tage raus. Wir verschwinden durch die Krypta. Das Ganze ist gut durchorganisiert. Auf dem Fluß wartet ein Boot. Danach folgt eine etwa zweistündige Fahrt zu einem Ort, wo uns ein Flugzeug aus Frankreich aufnimmt.«

»Ich verstehe. Alles ist bis ins kleinste vorbereitet, genau wie damals Operation Adler. Sie werden sich vielleicht erinnern, wie das Unternehmen ausgegangen ist.«

»Aber diesmal führe ich das Kommando.« Devlin lächelte. »An dem Abend, an dem wir fliehen, kommen Sie wieder zur Beichte. Um die gleiche Zeit.«

»Woher weiß ich, wann es losgeht?«

»Sie können doch von Ihrem Fenster auf die Treppe und den schmalen Uferstreifen an der Themse hinunterschauen.«

»Ja.«

»An dem Tag, an dem wir verschwinden wollen, steht unten an der Mauer auf der Treppe eine junge Frau. Sie trägt einen schwarzen Hut und einen alten Regenmantel. Sie wird genau zu Mittag dort sein, also schauen Sie jeweils um diese Uhrzeit aus Ihrem Fenster. Sie humpelt sehr stark, Oberst, es ist nicht zu übersehen. Sie können sie nicht verwechseln.«

»Wenn ich sie sehe, dann machen wir uns also am gleichen Abend aus dem Staub?« Steiner zögerte. »Und was ist mit den MPs?«

»Die sind Nebensache.« Devlin lächelte. »Vertrauen Sie mir.

Und jetzt drei Ave Maria und zwei Vaterunser und raus mit Ihnen.«

Er knipste das Licht aus. Die Tür des Beichtstuhls wurde geschlossen, dann erklang Stimmengemurmel, erneute Marschtritte auf dem Steinfußboden, und die Kapellentür öffnete und schloß sich wieder.

Devlin verließ den Beichtstuhl und ging zum Altar. »Herrgott vergib mir«, murmelte er.

Er vergewisserte sich, daß der Riegel der Kryptatür noch immer zurückgeschoben war, dann ging er in die Sakristei, schlüpfte in seinen Trenchcoat und verschwand.

Ryan stand an der Tür, als Devlin seine Uniform auszog und in eine dunkle Hose und einen Pullover wechselte. Er zog das rechte Hosenbein hoch, schnallte sich das Beinhalfter um die Wade und zog anschließend die Socke hoch. Dann steckte er die .38er Smith & Wesson hinein und krempelte das Hosenbein wieder hinunter.

»Nur für alle Fälle.« Er griff nach der alten Lederjacke, die Ryan ihm geliehen hatte, und zog sie über. Dann öffnete er seinen Koffer, nahm einen Stapel Fünfer heraus und verstaute sie in der Innentasche der Jacke.

Sie gingen nach unten und trafen Mary in der Küche, wo sie am Tisch saß und las. »Ist noch Tee in der Kanne?« erkundigte sich Devlin.

»Ein Schluck, glaube ich. Brechen wir jetzt auf?« Sie schüttete den Tee in eine Tasse.

Er zog die Küchenschublade auf, nahm die Luger heraus, überprüfte sie und schob sie ebenfalls in die Jacke. »Sie gehen heute abend nirgendwohin, mein liebes Kind, diesmal nicht«, erklärte er ihr mit Nachdruck und trank seinen Tee aus.

Sie machte Anstalten zu protestieren, doch ihr Onkel schüttelte den Kopf. »Er hat recht, Mädchen, es könnte gefährlich werden. Es ist besser, wenn du hierbleibst.«

Voller Unruhe schaute sie ihnen nach, wie sie die Treppe hinunterliefen, ins Boot stiegen und ablegten. Während Ryan den Motor anwarf, ging Devlin zu ihm ins enge Ruderhaus und zündete sich eine Zigarette an, wobei er die Flamme seines Feuerzeugs mit den Händen abschirmte.

»Und das gleiche gilt auch für dich, Michael«, sagte er. »Halt dich da raus. Das ist meine Angelegenheit, nicht deine.«

Jack und Eric Carver erreichten das Black Lion Dock gegen Viertel vor zehn in einer Humber-Limousine, die von George gelenkt wurde. Das Dock war fast völlig dunkel bis auf das matte Licht über dem Haupteingang des Lagerhauses. Entsprechend den Vorschriften war die Lampe gründlich abgeschirmt. Das Schild an der Seitenwand des Lagerhauses trug die Aufschrift: »Carver Brothers – Export and Import«. Jack Carver betrachtete es zufrieden, als er aus dem Wagen stieg.

»Sehr schön. Der Schildermaler hat gute Arbeit geleistet.«

Es war sehr still, nur vom Fluß drangen die Geräusche vorbeiziehender Schiffe herüber. Eric folgte seinem älteren Bruder, und George humpelte zum Wagenheck, wo er den Kofferraumdeckel öffnete und das Funkgerät in seinem oliv lackierten Holzkasten herausholte.

Jack Carver gab seinem Bruder ein Zeichen. »Alles klar, Eric, gehen wir rein.«

Eric schloß den Seitenflügel im Haupttor auf, trat ein und drückte auf den Lichtschalter. Sein Bruder und George folgten ihm. Das Lagerhaus war mit Kisten aller Art vollgestopft. In der Mitte befanden sich ein Tisch und zwei Stühle, offenbar ein notdürftiges Frachtbüro, das tagsüber mit einem Angestellten besetzt war.

»In Ordnung, stell das Ding auf den Tisch.« George gehorchte, und Carver fragte: »Hast du die Knarre?«

George zog eine Walther PPK aus der einen Tasche, einen Schalldämpfer aus der anderen und schraubte ihn auf den Lauf.

Carver zündete sich eine Zigarre an. »Sieh dir das an, Eric, einfach toll, dieses Ding. Nicht lauter als ein Champagnerkorken.«

»Ich kann es kaum erwarten, daß diese miese Sau endlich auftaucht«, sagte Eric.

Aber Devlin war schon geraume Zeit an Ort und Stelle. Gut geschützt durch das Dunkel im hinteren Teil des Gebäudes lag er auf der Lauer. Der Einstieg durch ein Fenster im oberen Stockwerk war kinderleicht gewesen. Jetzt beobachtete er George dabei, wie er sich hinter einem Kistenstapel versteckte, während die Carver-Brüder sich an den Tisch setzten. Er machte kehrt und schlich auf dem gleichen Weg hinaus, auf dem er hereingekommen war.

Zwei Minuten später näherte er sich fröhlich pfeifend dem Haupteingang, drückte die Seitentür auf und trat ein. »Gott schütze alle, die hierhergefunden haben«, rief er und ging auf den Tisch zu. »Haben Sie das Ding, Mr. Carver?«

»Ich habe es Ihnen doch schon gesagt. Ich kann alles beschaffen.«

Devlin öffnete den Kasten. Das Funkgerät paßte samt Zubehör, Kopfhörern, Morsetaste, Antennen und so weiter genau hinein. Es sah funkelnagelneu aus. Er klappte den Deckel zu.

»Zufrieden?« fragte Carver.

»O ja.«

»Dann Cash auf den Tisch.«

Devlin zog die tausend Pfund aus der Tasche und reichte sie ihm. »Sie sind ein ganz harter Brocken, was, Mr. Carver?«

»Hart genug.« Carver ließ das Geld auf den Tisch fallen. »Aber wir haben noch etwas zu regeln.«

»Und was, bitte, soll das sein?«

»Ihre beleidigende Art meinem Bruder gegenüber und Ihre Drohungen. Ich meine Ihre Bemerkungen über die IRA und die Special Branch. Das kann ich nicht so einfach auf mir sitzen lassen. Ich muß schließlich auf meinen Ruf achten. Man muß Sie mal gründlich in Ihre Schranken weisen, mein Sohn.« Er blies Devlin Zigarrenqualm ins Gesicht. »George!«

Trotz seines lädierten Knies bewegte sich George erstaunlich schnell. Innerhalb einer Sekunde drückte er Devlin die Mündung seiner Walther in den Nacken. Eric griff in die Jackentasche des Iren und nahm ihm die Luger ab. »Sieh dir das mal an, Jack. Dieser raffinierte Hund.«

Devlin breitete die Arme aus. »Schon gut, Mr. Carver, Sie haben mich erwischt. Was nun?«

Er ging hinüber zu einer Kiste, setzte sich und zündete sich eine Zigarette an. Carver musterte ihn mit zusammengekniffenen Augen. »Sie sind eiskalt, das muß man Ihnen lassen.«

»Ich verrate Ihnen, was jetzt geschieht«, sagte Eric. Er holte ein Rasiermesser aus der Tasche und klappte es auf. »Ich schneide Ihnen jetzt die Ohren ab, und zwar alle beide.«

»Während George mich mit der Pistole in Schach hält?« erkundigte sich Devlin.

»So in etwa stellen wir uns das vor«, sagte Eric.

»Dabei gibt es nur ein Problem«, sagte Devlin. »Diese Pistole ist eine Walther PPK, und man muß erst den Schlitten zurückziehen, um schießen zu können. Ich glaube nicht, daß George das bereits getan hat.«

Während George noch verzweifelt an dem Schlitten zerrte, zog Devlin ein Hosenbein hoch, fischte die Smith & Wesson aus dem Knöchelhalfter und schoß, das Ganze in einer einzigen fließenden Bewegung. Er traf Georges Oberarm, worauf dieser einen lauten Schrei ausstieß und die Walther fallenließ.

Devlin hob sie auf. »Sehr freundlich«, sagte er. »Vielen Dank.« Er schob sie in seinen Hosenbund.

Carver saß da, mit einem Ausdruck totaler Fassungslosigkeit im Gesicht. Eric litt Todesängste, während Devlin zuerst das Geld und dann die Luger in seiner Jacke verschwinden ließ. Er griff nach dem Kasten mit dem Funkgerät und entfernte sich.

Als er die Tür erreicht hatte, wandte er sich noch einmal um. »Mein Gott, Eric«, sagte er, »beinahe hätte ich etwas vergessen. Du wolltest mir doch die Ohren abschneiden, nicht wahr?«

Sein Arm zuckte hoch, er schoß, und Eric schrie auf. Die untere Hälfte seiner Ohrmuschel war zerfetzt. Er preßte eine Hand darauf, unter der das Blut hervorsickerte.

»Ein Glück«, meinte Devlin, »daß du keine Ohrringe trägst.«

Er verließ das Lagerhaus, und die Seitentür fiel hinter ihm ins Schlöß.

Schellenberg saß in seinem Büro, als die Tür aufflog und Ilse Huber hereinstürmte. Asa Vaughan tauchte dicht hinter ihr auf, ein erregtes Funkeln in den Augen.

»Was in aller Welt ist passiert?« wollte Schellenberg wissen.

»Sie müssen sofort in die Funkzentrale kommen. Es ist Devlin.« Sie brachte kaum einen zusammenhängenden Satz heraus. »Es ist Devlin, Herr General, und er meldet sich aus London.«

Das Funkgerät stand auf dem Küchentisch, die Antennen hatten sie aufgespannt und an den Wänden befestigt. Ryan und Mary sahen fasziniert zu, wie Devlin schnell die Morsetaste betätigte.

»Himmel noch mal«, seufzte er und runzelte die Stirn, als er nachdachte. Dann tippte er weiter und hörte schließlich auf. »Das war's. Nehmt die Antennen ab und wickelt sie auf.«

Mary humpelte durch die Küche und sammelte die Antennenschnüre ein. Ryan sah seinen Freund gespannt an. »Ist alles in Ordnung, Liam?«

»Nichts ist in Ordnung, mein Freund. Wir sollten am einundzwanzigsten wieder in Frankreich sein. Nun teilen Sie mir mit, daß das große Ereignis bereits am fünfzehnten steigen soll. Da heute schon der zwölfte ist, bleibt uns nicht mehr viel Zeit.«

»Ist das denn überhaupt zu machen, Liam?«

Devlin zuckte die Achseln. »Zuerst fahren wir morgen runter nach Romney Marsh und begutachten die Verhältnisse auf Shaw Place.« Er wandte sich an Mary. »Wie würde Ihnen ein Ausflug aufs Land gefallen?«

»Das fände ich nicht schlecht.«

»Gut, dann rufe ich die Shaws an und kündige meinen Besuch an.«

Zurück in seinem Büro setzte Schellenberg sich an seinen Schreibtisch und studierte die Nachricht, die vor ihm lag. Asa Vaughan und Ilse Huber beobachteten ihn gespannt.

»Also, was wissen wir jetzt? überlegte Schellenberg laut. »Er ist angekommen und hält sich im Haus seines IRA-Freundes auf. Dann hat er sich mit den Shaws in Verbindung gesetzt und mit Steiner gesprochen.«

»Alles läuft offenbar glatt«, sagte Asa.

»Scheint so, aber er kann es auf gar keinen Fall bis zum fünfzehnten schaffen. Das ist völlig unmöglich, sogar für einen Liam Devlin.«

»Allmählich frage ich mich, ob es für diesen Burschen das Wort ›unmöglich‹ überhaupt gibt«, meinte Asa.

»Halten Sie sich morgen bereit«, sagte Schellenberg. »Das war seine letzte Anweisung. Nun ja, wir werden sehen.« Er stand auf. »Ich bezweifle zwar, ob es in der Kantine Champagner gibt, aber egal, was sie haben, die Runde geht auf mich.«

11

Südlich der Themse nahmen sie die Straße nach Maidstone. Ryan saß am Steuer, und Devlin hatte sich neben ihn gezwängt. Er war nicht in Uniform, sondern trug seinen Trenchcoat über dem Priestergewand mit dem Priesterkragen. Den schwarzen Filzhut hatte er in einem verwegenen Winkel schräg über ein Ohr gezogen. Ryan hatte die Wahrheit gesagt. Der Motor des Ford war in einwandfreiem Zustand trotz des klapprigen Anblicks, den der Wagen bot.

»Du hattest recht, Michael« stellte Devlin fest. »Deine alte Karre ist das reinste Geschoß.«

»Na klar. Ich könnte damit glatt in Brooklands antreten, wenn dort noch immer Rennen gefahren würden«, meinte Ryan grinsend.

Mary saß im Heck des Kombiwagens und las wie üblich in einem Buch. »Geht es Ihnen gut da hinten?« fragte Devlin sie.

»Ich kann nicht klagen.«

»Wir machen gleich eine Pause und trinken eine Tasse Tee.«

In Maidstone kurvte Ryan durch das Stadtzentrum, bis er ein Fahrradgeschäft fand. Devlin ging hinein und kaufte ein halbes Dutzend Fahrradlampen mit frischen Batterien.

»Jetzt sind sie ausverkauft«, berichtete er, als er wieder zum

Wagen kam. »Ich hab' erzählt, ich bräuchte die Dinger für meine Pfadfindergruppe. Wirklich, dieser Kragen, so unbequem er auch ist, erweist sich überall als nützlich.«

»Für was brauchen Sie die Dinger eigentlich?« fragte Mary.

»Ein Flugzeug, das bei Nacht landen will, ist wie ein Vogel, der sich verirrt hat. Es braucht irgendeinen Willkommensgruß. Ein bißchen Licht.«

Als sie Ashford hinter sich gelassen hatten, hielten sie am Straßenrand. Mary öffnete die Thermosflasche, und sie machten eine Teepause. Ein Pfad führte in ein kleines Wäldchen. Es hatte aufgehört zu regnen, aber es war noch immer sehr naß. Der Himmel über Romney Marsh und dem Meer dahinter war düster und hing voller Wolken. Mary und Devlin unternahmen einen kleinen Spaziergang, schlenderten den Pfad entlang, blieben unter einem Baum stehen und betrachteten die Landschaft.

Er wies mit einem Kopfnicken auf ihr Buch. »Was ist es diesmal?«

»Lyrik«, sagte sie. »Robert Browning. Mögen Sie Gedichte?«

»Ich habe sogar selbst mal welche veröffentlicht. Was man in diesem Gewerbe ein dünnes Bändchen nennt.« Er lachte. »Mir fielen diese Verse praktisch im Vorbeigehen ein, und dann erkannte ich eines Tages, wie furchtbar sie waren.«

»Das glaube ich Ihnen nicht. Sie machen sich über mich lustig.«

Er klemmte sich eine Zigarette zwischen die Lippen. »Na schön. Sie wollen es nicht anders.« Er überlegte einen Moment lang und begann dann: »Geheimnisvolles Kind, wer bist du? Du eilst dahin in deinem Rock so eng und mit zerzaustem Haar, die Beine von Verheißung schwer.«

Ein boshaftes Grinsen spielte um seine Lippen, und sie boxte ihm mit der geballten Faust spielerisch in die Seite. »Das ist ja furchtbar.«

»Ich habe Sie gewarnt.« Er zündete die Zigarette an. »In einem guten Gedicht wird in wenigen Zeilen alles Nötige ausgedrückt.«

»Na schön, und was würde auf mich passen?«

»Das ist einfach. ›Eile, Reisende, folge deinem Ruf, auf daß du suchst und findest, was dir teuer‹.«

»Das ist wunderschön«, sagte sie. »Stammt das von Ihnen?«

»Nicht ganz. Ein Yankee namens Walt Whitman ist vor mir draufgekommen.« Es begann zu regnen, und er legte eine Hand auf ihren Arm. »Aber ich wünschte, ich hätte es für Sie geschrieben. Fahren wir weiter.« Und sie liefen zum Wagen zurück.

In seiner Wohnung über dem *Astoria* saß Jack Carver am Tisch beim Fenster und nahm ein spätes Frühstück ein, als Eric hereinkam. Sein Ohr war von einem dicken Verband bedeckt, und ein Heftpflasterstreifen verlief quer über seine Stirn, damit die Mullbinde nicht herunterrutschte. Er sah schrecklich aus.

»Wie geht es dir?« fragte Carver.

»Furchtbar, Jack, die Schmerzen sind schlimm. Aziz hat mir ein paar Tabletten gegeben, aber die scheinen keine große Wirkung zu haben.«

»Er erzählte mir, daß es George ziemlich schlimm erwischt hat. Die Kugel hat den Knochen durchschlagen. Möglicherweise bleibt der Arm für immer steif, genauso wie das Bein.«

Eric schenkte sich Kaffee in eine Tasse. Dabei zitterte seine Hand. »Dieses miese Schwein, Jack. Wir müssen ihn irgendwie schnappen. Und dann machen wir ihn fertig.«

»Wir kriegen ihn schon, Kleiner«, sagte Jack. »Und dann sind wir am Drücker. Ich habe seine Beschreibung überall in London verteilt. Irgendwann taucht er wieder auf. Und jetzt trink deinen Kaffee und iß etwas.«

Dank der Straßenkarte fand Ryan Charbury ohne Schwierigkeiten, und eine Nachfrage im kleinen Laden des Dorfs brachte sie schließlich zum Anwesen Shaw Place. Die verrosteten Flügel des gußeisernen Tors an der Einfahrt standen weit offen. Auf dem Fahrweg, der zum alten Haus führte, wucherte das Gras aus den Ritzen zwischen den Pflastersteinen.

»Dieser Bau hat auch schon mal bessere Tage gesehen«, bemerkte Ryan.

Devlin stieg aus, öffnete die Hecktür des Kombiwagens und holte das Funkgerät und die Fahrradlampen heraus. »Ihr könnt mich hier absetzen«, sagte er. »Das Stück zum Haus gehe ich zu Fuß.«

»Wann sollen wir dich wieder abholen?« fragte Ryan.

»Sagen wir in vier Stunden. Wenn ich dann noch nicht hier bin, wartet. Seht euch Rye oder einen der anderen Orte in der Umgebung an.«

»In Ordnung«, sagte Ryan. »Paß auf dich auf, Liam.« Und er wendete und fuhr davon.

Devlin griff nach dem Holzkasten und schlenderte über die Einfahrt. Das Haus zeigte deutlich, wie sehr es an Geld fehlte. Die Läden an den Fenstern brauchten dringend einen neuen Anstrich, desgleichen die Haustür. Eine Kette hing neben der Tür. Sie schien zu einer Glocke zu gehören. Er zog daran und wartete, aber es erfolgte keine Antwort. Nach einer Weile nahm er den Kasten wieder hoch, ging um das Haus herum und gelangte zur Rückfront, wo sich ein gepflasterter Hof befand. Eine der Stalltüren stand offen, und aus dem Inneren drangen Geräusche, die darauf schließen ließen, daß dort jemand tätig war. Er stellte den Kasten ab und warf einen Blick in den Stall.

Lavinia Shaw trug Reithose und -stiefel und ein Kopftuch. Sie war gerade damit beschäftigt, einen großen schwarzen Hengst zu striegeln. Devlin steckte sich eine Zigarette in den Mund und ließ sein Feuerzeug aufschnippen. Das Geräusch ließ die Frau zusammenzucken und herumfahren.

»Miss Lavinia Shaw?« fragte er.

»Ja.«

»Harry Conlon. Ich habe gestern Ihren Bruder angerufen. Er erwartet mich.«

»Major Conlon!« Eine plötzliche Lebhaftigkeit erfaßte sie. Sie legte Bürste und Striegelkamm beiseite und wischte die Hände an ihren Reithosen ab. »Natürlich. Wie schön, daß Sie endlich da sind.«

Die kultivierte Aussprache, ihr ganzes Auftreten, all das mutete Devlin reichlich seltsam an. Doch er ergriff die Hand, die sie ihm reichte, und lächelte. »Sehr angenehm, Miss Shaw.«

»Maxwell ist mit dem Gewehr irgendwo draußen im Moor. Er geht jeden Tag auf die Jagd. Sie wissen ja sicher, wie es ist. Die Lebensmittel sind knapp. Und irgend etwas will man schließlich im Kochtopf haben.« Sie schien gar nicht mit dem Reden aufhören zu können. »Gehen wir in die Küche, ja?«

Die Küche, in deren Mitte ein riesiger Holztisch mit Stühlen darum herum stand, war sehr geräumig. Aber in der Spüle türmte sich schmutziges Geschirr, und der ganze Raum wirkte unordentlich und schmuddelig. Das Fehlen von Hauspersonal war unübersehbar.

»Eine Tasse Tee?« fragte sie. »Oder möchten Sie lieber etwas Kräftigeres?«

»Nein, Tee wäre wunderbar.«

Er stellte den Kasten und die Tragetasche mit den Fahrradlampen behutsam auf dem Tisch ab, während Lavinia Shaw Wasser aufsetzte und danach den Tee aufbrühte. Dabei war sie so aufgeregt und nervös, daß sie ihn schon abgoß, ehe er richtig hatte ziehen können.

»Mein Gott, jetzt habe ich ihn verdorben.«

»Aber nein. Er hat Farbe und ist heiß, oder etwa nicht?« sagte Devlin.

Sie träufelte etwas Milch in seine Tasse, ließ sich auf der anderen Seite des Tisches nieder und verschränkte die Arme unter ihren vollen Brüsten. Ihre Augen glitzerten jetzt und verfolgten jede seiner Bewegungen. »Ich kann Ihnen gar nicht beschreiben, wie spannend ich all das finde. Ich bin seit Jahren nicht mehr so aufgeregt gewesen.«

Sie erschien ihm wie eine Figur aus einem schlechten Film. Sie war die Grafentochter, die in Reitkleidung durch die Verandatür stiefelte und jeden, der ihr begegnete, mit einem affektierten Redeschwall überschüttete.

»Waren Sie in letzter Zeit in Deutschland?« erkundigte sie sich.

»O ja«, antwortete er. »Erst gestern habe ich Berlin verlassen.«

»Wie wundervoll, an all dem teilnehmen zu dürfen. Die Menschen hier sind so gleichgültig. Sie begreifen gar nicht, was der Führer für Deutschland getan hat.«

»Für ganz Europa, kann man ruhig behaupten«, wandte Devlin ein.

»Genau. Er hat ihm Kraft, ein Ziel, Disziplin gegeben. Wohingegen hier...« Sie lachte abfällig. »Dieser versoffene Narr Churchill hat überhaupt keine Ahnung, was er tut. Er stolpert von einem Fehler zum anderen.«

»Tatsächlich, was Sie nicht sagen«, meinte Davlin trocken. »Meinen Sie, wir könnten uns mal umschauen? Mich interessiert die alte Scheune, die Sie mal als Hangar für Ihre Tiger Moth benutzt haben, und die Südweide.«

»Natürlich.« Sie sprang so eilfertig auf, daß sie dabei den Stuhl umstieß. »Ich hole mir nur eben einen Mantel«, meinte sie, während sie ihn wieder aufstellte.

Die Wiese war viel größer, als er erwartet hatte, und erstreckte sich bis zu einer Baumreihe in der Ferne. »Wie lang ist sie?« erkundigte sich Devlin. »Zweihundertfünfzig oder dreihundert Yards?«

»O nein«, sagte sie. »Es sind wohl eher dreihundertfünfzig. Das Gras ist so kurz, weil wir die Wiese einem Bauern im Ort als Schafweide verpachtet haben, aber die Schafe sind mittlerweile geschlachtet worden.«

»Sie sind früher hier gestartet und gelandet?«

»Oft. Damals hatte ich noch meine süße kleine Moth. Sie war wunderbar.«

»Und die Scheune da drüben haben Sie als Hangar benutzt?«

»Richtig. Ich zeige sie Ihnen.«

Das Gebäude war ziemlich groß, doch wie alles andere hatten auch die stabilen Türen schon bessere Tage gesehen. Stellenweise hatte die Trockenfäule bereits eingesetzt, und es fehlten einige Bretter in den Seitenwänden. Devlin half ihr dabei, einen der Türflügel so weit zu öffnen, daß sie die Scheune betreten konnten. In einer Ecke rostete ein Traktor vor sich hin, und weiter hinten lag ein Rest vermoderten Heus. Ansonsten war die Scheune leer.

»Wollen Sie hier ein Flugzeug unterstellen?« fragte sie.

»Nur für kurze Zeit, damit niemand die Maschine sieht. Eine Lysander. Nicht so groß. Sie paßt problemlos hinein.«

»Und wann genau?«

»Morgen abend.«

»Liebe Güte, Sie haben es aber eilig.«

»Nun ja, Zeit ist wertvoll.«

Sie gingen wieder hinaus und schlossen die Tür hinter sich. Irgendwo in der Ferne wurde eine Schrotflinte abgefeuert. »Das war mein Bruder«, sagte sie. »Kommen Sie, wir gehen ihn suchen, ja?«

Während sie über die Wiese wanderten, sagte sie: »Wir waren früher mit einem Deutschen befreundet, der häufig hier war – Werner Keitel hieß er. Wir flogen viel in der Gegend herum. Kennen Sie ihn vielleicht?«

»Er kam in der Luftschlacht um England ums Leben.«

Sie schwieg nur für einen kurzen Moment, dann fuhr sie fort. »Mit so etwas hatte ich eigentlich gerechnet.«

»Es tut mir leid«, versicherte Devlin ihr sein Mitgefühl.

Sie zuckte die Achseln. »Das liegt schon so weit zurück, Major.« Und sie beschleunigte ihren Schritt.

Sie folgten einem Graben durch das niedrige Schilf. Es war Nell, die zuerst auftauchte. Sie kam durch das Wasser auf sie zugeschossen, tollte um sie herum und lief wieder davon. Ein weiterer Schuß fiel, und dann tauchte Shaw in einiger Entfernung aus dem Schilf auf und kam auf sie zu.

»Sieh dir das an, altes Mädchen.« Er hielt zwei Hasen hoch.

»Rat mal, wer hier ist!« rief Lavinia Shaw.

Er hielt inne und trat dann einen Schritt nach vorne. »Conlon, alter Junge. Schön, Sie zu sehen. Die Hand gebe ich Ihnen lieber nicht. Sie ist voller Blut.« Er redete, als wäre Devlin ein alter Freund, den er zu einem Wochenende auf dem Land willkommen hieß. »Wir sollten lieber nach Hause gehen und etwas trinken.«

Sie stapften durch den Graben. Devlin ließ seinen Blick über die Schilflandschaft schweifen, die von Gräben durchzogen war. »Ein ödes Land«, stellte er fest.

»Völlig tot, alter Junge. Alles hier ist tot, abgestorben. Nur noch Regen und Nebel und die Gespenster der Vergangenheit. Natürlich war zu Lebzeiten meines Großvaters alles anders. Fünfundzwanzig Bedienstete allein im Haus. Gott weiß, wie viele es auf dem ganzen Gut waren.« Er unterbrach seinen Redefluß nicht für eine Sekunde, während sie weitergingen. »Heutzutage wollen die Leute nicht mehr arbeiten, das ist das Problem. Diese verdammten Bolschewisten machen sich einfach überall breit. Und das bewundere ich am Führer. Er schenkt den Menschen Ordnung in ihrem Leben.«

»Er sorgt dafür, daß sie tun, was ihnen befohlen wird, nicht wahr?« sagte Devlin.

Shaw nickte heftig. »Genau, alter Junge, Sie haben's auf den Punkt gebracht.«

Devlin baute das Funkgerät in dem kleinen Arbeitszimmer hinter der alten Bibliothek auf. Shaw hatte sich zurückgezogen, um ein Bad zu nehmen, und es war Lavinia, die ihm half, die Antennen im Zimmer aufzuspannen, und aufmerksam zuhörte, als der Ire die Funktion des Geräts erklärte.

»Unterscheidet es sich wesentlich von dem Modell, das Sie früher hatten?« fragte er.

»Es ist wohl etwas raffinierter, mehr nicht.«

»Und das Morsealphabet – beherrschen Sie das noch?«

»Lieber Himmel, Major Conlon, so etwas vergißt man doch nicht. Ich war bei den Pfadfindern, als ich es zum erstenmal lernte.«

»Na schön«, sagte Devlin. »Dann zeigen Sie mir mal, was Sie können.«

In der Berkaer Straße studierte Schellenberg Devlins erste Nachricht, dann sah er Ilse Huber und Asa Vaughan verblüfft an. »Unglaublich. Er will Steiner morgen abend rausholen. Sie sollen nicht später als um Mitternacht auf Shaw Place landen.«

»Dann müssen wir uns beeilen«, sagte Asa Vaughan.

»Die Lysander wurde gestern nach Chernay gebracht«, überlegte Schellenberg laut. »Jetzt müssen wir nur noch zusehen, daß wir ebenfalls dorthinkommen.« Zu dem Funker sagte er: »Geben Sie für Falke folgendes durch: ›Es wird alles wie gewünscht erledigt. Genaue Startzeit wird morgen abend übermittelt.‹«

Er wollte gerade den Raum verlassen, als der Funker ihn zurückrief. »Ich habe eine Antwort, Herr General.«

Schellenberg sah über die Schulter. »Und wie lautet sie?«

»Es macht Spaß, mit Ihnen zu arbeiten.«

Schellenberg lächelte und verließ die Funkzentrale. Asa Vaughan und Ilse Huber folgten ihm.

Im Arbeitszimmer schaute Lavinia vom Funkgerät hoch. »Habe ich alles richtig gemacht?«

Ihr Bruder saß mittlerweile vor dem erloschenen Kamin und hatte ein Glas Whiskey in der Hand. »Ich denke schon, altes Mädchen.«

»Sie haben Ihre Sache hervorragend gemacht«, lobte sie Devlin. »Dieses Gerät unterscheidet sich noch in einem wesentlichen Punkt von Ihrem alten. Es ermöglicht eine Sprechverbindung auf kurze Entfernung. Die Reichweite beträgt dann ungefähr fünfundzwanzig Meilen. Deshalb habe ich die Frequenzen durchgegeben. Ich habe das Gerät entsprechend eingestellt. Sie brauchen nichts anderes zu tun als einzuschalten, und schon steht die Verbindung. Das heißt, Sie können mit dem Piloten reden, sobald er nahe genug ist.«

»Wunderbar. Sonst noch etwas?«

»Um kurz nach sieben wird man sich von Frankreich aus mit Ihnen in Verbindung setzen, um die Startzeit durchzugeben, also halten Sie sich bereit. Danach stellen Sie die Fahrradlampen auf der Weide auf, wie ich es Ihnen erklärt habe.«

»Das tue ich. Sie können sich auf mich verlassen.« Sie wandte sich an ihren Bruder. »Ist das nicht herrlich?«

»Ganz toll, altes Mädchen«, sagte er. Seine Augen hatten bereits einen glasigen Ausdruck, und er schenkte sich noch einen Whiskey ein.

Devlin stand auf. »Ich mache mich jetzt besser wieder auf den Weg. Wir sehen uns morgen abend.«

Shaw murmelte etwas, und Lavinia ging mit Devlin in die Küche, wo er seinen Mantel und seinen Hut liegen hatte.

»Meinen Sie, er hält durch?« fragte Devlin, während sie ihn zur Haustür brachte.

»Wer? Max? Aber ja. Machen Sie sich seinetwegen keine Sorgen, Major.«

»Dann bis morgen.«

Es begann zu regnen, während er die Auffahrt hinunterging. Von dem Kombiwagen war weit und breit nichts zu sehen. Er stand da, die Hände in den Taschen vergraben, und wartete. Es dauerte eine halbe Stunde, ehe er endlich den Fordmotor hörte.

»Ist alles nach Wunsch gelaufen?« erkundigte sich Ryan.

»Es war wunderbar«, meinte Mary. »Rye ist ein ganz reizender Ort.«

»Nun, das freut mich für euch«, erwiderte Devlin säuerlich. »Die beiden haben mir noch nicht mal eine Kleinigkeit zum Essen angeboten.«

Asa vertilgte gerade die Reste eines späten Mittagessens in der Kantine, als Schellenberg eilig hereinkam. »Eine kleine Änderung in unserem Plan. Ich erhielt soeben eine Nachricht des Reichsführers. Er will mich sehen. Interessant daran ist, daß ich Sie mitbringen soll.«

»Weshalb, zum Teufel?«

»Es scheint, als hätten Sie sich das Eiserne Kreuz erster Klasse verdient, und die heftet der Reichsführer seinen SS-Offizieren gerne höchstpersönlich an die Brust.«

Asa schüttelte hilflos den Kopf. »Was mein alter Herr wohl dazu sagen würde. Schließlich war ich mal in West Point.«

»Die nächste Schwierigkeit ist, daß er sich zur Zeit in Wewelsburg aufhält. Sie wissen doch, was Sie dort erwartet, oder nicht?«

»Das, was jeder anständige SS-Mann sich unter dem Paradies vorstellt. Aber wie wirkt sich das auf unseren Zeitplan aus?«

»Kein Problem. Rund zwanzig Kilometer von Wewelsburg entfernt befindet sich eine Nachschubbasis der Luftwaffe. Wir fliegen im Storch hin und setzen von dort dann unsere Reise nach Chernay fort.« Schellenberg schaute auf seine Uhr. »Das Treffen ist für sieben Uhr anberaumt, und er verlangt von seinen Leuten absolute Pünktlichkeit.«

Um halb sieben war es auf der Themse vollkommen dunkel. Ryan lenkte das Motorboot vorsichtig auf den schmalen Uferstreifen. »Bleib hier ruhig sitzen und warte«, sagte er zu Mary, »es dauert nicht lange.«

Devlin hob den Werkzeugsack aus dem Boot und griff sich die Lampe. »Na los, gehen wir«, meinte er.

Das Wasser im Tunnel stand höher als das letzte Mal. An einer Stelle reichte es ihnen sogar bis zur Brust, doch sie setzten ihren Weg unbeirrt fort und standen nach wenigen Minuten vor dem Gitter.

»Bist du ganz sicher, daß du das Richtige tust?« erkundigte sich Ryan vorsichtshalber noch einmal.

»Michael, du hast zwar selbst erklärt, daß es sich ganz einfach herausreißen läßt. Aber ich würde doch aussehen wie ein blutiger Narr, wenn ich morgen abend mit Steiner abhaue und feststellen muß, daß dieses verdammte Gitter sich keinen Zoll breit bewegt, oder?«

»Du hast recht. Sehen wir zu, daß wir es hinter uns bringen«, sagte Ryan.

»Und kein lautes Hämmern. Ich möchte nicht, daß die Leute oben in der Kapelle knien und sich den Kopf zerbrechen, was unter ihnen im Gange ist.«

Dadurch wurde die Aktion doch erheblich schwieriger, als sie gedacht hatten. Das behutsame Bearbeiten des Mauerwerks brauchte seine Zeit. Gelegentlich fielen gleich mehrere Steine aus dem Mauerverbund, doch andere erwiesen sich als um so hartnäckiger. Sie brauchten eine halbe Stunde, um eine Seite freizulegen.

Nachdem sie sich fünfzehn Minuten lang an der anderen abgemüht hatten, sagte Ryan: »Du hattest verdammt noch mal recht, dieses Ding ist zäh.«

Er zerrte wütend am Gitter, und plötzlich löste es sich aus den Halterungen und kam ihm entgegen. Devlin packte seinen Arm, zog ihn aus dem Weg und fing gleichzeitig das Gitter mit der anderen Hand auf. Langsam ließ er es herunter.

Er nahm die Lampe und blickte in den Raum hinter der Öffnung. Dann reichte er sie Ryan. »Halte du die Lampe fest, während ich mal reinsteige und mich umschaue.«

»Aber paß auf, wo du hintrittst.«

Devlin schob sich durch das Loch und watete in die Krypta. Dort drin reichte ihm das Wasser bis unter die Achselhöhlen, es bedeckte die Abdeckplatten der Gräber. Er tastete sich vor zur Treppe und stieg hinauf. Eine Ratte huschte an ihm vorbei und tauchte im Wasser unter. Auf der obersten Stufe blieb er einige Sekunden lang stehen, dann drückte er überaus behutsam die Türklinke.

Ein kaum hörbares Knarren ertönte, und die Tür öffnete sich einen Spaltbreit. Er konnte den Altar und auf der anderen Seite im Lichtschein der Kerzen die Muttergottes erkennen. Er schob den Kopf vor und schaute sich um. Die Kapelle war völlig leer, dann ging die Außentür auf, und eine Nonne kam herein. Möglichst leise schloß Devlin die Tür wieder und trat über die Treppe den Rückzug an.

»Perfekt«, sagte er zu Ryan, während er durch die Öffnung kletterte. »Und jetzt nichts wie weg hier.«

Auf dem Luftwaffenstützpunkt gab Schellenberg Anweisungen, den Storch wieder aufzutanken, requirierte den Mercedes des Stützpunktkommandanten mitsamt Fahrer und machte sich zusammen mit Asa Vaughan auf den Weg nach Wewelsburg. Unterwegs begann es zu schneien. Bei ihrer Ankunft war die Wewelsburg hell erleuchtet. Trotz der Verdunkelungsvorschriften drang Licht durch die Fenster, und über dem Haupttor brannte eine Lampe.

Asa Vaughan schaute zur Burg hoch und betrachtete ihre Türme, die im Schneegestöber deutlich zu erkennen waren. »Mein Gott!« staunte er überwältigt. »Das ist ja unglaublich!«

»Ich weiß.« Schellenberg beugte sich vor und schloß die Trennscheibe, so daß der Fahrer, ein Soldat der Luftwaffe, nicht hören konnte, was sie miteinander sprachen. »Es sieht aus wie eine Filmkulisse. Tatsächlich ist es das Privatquartier des Reichsführers, außerdem ein Tagungsort der SS-Elite.«

»Aber was tun sie dort?«

»Der Reichsführer ist ganz besessen von König Artus und seiner Tafelrunde. Daher versammelt er gern seine zwölf vertrauenswürdigsten Unterführer um einen runden Tisch. Sie sind sozusagen seine Ritter.«

»Gehe ich recht in der Annahme, daß Sie nicht dazugehören?«

»Nun, man muß schon ein ziemlicher Spinner sein, um an solchen Spielchen Gefallen zu finden. Es gibt eine Gedächtnishalle mit einem riesigen Hakenkreuz an der Decke und einer Grube, in der im Falle des Todes der Auserwählten deren Wappen verbrannt werden. Es gibt zwölf Postamente und entsprechende Urnen für die Asche.«

»Sie erlauben sich einen Scherz mit mir!« wehrte Asa Vaughan ab.

»Nein, es stimmt. Ich zeige es Ihnen, wenn wir dazu Gelegenheit haben.« Schellenberg lachte und schüttelte den Kopf. »Und solche Menschen entscheiden über das Schicksal von Millionen.«

Sie meldeten sich in der Eingangshalle an und legten ihre Mäntel und Mützen beim diensthabenden Feldwebel der Wachmannschaft ab, der auf seiner Namenliste nachsah.

»Herr General Schellenberg, der Reichsführer erwartet Sie um sieben Uhr in seinem Privatquartier im Südflügel. Ich führe die Herren sofort hinauf.«

»Nicht nötig. Ich kenne den Weg.«

Während Asa Vaughan Schellenberg durch die Halle folgte und sie in einen langen Korridor einbogen, meinte er leise: »Sie haben recht. Das würde sogar einen Hollywoodproduzenten neidisch machen.«

Schellenberg sah auf die Uhr. »Wir haben noch eine Viertelstunde Zeit. Ich zeige Ihnen die Gedächtnishalle, von der ich gerade sprach. Wir sind gleich da. Soweit ich mich erinnere, gibt es hier irgendwo eine kleine Galerie. Ach ja, da ist die Tür.«

Nach einigen Schritten waren sie an der betreffenden Eichentür. Sie ließ sich öffnen, und sie konnten sofort Stimmen unten in der Halle hören. Schellenberg hielt inne, runzelte die Stirn, drehte sich dann zu Asa Vaughan um und legte einen Finger auf die Lippen. Danach drückte er die Tür vollends auf, und sie schlüpften hinein.

Der runde Saal war mit düsteren Schatten erfüllt und nur spärlich beleuchtet. Asa Vaughan erkannte die Postamente und Urnen, die Schellenberg ihm beschrieben hatte, und die Feuerstelle unter dem Hakenkreuzsymbol an der Decke. Doch viel interessanter waren die anwesenden Personen. Rossmann, Himmlers Adjutant, stand abwartend neben dem Reichsführer, der vor der Feuerstelle stand. Vor ihm hatte Sturmbannführer Horst Berger Haltung angenommen. Die drei Männer trugen schwarze Uniformen.

»Ich habe Sie an diesen heiligen Ort geholt, Berger, ehe Sie aufbrechen zu einer für uns heiligen Mission.«

»Es ist eine große Ehre für mich, mein Reichsführer.«

»Gehen wir noch einmal die Einzelheiten durch. Sie werden morgen zugegen sein, wenn das Flugzeug des Führers gegen sechs Uhr abends auf dem Luftwaffenstützpunkt in Cherbourg landet. Ich werde ihn begleiten. Sie fahren mit uns zu diesem Château de Belle Ile, wo wir übernachten werden. Um sieben Uhr am folgenden Morgen nimmt der Führer zusammen mit Rommel und Admiral Canaris das Frühstück ein. Die beiden letzteren reisen per Automobil an.«

»Und wann soll ich eingreifen, mein Reichsführer?«

Himmler zuckte die Achseln. »Das ist eigentlich egal. Ich denke, nach dem Essen dürfte es am günstigsten sein. Wie viele Männer gehören zu Ihrer Wache?«

»Dreißig.«

»Gut. Das sollte eigentlich ausreichen.«

»Sie sind handverlesen, mein Reichsführer.«

»Sehr gut – je weniger, desto besser. Wir, die wir diese Aktion geplant haben und durchführen, sind eine verschworene Gemeinschaft, denn es gibt sicherlich viele, die mit unseren Zielen nicht einverstanden sind.«

»Sie sagen es, mein Reichsführer.«

»General Schellenberg zum Beispiel. Leider ist er ein ganz besonders schlauer Fuchs. Deshalb habe ich in den vergangenen drei Wochen dafür gesorgt, daß er anderweitig beschäftigt war. Ich habe ihn, wie Sie wissen, mit dieser absolut irrsinnigen Mission betraut, Steiner aus England herauszuholen. Ein Ding der Unmöglichkeit. Ich weiß von unseren Geheimdienstleuten, daß dieser Agent in London, dieser Vargas, auch die Briten bedient. Das haben wir Schellenberg natürlich nicht verraten, oder, Rossmann?«

»Nein, mein Reichsführer.«

»Daher können wir mit einiger Sicherheit annehmen, daß der Ire sich drüben ebenfalls nicht allzulange halten kann.«

»Das ist für mich eine ganz besondere Freude, mein Reichsführer«, sagte Berger.

»Wir hätten diesen Krieg schon in Dünkirchen gewinnen können, Berger, wenn der Führer Befehl gegeben hätte, die Panzer am Strand aufmarschieren zu lassen. Statt dessen mußten sie haltmachen. Rußland, eine Katastrophe nach der anderen. Stalingrad, die furchtbarste Niederlage, die die deutsche Wehrmacht je erlitten hat.« Himmler ging einige Schritte und drehte sich wieder um. »Ein Fehler nach dem anderen, und er will noch immer nicht auf seine Ratgeber hören.«

»Ich verstehe, mein Reichsführer«, sagte Berger. »Jeder halbwegs vernünftige Mensch würde anders handeln.«

»Deutschland, unser geliebtes Vaterland, wird von allen Seiten bedrängt und erleidet eine Niederlage nach der anderen. Deshalb muß der Führer sterben, Berger, und es ist Ihre heilige Pflicht, dafür zu sorgen. Rommel, Canaris und der Führer. Ein feiges Attentat der beiden auf das Leben des Führers, woraufhin sie im Kugelhagel der treuen SS-Männer den Tod finden.«

»Und später?« fragte Berger.

»Werden wir von der SS die Regierungsgewalt übernehmen. Der Krieg kann dann weitergeführt werden. Keine Schwäche, kein Zurückweichen.« Er legte eine Hand auf Bergers Schulter.

»Wir gehören zur gleichen heiligen Bruderschaft, Major. Ich beneide Sie um Ihre Aufgabe.«

Schellenberg gab Asa Vaughan mit einem Kopfnicken ein Zeichen, schlich mit ihm hinaus und schloß die Tür.

»Mein Gott!« sagte Asa Vaughan. »Was tun wir jetzt?«

»Wir halten unsere Verabredung ein. Wenn er erfährt, daß wir dieses Gespräch mitgehört haben, kommen wir aus diesem Bau nicht mehr lebend heraus.« Während sie durch den Korridor eilten, sagte Schellenberg: »Was immer er will, achten Sie auf mich und reagieren Sie entsprechend. Erwähnen Sie auf gar keinen Fall, daß Devlin bereits alles vorbereitet hat und die Sache heute nacht steigt.«

Er eilte eine Hintertreppe hinauf, ging durch einen Flur und gelangte zur Tür von Himmlers privatem Wohnraum im Südflügel der Burg.

Schellenberg nahm auf dem Stuhl hinter Rossmanns Schreibtisch Platz. »Jetzt warten wir. Sie kommen sicherlich durch den Hintereingang.«

Einige Sekunden später ging die Tür auf, und Rossmann schaute herein. »Aha, da sind Sie ja.«

»Pünktlich wie immer.« Schellenberg betrat als erster das Zimmer des Reichsführers.

Himmler, der hinter seinem Schreibtisch saß, blickte auf. »So, Herr General, und das ist Hauptsturmführer Vaughan, der Pilot, den Sie für die Steiner-Mission ausgewählt haben?«

»Ja, mein Reichsführer.«

»Gibt es Neuigkeiten von Ihrem Herrn Devlin?«

Schellenberg schüttelte den Kopf. »Ich fürchte nein, Herr Reichsführer.«

»Nun ja, es war von Anfang an eine ziemlich heikle Mission, gelinde ausgedrückt. Der Führer fliegt nach Cherbourg und trifft morgen auf Château de Belle Ile ein. Canaris und Rommel werden gegen sieben Uhr das Frühstück mit ihm einnehmen. Ich werde natürlich auch dort sein. Die Idioten sind zur Zeit in der Normandie unterwegs. Sie haben die verrückte Vorstellung, daß die Invasion dort stattfinden wird, und hoffen, den Führer davon überzeugen zu können.«

»Ich verstehe, Herr Reichsführer.«

»Nun jedoch zum Grund Ihres Besuchs und warum ich Sie bat, diesen Offizier dort mitzubringen.« Er wandte sich um. »Rossmann.«

Während er aufstand, klappte Rossmann eine Ordensschatulle auf. Himmler nahm das Eiserne Kreuz, das darin lag, heraus. Er kam um den Tisch herum und heftete es an Asa Vaughans Uniformrock.

»Für Sie, Hauptsturmführer Asa Vaughan von der George Washington Legion, in Anerkennung für außerordentliche Tapferkeit im Luftkampf über Polen.«

»Herr Reichsführer«, sagte Asa Vaughan und konnte sich nur mit äußerster Mühe das Lachen verkneifen.

»Und nun können Sie gehen. Ich habe zu arbeiten.«

Schellenberg und Asa Vaughan eilten die Treppen hinunter, holten sich ihre Mäntel und Mützen und liefen zu dem wartenden Mercedes.

»Zurück zum Flugplatz«, wies Schellenberg den Fahrer an, und er und Asa stiegen ein.

Während sie losfuhren, schloß Asa Vaughan die Trennscheibe. »Was halten Sie davon?« fragte er.

»Eines weiß ich genau«, sagte Schellenberg. »Hitler jetzt zu töten, wäre das schlimmste, was passieren kann. Angesichts der Tatsache, daß der Führer eine falsche Entscheidung nach der anderen trifft, besteht die begründete Hoffnung, daß dieser Krieg bald ein halbwegs erträgliches Ende findet. Unter Himmlers Führung sähe das wohl anders aus. Können Sie sich vorstellen, daß dieses Tier die totale Kontrolle an sich reißt, nicht nur über die SS, sondern auch über das ganze Volk, die Wehrmacht? Der Krieg würde noch Jahre dauern.«

»Und was werden Sie jetzt tun? Rommel und Canaris warnen?«

»Zunächst einmal weiß ich gar nicht, wo sie sich im Augenblick aufhalten. Und dann ist da noch die Frage der Glaubwürdigkeit, Asa. Warum sollte man auf mich hören? Mein Wort stünde gegen das des Reichsführers der SS.«

»Ich bitte Sie, Herr General. Laut Liam Devlin sind Sie ein ganz gewiefter Stratege. Ihnen fällt doch sicherlich etwas ein, oder etwa nicht?«

»Ich werde mir alle Mühe geben«, versprach Schellenberg. »Vorerst müssen wir zusehen, daß wir zum Flugplatz und zu unserem Storch zurückkommen. Und dann starten wir sofort. Je eher wir in Chernay sind, desto besser.

12

Der diensthabende Militärpolizist brachte Steiner jeden Vormittag um elf Uhr eine Tasse Tee. Diesmal verspätete er sich um fünf Minuten und traf den Deutschen am Fenster sitzend und lesend an.

»Bitte sehr, Colonel. Wohl bekomm's.«

»Vielen Dank, Corporal.«

»Kaffee wäre Ihnen sicherlich lieber, nicht wahr, Sir?« meinte der Unteroffizier und hoffte, ein Gespräch anfangen zu können. Steiner wurde ihm immer sympathischer.

»Aber ich bin mit Tee großgeworden, Corporal«, erzählte ihm Steiner. »Ich bin hier in London zur Schule gegangen. In das St. Paul's.«

»Tatsächlich, Sir?«

Er wandte sich zur Tür, um zu gehen, und Steiner fragte: »Ist Lieutenant Benson schon zurück?«

»Sein Urlaub dauert genau bis Mitternacht, Sir, aber so wie ich ihn kenne, wird er heute abend noch auftauchen. Sie wissen ja, wie diese jungen Offiziere sind. Immer im Dienst. Sie sind ganz heiß auf den zweiten Streifen an ihrer Schulter.«

Er verabschiedete sich, der Riegel wurde vorgeschoben, und Steiner setzte sich wieder auf seinen Platz am Fenster. Dort wartete er auf die Mittagsstunde, wie er es schon am Tag vorher getan hatte, trank seinen Tee und versuchte, sich in Geduld zu fassen.

Es regnete wieder, und ein so dichter Nebel lag auf der Stadt, daß Steiner kaum bis zur anderen Seite des Flusses blicken konnte. Ein sehr großer Frachter legte von den Docks ab, gefolgt von einer ganzen Kette von Frachtkähnen. Er schaute ihm eine Zeitlang nach, überlegte, welches Ziel er wohl haben mochte, und dann entdeckte er plötzlich die junge Frau. Sie sah genauso aus wie Devlin sie beschrieben hatte: schwarzer Hut und schäbiger Regenmantel.

Mary humpelte über das Pflaster, hatte den Mantelkragen hochgeschlagen und die Hände tief in den Taschen vergraben. Sie blieb an der Treppe stehen, stützte sich auf die Mauer und sah den Schiffen auf dem Fluß zu. Sie blickte nicht zum Kloster. Darauf hatte Devlin besonderen Wert gelegt. Sie blieb einfach an der Mauer stehen, schaute zehn Minuten lang auf den Fluß hinaus, dann wandte sie sich um und entfernte sich.

Steiner spürte, wie ihn Erregung ergriff, und er umklammerte das Gitter vor seinem Fenster, um sich zu sammeln und die Kontrolle über sich zurückzugewinnen. Da öffnete sich die Tür hinter ihm, und der Corporal erschien erneut.

»Wenn Sie fertig sind, Colonel, nehme ich Ihr Tablett mit.«

»Ja, das bin ich, vielen Dank.« Der MP nahm das Tablett und ging damit zur Tür. »Ich weiß zwar nicht, wer heute abend Dienst hat, aber ich werde heute beichten«, sagte Steiner.

»In Ordnung, Sir. Ich notiere es. Um acht Uhr, wie immer.«

Er ging hinaus und verriegelte die Tür. Steiner lauschte dem Geräusch seiner Stiefel, das im Korridor verhallte, dann sah er wieder aus dem Fenster und umklammerte die Gitterstäbe.

»Lassen Sie uns beten, Mr. Devlin«, sagte er leise. »Lassen Sie uns beten.«

Als Devlin die St. Patrick's Kirche betrat, trug er seinen Soldatenmantel und seine Uniform. Er wußte nicht genau, warum er überhaupt gekommen war. Wieder mal sein schlechtes Gewissen, vermutete er, oder vielleicht wollte er auch nur mit sich ins reine kommen. Er wußte nur, daß er nicht einfach weggehen konnte, ohne noch einmal mit dem alten Priester gesprochen zu haben. Er hatte ihn benutzt, das wußte er, und es störte ihn. Noch schlimmer war, daß sie sich an diesem Abend noch ein letztes Mal in der Kapelle des Klosters treffen würden. Dieser unangenehmen Situation würde er nicht ausweichen können.

In der Kirche war es still. Father Martin war am Altar und arrangierte ein paar Blumen. Als Devlin hereinkam und durch den Mittelgang schritt, wandte er sich um, und aufrichtige Freude zeigte sich auf seinem Gesicht. »Hallo, Father.«

Devlin brachte ein Lächeln zustande. »Ich bin nur vorbeigekommen, um Ihnen mitzuteilen, daß ich wieder los muß. Ich habe heute morgen meinen Marschbefehl erhalten.«

»Das kam aber ziemlich unerwartet, nicht wahr?«

»Ja, sie brauchen mich offenbar.« Devlin brachte die Lüge kaum über die Lippen. »Ich soll mich in einem Lazarett in Portsmouth melden.«

»Nun, wie heißt es so schön? Wir haben nun mal Krieg.«

Devlin nickte. »Der Krieg, dieser verdammte Krieg, Father. Er dauert schon viel zu lange, und wir alle müssen Dinge tun, zu denen wir normalerweise niemals fähig wären. Das gilt für jeden Soldaten, egal auf welcher Seite er kämpft. Dinge, für die wir uns schämen müssen.«

Der alte Mann betrachtete ihn mitfühlend. »Sie sind bedrückt, mein Sohn. Kann ich Ihnen in irgendeiner Weise helfen?«

»Nein, Father, diesmal nicht. Es gibt Dinge, mit denen muß man alleine fertig werden.« Devlin streckte seine Hand aus, und der alte Priester ergriff sie. »Es war mir eine Ehre und eine große Freude, Sie kennengelernt zu haben, Father.«

»Das gilt auch für mich«, sagte Frank Martin.

Devlin wandte sich um und ging, die Tür hinter ihm schlug zu. Der alte Priester blieb noch für einen Moment vor dem Altar stehen, blickte verwirrt in die leere Kirche, dann wandte er sich kopfschüttelnd um und konzentrierte sich wieder auf seine Blumen.

Auch in Chernay zog leichter Nebel auf, als Schellenberg gegen vier Uhr Asa Vaughan suchte. Er fand ihn und Oberfeldwebel Leber im Hangar bei der Lysander.

»Wie sieht es aus?« erkundigte sich Schellenberg.

»Exzellent, Herr General«, antwortete Leber. »Es könnte nicht besser sein.« Er lächelte. »Der Hauptsturmführer hat gerade alles zum fünften Mal überprüft, aber das ist wohl verständlich.«

Die Lysander trug die RAF-Zeichen auf Stoffstreifen, so wie Asa Vaughan es verlangt hatte, und das Hakenkreuz auf dem Schwanzleitwerk war mit schwarzem Tuch abgedeckt worden.

»Natürlich kann es passieren, daß die Tücher sich während des Fluges lösen und abreißen«, sagte Asa Vaughan. »Wir können nur das Beste hoffen.«

»Und wie steht es mit dem Wetter?« fragte Schellenberg weiter.

Leber hob die Schultern. »Das ist ziemlich unsicher. Die Sicht könnte etwas eingeschränkt sein. Einige Störungsfronten sind im Anmarsch. Ich habe bei unserem Stützpunkt in Cherbourg nachgefragt, aber sie können auch nichts Genaueres sagen.«

»Aber die Maschine ist startbereit?«

»O ja«, erwiderte Asa Vaughan. »Einen Vorteil hat dieses Prachtstück. Es ist mit einem Reservetank ausgerüstet. Ich nehme an, die RAF hat die Maschine für ihre speziellen Einsätze umgebaut. Ich rechne mit anderthalb Stunden Flugzeit, und dank der

Luftaufklärung in Cherbourg kann ich mein Funkgerät auf die RAF-Frequenz einstellen, sobald ich mich dicht vor der englischen Küste befinde.«

»Gut. Kommen Sie, machen wir noch einen kurzen Spaziergang. Ich brauche frische Luft.«

Es regnete nur leicht, als sie über das Rollfeld schlenderten. Schellenberg rauchte eine Zigarette, und sie schwiegen einige Zeit. Schließlich erreichten sie das Ende der Rollbahn, blieben an einem Zaun stehen und blickten hinaus aufs Meer.

Schellenberg brach das Schweigen. »Haben Sie bei all dem ein gutes Gefühl?«

»Bei dieser Reise?« Asa Vaughan zuckte die Achseln. »Der Flug an sich macht mir keine Sorgen. Es ist die Situation in England, die Probleme bereiten könnte.«

»Ja, das stimmt, unser aller Schicksal liegt sozusagen in Mr. Devlins Hand.«

Doch Asa Vaughan dachte schon weiter. »Angenommen, alles klappt wie geplant, und ich lande mit unseren Freunden morgen früh sicher in Cherbourg, wie soll es dann weitergehen? Was geschieht in Belle Ile? Haben Sie sich darüber schon Gedanken gemacht?«

»Mir ist tatsächlich etwas eingefallen, aber es wäre ein ziemlich verzweifelter Schritt. Andererseits wäre es recht simpel, und einfache Lösungen gefallen mir immer am besten. Ich könnte damit leben.«

»Ich bin ganz Ohr.«

»Also gut. Der Führer frühstückt zusammen mit Rommel, dem Admiral und dem Reichsführer. Berger will nach dem Frühstück zuschlagen.«

»Ja, ich weiß. Ich war ja dabei, als es besprochen wurde. Haben Sie das vergessen?«

»Wie wäre es, wenn Sie, Mr. Devlin und ich plötzlich auftauchten, um den dreien beim Frühstück Gesellschaft zu leisten und den Attentatsplan aufzudecken?«

»Dann würden wir ebenfalls den Bach runtergehen, das ist doch wohl klar«, sagte Asa Vaughan. »Selbst wenn Sie dem Führer Ihre Geschichte erzählen könnten, würden Berger und seine Komplizen ihren Plan durchführen.«

»Klar, und dem Reichsführer würde es bestens in den Kram passen, wenn ich auf diese Weise ebenfalls aus dem Weg geräumt würde.« Schellenberg lächelte. »Es gibt jedoch einen Joker. Erinnern Sie sich noch an unsere Fahrt nach Belle Ile? Ich denke an das Zwölfte Fallschirmjäger-Kommando bei St. Aubin. An Hauptmann Erich Kramer und seine fünfunddreißig Fallschirmspringer.«

»Natürlich erinnere ich mich an sie.«

»Was meinen Sie, würde wohl geschehen, wenn Oberst Kurt Steiner, die lebende Legende aller deutschen Fallschirmjäger, plötzlich auftauchte und ihnen erklärte, daß er ihre Hilfe brauche? Es gäbe da ein Komplott der SS, den Führer zu töten. Und das nur zwanzig Kilometer von ihnen entfernt?«

»Mein Gott!« Asas Augen leuchteten. »Diese Burschen würden Steiner sogar in die Hölle folgen!«

»Genau. Und die Fallschirmjäger waren schon immer bekannt für ihre Abneigung gegen die SS.«

»Es könnte funktionieren«, sagte Asa Vaughan.

»Wenn alles andere klappt.«

»Nur um alle Unklarheiten zu beseitigen: Wir wären die Vorhut? Und Steiner würde folgen?«

»Genau, sagen wir, eine Viertelstunde später.«

Asa Vaughan lachte verhalten. »Ich glaube, das wird ein ziemlich ungemütliches Frühstück.«

»Hoffen wir's, aber darüber will ich im Augenblick noch gar nicht nachdenken«, sagte Schellenberg. »Mich beschäftigt etwas ganz anderes. Na los, gehen wir eine Tasse Kaffee trinken.«

In Ryans Küche hatte Devlin verschiedene Gegenstände auf dem Tisch ausgebreitet. »Mal sehen, was wir hier haben«, sagte er. »Diese MPs haben Handschellen bei sich, doch für alle Fälle nehme ich noch ein paar zusätzliche Schnüre mit.«

»Ich habe drei Knebel vorbereitet«, sagte Ryan. »Bandagen und Heftpflaster. Du hast auch noch den Priester zu versorgen, vergiß das nicht.«

»Daran möchte ich lieber nicht denken, aber du hast natürlich recht«, sagte Devlin.

»Welche Waffen?«

»Ich nehme die Smith & Wesson im Beinhalfter für den Notfall, und außerdem habe ich noch die Walther mit dem Schalldämpfer von Carver.«

»Würdest du auch Tote in Kauf nehmen?« fragte Ryan und machte ein sorgenvolles Gesicht.

»Das wäre wirklich das letzte, was ich mir wünsche. Hast du noch deinen Totschläger?«

»Herrgott im Himmel, den hätte ich fast vergessen.«

Ryan zog die Küchenschublade auf und holte den Totschläger aus Leder hervor. Er war mit Bleischrot gefüllt und hatte eine Schlaufe für das Handgelenk. Diese Waffe war bei Londoner Taxifahrern weit verbreitet. Sie schützten sich damit vor unangenehmen Kunden. Devlin wog ihn in der Hand und legte ihn neben die Walther.

»Ist das alles?« fragte Ryan.

Devlin deutete ein Lächeln an. »Alles, was wir jetzt noch brauchen, ist Steiner.«

Die Tür ging auf und Mary kam herein. »Meine Güte, bin ich hungrig«, sagte Ryan zu ihr. »Meinst du, du könntest uns Eier mit Speck machen?«

»Kein Problem«, sagte sie, »aber wir haben kein Brot und keinen Tee mehr. Ich laufe schnell zur High Street, ehe der

Laden schließt. Ich bin gleich wieder zurück.« Sie nahm ihren Hut und den Regenmantel vom Haken hinter der Tür und machte sich auf den Weg.

Die alte Dame im Laden gab ihr eine Dose Lachs vom Schwarzmarkt und ein paar Zigaretten, dazu das Brot und den Tee. Nachdem Mary alles sorgfältig in ihrer Einkaufstasche verstaut hatte, verließ sie das Geschäft. Draußen verdichtete sich der Nebel, und der Verkehr rollte nur noch langsamer. Bevor sie an der nächsten Ecke vorsichtig die Straße überquerte, schaute sie kurz nach links und rechts.

Eric Carver, der am Steuer der Humber-Limousine seines Bruders Jack saß, war an der Ampel stehengeblieben. Sie war nur ein oder zwei Meter von ihm entfernt, als sie vorbeiging, und er sah sie ganz deutlich. Sie lief über die Straße und bog in eine Seitengasse ein. Als die Ampel umsprang, folgte er ihr. Er parkte den Humber am Bordstein, stieg aus und ging hinter ihr her.

Mary eilte über den Cable Wharf so schnell sie konnte, überquerte die Straße und steuerte auf das Haus zu. Als sie hinter der Ecke verschwand, rannte Eric hinter ihr her und schaute vorsichtig um die Hausecke. Sie hatte gerade die Küchentür erreicht.

Als sie aufging, konnte er Devlins Stimme hören: »Ach, da sind Sie ja, Kindchen. Kommen Sie herein, hier ist es angenehmer.«

Die Tür fiel ins Schloß, und Eric sagte leise: »Endlich hab' ich dich, du Schwein.« Er wandte sich um und rannte zurück zum Wagen.

Jack Carver zog sich gerade in seinem Schlafzimmer um, als Eric hereinplatzte. »Wie oft habe ich es dir schon gesagt«, funkelte er ihn wütend an. »Ich mag es nicht, wenn jemand reinkommt, während ich mich fertig mache. Das gilt auch für dich.«

»Aber ich habe ihn gefunden, Jack. Ich habe herausbekommen, wo sich dieser verfluchte kleine Bastard versteckt. Ich habe das Mädchen gesehen. Bin ihr bis nach Hause gefolgt, und da war er dann auch.«

»Bist du sicher?«

»Todsicher!«

»Und wo ist er?«

»In einer Straße namens Cable Wharf. In Wapping.«

»Na schön.« Carver nickte zufrieden, zog sein Jackett an und ging hinüber in den Wohnraum. Eric folgte ihm.

»Was tun wir jetzt?« wollte Eric wissen, während sein Bruder hinter dem Schreibtisch Platz nahm.

»Was wir tun? Wir nehmen ihn uns vor«, sagte Carver.

»Wann?«

Carver sah auf die Uhr. »Du weißt ja, ich bin heute abend zu einem kleinen Spielchen verabredet. Wahrscheinlich sind wir um zehn fertig. Dann nehmen wir ihn uns vor. Wenn er schon ans Bettgehen denkt.« Carver grinste häßlich, öffnete seine Schublade und nahm eine Browning heraus. »Nur wir drei gehen hin – du, ich und unser kleiner Freund hier.«

In Erics Augen lag ein fiebriger Glanz. »Teufel noch mal, ich kann es kaum erwarten, Jack«, stieß er hervor.

Second Lieutenant Benson traf kurz vor sieben Uhr im Kloster ein. Er begrüßte den Pförtner, der ihn einließ, und ging gleich nach oben. Genaugenommen war sein Urlaub, wie der MP Steiner am gleichen Morgen erzählt hatte, erst um Mitternacht beendet, doch der einzige Zug von Norwich, wo seine Eltern lebten, nach London war ein Frühzug gewesen. Als er den Flur im oberen Stockwerk betrat, traf er den Corporal in seinem Büro an. Er sprang sofort auf.

»Sie sind wieder da, Sir?«

»Das läßt sich kaum übersehen, Smith. Wo ist Sergeant Morgan?«

»Er hat vor etwa einer Stunde Feierabend gemacht, Sir.«

»War alles ruhig, während ich weg war?«

»Ich denke schon, Sir.«

»Dann lassen Sie mich mal einen Blick ins Wachbuch werfen.«

Smith reichte es ihm, und Benson blätterte es durch. »Was ist das hier für ein Eintrag? Wer ist Major Conlon?«

»Ach ja, Sir, der Geistliche. Er machte hier die Runde zusammen mit der Schwester und Father Martin.«

»Wer hat ihm dazu die Erlaubnis gegeben?«

»Er hatte einen Ausweis vom Kriegsministerium, Sir. Sie kennen die Dinger ja, mit denen man überall ungehinderten Zugang hat. Ich glaube, Sergeant Morgan hat alles notiert.«

»Das sehe ich. Die Frage ist, was hatte Conlon hier zu suchen?«

»Keine Ahnung, Sir. Ein gutaussehender Mann. Graue Haare, Brille. Er sah aus, als hätte er eine schlimme Zeit hinter sich. Ach ja, und er hatte ein Military Cross, Sir.«

»Das kann alles mögliche bedeuten«, sagte Benson säuerlich. »Ich gehe mal die Schwester besuchen.«

Sie saß in ihrem Büro, als er anklopfte und eintrat. »Sie sind zurück?« meinte sie lächelnd und legte ihre Arbeit beiseite. »Hatten Sie einen schönen Urlaub?«

»Das hatte ich. Ist Father Martin in der Nähe?«

»Er ist gerade in der Kapelle und hört die Beichte. Kann ich Ihnen helfen?«

»Ein Major Conlon war während meiner Abwesenheit hier, wie ich hörte.«

»Ach ja, der Militärgeistliche. Ein netter Mann, auf Genesungsurlaub. Ich glaube, er wurde letztes Jahr in Sizilien verwundet.«

»Ja, aber was hatte er hier zu suchen?«

»Nichts. Wir haben ihn herumgeführt, und er hat Father Martin für einen Abend abgelöst. Ihm ging es nicht so gut, wissen Sie.«

»War er noch mal hier?«

»Nein. Soweit ich Father Martin verstanden habe, wurde er wieder zurückgerufen. Er soll sich in einem Lazarett in Portsmouth melden, glaube ich.« Sie machte ein verwirrtes Gesicht. »Stimmt etwas nicht?«

»Nein, nein, aber wenn unerwarteter Besuch auftaucht mit einem Sonderausweis des Kriegsministeriums, dann möchte man schon wissen, um wen es sich handelt.«

»Sie machen sich zu viele Sorgen«, sagte sie.

»Wahrscheinlich. Gute Nacht, Schwester.«

Aber der nagende Zweifel wollte ihm nicht aus dem Kopf gehen, und als er wieder oben in seinem Büro war, rief er Dougal Munro an.

Jack Carter hatte an diesem Tag dienstlich in York zu tun. Sein Zug würde erst gegen zehn Uhr in London eintreffen, daher arbeitete Munro allein in seinem Büro, als das Gespräch ankam. Er hörte sich geduldig an, was Benson zu erzählen hatte.

»Sie hatten ganz recht, mich anzurufen«, sagte er. »Es gefällt mir gar nicht, wenn Offiziere mit Sonderausweisen des Kriegsministeriums ihre Nase in unsere Angelegenheiten stecken, aber so geht es nun mal. Das ist eines der Probleme, die sich daraus ergeben, daß wir Einrichtungen wie das Kloster benutzen, Benson. Diese Religionsheinis verhalten sich nicht wie normale Menschen.«

»Ich habe die Angaben über Conlon hier auf dem Besuchsprotokoll stehen. Soll ich sie Ihnen durchgeben?«

»Ich habe einen anderen Vorschlag. Ich mache hier sowieso

bald Feierabend und gehe nach Hause«, sagte Munro. »Ich komme einfach bei Ihnen vorbei. In anderthalb Stunden.«

»Ich erwarte Sie, Sir.«

Benson legte den Hörer auf die Gabel, und Corporal Smith, der in der Tür stand, sagte: »Sie sehen im Wachbuch, daß Colonel Steiner heute abend die Kapelle aufsucht.«

»Was zum Teufel hat er zu beichten, wenn er den ganzen Tag hier oben in seinem Zimmerchen eingesperrt ist?« wollte Benson wissen.

»Um acht Uhr, wie üblich, Sir. Soll ich ihn wieder mit Corporal Ross hinunterbegleiten?«

»Nein«, sagte Benson. »Das machen wir beide. Ich erwarte Brigadier Munro, aber der wird nicht vor halb neun hier sein. Und jetzt organisieren Sie mir mal eine Tasse Tee.«

In Chernay hatte das Wetter sich eindeutig gegen sie verschworen. Vom Meer trieb Nebel heran, begleitet von heftigen Regenschauern. Schellenberg und Asa Vaughan standen im Funkraum und warteten, während Oberfeldwebel Leber sich gerade mit Cherbourg unterhielt.

Nach einer Weile wandte er sich zu ihnen um. »Die Maschine des Führers ist heil gelandet, Herr General. Und zwar gegen sechs Uhr, ehe dieses Mistwetter einsetzte.«

»Und wie lautet die Voraussage?« wollte Asa wissen.

»Über dem Kanal erwarten Sie Böen bis zu Stärke acht.«

»Zum Teufel, mit dem Wind komme ich schon zurecht«, sagte Asa. »Und sonst?«

»Nebel über Südengland, und zwar von London bis hinunter zur Küste. Und noch etwas. Sie meinen, daß es sich im Laufe der Nacht noch verschlimmern wird.« Er blickte besorgt. »Um es ganz offen zu sagen, Herr Hauptsturmführer, es schaut schlecht aus.«

Asa Vaughan und Schellenberg gingen hinaus in den Sturm und rannten im Regen zu ihrer Hütte hinüber, die sie bewohnten. Schellenberg ließ sich auf sein Bett fallen und schüttete Schnaps in eine Emailtasse. »Wollen Sie auch einen Schluck?«

»Lieber nicht.« Statt dessen zündete sich Vaughan eine Zigarette an.

Nach einer Weile sagte Schellenberg: »Hören Sie, wenn Sie es sich anders überlegt haben, wenn Sie nicht starten wollen...«

»Reden Sie keinen Quatsch«, unterbrach ihn Asa. »Natürlich fliege ich. Devlin verläßt sich auf mich. Ich kann ihn nicht im Stich lassen. Der Wind stört mich auch nicht. Ich bin während des Winterkriegs in Finnland geflogen, und damals hatten wir fast jeden Tag einen Schneesturm. Schlimm ist nur der Nebel. Das Starten stellt kein Problem dar, schwierig ist nur die Landung, und ich habe meine Zweifel, daß ich wirklich dort runterkomme, wo ich hinwill.«

»Dann müssen Sie umkehren.«

»Schön, nur haben wir gerade von Leber gehört, daß sich das Wetter kaum bessern wird.«

»Was wollen Sie also tun?«

»So spät wie möglich starten. Devlin wollte um Mitternacht den Rückflug antreten. Dann fliege ich hier nicht vor zehn Uhr los. Vielleicht bessert sich das Wetter doch noch.«

»Und wenn nicht?«

»Dann fliege ich trotzdem.«

»Schön.« Schellenberg erhob sich. »Ich werde eine entsprechende Meldung für Shaw Place absetzen lassen.«

Lavinia Shaw, die in ihrem Arbeitszimmer mit Kopfhörern vor dem Funkgerät saß, empfing die Nachricht. Sie morste eine kurze Antwort: »Meldung empfangen und verstanden.« Dann nahm sie die Kopfhörer ab und drehte sich zu ihrem Bruder um.

Er saß am Kamin, Nell zu seinen Füßen, und reinigte die Schrotflinte. Neben ihm auf einem Tischchen stand ein Glas Whiskey.

»Sie fliegen erst gegen zehn Uhr los, mein Lieber. Das Wetter ist zu schlecht.«

Sie ging zu den Verandatüren, zog die Vorhänge zurück und öffnete sie. Draußen herrschte dichter Nebel. Shaw trat neben sie.

»Ich hätte gedacht, daß diese verdammte Milchsuppe für eine heimliche Landung gerade günstig ist.«

Lavinia sah ihren Bruder vorwurfsvoll an. »Das ist dummes Zeug, Max. Dieses Wetter ist für jeden Piloten katastrophal. Erinnerst du dich nicht mehr, wie ich damals, 1936, in Helmsley landen wollte? Ich mußte in der Luft bleiben und kreisen, bis mir der Sprit ausging, und dann krachte ich gegen die Begrenzungsmauer des Ackers, den ich mir ausgesucht hatte. Dabei bin ich beinahe draufgegangen.«

»Entschuldige, Mädchen, das hatte ich vergessen.« Dicke Regentropfen fielen klatschend auf die Terrasse. Im Lichtschein, der durch die Verandatür fiel, konnte man sie funkeln sehen. »Sieh mal«, sagte Shaw. »Vielleicht klärt es sich jetzt auf. Mach die Tür zu. Nehmen wir lieber noch einen Drink.«

»Hast du alles?« fragte Michael Ryan, während das Motorboot sich dem schmalen Uferstreifen näherte.

Devlin trug einen weiten blauen Overall und Gummistiefel. Er klopfte prüfend auf seine Taschen und zählte jedes Teil auf. »Alles da.«

Ryan machte ein sorgenvolles Gesicht. »Mir wäre es lieber, du würdest mich mitkommen lassen.«

»Das ist ganz allein meine Sache, Michael. Wenn es Schwierigkeiten geben sollte, dann sieh zu, daß du mit Mary sofort verschwindest. Dieser verdammte Nebel hat insofern auch gewisse

Vorteile.« Er schaute über die Schulter und lächelte Mary durch die Dunkelheit zu. »Damit hatten Sie ganz recht.«

Sie umarmte ihn spontan und drückte ihm einen Kuß auf die Wange. »Gott schütze Sie, Mr. Devlin. Ich habe für Sie gebetet.«

»Dann wird ja alles gutgehen.« Und nach diesen Worten ließ er sich über den Bootsrand gleiten.

Das Wasser war nicht mehr ganz so tief, und das war ein gutes Zeichen. Er ging weiter, und der Lichtstrahl seiner Lampe tastete sich über die Tunnelwand, bis er das Loch im Mauerwerk fand. Er kletterte hinein, watete durch das Wasser und stieg dann die Stufen hinauf.

Dougal Munro hatte seine Arbeit früher als erwartet beendet, nun bestellte er sich einen Dienstwagen und bat den Fahrer, ihn zur St. Mary's Priory zu bringen. Es war eine mühevolle Fahrt, denn sie konnten wegen des Nebels kaum mehr als Schrittempo fahren. So war es bereits kurz nach acht Uhr, als er endlich am Ziel eintraf.

»Ich bleibe nicht lange«, erklärte der Brigadier, als er ausstieg. Er ging die Treppe zum Eingang hinauf und klingelte.

Der Nachtpförtner öffnete ihm. »Guten Abend, Brigadier«, sagte er.

»Ist Schwester Maria im Hause?« erkundigte er sich.

»Nein, sie wurde ins Hospital in der Cromwell Road gerufen.«

»Na schön. Ich gehe nach oben. Ich muß Lieutenant Benson sprechen.«

»Er ist vor zwei Minuten in die Kapelle gegangen, Sir, und zwar mit einem seiner Militärpolizisten und diesem deutschen Offizier.«

»Tatsächlich?« Munro zögerte, dann ging er zum Kapelleneingang.

Devlin drückte die Tür am Ende der Treppe behutsam auf und erlebte den Schock seines Lebens: Corporal Smith stand mit dem Rücken zu ihm, nicht mehr als zwei Meter entfernt. Benson hielt sich an der Kapellentür auf. Devlin zögerte nicht lange. Er holte den Totschläger heraus, verpaßte Smith einen Schlag in den Nacken und zog sich hinter die Tür zurück, während der MP mit einem dumpfen Laut zu Boden sackte.

»Smith?« rief Benson alarmiert. »Was ist los?«

Er rannte durch den Mittelgang, blieb dann abrupt stehen und starrte auf den reglosen Körper am Boden. Als ihm aufging, daß etwas nicht stimmte, war es bereits zu spät. Vergeblich versuchte er, seinen Webley-Revolver aus dem Halfter zu reißen.

Devlin erschien in der Türöffnung, richtete die Walther mit dem Schalldämpfer auf ihn. In der anderen Hand hielt er den Totschläger. »Das würde ich nicht tun, mein Sohn. Dieses Ding hier ist nicht lauter als ein Räuspern. Und jetzt drehen Sie sich um.«

Benson befolgte seine Anweisung, und Devlin verpaßte ihm die gleiche Behandlung wie Smith. Der junge Lieutenant stieß einen Seufzer aus, sank in die Knie und landete quer über seinem Untergebenen. Devlin durchsuchte sie schnell auf Handschellen, doch nur Smith trug ein Paar bei sich.

»Sind Sie bereit, Oberst?« rief er.

Steiner trat aus dem Beichtstuhl, und Father Martin folgte ihm. Der alte Priester war völlig verwirrt. »Major Conlon? Was geht hier vor?«

»Es tut mir aufrichtig leid, Father.« Devlin drehte ihn herum und fesselte ihm die Hände mit den Handschellen auf dem Rücken.

Er setzte den alten Mann in eine Kirchenbank und holte einen seiner vorbereiteten Knebel hervor. »Ich nehme an«, meinte Martin, »Sie sind gar kein Priester.«

»Mein Onkel war einer, Father.«

»Ich vergebe Ihnen, mein Sohn«, sagte Frank Martin und ließ sich den Knebel in den Mund stecken.

In diesem Moment wurde die Kapellentür geöffnet, und Dougal Munro kam herein. Ehe er auch nur einen Laut hervorbrachte, stand Kurt Steiner hinter ihm und hatte seinen Arm wie eine Stahlklammer um seinen Hals gelegt.

»Und wer ist das?« wollte Devlin wissen.

»Brigadier Dougal Munro«, gab Steiner ihm Auskunft. »Vom SOE.«

»Was für eine Überraschung.« Devlin hielt die Walther jetzt in der rechten Hand. »Dieses Ding hat einen Schalldämpfer, wie Sie sicher erkennen, Brigadier, also seien Sie vernünftig.«

Steiner ließ ihn los, und Munro meinte mit bitterer Stimme: »Mein Gott, Devlin – Liam Devlin.«

»Wen hatten Sie denn erwartet, Brigadier?«

»Was geschieht nun?« meldete sich Steiner.

Devlin war erregt und aufgekratzt. »Eine kurze Fahrt flußabwärts, dann eine gemütliche Reise über Land, und schon sind wir über alle Berge, während man hier noch aufgeregt herumrennt und nach uns sucht.«

»Demnach benutzen Sie ein Flugzeug«, schlußfolgerte Munro. »Sehr interessant.«

»Ich und meine große Klappe«, stöhnte Devlin. Er tippte Munro mit dem Pistolenlauf unters Kinn. »Wenn ich Sie jetzt zurücklasse, dann setzen Sie sofort die RAF auf unsere Fährte, ehe wir überhaupt wissen, was los ist. Ich könnte Sie umbringen, aber ich habe heute meinen großzügigen Tag.«

»Und was wollen Sie statt dessen tun?«

»Wir werden Sie wohl mitnehmen müssen.« Er nickte Steiner zu. »Behalten Sie ihn im Auge.« Dann öffnete er vorsichtig die Tür.

In diesem Augenblick tauchte der Nachtpförtner aus seinem Kämmerchen auf. Er trug ein Tablett mit einer Kanne Tee, zwei Tassen und einem Milchkännchen. Pfeifend stieg er die Treppe hinauf.

Devlin nickte zufrieden. »Das ist ja wunderbar. Dann braucht ihr euch noch nicht mal die Füße naßzumachen. Wir gehen einfach vorne raus. Der Nebel ist so dicht, daß uns niemand bemerken wird.« Er öffnete die Tür vollends und drängte Munro hinaus in die Halle, wobei er ihm die Mündung der Walther unsanft gegen die Wirbelsäule preßte. »Denken Sie daran, Brigadier. Ein falsches Wort, und ich zertrümmere Ihnen das Rückgrat.«

Es war Steiner, der die Eingangstür des Klosters öffnete und über die Straße vorausging. Der Nebel war dicht und bräunlich, eine typische Londoner Erbsensuppe, er schmeckte säuerlich und kratzte im Hals. Devlin stieß Munro vor sich her über die Straße. Steiner blickte sich immer wieder um. Sie sahen keine Menschenseele. Unbemerkt eilten sie die Treppe zum Fluß hinunter. Auf dem Uferstreifen angekommen, blieb Devlin kurz stehen und reichte Steiner seine Waffe.

»Ich habe einige Freunde, die dieser Bursche nicht sehen sollte, sonst sorgt er dafür, daß sie wegen Landesverrats in Wandworth aufgehängt werden.«

»Aber nur, wenn sie es wirklich verdienen«, beteuerte Munro.

»Das ist wohl Ansichtssache.«

Devlin fesselte die Hände des Brigadiers mit einem Stück Schnur, das er mitgebracht hatte. Munro trug gegen die Kälte einen Seidenschal. Der Ire nahm ihn ab und verband ihm damit die Augen.

»So geht's, also los jetzt.«

Er ging über den Uferstreifen und dirigierte Munro vor sich her. Schließlich tauchte das Motorboot aus der Dunkelheit auf.

»Bist du das, Liam?« raunte Ryan.

»Wer sonst. Und jetzt laß uns schnellstens verschwinden«, antwortete Devlin.

Im Schlafzimmer schlüpfte Devlin schnell in seinen Priesteranzug und einen schwarzen Rollkragenpullover. Er sammelte seine wenigen Habseligkeiten ein und packte sie zusammen mit der Luger und der Walther in eine Reisetasche. Noch einmal überprüfte er die Smith & Wesson im Beinhalfter, dann nahm er die Tasche hoch und ging hinunter. Als er die Küche betrat, saß Steiner mit Ryan am Tisch und trank eine Tasse Tee. Mary betrachtete ihn voll ehrfürchtiger Bewunderung.

»Sind Sie wieder in Ordnung, Oberst?« erkundigte sich Devlin.

»Mir ging es niemals besser, Mr. Devlin.«

Devlin warf ihm den Soldatentrenchcoat zu, den er aus dem *Army and Navy Club* mitgenommen hatte. »Der sollte eigentlich ausreichen, um Ihre Uniform zu verbergen. Bestimmt hat Mary auch noch ein Halstuch oder einen Schal für Sie.«

»Aber ja doch.« Sie lief hinaus und kehrte wenig später mit einem weißen Seidentuch zurück, das sie Steiner reichte.

»Das ist sehr lieb von Ihnen«, bedankte er sich.

»Na schön, dann nichts wie los.« Devlin öffnete den Wandschrank unter der Treppe. Munro hockte dort in einer Ecke, die Hände gefesselt und immer noch mit seinem Schal vor den Augen. »Dann kommen Sie mal, Brigadier.«

Er zog Munro heraus, stellte ihn auf die Füße und ging mit ihm zur Haustür. Ryan hatte den Kombiwagen bereits aus der Garage geholt. Er stand mit laufendem Motor am Bordstein bereit. Sie ließen Munro hinten einsteigen, und Devlin sah auf die Uhr.

»Neun Uhr. Eine lange Stunde noch, Michael, mein alter Freund. Wir machen uns jetzt auf den Weg.«

Sie tauschten einen Händedruck. Als er sich zu Mary umwandte, weinte sie heftig. Devlin stellte seine Reisetasche in den Kombiwagen und breitete die Arme aus. Sie warf sich hinein, und er drückte sie fest an sich.

»Du hast ein herrliches Leben vor dir, und du bist ein ganz wunderbares Mädchen.«

»Ich werde Sie nie vergessen.« Sie schluchzte jetzt. »Ich bete jeden Abend für Sie.«

Er wußte nicht, was er sagen sollte, zuviel stürmte in diesem Moment auf ihn ein, daher zwängte er sich neben Steiner in den Wagen und fuhr ohne viel Worte los. »Ein nettes Mädchen«, meinte der Deutsche.

»Ja«, pflichtete Devlin ihm bei. »Ich hätte sie und diesen alten Priester nicht in die Sache mit hineinziehen dürfen, aber ich wußte nicht, wie ich es sonst hätte schaffen sollen.«

»Das sind die Regeln unseres Spiels, Mr. Devlin«, sagte Munro von hinten. »Verraten Sie mir eins, nur um eine Neugier zu befriedigen. Vargas.«

»Ach, ich hatte von Anfang den Verdacht, daß irgend etwas faul war«, sagte Devlin. »Es erschien mir durchaus denkbar, daß Sie uns sozusagen einluden, etwas zu unternehmen. Ich wußte, um Sie zum Narren zu halten, mußte ich auch Vargas täuschen. Und deshalb erhält er noch immer Nachrichten und Anfragen aus Berlin.«

»Und Ihre eigenen Kontakte? Bestimmt niemand, der in letzter Zeit aktiv war, stimmt's?«

»So könnte man es nennen.«

»Sie sind ein cleverer Bursche, das muß ich Ihnen lassen. Aber man sollte niemals zu sicher sein. Auch in der besten Suppe findet sich schon mal ein Haar.«

»Und was meinen Sie damit?«

»Den Nebel, Mr. Devlin, den Nebel«, sagte Dougal Munro.

13

Jack Carvers Pokerpartie im Hinterzimmer des *Astoria Ballroom* war nicht wie gewünscht verlaufen, und wenn es etwas gab, das ihm gründlich die Laune verderben konnte, dann war es die Erkenntnis, bei irgend etwas Geld verloren zu haben.

Bereits um halb neun stand er vom Spieltisch auf, zündete sich eine Zigarre an und ging hinunter in den Tanzsaal. Er lehnte sich über das Balkongeländer und schaute auf die Menschenmenge. Eric, der gerade mit einem jungen Mädchen tanzte, entdeckte ihn sofort.

»Tut mir leid, Süße, vielleicht ein anderes Mal«, sagte er und ging zu seinem Bruder hinauf. »Du hast aber früh aufgehört, Jack.«

»Es war mir zu langweilig. Kann ja mal vorkommen.«

Eric, der seinen Bruder kannte, verfolgte das Thema nicht weiter. Statt dessen sagte er: »Ich habe mir alles noch mal durch den Kopf gehen lassen, Jack. Bist du sicher, daß du keinen von den Jungs mitnehmen willst, wenn wir unseren Hausbesuch machen?«

Carver wurde wütend. »Was willst du damit andeuten? Daß ich mit dieser miesen Ratte nicht allein fertig werde? Daß ich ein paar Kindermädchen brauche?«

»Ich habe überhaupt nichts gemeint, Jack. Ich dachte nur...«

»Verdammt noch mal, du denkst zuviel, Kleiner«, sagte sein Bruder. »Ich werd's diesem Irenschwein schon zeigen. Na komm schon.«

Kaum zehn Minuten, nachdem der Ford Kombi losgefahren war, bog der Humber mit Eric am Lenkrad in den Cable Wharf ein.

»Es ist das Haus ganz am Ende«, sagte Eric.

»Gut. Wir lassen den Wagen hier stehen und gehen das Stück zu Fuß. Ich möchte sie nicht unnötig warnen.« Carver holte den Browning aus der Tasche und zog den Schlitten zurück. »Hast du dein Eisen bereit?«

»Na klar, Jack.« Eric zeigte ihm seinen .38er Webley-Revolver.

»Prima. Los jetzt, zeigen wir ihm, was passiert, wenn sich einer mit uns anlegt.«

Mary saß am Tisch und las, und Ryan stocherte mit dem Schürhaken im Herdfeuer, als die Küchentür aufsprang und die Carvers hereindrängten. Mary stieß einen Schrei aus, und Ryan wirbelte herum, den Schürhaken zum Schlag erhoben.

»Das würde ich lieber lassen.« Carver streckte seine Hand vor und zeigte den Browning. »Eine falsche Bewegung, und ich blase dir den Schädel weg. Kümmere dich um die Kleine, Eric.«

»Mit Vergnügen, Jack.« Eric verstaute seinen Revolver in der Tasche, trat hinter Mary und legte ihr die Hände auf die Schultern. »Du bist jetzt ganz brav.«

Er gab ihr einen Kuß auf den Nacken, und sie krümmte sich vor Ekel. »Hören Sie auf damit!«

Ryan machte einen Schritt nach vorne. »Lassen Sie sie in Ruhe!«

Carver tippte ihn mit dem Lauf des Browning an. »Jetzt gebe ich hier die Befehle, also halte gefälligst deine Klappe. Wo ist er?«

»Wo ist wer?« wollte Ryan wissen.

»Der andere Kerl. Ich meine den Burschen, der mit der Kleinen hier im *Astoria* tanzen war. Der oberschlaue Kerl, der meinem Bruder das halbe Ohr weggeschossen hat.«

»Da kommen Sie zu spät«, antwortete Mary trotzig. »Sie sind weg.«

»Tatsächlich?« Carver blickte zu Eric hinüber. »Laß sie in Ruhe. Schau mal oben nach, aber hol lieber deine Knarre aus der Tasche.«

Eric ging hinaus, und Carver wies auf den anderen Stuhl. »Setzen«, befahl er Ryan. Der Ire gehorchte, und Carver zündete sich eine Zigarette an. »Sie hat nicht gesagt, daß *er* uns durch die Lappen gegangen ist, sondern daß es mehrere waren.«

»Na und?« fragte Ryan.

»Wer ist denn nun euer seltsamer Freund, und wer hat sonst noch mit ihm zu tun? Das will ich jetzt auf der Stelle wissen.«

»Sag nichts, Onkel Michael!« rief Mary.

»Ich doch nicht, Kleines.«

Carver hieb ihm den Browning ins Gesicht, und Ryan kippte nach hinten vom Stuhl. Als Mary aufschrie, meinte Carver zu ihr: »Ihr hättet dort bleiben sollen, wo ihr herkommt, du und dein Kumpel hier.«

In diesem Moment erschien Eric wieder in der Küche. »Da bin ich. Habe ich was versäumt?«

»Ich bringe ihm gerade Manieren bei. Und?«

»Keine Spur von ihm. In einem der Zimmer lag eine Majorsuniform.«

»Was du nicht sagst.« Carver wandte sich wieder an Ryan, der sich das Blut aus dem Gesicht wischte. »Also los, ich habe nicht die ganze Nacht Zeit.«

»Du kannst mich mal.«

»Ein harter Bursche, was? Kümmere dich um das Mädchen, Eric.«

Eric trat hinter sie, zog sie vom Stuhl hoch und schlang beide Arme um ihre Taille. »Das magst du doch, nicht wahr? Das haben sie alle gern.«

Sie stöhnte, versuchte sich von ihm loszumachen, und Carver hob den Schürhaken vom Fußboden und hielt ihn ins Feuer. »Okay, harter Mann, mal sehen, wie dir das gefällt. Entweder, du erzählst mir jetzt, was ich wissen will, oder ich stecke das hier, glühend wie es ist, deiner Nichte ins hübsche Gesicht. Sie ist zwar keine Schönheit, aber danach dürften ihre Chancen wohl auf Null sinken.«

Mary wehrte sich verzweifelt, doch Eric hielt sie fest. Er amüsierte sich. Ryan funkelte ihn in hilfloser Wut an. »Du Schwein.«

»Das hat man mir schon oft gesagt«, meinte Carver, »aber es trifft mich nicht.«

Er zog den Schürhaken aus dem Feuer. Er war glühendheiß. Carver drückte die Spitze auf die Tischplatte, und das trockene Holz knisterte und qualmte, und eine kleine Flamme züngelte hoch. Dann ging er mit dem Eisen auf Mary zu, und das Mädchen kreischte entsetzt auf.

Dieser Schrei gab den Ausschlag, und Ryan rief: »In Ordnung, ich sage alles.«

»Na schön«, meinte Carver. »Sein Name«

»Devlin – Liam Devlin.«

»IRA. Stimmt's?«

»Das ist grundsätzlich richtig.«

»Wer war bei ihm?« Ryan zögerte, und Carven berührte mit dem Schüreisen leicht die Strickjacke des Mädchens, so daß die Wolle zu schmoren begann. »Ich mache kein Scherze, mein Freund.«

»Er hat etwas für die Deutschen erledigt. Er hat einen Kriegsgefangenen hier in London befreit.«

»Und wo ist er jetzt?«

»Unterwegs zu einer Stelle in der Nähe von Romney. Er wird dort von einem Flugzeug abgeholt.«

»Bei diesem Nebel? Da muß er aber verdammtes Glück haben. Und wohin fahren sie genau?« Ryan zögerte, und Carver näherte das Eisen dem Haar des Mädchens. Der Gestank der versengten Haare war schrecklich, und sie schrie erneut vor Angst.

Daraufhin brach Ryan vollends zusammen. Er war ein tapferer Mann, aber das hier konnte er unmöglich zulassen. »Wie ich schon sagte, zu einer Stelle in der Nähe von Romney.«

»Nein, sag's nicht, Onkel Michael!« rief Mary.

»Es ist ein Dorf namens Charbury. Das Haus heißt Shaw Place.«

»Wunderbar.« Carver legte den Schürhaken auf den Herd. »Das war doch gar nicht so schlimm, oder?« Er wandte sich an Eric. »Was hältst du von einer kleinen Spritztour aufs Land?«

»Nichts dagegen, Jack« Er küßte die junge Frau wieder auf den Nacken. »Solange ich mit der kleinen Madame mal für zehn Minuten nach oben darf, ehe wir fahren.«

Sie schrie auf vor Ekel und Entsetzen, drehte sich herum und zog ihm die Fingernägel durchs Gesicht. Eric ließ sie mit einem Schmerzensruf los, dann packte er sie erneut und schlug auf sie ein. Sie wich vor ihm zurück, griff nach der Küchentür hinter sich und schaffte es, sie zu öffnen. Er schnappte nach ihr, und während sie ihn noch zu treten versuchte, stolperte sie rückwärts über die Terrasse gegen die Wand. Ein lautes Krachen ertönte, als die Wand nachgab, und die junge Frau verschwand in der Finsternis.

Ryan stieß einen Schrei aus und wollte hinter ihr her, doch Carver hielt ihn am Kragen zurück und bohrte ihm die Mündung des Browning ans Ohr. »Los, sieh nach, was mit ihr passiert ist!« rief er Eric zu.

Ryan hörte auf, sich zu wehren, und wartete schweigend. Nach einer Weile erschien Eric wieder, das Gesicht aschfahl. »Sie ist tot, Jack, sie liegt unten auf dem Steg. Sie muß sich das Genick gebrochen haben.«

Ryan trat gegen Carvers Schienbein und stieß ihn zur Seite. Er schnappte sich den Schürhaken vom Herd, holte damit aus und wollte gerade zuschlagen, als Carver ihm mitten ins Herz schoß.

Stille trat ein. Eric wischte sich das Blut aus dem Gesicht. »Was nun, Jack?«

»Wir verschwinden von hier, und zwar schnellstens.«

Er verließ die Wohnung, und Eric folgte ihm und schloß die Küchentür. Sie gingen über den Kai und stiegen in den Humber. Carver zündete sich eine Zigarette an. »Wo ist denn der Straßenatlas?« Eric fand ihn im Handschuhfach, und Carver blätterte darin. »Da ist es – Romney Marsh –, und da ist auch Charbury. Erinnerst du dich noch? Vor dem Krieg bin ich öfter mit dir und Mum nach Rye an die See gefahren, um ein bißchen auszuspannen.«

Eric nickte. »Mum hat es in Rye immer gefallen.«

»Dann laß uns losfahren.«

»Nach Charbury?« fragte Eric.

»Warum nicht? Wir haben nichts Besseres zu tun, und außerdem gibt es bei der ganzen Sache einen Aspekt, den wir noch gar nicht richtig bedacht haben, mein liebes Bruderherz. Wenn wir Devlin und diesen Deutschen erwischen und an der Flucht hindern, stehen wir am Ende noch als echte Kriegshelden da.« Er schnippte die Zigarette aus dem Seitenfenster und ersetzte sie durch eine Zigarre. »Na los, Eric, gib Gas!« sagte er und lehnte sich zufrieden in seinem Sitz zurück.

In Chernay betrug die Sicht nicht mehr als hundert Meter. Schellenberg und Asa Vaughan standen im Funkraum und warteten, während Leber den Wetterbericht einholte. Der Amerikaner trug eine Ledermütze, eine pelzgefütterte Fliegerjacke und Stiefel. Er zog nervös an einer Zigarette.

»Und?« fragte er.

»Sie haben den Wetterbericht der RAF für Südengland abgehört. Höchst wechselhaft, Hauptmann; dichter Nebel, aber ab und zu kommt Wind auf, und der Nebel verzieht sich etwas.«

»Okay«, sagte Asa Vaughan. »Hören wir mit dem Affentheater auf.«

Er ging hinaus, dicht gefolgt von Schellenberg, und eilte hinüber zum Flugzeug. Schellenberg stand ratlos vor ihm. »Asa, was soll ich Ihnen sagen?«

Asa Vaughan lachte und zog die Handschuhe an. »Herr General, ich lebe sozusagen seit meiner Bruchlandung in Finnland mit geliehener Zeit. Passen Sie auf sich auf.«

Er kletterte in die Führerkanzel, klappte die Haube herunter und verriegelte sie. Schellenberg trat zurück. Die Lysander setzte sich in Bewegung. Sie wendete am Ende des Flughafens und drehte in den Wind. Asa Vaughan schob den Gashebel nach vorne und lenkte die Maschine in die Wand aus Nebel, Dunkelheit und Regen. Er zog den Steuerknüppel zurück und ging in den Steigflug. Gleichzeitig schlug er seinen Reisekurs ein, der ihn aufs Meer hinausführte.

Schellenberg blickte ihm mit fassungsloser Bewunderung hinterher. »Mein Gott«, murmelte er. »Wenn wir doch mehr solche Männer hätten.«

Er drehte sich um und kehrte in den Funkraum zurück.

Im Arbeitszimmer auf Shaw Place lehnte Lavinia sich vom Funkgerät zurück und nahm die Kopfhörer ab. Sie verließ eilig das Zimmer und traf ihren Bruder in der Küche, wo er gerade Speck und Eier zubereitete.

»Ich hatte Hunger, Mädchen.« Wie üblich stand ein halbvolles Whiskeyglas in Reichweite, und zum erstenmal reagierte sie ungehalten.

»Lieber Himmel, Max, das Flugzeug ist unterwegs, und du kannst an nichts anderes denken als an deinen hungrigen Bauch. Ich laufe runter zur Südweide.«

Sie zog ihre Jagdjacke an, setzte sich einen alten Hut ihres Bruders auf, holte den Sack mit den Fahrradlampen und machte sich auf den Weg. Nell folgte ihr. In der Scheune gab es elektrisches Licht. Sie schaltete es ein, sobald sie dort war. Wenn sie das Wetter betrachtete, dann war es klar, daß sie sich nicht an die Verdunkelungsvorschriften halten konnte, doch das war nicht weiter schlimm. Das nächste bewohnte Haus war mindestens dreieinhalb Kilometer weit entfernt. Niemand würde etwas bemerken. Sie stellte die Fahrradlampen neben dem Scheunentor bereit und trat nach draußen und stellte die Windrichtung fest. Der Nebel war unverändert dicht und machte keine Anstalten, sich zu heben oder aufzureißen. Plötzlich hatte sie jedoch einen Eindruck, als würde ein Vorhang auf einer Bühne hochgehen, und sie konnte den Lichtschein von ihrem Haus in dreihundert Metern Entfernung erkennen.

»Das ist ja wunderbar, Nell.« Sie bückte sich und kraulte die Hündin zwischen den Ohren, doch der Nebel senkte sich wieder herab, als der Wind nachließ.

Aus London herauszukommen war der schwierigste Teil des Unternehmens, wie Devlin feststellen mußte, als sie mit fünfzehn oder zwanzig Stundenkilometern im Verkehrsstrom dahinschlichen.

»So ein Mist«, sagte er zu Steiner.

»Kommen wir jetzt zu spät zu unserem Rendezvous?« fragte Steiner.

»Der Start war für Mitternacht geplant. Noch ist nichts verloren.«

Munro ließ sich von hinten vernehmen: »Das wirft wohl ein wenig Sand in Ihr Getriebe, nicht wahr, Mr. Devlin?«

Devlin ignorierte ihn und konzentrierte sich wieder auf die Straße. Sobald sie Greenwich hinter sich hatten, nahm der Verkehr ab, und er konnte seine Verspätung wenigstens zum Teil aufholen. Zufrieden zündete er sich eine Zigarette an. »Jetzt läuft es endlich.«

»Ich würde mich nicht zu früh freuen«, meinte Munro.

»Sie haben auch für jede Situation ein passendes Wort«, erwiderte Devlin. Was halten Sie denn von dem Spruch: ›Wer zuletzt lacht, lacht am besten‹?« Und er gab Gas.

Die beiden Carvers in ihrer Humber-Limousine hatten genau das gleiche Problem, London zu verlassen. Eric erwischte außerdem noch die falsche Abzweigung von Greenwich. Daraufhin fuhr er fast fünf Kilometer in die falsche Richtung. Jack half ihm schließlich weiter, indem er den Straßenatlas hervorholte und ihm die richtige Route zeigte.

»Es ist doch so verdammt einfach. Von Greenwich nach Maidstone, von Maidstone nach Ashford. Dann nimmst du die Straße nach Rye, und die verlassen wir auf halber Strecke und biegen nach Charbury ab.«

»Aber hier gibt es doch so gut wie keine Hinweisschilder, Jack«, beschwerte sich Eric.

»Na ja, es ist ja auch Krieg. Jetzt fahr endlich weiter.«

Jack Carver lehnte sich zurück, schloß die Augen und gönnte sich ein Nickerchen.

Sowohl die Luftwaffe wie auch die RAF verfolgten bei der Annäherung an eine feindliche Küste die gleiche Taktik. Besonders bei wichtigen Missionen bemühten sie sich, während des ganzes Flugs unterhalb des Radarbereichs zu bleiben. Asa Vaughan erinnerte sich daran, wie sie das bei seiner alten Schwadron während des Kriegs zwischen Finnland und Rußland ausprobiert hatten. Sie hatten dicht über dem Meer fliegend angegriffen, um die Roten zu überrumpeln. Es lief alles wie aus dem Lehrbuch, nur hatte niemand mit der Anwesenheit der russischen Marine gerechnet. Fünf Maschinen hatte sie diese Aktion gekostet.

Daher wählte er einen Kurs in Richtung Dungeness, der ihn in gerader Linie über den Ärmelkanal führte. Es gab starken Seitenwind, und das bremste seinen Flug erheblich, doch es war leicht, den Kurs zu halten, und nur gelegentlich mußte er die Richtung korrigieren. Für den größten Teil des Weges war er über achttausend Fuß geblieben, deutlich oberhalb des Nebels, und hatte wachsam nach anderen Maschinen Ausschau gehalten.

Als es schließlich zur erwarteten Begegnung kam, überraschte es sogar einen alten Hasen wie ihn. Es war eine Spitfire, die aus dem Nebel auftauchte, eine weite Schleife flog und sich an Steuerbord neben ihn hängte. Hier oben bei Halbmond war die Sicht sehr gut, und Asa Vaughan konnte den Piloten der Spitfire mit seinem Helm und seiner Fliegerbrille in der Führerkanzel deutlich erkennen. Der Amerikaner hob eine Hand und winkte ihm zu.

Eine fröhliche Stimme drang knisternd aus seinem Sprechfunkgerät. »Hallo, Lysander, wohin des Weges?«

»Sorry«, antwortete Asa Vaughan. »Schwadron für Sondereinsätze. Wir liegen in Tempsford.«

»Ach, Sie sind ein Yankee?«

»In der RAF«, erwiderte Asa.

»Ich hab' den Film gesehen, alter Junge. Schlimm. Hals und Beinbruch.« Die Spitfire kippte seitlich weg, flog in Richtung Osten und war schon bald nicht mehr zu sehen.

Asa nickte. »Ja, das kommt davon, wenn man es sich immer so bequem wie möglich macht, alter Freund«, murmelte er.

Er tauchte in den Nebel ein, bis sein Höhenmesser tausend Fuß anzeigte, dann richtete er die Nase der Maschine auf Dungeness und Romney Marsh aus.

Shaw nahm seine Mahlzeit und anschließend eine beträchtliche Menge Whiskey zu sich. Er lümmelte in seinem Sessel neben dem Kamin im Wohnzimmer und hatte die Schrotflinte neben sich auf dem Fußboden liegen, als Lavinia hereinkam.

»O Max«, sagte sie. »was mache ich nur mit dir?«

Er schreckte hoch, als sie eine Hand auf seine Schulter legte, und sah sie an. »Hallo, altes Mädchen. Alles klar?«

Sie ging zu den Verandatüren und zog die Vorhänge auf. Der Nebel war so dicht wie zuvor. Sie schloß die Vorhänge und kehrte zu ihrem Bruder zurück. »Ich gehe wieder runter zur Scheune, Max. Das Flugzeug muß ganz in der Nähe sein.«

»In Ordnung, Kind.«

Er verschränkte die Arme, drehte den Kopf auf die Seite und schloß wieder die Augen. Sie gab es auf. Sie ging ins Arbeitszimmer und rollte die Funkantennen zusammen, dann verstaute sie das Gerät mit all seinen Teilen in der Holzkiste. Als sie die Haustür öffnete, schlüpfte Nell neben ihr hinaus, und sie gingen gemeinsam zur Südweide.

Vor der Scheune blieb Lavinia stehen und lauschte. Kein Laut war zu hören. Der Nebel hüllte sie ein und erstickte alles. Sie betrat die Scheune und knipste das Licht an. Neben dem Tor befand sich eine Werkbank. Dort stellte sie das Funkgerät auf, spannte die Antennen an den Wänden entlang und benutzte dazu einige rostige Nägel. Sie setzte die Kopfhörer auf, schaltete auf die Sprechfunkfrequenz, wie Devlin es ihr demonstriert hatte, und hörte augenblicklich Asa Vaughans Stimme.

»Falke, hören Sie mich? Ich wiederhole, hören Sie mich?«

Es war Viertel vor zwölf, und die Lysander war nur noch fünf Meilen entfernt. Lavinia stand in der Toröffnung der Scheune, blickte zum Himmel und preßte einen Kopfhörer mit der Hand gegen ihr linkes Ohr. Von dem Flugzeug hörte sie noch nichts.

»Ich höre Sie, Lysander. Ich höre Sie.«

»Wie sind die Wetterverhältnisse bei Ihnen?« krächzte Asas Stimme.

»Dichter Nebel. Sicht unter fünfzig Yards. Gelegentliche Windböen. Ich schätze Stärke vier bis fünf. Es klart immer nur kurz auf.«

»Haben Sie Landemarkierungen ausgelegt?« fragte er.

Das hatte sie völlig vergessen. »Oh, mein Gott, nein. Dazu brauche ich ein paar Minuten.«

Sie warf die Kopfhörer beiseite, holte den Sack mit den Fahrradlampen und rannte hinaus auf die Wiese. Dort legte sie drei Lampen in der Form eines auf dem Kopf stehenden L mit dem Querbalken zur Windseite aus und schaltete sie ein, so daß ihr Licht nach oben strahlte. Dann lief sie zu einem Punkt auf der Wiese, der etwa zweihundert Meter weit entfernt war, Nell ständig neben ihr, und legte drei weitere Lampen aus.

Sie rang nach Atem, als sie zur Scheune zurückkam und nach Kopfhörern und Mikrofon griff. »Hier ist Falke. Die Markierungen sind ausgelegt.«

Sie schaute wieder zum Himmel. Jetzt konnte sie die Lysander deutlich hören. Sie schien in wenigen hundert Metern Entfernung vorbeizufliegen und sich zu entfernen.

»Hier ist Falke«, rief sie ins Mikrofon. »Ich habe Sie gehört. Sie waren genau über mir.«

»Ich kann überhaupt nichts erkennen«, erwiderte Asa Vaughan. »Die Sicht ist katastrophal.«

In diesem Moment erschien Sir Maxwell Shaw aus der Dunkelheit. Er trug weder Regenmantel noch Hut und war sehr betrunken. Seine Worte waren kaum zu verstehen. »Ah, da bist du ja, Kindchen. Ist alles in Ordnung?«

»Nein, das ist es nicht«, erwiderte sie heftig.

Asa meldete sich. »Ich gehe in Warteposition und kreise ein wenig. Vielleicht bessert die Lage sich kurzfristig.«

»In Ordnung, ich bleibe auf Empfang.«

Kurz vor Ashford war es zu einem Verkehrsunfall gekommen. Ein großer Lastwagen und ein Personenwagen waren darin verwickelt. Die Straße war mit Kartoffeln übersät. Devlin, der das Lenkrad krampfhaft umklammert hielt und unruhig auf seinem Platz hin und her rutschte, wartete fünfzehn Minuten in der Autoschlange, bis er ausscherte und wendete.

»Es ist fast Mitternacht«, sagte er zu Steiner. »Wir können es uns nicht leisten, hier noch länger festzuhängen. Ich suche einen anderen Weg.«

»Was ist denn das?« meinte Munro spöttisch. »Haben Sie Probleme, Mr. Devlin?«

»Nein, Sie Mistkerl, aber die werden Sie bald haben, wenn Sie nicht den Mund halten«, versprach ihm Devlin und nahm die nächste Abzweigung nach links.

Etwa zur gleichen Zeit wagte Asa Vaughan seinen vierten Landeanflug. Das Fahrwerk ließ sich nicht einziehen, und an den Radnaben waren Landescheinwerfer angebracht. Er hatte sie eingeschaltet, aber sie zeigten ihm nur wallende Nebelschwaden. »Falke, es ist unmöglich. Ich sehe absolut nichts.«

Seltsamerweise war es Maxwell Shaw, der mit einer Lösung aufwartete. »Er braucht mehr Licht«, sagte er. »Und zwar jede Menge. Ich meine, er würde das verdammte Haus doch sehen, wenn die gesamte Festbeleuchtung an wäre, oder nicht?«

»Mein Gott!« stieß Lavinia hervor und riß das Mikrofon an sich. »Hier ist Falke. Hören Sie genau zu. Ich bin selbst Pilotin, daher weiß ich, wovon ich rede.«

»Dann lassen Sie mal hören«, sagte Asa Vaughan.

»Unser Haus steht etwa dreihundert Yards entfernt am südlichen Ende der Weide windabwärts. Ich laufe jetzt hin und schalte jede verfügbare Lichtquelle an.«

»Ist das nicht zu auffällig?« fragte Asa.

»Nicht bei diesem Nebel, und außerdem liegt das nächste Haus zwei Meilen weit weg. Ich gehe jetzt. Viel Glück.« Sie legte Kopfhörer und Mikrofon beiseite. »Du bleibst hier, Max, ich bin gleich wieder da.«

»Wird gemacht, altes Mädchen.«

Sie rannte die ganze Strecke bis zum Haus, riß die Haustür auf, rang kurz nach Atem und eilte dann die Treppe hinauf. Zuerst schaltete sie oben in jedem Zimmer, sogar in den Bädern, die Beleuchtung ein und riß die Verdunkelungsvorhänge auf. Dann tat sie das gleiche im Paterre. Sie verließ das Haus und drehte sich nach fünfzig Metern um. Das Haus stand in strahlender Pracht vor ihr.

Maxwell Shaw nahm einen Schluck Whiskey aus seiner Taschenflasche, als sie zu ihm zurückkam. »Der alte Schuppen sieht aus wie ein verdammter Weihnachtsbaum«, meinte er zu ihr.

Sie beachtete ihn nicht, sondern nahm wieder das Mikrofon zur Hand. »Okay, ich bin fertig. Ist es so besser?«

»Ich seh's mir mal an«, antwortete Asa Vaughan.

Er ging mit der Lysander auf fünfhundert Fuß herunter und empfand plötzlich einen seltsamen Fatalismus. »Zum Teufel, Asa«, sagte er sich. »Wenn du diesen Krieg überlebst, dann verpassen sie dir zu Hause fünfzig Jahre in Leavenworth, also was hast du eigentlich zu verlieren?«

Er setzte zum Landeanflug an, und diesmal war der Nebel mit

einem diffusen Leuchten erfüllt, und eine Sekunde später konnte er Shaw Place mit seinen hellen Fenstern deutlich erkennen. Er war eigentlich immer ein guter Pilot gewesen, doch für einen Moment war er geradezu überwältigt von sich, als er den Steuerknüppel nach hinten zog und mit einem eleganten Satz über das Haus hinwegzuhüpfen schien. Auf der anderen Seite sah er schließlich die Markierungslampen auf der Wiese und das offene Scheunentor.

Die Lysander legte eine perfekte Landung hin und rollte auf die Scheune zu. Lavinia hatte die Torflügel weit geöffnet. Ihr Bruder winkte die Maschine herein. Asa schaltete den Motor aus, nahm seine Fliegermütze ab und stieg aus.

»Ich würde sagen, das war ziemlich knapp« , meinte die Frau und streckte dem Piloten die Hand entgegen. »Ich bin Lavinia Shaw, und das ist mein Bruder Maxwell.«

»Sehr angenehm. Asa Vaughan. Ich bin Ihnen einiges schuldig.«

»Überhaupt nichts. Ich bin selbst Pilotin. Ich habe früher mal eine Tiger Moth geflogen.«

»Donnerwetter, dieser Bursche klingt ja wie ein verdammter Ami«, stellte Maxwell Shaw fest.

»Nun, man könnte durchaus behaupten, daß ich dort aufgewachsen bin.« Asa wandte sich an Lavinia. »Wo sind die anderen?«

»Keine Spur von Major Conlon, fürchte ich. Nebel von London bis hinunter zur Küste. Ich nehme an, sie wurden unterwegs aufgehalten.«

Asa Vaughan nickte. «Okay, geben wir wenigstens nach Chernay durch, daß ich heil gelandet bin.«

Im Funkraum von Chernay saß Schellenberg derweil verzweifelt und wartete. Der Wetterbericht der RAF, den Cherbourg abgehört hatte, bestätigte nur, wie unmöglich die Lage war. Dann schreckte Leber, der unter seinen Kopfhörern vor dem Funkgerät saß, plötzlich hoch.

»Es ist Falke, Herr General.« Er lauschte und schrieb gleichzeitig hastig etwas auf seinen Notizblock, riß das Blatt ab und gab es an Schellenberg weiter. »Er hat es geschafft, Herr General. Er hat diese verrückte Kiste tatsächlich runtergebracht.«

»Ja«, sagte Schellenberg und war nur ein wenig getröstet. »Das hat er wohl, aber seine Passagiere sind nicht da.«

»Er sagte, sie seien durch den Nebel aufgehalten worden, Herr General.«

»Hoffen wir, daß das der wahre Grund ist. Melden Sie ihm, daß wir auf Empfang bleiben.«

Leber gab die Meldung per Morsetaste durch, dann schob er die Kopfhörer herunter.

»Warum legen Sie Ihre Beine nicht für eine Stunde hoch, Herr General? Ich bleibe am Gerät.«

»Ich werde jetzt lieber duschen und mich frisch machen«, erklärte Schellenberg. »Danach trinken wir gemeinsam eine Tasse Kaffee, Herr Oberfeldwebel.« Er ging zur Tür.

»Trotz allem gibt es keine Eile«, meinte Leber. »Er würde es niemals schaffen, die Lysander heil zurückzubringen, solange sich das Wetter nicht bessert.«

»Lassen Sie uns darüber besser noch nicht nachdenken«, meinte Schellenberg und verließ den Funkraum.

Auf Shaw Place ging Asa Vaughan von Zimmer zu Zimmer und half Lavinia die Lampen auszuknipsen. Shaw hing in seinem Sessel am Feuer, starrte mit glasigen Augen ins Leere und war offensichtlich mit seinen Gedanken weit weg.

»Ist er oft in diesem Zustand?« fragte Asa.

Sie ließ die Terrassentüren offen, zog aber die Vorhänge zu. »Mein Bruder ist kein sehr glücklicher Mensch. Entschuldigen Sie, ich habe Sie nicht nach Ihrem militärischen Rang gefragt.«

»Captain«, sagte er.

»Also, Captain, sagen wir einfach, daß das Trinken ihm ein wenig hilft. Kommen Sie doch mit in die Küche. Ich bereite uns Tee oder Kaffee, was Sie wollen.«

»Dann lieber Kaffee.«

Er setzte sich auf die Tischkante und rauchte eine Zigarette, während sie Kaffee aufschüttete. Er sah in seiner SS-Uniform sehr gut aus, und sie war sich seiner Nähe sehr bewußt. Als er seine Fliegerjacke auszog, sah sie den Namensstreifen an seinen Ärmelstulpen.

»Lieber Himmel, die George-Washington-Legion? Ich wußte gar nicht, daß es so etwas gibt. Mein Bruder hatte recht. Sie sind Amerikaner.«

»Ich hoffe, Sie machen mir das nicht zum Vorwurf«, sagte er.

»Das tun wir ganz bestimmt, Sie wunderbarer Yankeebastard.« Während Asa herumfuhr, trat Liam Devlin durch die Tür und umarmte ihn. »Wie zum Teufel haben Sie es geschafft, in diesem Mistwetter zu landen? Wir haben bis jetzt gebraucht, um mit dem Auto von London hierherzukommen.«

»Ich nehme an, das habe ich meinem Genie zu verdanken«, meinte Asa Vaughan bescheiden.

Hinter Devlin erschien Munro. Seine Hände waren noch immer gefesselt, und der weiße Schal verdeckte seine Augen. Steiner stand neben ihm. »Oberst Kurt Steiner, das Ziel unserer kleinen Übung sowie etwas zusätzlicher Ballast, den wir unterwegs aufgesammelt haben«, stellte Devlin vor.

»Oberst, es ist mir ein aufrichtiges Vergnügen.« Asa Vaughan schüttelte Steiner die Hand.

Lavinia meldete sich zu Wort: »Warum setzen wir uns nicht ins Wohnzimmer und trinken eine Tasse Kaffee? Ich habe gerade frischen aufgebrüht.«

»Eine verlockende Idee«, sagte Munro.

»Was Sie möchten und was Sie bekommen, sind zwei völlig verschiedene Dinge, Brigadier«, klärte Devlin ihn auf. »Aber wenn er schon fertig ist, können wir ihn auch trinken. Fünf Minuten, und dann sind wir unterwegs.«

»Darauf würde ich nicht wetten. Ich muß erst nachfragen, wie die Lage in Chernay ist«, sagte Asa Vaughan zu ihm, während sie ins Nebenzimmer gingen. »Das Wetter dort war bei meinem Start mindestens genauso schlimm wie hier.«

»Das hat uns gerade noch gefehlt«, meinte Devlin. Im Wohnzimmer schob er Munro in den anderen Sessel am Feuer und warf einen angewiderten Blick auf Maxwell Shaw. »Mein Gott, wenn man ein Streichholz neben ihn halten würde, ginge er sofort in Flammen auf.«

»Er hat sich regelrecht zugeschüttet«, sagte Asa.

Shaw erwachte und schlug die Augen auf. »Wass'n los?« Er richtete seine Blicke auf Devlin. »Conlon, sind Sie das?«

»In voller Lebensgröße«, erwiderte Devlin.

Shaw richtete sich auf und blickte zu Munro. »Wer zum Teufel ist das? Warum hat er dieses dämliche Ding vor den Augen?« Er streckte die Hand aus und riß den Schal herunter, noch ehe ihn jemand daran hindern konnte. Munro schüttelte benommen den Kopf und sah blinzelnd ins Licht. Shaw betrachtete ihn eingehend. »Ich kenn' Sie doch, oder?«

»Das sollten Sie eigentlich, Sir Maxwell«, sagte Dougal Munro. »Wir beide sind schließlich seit Jahren Mitglieder des *Army and Navy Club*.«

»Natürlich.« Shaw nickte heftig. »Ich dachte mir doch, daß ich Sie kenne.«

»Damit ist es wohl entschieden, Brigadier«, meinte Devlin. »Ich wollte Sie eigentlich irgendwo im Sumpfgebiet absetzen, ehe wir starten. Von da aus hätten Sie dann selbst nach Hause zurückfinden müssen, aber jetzt wissen Sie, wer unsere Helfer sind.«

»Womit Sie zwei Möglichkeiten haben. Entweder mich zu erschießen oder mich mitzunehmen.«

Es war Steiner, der die Entscheidung traf. »Haben wir Platz, Herr Hauptmann?«

»Aber sicher, das schaffen wir schon«, sagte Asa Vaughan.

Steiner wandte sich an Devlin. »Es liegt bei Ihnen, Mr. Devlin.«

Munro winkte ab. »Zerbrechen Sie sich nicht den Kopf, mein Freund, ich bin überzeugt, Ihre Nazischergen da drüben werden ganz gut für mich bezahlen.«

Asa ergriff wieder das Wort. »Ich hatte noch nicht die Gelegenheit, Sie über den Stand der Dinge zu informieren. Sie sollten sich lieber anhören, was ich Ihnen zu sagen habe, denn Sie alle stecken bis zum Hals mittendrin, wenn wir es schaffen, heil zurückzukehren.«

»Dann schießen Sie mal los«, forderte Steiner ihn auf.

Und Asa berichtete.

Der Nebel war nach wie vor nahezu undurchdringlich, als sie sich in der Scheune um das Funkgerät scharten. Lavinia hatte vor sich einen Schreibblock liegen, auf dem sie eifrig mitschrieb, was durchgegeben wurde. Sie reichte Asa die Nachricht. Er las sie und gab sie an Devlin weiter. »Sie empfehlen uns, noch eine Stunde zu warten. Es besteht die vage Chance, daß die Verhältnisse in Chernay sich bis dahin etwas gebessert haben.«

Devlin sah Steiner an. »Wir scheinen keine andere Wahl zu haben.«

»Nun, ich kann nicht gerade behaupten, daß mir das für Sie leid tut.« Munro schenkte Lavinia einen Blick von unwiderstehlichem Charme. »Mir ist da gerade ein reizvoller Gedanke gekommen, meine Liebe. Was meinen Sie, könnte ich noch eine Tasse Tee bekommen, wenn wir ins Haus zurückkehren?«

Shaw lag in seinem Sessel am Feuer und war fest eingeschlafen. Munro saß ihm gegenüber, seine Hände waren immer noch gefesselt. Asa hatte sich in die Küche verzogen und war Lavinia behilflich.

»Ich habe gerade daran gedacht«, sagte Devlin zu Steiner, »daß Sie wahrscheinlich eine Waffe brauchen.« Er griff nach seiner Reisetasche, stellte sie auf den Tisch und öffnete sie. Die Walther mit dem Schalldämpfer lag darin auf einem Hemdenstapel.

»Ein guter Gedanke«, sagte Steiner.

Ein Windstoß fuhr in den Raum, die Verandatüren knarrten, und dann wurden die Vorhänge aufgezogen, und Jack und Eric Carver traten mit gezückten Pistolen in den Raum.

14

Devlin faßte sich als erster. »Seht doch mal, was der Wind uns da reinweht.«

»Wer sind diese Männer?« fragte Steiner ruhig.

»Nun, der große, häßliche ist Jack Carver. Er hat die Kontrolle über das Londoner East End. Er verdient sein Geld auf ehrliche Art durch Schutzgelder, Glücksspiel und Prostitution.«

»Sehr lustig«, meinte Carver.

»Der andere, der so aussieht, als sei er gerade erst aus irgendeinem Loch gekrochen, ist sein Bruder Eric.«

»Ich werde dir gleich zeigen, wo ich herkomme.« Eric bewegte sich auf ihn zu, das Gesicht zu einer wütenden Grimasse verzerrt. »Dann bekommst du das ab, was wir deinem Kumpel und seiner Nichte verpaßt haben.«

Devlin hatte das Gefühl, zu Eis zu erstarren. Sein Gesicht wurde schlagartig totenblaß. »Was soll das heißen?«

»Diesmal machen wir keinen Fehler«, sagte Carver. »Sieh nach, ob er immer noch diese verdammte Knarre unter seinem Hosenbein hat.«

Eric ging in die Knie und erleichterte Devlin um seine Smith & Wesson. »Zweimal hast du nicht soviel Glück, du raffinierter Hund.«

»Wir sprachen von meinen Freunden«, meinte Devlin gelassen. »Was ist passiert?«

Carver schien die Situation Spaß zu machen. Er zog eine Zigarre aus der Tasche , biß ein Ende ab und schob sie sich in den Mund. »Ich habe dich suchen lassen, mein Sohn. Hatte aber wenig Glück. Und dann half uns ein Zufall weiter. Eric sah die Kleine gestern abend in Wapping in der High Street. Und da ist er ihr einfach bis nach Hause gefolgt.«

»Und dann?«

»Haben wir dem Haus einen Besuch abgestattet, kurz nachdem du ausgeflogen warst. Ein bißchen Druck hat ausgereicht, und jetzt sind wir hier.«

»Und mein Freund hat sofort geredet?« fragte Devlin. »Das kann ich kaum glauben.« Er wandte sich an Steiner. »Sie doch auch nicht, oder, Herr Oberst?«

»Ich finde das seltsam«, gab Steiner ihm recht.

»Nun ja, ich würde nicht ganz so schlecht von ihm denken.« Carver ließ sein Feuerzeug aufschnippen und hielt die Flamme an die Zigarre. »Ich meine, es war eher seine Nichte, wegen der er sich Sorgen machte. Er mußte nur vernünftig sein.«

»Viel hat es den beiden aber doch nicht geholfen.« Eric grinste gemein. »Willst du wissen, was mit ihr passiert ist? Sie wollte weglaufen, und dabei ist sie glatt über das Geländer auf den Steg geflogen. Sie hat sich das Genick gebrochen.«

»Und Michael?« fragte Devlin Carver heiser.

»Den habe ich erschossen. Das ist es doch, was man normalerweise mit tollen Hunden tut, nicht wahr?«

Devlin machte einen Schritt vorwärts, und der Ausdruck in seinem Gesicht war furchtbar. »Ihr beide seid so gut wie tot.«

Carver hörte auf zu lächeln. »Nicht wir, du mieses Schwein – du bist tot. Ich verpasse dir eine Ladung mitten in deinen Wanst, damit es länger dauert und du mehr davon hast.«

In diesem Moment wurde Shaw wach. Er schlug die Augen auf, streckte und reckte sich und sah sich um. »Was ist denn hier los?«

Im gleichen Moment wurden die Doppeltüren aufgestoßen, und Lavinia erschien mit einem Tablett. Asa tauchte neben ihr auf. »Tee für alle!« rief sie, dann blieb sie wie angewurzelt stehen.

»Bleibt, wo ihr seid!« befahl Jack Carver.

Sie war zutiefst erschrocken, sagte aber kein Wort.

Es war Dougal Munro, der ihr zu helfen versuchte. »Ganz ruhig, meine Liebe. Regen Sie sich nicht auf.«

Shaw hatte sich mittlerweile schwankend auf die Füße gekämpft. Seine Augen waren blutunterlaufen, er lallte. »Ihr verfluchten Schweine. Was fällt euch ein, in mein Haus einzudringen und mit Pistolen herumzufuchteln?«

»Noch einen Schritt weiter, du alter Sack, und ich puste dich weg«, drohte ihm Carver.

Lavinia rief: »Tu, was er sagt, Max.« Sie ließ das Tablett unter lautem Getöse fallen und machte einen Schritt nach vorne.

Carver wandte sich um und schoß auf sie, mehr aus einem Reflex heraus als aus kühler Berechnung. Maxwell Shaw stieß einen heiseren Wutschrei aus, sprang auf ihn zu, und Carver feuerte erneut. Er traf ihn zweimal aus nächster Nähe.

Asa kniete neben Lavinia. Er schaute hoch. »Sie ist tot.«

»Ich habe euch gewarnt, oder etwa nicht?« Carvers Gesicht war verzerrt.

»Das haben Sie, Mr. Carver«, gab Kurt Steiner ihm recht.

Seine Hand tauchte in Devlins Reisetasche, die auf dem Tisch stand, fand den Griff der Walther PPK, zog sie in einer fließenden Bewegung heraus und schoß. Die Kugel traf Carver in die Stirn genau zwischen die Augen. Er kippte nach hinten und brach mitsamt einem Stuhl zusammen.

»Jack!« schrie Eric auf, doch als er einen Schritt auf ihn zu machte, packte Devlin sein Handgelenk, drehte es herum, bis Eric den Revolver fallen ließ.

Eric wich zurück, und Devlin sagte: »Du hast das Mädchen getötet, war es das, was du mir mitteilen wolltest?«

Er bückte sich und hob Maxwell Shaws Schrotflinte vom Fußboden neben dem Sessel auf.

Eric zitterte vor Angst. »Es war ein Unfall. Sie rannte weg. Und stürzte über das Geländer.« Die Vorhänge bauschten sich im Wind, der durch die Verandatür wehte, und er stolperte nach draußen auf die Terrasse.

»Aber warum ist sie weggelaufen? Vor wem? Das ist der springende Punkt«, sagte Devlin und spannte die Hähne.

»Nein!« brüllte Eric heiser, und Devlin feuerte beide Läufe auf ihn ab. Die Wucht des Schlags schleuderte den Mann über die Balustrade.

In Chernay war es fast zwei Uhr, und Schellenberg saß dösend auf einem Stuhl in einer Ecke des Funkraums, als Leber ihn weckte.

»Der Falke meldet sich, Herr General...«

Schellenberg kam sofort zu ihm herüber. »Was ist los?«

»Sie wollten wissen, wie das Wetter hier drüben ist. Ich habe ihnen den neuesten Stand durchgegeben.«

»Und?«

»Einen Moment, Herr General, er meldet sich noch einmal.« Er lauschte aufmerksam und sah hoch. »Er sagt, er kann nicht länger warten. Er startet jetzt.«

Schellenberg nickte. »Wünschen Sie ihm viel Glück.«

Er ging zur Tür, öffnete sie und trat nach draußen. Der Nebel trieb unbarmherzig vom Meer landeinwärts, und er schlug seinen Mantelkragen hoch und ging ziellos über die Rollbahn.

Ungefähr zur gleichen Zeit saß Horst Berger am Fenster des Zimmers, das ihm in Belle Ile zugewiesen worden war. Er hatte nicht einschlafen können angesichts dessen, was ihn am Morgen erwartete. Also saß er in der Dunkelheit am geöffneten Fenster und lauschte dem Regen, der draußen durch den Nebel fiel. Es klopfte an der Tür. Als sie aufging, fiel Licht in das Zimmer. Draußen stand einer der diensthabenden SS-Wächter.

»Herr Sturmbannführer?« rief er halblaut.

»Hier bin ich. Was ist?«

»Der Reichsführer schickt nach Ihnen. Er erwartet Sie in seinen Privaträumen.«

»In fünf Minuten«, meinte Berger, und der Mann ging hinaus.

Im Nebenraum seiner Suite stand Himmler in vollständiger Uniform am brennenden Kamin, als Berger anklopfte und eintrat. Der Reichsführer drehte sich um. »Ah, da sind Sie ja.«

»Mein Reichsführer?«

»Der Führer kann offenbar nicht schlafen. Er wünscht mich zu sehen. Und er hat ausdrücklich darum gebeten, daß Sie mitkommen.«

»Denken mein Reichsführer, daß das irgend etwas zu bedeuten hat?«

»Nicht im geringsten«, sagte Himmler. »Die Gesundheit des Führers ist schon seit einiger Zeit ziemlich angegriffen. Seine Schlaflosigkeit ist nur eines von zahlreichen Symptomen. Er verläßt sich voll und ganz auf die Maßnahmen seines Leibarztes Herrn Professor Morell, und das in einem geradezu lächerlichen Ausmaß. Unglücklicherweise, jedenfalls sieht das der Führer so, befindet sich Morell zur Zeit in Berlin, und der Führer ist hier.«

»Ist Morell denn so wichtig für ihn?« fragte Berger.

»Viele halten ihn für einen Quacksalber«, sagte Himmler. »Andererseits kann man den Führer nicht gerade einen einfachen Patienten nennen.«

»Ich verstehe, mein Reichsführer. Aber warum soll ich mitkommen?«

»Wer weiß? Aus irgendeiner Laune.« Himmler sah auf die Uhr. »Wir werden in einer Viertelstunde in seinen Räumen erwartet. Für den Führer ist Pünktlichkeit das wichtigste überhaupt. Keine Minute zu früh, keine zu spät. Auf dem Tisch steht frischer Kaffee. Trinken Sie eine Tasse, ehe wir gehen.«

In der Scheune auf Shaw Place sahen alle schweigend zu, wie Devlin die Nachricht über das Funkgerät absetzte. Dann legte er die Kopfhörer beiseite, schaltete das Gerät ab und drehte sich zu Steiner und Asa Vaughan um, die neben ihm standen. Sie hatten Dougal Munro, dessen Hände immer noch gefesselt waren, in die Mitte genommen.

»Das wär's«, sagte Devlin. »Ich habe Schellenberg durchgegeben, daß wir starten.«

»Dann sollten wir die Maschine herausholen«, sagte Asa.

Munro lehnte sich an die Wand, während die drei Männer die Lysander in den Nebel bugsierten. Sie rollten sie ein Stück weit von der Scheune weg. Asa klappte das Dach der Führerkanzel hoch und griff nach seiner Ledermütze.

»Was geschieht mit unserem Freund in der Scheune?« fragte Steiner.

»Der bleibt hier«, sagte Devlin.

Steiner musterte ihn fragend. »Sind Sie sicher?«

»Herr Oberst«, sagte Devlin, »Sie sind ein netter Mensch, und aufgrund der Kriegswirren und der Unwägbarkeiten des Schicksals stehe ich im Augenblick auf Ihrer Seite, aber dies ist eine persönliche Sache. Ich habe nicht die Absicht, den Chef der Abteilung D des SOE dem deutschen Geheimdienst auszuliefern. Und jetzt steigen Sie bitte ein und bereiten den Start vor. Ich bin sofort bei Ihnen.«

Als er die Scheune betrat, hatte Munro sich auf der Tischkante neben dem Funkgerät niedergelassen und mühte sich mit der Schnur um seine Handgelenke ab. Er hielt inne, als Devlin hereinkam. Der Ire holte ein kleines Klappmesser aus der Hosentasche und klappte eine Klinge heraus.

»Warten Sie, Brigadier, ich helfe Ihnen.«

Er durchtrennte die Schnur, befreite ihn, und Munro massierte seine Handgelenke. »Was soll das?«

»Sie haben doch nicht etwa ernsthaft angenommen, daß ich Sie diesen Nazischweinen überlasse, oder? Für eine Weile gab es ein kleines Problem, als Shaw Sie mit Dingen konfrontierte, die Ihnen besser verborgen geblieben wären, aber jetzt ist keiner mehr übrig. Mein Freund Michael Ryan und Mary, seine Nichte, auf dem Cable Wharf, die Shaws. Alle sind tot. Es ist niemand mehr da, dem Sie schaden könnten.«

»Gott steh mir bei, aber ich werde Sie wohl nie begreifen, Devlin.«

»Warum sollten Sie auch, Brigadier, wenn ich selbst mich manchmal nicht einmal richtig verstehe?« Der Motor der Lysander sprang an, und Devlin klemmte sich eine Zigarette zwischen die Lippen. »Wir brechen jetzt auf. Sie können ja die RAF alarmieren, aber es müßte schon mit dem Teufel zugehen, wenn sie uns bei dem Nebel finden.«

»Das stimmt«, gab Munro zu.

Devlin betätigte sein Feuerzeug. »Andererseits könnten Sie auch zu der Überzeugung gelangt sein, daß Walter Schellenberg mit seinen Überlegungen recht hat.«

»Seltsam«, sagte Munro. »Es hat in diesem Krieg Momente gegeben, da wäre ich bei dem Gedanken, daß jemand Hitler töten würde, vor Freude in die Luft gesprungen.«

»Ein großer Mann hat einmal gesagt, daß die Zeiten sich ändern und daß vernünftige Menschen sich mit ihnen ändern.«

Devlin ging zur Tür. »Goodbye, Brigadier, ich gehe nicht davon aus, daß wir uns noch einmal begegnen.«

»Ich wünschte, ich könnte mich darauf verlassen«, sagte Munro ehrlich.

Der Ire lief hinüber zur Lysander, wo Steiner gerade die Tücher mit den RAF-Symbolen von den Tragflächen entfernte und die Insignien der deutschen Luftwaffe freilegte. Devlin eilte zum Schwanzleitwerk, tat dort das gleiche, dann kletterte er hinter Steiner in die Maschine. Die Lysander rollte zum Ende der Weide und drehte sich in den Wind. Sekunden später jagte sie röhrend die Startbahn hinunter und hob ab. Munro stand am Rand des Feldes und lauschte dem Motorgeräusch, das von der Nacht aufgesogen wurde. Ein Wimmern drang aus der Dunkelheit, und Nell erschien neben ihm und sah zu ihm hoch. Als er sich umwandte und zum Haus zurückkehrte, folgte sie ihm schwanzwedelnd.

Jack Carter, der im Vorzimmer der SOE-Zentrale saß, hörte den typischen Klang des roten Telefons und eilte ins Nebenzimmer, um abzunehmen.

»Jack?« fragte Munro.

»Gott sei Dank, Sir, ich habe mir furchtbare Sorgen gemacht. Ich bin gerade erst von York zurückgekommen und bin mitten in einem Minenfeld gelandet. In der St. Mary's Priory ist die Hölle los, und der Pförtner sagte, Sie wären dort gewesen, Sir. Was zum Teufel ist denn passiert?«

»Es ist eigentlich ganz einfach, Jack. Ein überaus gewiefter Gentleman namens Liam Devlin hat uns alle gründlich an der Nase herumgeführt und befindet sich im Augenblick mit Colonel Kurt Steiner auf dem Rückflug nach Frankreich.«

»Soll ich die RAF alarmieren?« fragte Carter.

»Darum kümmere ich mich schon. Es gibt Wichtigeres zu tun.

Erstens, es gibt da ein Haus auf dem Cable Wharf in Wapping, das einem Mann namens Ryan gehört. Sie werden ihn und seine Nichte dort finden, beide tot. Die Leichen sollen sofort weggeschafft und alle Spuren beseitigt werden. Benutzen Sie das Krematorium in Nord-London.«

»In Ordnung, Sir.«

»Ich brauche auch hier einen Aufräumtrupp, Jack. Und zwar auf Shaw Place unweit von Charbury, einem winzigen Dorf in Romney Marsh. Kommen Sie selbst her. Ich warte auf Sie.«

Er legte den Telefonhörer auf die Gabel. Natürlich würde er die RAF nicht benachrichtigen. Schellenberg hatte recht, und daran ließ sich nichts ändern. Er verließ das Arbeitszimmer und ging zur Haustür. Als er sie öffnete, war der Nebel unverändert dicht. Nell winselte, hockte auf ihren Hinterbeinen und blickte ihn erwartungsvoll an.

Munro bückte sich und kraulte ihre Ohren. »Armes altes Mädchen«, sagte er. »Und armer alter Devlin. Ich wünsche ihm wirklich alles Glück dieser Welt.«

Als Himmler und Berger die Wohnung des Führers betraten, saß Adolf Hitler neben dem gewaltigen Kamin, in dem ein Feuer brannte. Er hatte eine aufgeschlagene Akte auf seinen Knien liegen, in der er las, während die beiden Männer abwartend stehenblieben. Nach einer Weile schaute er hoch, und in seinen Augen lag ein seltsam leerer Ausdruck.

»Reichsführer?«

»Sie haben mich und Sturmbannführer Berger zu sich bestellt.«

»Ach ja.« Hitler klappte die Akte zu und legte sie auf einen kleinen Beistelltisch. »Der junge Mann, der meinen Schutz so hervorragend organisiert hat. Ich bin beeindruckt, Reichsführer.« Er stand auf und legte eine Hand auf Bergers Schulter. »Das haben Sie gut gemacht.«

Berger nahm eine stramme Haltung an. »Es war mir eine Ehre, Ihnen zu dienen, mein Führer.«

Hitler strich mit einem Finger über Bergers Eisernes Kreuz Erster Klasse. »Wie ich sehe, sind Sie auch ein tapferer Soldat?« Er wandte sich an Himmler. »Obersturmbannführer wäre doch viel angemessener, denke ich.«

»Ich werde mich darum kümmern, mein Führer«, versprach Himmler.

»Gut.« Hitler wandte sich wieder an Berger und lächelte ihn gewinnend an. »Und jetzt können Sie abtreten. Der Reichsführer und ich haben wichtige Angelegenheiten zu besprechen.«

Berger schlug die Hacken zusammen und reckte einen Arm hoch. »Heil Hitler!« sagte er, machte auf dem Absatz kehrt und ging hinaus.

Hitler ließ sich wieder in seinen Sessel fallen und wies auf die Sitzgelegenheit gegenüber. »Nehmen Sie Platz, Reichsführer.«

»Es ist mir eine Ehre.«

Himmler setzte sich. »Schlaflosigkeit kann auch ein Segen sein«, sagte Hitler. »Man erhält zusätzliche Zeit, um über wichtige Dinge nachzudenken. Zum Beispiel über diese Akte.« Er hob sie hoch. »Ein gemeinsam abgefaßter Bericht von Rommel und Canaris, in dem sie mich davon zu überzeugen versuchen, daß die Alliierten eine Invasion in der Normandie vorbereiten. Das ist natürlich Unsinn. Nicht einmal Eisenhower würde so dumm sein.«

»Ich stimme Ihnen zu, mein Führer.«

»Nein, es ist offensichtlich, daß Pas de Calais das Ziel ist, jeder Idiot erkennt das.«

Himmler wählte seine Worte sorgfältig. »Und trotzdem wollen Sie Rommel als Oberbefehlshaber der Heeresgruppe B mit voller Verantwortung für die Anlagen des Atlantikwalls bestätigen?«

»Warum nicht?« sagte Hitler. »Er ist ein brillanter Soldat, das ist uns allen klar. Er wird meine Entscheidung in dieser Angelegenheit in anständiger Haltung akzeptieren und meine Befehle befolgen. Das gilt auch für Canaris.«

»Aber werden sie das wirklich, mein Führer?«

»Sie zweifeln an ihrer Gefolgschaftstreue?« fragte Hitler. »Wollen Sie das mit Ihrer Frage ausdrücken?«

»Was kann ich dazu sagen, mein Führer? Der Admiral hat den Ideen des Nationalsozialismus nicht immer in der Form gegenübergestanden, wie ich es mir gewünscht hätte. Und was Rommel betrifft...« Himmler hob die Schultern. »Er ist ein Volksheld. Und eine solche Beliebtheit führt sehr leicht zu Arroganz.«

»Rommel wird das tun, was ich ihm sage«, meinte Hitler heiter. »Ich bin mir ebenso wie Sie sehr wohl der Existenz jener Extremisten innerhalb der Wehrmacht bewußt, die mich am liebsten vernichten würden. Ich bin mir auch über die vage Möglichkeit im klaren, daß Rommel mit solchen Absichten sympathisiert. Im richtigen Augenblick erwartet all diese Verräter die Hand des Henkers.«

»Die sie auch verdient haben, mein Führer.«

Hitler stand auf und stellte sich mit dem Rücken ans Feuer. »Man muß lernen, mit diesen Menschen umzugehen, Reichsführer. Deshalb habe ich darauf bestanden, daß sie morgen früh um sieben Uhr mit mir frühstücken. Wie Sie wissen, übernachten sie in Rennes. Das heißt, daß sie schon sehr früh aufbrechen müssen, um rechtzeitig hier zu sein. Ich liebe es, Menschen aus dem Gleichgewicht zu bringen. Ich habe festgestellt, daß es sich auszahlt.«

»Genial, mein Führer.«

»Und ehe Sie mich wieder verlassen, denken Sie über eines nach.« Hitlers Gesicht war sehr ruhig, und Himmler erhob sich.

»Seit ich die Macht ergriffen habe – wie viele Anschläge auf mein Leben hat es seitdem gegeben? Wie viele Komplotte sind geschmiedet worden?«

Dieses eine Mal fiel Himmler keine Antwort ein. »Ich weiß es nicht genau.«

»Mindestens sechzehn«, sagte Hitler. »Und das weist auf göttliches Einwirken hin. Es ist die einzig logische Erklärung.«

Himmler schluckte krampfhaft. »Natürlich, mein Führer.«

Hitler lächelte milde. »Und jetzt gehen Sie. Versuchen Sie, noch ein wenig zu schlafen. Ich erwarte Sie morgen zum Frühstück.« Er drehte sich um, blickte ins Feuer, und Himmler ging eilig hinaus.

Für den größten Teil des Weges nach Cap de La Hague herrschte dichter Nebel über dem Ärmelkanal. Asa Vaughan empfand das als großen Vorteil. Er benutzte ihn als Deckung, kam zügig voran und erreichte um kurz nach drei die französische Küste.

Er meldete sich per Funk in Chernay. »Chernay, hier Falke, wie ist die Wetterlage?«

Im Funkraum sprang Schellenberg von seinem Stuhl hoch und eilte zu Leber. Der Oberfeldwebel sagte: »Wir hatten ein wenig Wind mit anschließendem Aufklaren, aber nicht genug. Das Wetter wechselt ständig. Erst haben wir eine dichte Nebelwand bis zum Erdboden, dann wieder lichtet sich der Nebel unterhalb von hundert Metern.«

»Können wir irgendwohin ausweichen?« erkundigte sich Asa.

»Nicht in dieser Gegend. Cherbourg ist völlig eingeschlossen.«

Schellenberg ergriff das Mikro. »Asa, ich bin's. Sind alle da?«

»Aber klar doch. Oberst Steiner, Devlin und ich, nur scheinen wir nirgendwo landen zu können.«

»Wie sieht es mit dem Sprit aus?«

»Ich denke, er reicht noch für eine Dreiviertelstunde. Ich kreise mal ein wenig herum. Bleiben Sie am Gerät, und geben Sie mir umgehend Bescheid, wenn es auch nur eine winzige Besserung geben sollte.«

»Ich lasse die Männer an der Landebahn Fackeln anzünden«, meinte Leber. »Vielleicht hilft das, Herr General.«

»Ich kümmere mich darum«, sagte Schellenberg zu ihm. »Bleiben Sie am Funkgerät«, und er rannte hinaus.

Nach zwanzig Minuten sagte Asa: »Das hat keinen Zweck. Haltet euch fest. Ich versuche es einfach.«

Er ging mit der Lysander in den Sinkflug, schaltete die Landescheinwerfer ein, und der Nebel hüllte ihn ein wie wenige Stunden zuvor auf Shaw Place. Bei sechshundert Fuß zog er den Steuerknüppel wieder nach hinten und stieg. In tausend Fuß Höhe kam er aus dem Nebel heraus.

Die Sterne funkelten kalt, und was vom Mond noch zu sehen war, stand niedrig am Himmel. »Es ist hoffnungslos«, rief Asa. »Es wäre der reinste Selbstmord, eine Landung zu versuchen. Lieber setze ich die Maschine ins Meer.«

»Es herrscht Ebbe, Hauptmann«, gab Leber durch.

»Tatsächlich? Wieviel Strand habt ihr da unten?«

»Mehrere Kilometer.«

»Dann versuchen wir es auf diese Weise. Dann haben wir wenigstens eine kleine Chance.«

Schellenbergs Stimme erklang. »Sind Sie sicher, Hauptmann Vaughan?«

»Einer Sache bin ich mir ganz sicher, Herr General, wir haben leider keine andere Wahl. Entweder sehen wir uns in Kürze oder nicht. Damit mache ich vorerst mal Schluß. Ende.«

Schellenberg ließ das Mikrofon sinken und schaute Leber fragend an. »Kommen wir irgendwie ans Meer hinunter?«

»O ja, Herr General. Es gibt eine Straße, die zu einer alten Helling führt.«

»Gut. Dann nichts wie hin.«

»Wenn ich im Meer landen muß, dann wird die Kiste sich wohl nicht allzu lange über Wasser halten«, sagte Asa über die Schulter zu Steiner und Devlin. »Hinter Ihnen befindet sich ein Rettungsboot. Das gelbe Paket. Holen Sie es schnell raus, ziehen Sie an der roten Schnur, und es bläst sich von selbst auf.«

Steiner lächelte. »Sie können natürlich schwimmen, Mr. Devlin.«

Devlin erwiderte das Lächeln. »Nur wenn es unbedingt sein muß.«

Asa tauchte ab. Vorsichtig schob er den Steuerknüppel nach vorn. Schweiß bedeckte sein Gesicht. Der Höhenmesser zeigte fünfhundert Fuß an und sank weiter. Die Lysander wurde von einer heftigen Windböe durchgeschüttelt, als sie bei dreihundert Fuß angelangt waren.

Devlin rief: »Ich hab' etwas gesehen!«

Der Nebel schien vor ihnen aufzureißen, als ob ein Vorhang nach rechts und links aufgezogen würde, und sie konnten die mächtigen Brecher des Atlantik erkennen und eine halbe Meile feuchten Sand, der sich bis zu den Klippen von Cap de la Hague erstreckte. Asa zog den Steuerknüppel nach hinten, und die Lysander fing sich kaum fünfzig Fuß über den weißen Schaumkronen, die donnernd auf den Strand rollten.

Asa schlug mit der flachen Hand auf das Instrumentenbrett. »Du wunderbares, herrliches Stück Technik. Ich liebe dich!« sang er und drehte in den Wind, um zu landen.

Der Lastwagen mit Schellenberg, Leber und mehreren Luftwaffenmechanikern hatte die Helling erreicht, als die Lysander in

Sicht kam. »Er hat es geschafft, Herr General!« rief Leber aus. »Was für ein Pilot!« Winkend rannte er los, und seine Männer folgten ihm.

Schellenberg fühlte sich völlig ausgelaugt. Er zündete sich eine Zigarette an und wartete, während die Lysander bis zum Ende der Helling rollte. Sie hielt an, und Leber und seine Männer brachen in Hochrufe aus, während Asa die Zündung des Motors abstellte. Devlin und Steiner stiegen zuerst aus, nach ihnen kam Asa. Er nahm seine Fliegermütze ab und warf sie in die Führerkanzel.

Leber sah ihn bewundernd an. »Das war eine Leistung, Herr Hauptmann.«

Asa zuckte die Schultern. »Behandeln Sie sie anständig, Herr Oberfeldwebel. Das Beste ist für sie gerade gut genug. Sie hat es verdient. Sie ist doch hier in Sicherheit?«

»Aber ja. Wir haben gerade Gezeitenwechsel, aber so hoch läuft die Flut nicht auf den Strand auf.«

»Schön. Sehen Sie nach dem Motor, und dann tanken Sie sie von Hand auf.«

»Wird gemacht, Herr Hauptmann.«

Schellenberg sah, wie Steiner und Devlin auf ihn zukamen. Er streckte Steiner die Hand entgegen. »Herr Oberst, es ist mir eine große Freude, Sie hier begrüßen zu dürfen.«

»Ganz meinerseits, Herr General«, sagte Steiner.

Schellenberg wandte sich an Devlin. »Und was Sie betrifft, mein total verrückter irischer Freund, ich kann es kaum glauben, daß Sie tatsächlich wieder hier sind.«

»Nun ja, Walter, Sie kennen ja mein Motto, man braucht nichts anderes zu tun, als richtig zu leben.« Devlin grinste. »Meinen Sie, daß man hier irgendwas zum Frühstück bekommen kann? Ich bin völlig ausgehungert.«

Sie saßen an einem runden Tisch in der kleinen Kantine und tranken Kaffee. »Der Führer ist gestern abend wohlbehalten angekommen«, berichtete Schellenberg.

»Und Rommel und der Admiral?« wollte Devlin wissen.

»Ich habe keine Ahnung, wo sie sich aufhalten, aber sie dürften sehr bald mit ihm zusammentreffen. Sie müßten eigentlich schon unterwegs sein.«

»Ihr Plan erscheint auf seine verrückte Art durchaus vernünftig«, meinte Steiner, »aber es gibt noch einen erheblichen Unsicherheitsfaktor.«

»Haben Sie Zweifel, ob die Männer des Fallschirmjäger-Kommandos Ihnen folgen werden?«

»O nein, ich meine, was passiert mit euch dreien im Château, bevor wir dort eintreffen?«

»Nun, wir haben keine Wahl«, sagte Schellenberg. »Es geht eben nicht anders.«

»Ja, Sie haben wohl recht.«

Für einen Moment herrschte Stille, dann fragte Schellenberg: »Machen Sie bei dieser Aktion mit, Herr Oberst, oder nicht? Viel Zeit haben wir nicht mehr.«

Steiner stand auf und trat ans Fenster. Es hatte zu regnen begonnen, und er blickte für einige Sekunden hinaus und wandte sich dann um. »Ich habe eigentlich wenig Grund, dem Führer zu helfen, und das nicht nur wegen meines Vaters. Er ist ein Ungeheuer, eine Katastrophe für die Menschheit. Aber am wichtigsten ist für mich, daß er schlecht für Deutschland ist. Andererseits wäre Himmler als Staatsoberhaupt ein noch größeres Desaster. Solange der Führer an der Macht ist, besteht wenigstens die Chance, daß dieser verdammte Krieg in absehbarer Zeit beendet wird.«

»Also machen Sie mit?«

»Ich glaube nicht, daß wir eine andere Wahl haben.«

Asa Vaughan zuckte die Achseln. »Zum Teufel noch mal, Sie können auf mich zählen.«

Devlin stand auf und reckte sich. »Na schön, dann wollen wir mal anfangen.« Er öffnete die Tür und ging hinaus.

Als Schellenberg die Hütte betrat, wo Devlin und Asa Vaughan sich für kurze Zeit hingelegt hatten, war Devlin gerade damit beschäftigt, sein Beinhalfter umzuschnallen. Er hatte ein Bein auf dem Bett stehen und das Hosenbein hochgekrempelt.

»Ist das Ihr sogenanntes fünftes As, mein Freund?«

»Und dies hier.« Devlin nahm die Walther mit dem Schalldämpfer aus der Reisetasche und steckte sie sich hinten in den Hosenbund. Dann holte er die Luger hervor. »Die ist für die Hosentasche. Ich bezweifle, daß die SS-Wachen uns bewaffnet hereinlassen, daher ist es am besten, wenn man etwas bei sich hat, das man ihnen geben kann.«

»Meinen Sie, das klappt?« fragte Schellenberg.

»Stelle ich da so etwas wie Unsicherheit fest, Herr General, und das von Ihnen und zu diesem Zeitpunkt?«

»Eigentlich nicht. Aber sehen Sie, die Alliierten haben eines klar durchblicken lassen: keine Friedensverhandlungen. Totale Kapitulation. Und das wäre das letzte, was Himmler sich leisten könnte.«

»Ja, die Schlinge für seinen Hals ist schon geknüpft.«

»Vielleicht auch für mich. Schließlich bin ich trotz allem General der SS«, sagte Schellenberg.

»Keine Angst, Walter.« Devlin lächelte. »Wenn Sie in einer Gefängniszelle landen, dann komme ich und hole Sie raus, und zwar ganz umsonst. Und jetzt sollten wir uns beeilen.«

Generalfeldmarschall Erwin Rommel und Admiral Canaris hatten Rennes gegen fünf Uhr früh in ihrem Mercedes verlassen. Gelenkt wurde der Wagen aus Sicherheitsgründen von Rommels Adjutanten, einem Major Karl Ritter. Zwei Militärpolizisten auf Motorrädern waren ihre einzige Eskorte. Sie bildeten die Vorhut, als sie im Morgengrauen über die engen französischen Landstraßen brausten.

»Er will uns nur verunsichern. Das ist der einzige Grund, warum er uns zu einer derart blödsinnigen Uhrzeit zu sich bestellt«, sagte Canaris.

»Der Führer möchte, daß wir alle ein wenig durcheinander sind, Herr Admiral«, meinte Rommel. »Ich hätte erwartet, daß Sie das schon längst erkannt haben.«

»Ich möchte bloß wissen, was er im Schilde führt«, sagte Canaris. »Wir wissen, daß er Sie als Oberkommandierenden der Heeresgruppe B bestätigen will, doch um das zu tun, hätte er Sie auch nach Berlin holen können.«

»Genau«, sagte Rommel. »Und dann gibt es auch noch Einrichtungen wie Telefone. Nein, ich denke eher, es geht um die Normandie-Frage.«

»Meinen Sie denn, wir könnten ihn in dieser Angelegenheit überzeugen?« fragte Canaris. »Unser Bericht spricht eigentlich für sich.«

»Tja, unglücklicherweise tendiert der Führer zu Pas de Calais, und sein Astrologe auch.«

»Und Onkel Heini?« fragte Canaris.

»Himmler ist immer der gleichen Meinung wie der Führer, das wissen Sie so gut wie ich.« Als der Regenvorhang kurz aufriß, konnten sie vor sich Belle Ile erkennen. »Sehr eindruckvoll«, meinte Rommel.

»Ja, sehr wagnerianisch«, fügte Canaris trocken hinzu. Kurz danach verließ der Mercedes die Straße und bog in die Zufahrt zum Schloß ein, die beiden Motorradfahrer vorne weg.

15

Es war kurz nach sechs Uhr, und Hauptmann Erich Kramer, der das zwölfte Fallschirmjäger-Kommando in St. Aubin führte, saß in seinem Büro bei einer Tasse Kaffee, als er ein Fahrzeug in den Bauernhof rollen hörte. Er ging zum Fenster und sah einen Kübelwagen, dessen Leinenverdeck zum Schutz gegen den Regen aufgespannt war. Als erster stieg Asa Vaughan aus, gefolgt von Schellenberg und Devlin.

Kramer erkannte sie von ihrem letzten Besuch sofort wieder und runzelte mißtrauisch die Stirn. »Was zum Teufel wollen die denn schon wieder?« murmelte er halblaut.

Und dann tauchte Kurt Steiner auf. Da er selbst keine Mütze mehr besaß, hatte er sich eine von Oberfeldwebel Leber ausgeliehen, und zwar jenes Modell, das allgemein nur unter der Bezeichnung »Schiffchen« bekannt war. Sie war besonders bei den Veteranen des Fallschirmjäger-Regiments beliebt. Er stand draußen im Regen in seiner blau-grauen Fliegerbluse mit den gelben Kragenspiegeln, der Springerhose und den Springerstiefeln. Kramer sah auch das Ritterkreuz mit Eichenlaub, den silbernen und den goldenen Adler des Fallschirmspringerabzeichens, die Ärmelbänder von Kreta und des Afrikakorps.

»O mein Gott«, murmelte er, griff nach seiner Mütze, öffnete die Tür und knöpfte seine Bluse zu. »Herzlich willkommen, Herr Oberst Steiner.« Er schlug die Hacken zusammen, salutierte und beachtete die Begleiter seines Idols gar nicht. »Ich kann Ihnen gar nicht beschreiben, welche Ehre das für uns ist.«

»Es ist mir ein Vergnügen. Hauptmann Kramer, nicht wahr?« Steiner sah Kramers Ärmelstreifen sowie das Ordensband der Winterkriegsmedaille. »Wir scheinen ja so etwas wie alte Kameraden zu sein?«

»Ja, Herr Oberst.«

Mehrere Fallschirmspringer waren aus der Kantine aufgetaucht, neugierig, wer wohl die Neuankömmlinge sein mochten. Beim Anblick Steiners nahmen sie augenblicklich Haltung an. »Rühren, Freunde«, rief Steiner und fragte Kramer: »Wieviel Leute haben Sie hier?«

»Nur fünfunddreißig, Herr Oberst.«

»Gut«, sagte Steiner. »Ich brauche jeden Mann, Sie eingeschlossen. Lassen Sie uns ins Trockene gehen, damit ich Ihnen alles erklären kann!«

Es regnete, und die fünfunddreißig Männer des zwölften Fallschirmjäger-Kommandos standen in vier Reihen auf dem Hof des Bauernhauses. Sie trugen die für das Fallschirmjäger-Regiment so typischen Stahlhelme, weite Mäntel, und die meisten hielten Schmeisser-Maschinenpistolen vor der Brust. Sie standen da, stramm und in vorschriftsmäßiger Haltung, während Steiner eine Ansprache hielt. Schellenberg, Devlin und Asa Vaughan hielten sich im Hintergrund.

Steiner hatte sich nicht mit Nebensächlichkeiten aufgehalten, sondern nur die Fakten aufgezählt. »So ist die Lage. Der Führer soll in Kürze den Tod durch die Hände verräterischer Elemente der SS finden. Unsere Aufgabe besteht darin, das zu verhindern. Noch irgendwelche Fragen?«

Kein Wort wurde gesprochen, nur das dumpfe Trommeln des Regens war zu hören, und Steiner wandte sich an Kramer. »Machen Sie sie abmarschbereit, Herr Hauptmann.«

»Zu Befehl, Herr Oberst.« Kramer salutierte.

Steiner wandte sich an die anderen. »Reichen Ihnen fünfzehn Minuten?«

»Das ist ja fast wie bei den Panzern«, sagte Schellenberg. »Schnell wie der Blitz.«

Er und Asa stiegen in den Kübelwagen. Devlin, den schwarzen Hut schräg über ein Ohr gezogen und in dem Trenchcoat, den er aus dem *Army and Navy Club* hatte mitgehen lassen und der bereits völlig durchnäßt war, konnte sich eine Bemerkung nicht verkneifen. »Auf gewisse Art haben wir diese Situation schon mal erlebt«, sagte er zu Steiner.

»Ich weiß, und es war die gleiche dumme Frage. Spielen wir das Spiel, oder spielt das Spiel uns?«

»Hoffen wir, daß wir diesmal mehr Glück haben als beim letzten Mal, Herr Oberst.« Devlin lächelte, stieg wieder in den Kübelwagen, und Asa fuhr los.

Auf dem Château de Belle Ile stiegen Rommel, Canaris und Major Ritter die Treppe zum Haupteingang hinauf. Eine der SS-Wachen öffnete die Tür, und sie traten ein. Überall schienen Wachen zu sein.

Während er seinen Mantel aufknöpfte, meinte Rommel zu Canaris: »Es scheint irgendein Wochenendtreffen der SS stattzufinden, so wie sie es früher immer in Bayern veranstalteten.«

Berger kam die Treppe herunter, um sie zu begrüßen. »Herr Admiral – Herr Generalfeldmarschall, es ist mir eine große Ehre, Sie hier zu sehen. Ich bin Hauptsturmführer Berger und für die Sicherheit verantwortlich.«

»Herr Major«, grüßte Rommel ihn mit einem Kopfnicken.

»Der Führer wartet im Speisesaal. Er hat darum gebeten, daß in seiner Gegenwart keine Waffen getragen werden.«

Rommel und Ritter nahmen die Pistolen aus ihren Halftern. »Wir kommen doch nicht zu spät, oder?« fragte der Feldmarschall.

»Genaugenommen sind Sie zwei Minuten zu früh dran.« Berger grinste verschwörerisch. »Darf ich Ihnen den Weg zeigen?«

Die große Eichentür wurde geöffnet, und sie folgten ihm in den Speisesaal. Der große Eßtisch war nur für vier Leute gedeckt. Der Führer stand am Kamin und starrte auf die brennenden Holzscheite. Er wandte sich um und musterte sie nacheinander.

»Aha, da sind Sie ja.«

»Ich hoffe, Ihnen geht es gut, mein Führer?« meinte Rommel.

Hitler nickte Canaris grüßend zu. »Herr Admiral.« Seine Blicke wanderten weiter zu Ritter, der in strammer Haltung dastand und eine Aktentasche in der Hand hielt. »Und wer ist das?«

»Mein persönlicher Adjutant und Assistent, Major Karl Ritter, mein Führer. In seiner Tasche hat er weitere Einzelheiten zur Normandie-Frage, über die wir bereits gesprochen haben«, sagte Rommel.

»Weitere Berichte?« Hitler zuckte die Achseln. »Wenn Sie meinen, daß es nötig ist, dann nur zu.« Er wandte sich an Berger. »Lassen Sie noch ein Gedeck auflegen und schauen Sie nach, wodurch der Reichsführer aufgehalten wird.«

Während Berger zur Tür ging, wurde sie geöffnet, und Himmler trat ein. Er trug die schwarze Galauniform, und sein Gesicht war blaß. Irgend etwas hatte ihn aus der Fassung gebracht. Das war offensichtlich. »Es tut mir leid, mein Führer, ein Telefonanruf aus Berlin. Ich war gerade im Begriff, mein

Zimmer zu verlassen.« Er nickte. »Herr Admiral – Herr Generalfeldmarschall.«

»Und der Adjutant des Herrn Generalfeldmarschall, Major Ritter.« Hitler rieb sich die Hände. »Ich habe einen ganz außerordentlichen Hunger. Wissen Sie, meine Herren, vielleicht sollten wir dies öfter veranstalten. Ein frühes Frühstück, meine ich. Dann bleibt der ganze Tag frei für wichtige Dinge. Aber kommen Sie, nehmen Sie Platz.«

Er selbst begab sich auf den ersten Platz der Tafel. Rommel und Canaris saßen rechts von ihm, Himmler und Ritter zu seiner Linken. »So«, sagte er. »Fangen wir an. Erst das Essen, dann das Geschäft.«

Er griff nach der kleinen silbernen Glocke neben seiner Hand und klingelte.

Keine zehn Minuten später erreichte der Kübelwagen das Haupttor. Schellenberg lehnte sich hinaus. Der Feldwebel, der vortrat, erkannte seine Uniform und salutierte.

»Der Führer erwartet uns«, erklärte ihm Schellenberg.

Der Feldwebel schaute unsicher. »Ich habe den Befehl, niemanden hineinzulassen, Herr General.«

»Machen Sie keine Witze, Mann«, sagte Schellenberg. »Das gilt wohl kaum für mich.« Er nickte Asa Vaughan zu. »Fahren Sie weiter, Hauptsturmführer.«

Sie rollten auf den Innenhof und stoppten. »Wissen Sie«, sagte Devlin, »wie die Spanier die kurze Zeitspanne nennen, wenn der Matador sich anschickt, den Stier zu töten, und nicht weiß, ob er dabei nicht selbst ums Leben kommt? Den Augenblick der Wahrheit.«

»Nicht jetzt, Mr. Devlin«, sagte Schellenberg. »Wir müssen weiter«, und er marschierte die breite Treppe hinauf und streckte die Hand nach der Türklinke aus.

Im Speisesaal genoß Hitler die Situation. Er bediente sich gerade von einem Teller mit Toast und Früchten. »Eines muß man den Franzosen lassen, sie backen wirklich hervorragendes Brot«, sagte er und nahm sich eine weitere Scheibe.

Die Tür ging auf, und ein Hauptfeldwebel der SS erschien. Himmler raunzte ihn an. »Ich dachte, ich hätte unmißverständlich klargemacht, daß wir nicht gestört werden wollen, ganz gleich aus welchem Grund.«

»Gewiß, mein Reichsführer, aber General Schellenberg ist hier mit einem Hauptsturmführer und einem Zivilisten. Er sagt, es sei äußerst dringend, daß er sofort zum Führer vorgelassen wird.«

»Unsinn«, meinte Himmler, »Sie haben Ihre Befehle!«

Hitler schaltete sich sofort ein. »Schellenberg? Jetzt bin ich aber gespannt, worum es da geht. Bringen Sie sie herein, Hauptfeldwebel.«

Schellenberg, Devlin und Asa Vaughan warteten in der Halle vor der Tür. Der Hauptfeldwebel kam zurück. »Der Führer empfängt Sie, Herr General, aber Sie müssen Ihre Waffen hierlassen. Ich habe entsprechende Befehle. Sie gelten für jeden.«

»Selbstverständlich.« Schellenberg nahm die Pistole aus dem Halfter und knallte sie auf den Tisch.

Asa folgte seinem Beispiel, und auch Devlin holte die Luger aus seiner Manteltasche. »Damit haben wir alle reichlich gespendet.«

»Wenn Sie mir bitte folgen würden«, sagte der Hauptfeldwebel. Er wandte sich um und ging voraus durch die Halle.

Als sie eintraten, aß Hitler noch. Rommel und Canaris blickten fragend hoch. Himmler war totenblaß.

»Also, Schellenberg«, sagte Hitler, »was führt Sie hierher?«

»Ich bedaure mein Eindringen, mein Führer, aber eine Angelegenheit von äußerster Wichtigkeit ist mir zur Kenntnis gelangt.«

»Und wie dringend ist diese Sache?« wollte Hitler wissen.

»Es ist eine Frage von Leben und Tod, mein Führer, es geht um ein Attentat, das auf Sie verübt werden soll.«

»Unmöglich«, sagte Himmler.

Hitler brachte ihn mit einer Handbewegung zum Schweigen und sah zu Devlin und Asa Vaughan. »Und wen haben wir hier?«

»Wenn ich erklären darf. Der Reichsführer gab mir kürzlich den Befehl, einen gewissen Oberst Kurt Steiner, der für eine Weile im Londoner Tower gefangengehalten wurde, ins Deutsche Reich zurückzubringen. Herr Devlin und Hauptsturmführer Vaughan erledigten diese Aufgabe meisterhaft und lieferten Steiner auf einem kleinen Luftwaffenstützpunkt ganz in der Nähe ab.«

Hitler sagte zu Himmler: »Davon weiß ich gar nichts.«

Himmler machte ein zerknirschtes Gesicht. »Es sollte eine Überraschung sein, mein Führer.«

Hitler wandte sich wieder an Schellenberg. »Dieser Oberst Steiner, wer ist das?«

»Er wird bald hier sein. Der Punkt ist, daß ich vor ein paar Stunden einen anonymen Telefonanruf erhielt. Ich bedaure, es in Anwesenheit des Reichsführers sagen zu müssen, aber der Betreffende, wer immer es gewesen war, sprach von Hochverrat, und das sogar innerhalb der SS.«

Himmler erstickte fast. »Unmöglich.«

»Ein Offizier namens Berger wurde erwähnt.«

»Aber Sturmbannführer Berger leitet hier meine Sicherheitstruppen«, meinte Hitler. »Ich habe ihn soeben befördert.«

»Ich befürchte dennoch, mein Führer, daß meine Informationen stimmen.«

»Was wieder einmal beweist, daß man niemandem trauen kann«, rief Horst Berger und trat aus dem Schatten am Ende des Speisesaals, auf jeder Seite ein SS-Mann mit einer Maschinenpistole unter dem Arm.

Steiner und Hauptmann Kramer fuhren mit dem Kübelwagen ins Château voraus. Trotz des Regens hatten sie das Dach abgenommen. Die Fallschirmjäger folgten in zwei Truppentransportern. Steiner hatte eine Stabgranate im Schaft eines seiner Springerstiefel stecken und eine Schmeisser schußbereit auf dem Schoß.

»Wenn wir stürmen, dann gibt es kein zurück, denken Sie daran«, sagte er.

»Wir folgen Ihnen, Herr Oberst«, versicherte ihm Kramer.

Er fuhr langsam ans äußere Tor heran, und der SS-Feldwebel trat vor. »Was hat das zu bedeuten?«

Steiner hob die Schmeisser, streckte ihn mit einem kurzen Feuerstoß nieder, sprang vor und langte aus, um die andere Wache niederzustrecken, während Kramer den Kübelwagen einen wilden Satz vorwärts machen ließ.

Als sie die Treppe zum Haupteingang erreichten, erschienen weitere SS-Leute aus dem Wachhäuschen, das rechts vom Eingang stand. Steiner zog die Stabgranate aus dem Stiefelschaft und schleuderte sie mitten unter die Männer, dann sprang er vom Kübelwagen herunter und rannte die Treppe hinauf. Hinter ihm saßen die Fallschirmjäger von den Truppentransportern ab und stürmten, wild auf die SS schießend, über den Hof und hinter ihm her.

»Sie wagen es, mir so gegenüberzutreten, mit einer Waffe in der Hand?« sagte Hitler mit funkelnden Augen zu Berger.

»Ich bedaure, es sagen zu müssen, mein Führer, aber Ihr

letzter Augenblick ist gekommen, und zwar nicht nur der Ihre, sondern auch der von Generalfeldmarschall Rommel und der des Admirals.« Berger schüttelte den Kopf. »Wir können uns keinen von Ihnen länger leisten.«

»Sie können mich gar nicht töten«, sagte Hitler, »Sie armseliger Narr, es ist unmöglich.«

»Tatsächlich?« fragte Berger. »Und warum?«

»Weil es mir nicht vorherbestimmt ist, hier zu sterben«, erklärte Hitler ihm ruhig. »Weil Gott auf meiner Seite steht.«

Irgendwo in der Ferne fielen Schüsse. Berger drehte sich um und schaute zur Tür; währenddessen sprang Major Ritter auf, schleuderte die Aktentasche von sich und rannte zur Tür. »Wachen!« brüllte er.

Einer der SS-Männer feuerte seine Schmeisser und traf ihn mehrmals in den Rücken.

Schellenberg nickte Liam zu.

Devlins Hand fand den Griff der schallgedämpften Walther im Hosenbund. Seine erste Kugel erwischte den Mann, der soeben Ritter erschossen hatte, an der Schläfe, der zweite traf den anderen SS-Mann ins Herz. Berger schwang zu ihm herum, den Mund in Wut verzerrt. Devlins Kugel schlug genau zwischen seinen Augen ein.

Devlin durchquerte den Raum und betrachtete ihn, die Walther hing ihm dabei locker in der Hand. »Du wolltest dir nichts sagen lassen, mein Sohn, nicht wahr? Ich sagte ja, daß du dir eine andere Beschäftigung suchen sollst.«

Hinter ihm sprangen die Türen auf, und Kurt Steiner stürmte an der Spitze seiner Männer herein.

Als Schellenberg anklopfte und Himmlers Zimmer betrat, stand der Reichsführer am Fenster. Es war offensichtlich, daß er die Absicht hatte, die Affäre mit Dreistigkeit durchzustehen.

»Aha, da sind Sie ja, Herr General. Eine unselige Angelegenheit. Das wirft ein schlechtes Licht auf die gesamte SS. Gott sei Dank betrachtet der Führer Bergers ungeheuren Verrat an der Sache als einen persönlichen Fehltritt.«

»Ein Glück für uns alle, mein Reichsführer.«

Himmler setzte sich. »Dieser anonyme Telefonanruf, den Sie erwähnten... Sie haben keine Idee, wer es gewesen sein könnte?«

»Ich fürchte nein.«

»Das ist schade. Dennoch ...« Himmler sah auf die Uhr. »Der Führer will gegen Mittag abreisen, und ich werde zusammen mit ihm nach Berlin zurückfliegen. Canaris begleitet uns. Rommel ist bereits fort.«

»Ich verstehe«, sagte Schellenberg.

»Ehe er sich verabschiedet, möchte der Führer Sie und die anderen drei Beteiligten noch einmal sehen. Ich glaube, er hält einige Auszeichnungen für Sie bereit.«

»Auszeichnungen?« fragte Schellenberg.

»Der Führer geht niemals ohne sie auf Reisen, General, er hat immer ein ganzes Sortiment in einer speziellen Schatulle bei sich. Er hält sehr viel davon, Gefolgschaftstreue und Loyalität angemessen zu belohnen, und das tue ich auch.«

»Mein Reichsführer.«

Schellenberg ging zur Tür, und Himmler meinte: »Es wäre besser für uns alle, wenn diese schlimme Sache nicht passiert wäre. Sie verstehen, was ich meine, General? Rommel und Canaris werden schweigen, und die Fallschirmjäger stellen auch kein allzu großes Problem dar. Ein Einsatz an der Ostfront wird dafür sorgen, daß von dieser Seite nichts durchsickert.«

»Ich verstehe, mein Reichsführer«, sagte Schellenberg vorsichtig.

»Bleiben also nur noch Steiner, Hauptsturmführer Vaughan

und dieser Devlin. Ich denke, diese drei könnten uns durchaus in peinliche Situationen bringen, wie Sie mir sicherlich zustimmen werden.«

»Will mein Reichsführer damit andeuten, daß ...«, begann Schellenberg.

»Nein«, unterbrach ihn Himmler. »Ich deute gar nichts an. Ich überlasse die Klärung dieses Punktes ganz allein Ihnen.«

Es war kurz vor Mittag, als Schellenberg, Steiner, Asa und Devlin in der Bibliothek auf den Führer warteten. Wenig später wurde die Tür geöffnet, und Hitler kam herein, gefolgt von Canaris und Himmler, der eine kleine Ledermappe unter dem Arm trug.

»Meine Herren«, begann Hitler.

Die drei Offiziere nahmen Haltung an, und Devlin, der auf der Fensterbank gesessen hatte, erhob sich verlegen. Hitler gab Himmler mit einem Kopfnicken ein Zeichen, und letzterer öffnete die Ledermappe, die mit Orden gefüllt war.

»Für Sie, General Schellenberg, das Deutsche Kreuz in Gold, und das gleiche auch für Sie, Hauptsturmführer Vaughan.« Er heftete die Orden an, dann wandte er sich an Steiner. »Sie, Oberst Steiner, haben bereits das Ritterkreuz mit Eichenlaub. Ich verleihe Ihnen nun die Schwerter dazu.«

»Vielen Dank, mein Führer«, erwiderte Kurt Steiner mit kaum verhohlener Ironie.

»Und für Sie, Herr Devlin«, sagte der Führer und sah den Iren an, »das Eiserne Kreuz Erster Klasse.«

Devlin wußte nicht, was er dazu sagen sollte, und wehrte sich verzweifelt gegen den unwiderstehlichen Drang, in schallendes Gelächter auszubrechen, während ihm der Orden an die Brust geheftet wurde.

»Ich und das gesamte deutsche Volk, meine Herren, sind

Ihnen zu tiefem Dank verpflichtet«, sagte Hitler und ging hinaus. Himmler folgte ihm.

Canaris blieb noch einen Moment lang an der Tür stehen. »Ein äußerst aufschlußreicher Vormittag, aber ich würde mich an deiner Stelle vorsehen, Walter.«

Die Tür glitt ins Schloß. Devlin räusperte sich. »Und was nun?«

»Der Führer kehrt sofort nach Berlin zurück«, sagte Schellenberg. »Canaris und Himmler fliegen mit ihm.«

»Und was tun wir?« wollte Asa Vaughan wissen.

»Da gibt es ein kleines Problem. Der Reichsführer hat unmißverständlich durchblicken lassen, daß er Sie in Berlin nicht sehen will. Genaugenommen will er Sie nirgendwo mehr sehen.«

»Ich verstehe«, meinte Steiner gelassen. »Und Sie sollen entsprechende Schritte unternehmen.«

»So in etwa.«

»Dieser Gauner«, sagte Devlin.

»Natürlich steht noch die Lysander am Strand von Chernay«, sagte Schellenberg. »Leber hat die Maschine sicherlich längst durchgecheckt und aufgetankt.«

»Aber wohin zum Teufel sollen wir verschwinden?« fragte Asa Vaughan. »Wir sind gerade erst mit mehr Glück als Verstand aus England abgehauen, und Deutschland ist sicherlich ein zu heißes Pflaster für uns.«

Schellenberg sah Devlin fragend an, und der Ire lachte schallend. »Waren Sie schon mal in Irland?« fragte er Vaughan.

Es war kalt am Strand, die Flut hatte einen höheren Stand erreicht als am Tag vorher, dennoch reichte der Platz aus, um ungehindert zu starten.

»Ich habe alles durchgesehen«, sagte Oberfeldwebel Leber zu Asa Vaughan. »Eigentlich dürften Sie mit der Kiste keine Probleme haben, Herr Hauptsturmführer.«

Schellenberg meinte: »Sie kehren jetzt am besten zum Flugplatz zurück, Oberfeldwebel, ich komme gleich nach.«

Leber salutierte und entfernte sich. Schellenberg schüttelte Steiner und Asa die Hand. »Meine Herren, viel Glück.« Sie kletterten in die Lysander, und der General trat zu Devlin. »Sie sind wirklich ein überaus bemerkenswerter Mann.«

Devlin winkte ab. »Kommen Sie mit, Walter, für Sie gibt es hier doch nichts mehr zu tun.«

»Zu spät, mein Freund. Wie ich schon einmal sagte, es ist viel zu spät, um jetzt noch vom Karussell abzuspringen.«

»Und wie wird Himmler reagieren, wenn er hört, daß Sie uns haben abfliegen lassen?«

»Auch daran habe ich schon gedacht. Ein hervorragender Schütze wie Sie dürfte doch keine Probleme damit haben, mir in die Schulter zu schießen. Aber bitte in die linke. Und natürlich nur eine Fleischwunde.«

»Mein Gott, Sie sind wirklich ein Fuchs.«

Schellenberg ging davon, dann drehte er sich um. Devlins Hand tauchte mit der Walther PPK aus der Tasche auf. Ein Schuß fiel, und Schellenberg schwankte, faßte sich an die Schulter. Blut sickerte zwischen seinen Fingern hervor, und er lächelte.

»Leben Sie wohl, Mr. Devlin.«

Der Ire stieg in die Maschine und schloß die Kuppel. Asa drehte in den Wind, und die Lysander jagte über den Strand und schwang sich in die Luft. Schellenberg schaute ihr nach, wie sie aufs Meer hinausflog. Nach einer Weile machte er kehrt und ging zurück zur Helling. Dabei hielt er fast zärtlich seine Schulter fest.

Lough Conn in der Grafschaft Mayo, nicht weit von der Killala Bay an der Westküste Irlands entfernt, ist etwas mehr als zwanzig Kilometer lang. Im sinkenden Licht des Abends und während die Dunkelheit über die Berge kroch, erinnerte seine Oberfläche an schwarzes Glas.

Michael Murphys Hof lag am südlichen Ende des Sees. Diesen Tag hatte er mit Angeln und einem Kanister schwarz gebranntem Whiskey verbracht, bis er, wie seine alte Großmutter immer zu sagen pflegte, nicht mehr wußte, wo er war. Als es unvermittelt zu regnen begann, griff er nach seinen Rudern und kehrte zum Ufer zurück, wobei er leise eine Melodie summte.

Plötzlich war da ein Brummen in seinen Ohren, ein Luftzug, der über ihn hinwegfegte, und dann ein dunkler Schatten, den er später nur noch als riesigen Vogel beschreiben konnte. Er flog über ihn hinweg und verschwand in den Schatten am anderen Ende des Sees.

Asa schaffte eine vorbildliche Landung auf der ruhigen Wasseroberfläche, wenige hundert Meter vom Ufer entfernt, wobei er das Heck erst im letzten Moment eintauchen ließ. Sie glitten ein Stück über das Wasser, dann stoppten sie, und gurgelnd begann die Maschine vollzulaufen. Er stieß die Haube der Führerkanzel auf und wuchtete das zusammengefaltete Rettungsfloß heraus. Es blies sich sofort auf.

»Wie tief ist es hier?« fragte er Devlin.

»Zweihundert Fuß, also etwa sechzig Meter.«

»Damit dürfte dieses Problem wohl gelöst sein. Die arme Kiste. Nichts wie weg hier.«

Er sprang in das Rettungsboot, gefolgt von Steiner und Devlin. Sie paddelten ein Stück, dann hielten sie inne und schauten zurück. Die Nase der Lysander tauchte bereits unter. Für einen Moment war nur noch das Schwanzleitwerk mit den Insignien der deutschen Luftwaffe und dem Hakenkreuz zu sehen, und dann verschwand auch dies unter der Wasseroberfläche.

»Das wär's dann wohl«, sagte Asa.

Sie begannen auf die schwarze Uferlinie zuzupaddeln. Steiner fragte: »Und was jetzt, Mr. Devlin?«

»Wir haben einen langen Marsch vor uns, aber die ganze Nacht Zeit. Meine Großtante Eileen O'Brien besitzt oberhalb der Killala Bay ein altes Bauernhaus. Dort treffen wir auf Freunde.«

»Und was dann?« wollte Asa Vaughan weiter wissen.

»Das weiß Gott allein, mein Sohn, wir werden sehen«, antwortete Liam Devlin.

Das Boot schob sich auf den schmalen Strand. Devlin stieg als erster aus, glitt in knietiefes Wasser und zog sie vollends an Land.

»*Cead mile failte*«, sagte er und reichte Kurt Steiner eine Hand.

»Und was heißt das?« erkundigte sich der Deutsche.

»Das ist Irisch.« Liam Devlin lächelte. »Die Sprache der Könige. Es heißt, seid hunderttausendmal willkommen.«

Belfast

1975

16

Es war fast vier Uhr morgens. Devlin stand auf und öffnete die Tür der Sakristei. In der Stadt war es nun still, nur ein beißender Gestank von Qualm und Rauch lag in der Luft. Es fing an zu regnen, und er fröstelte und zündete sich eine Zigarette an.

»Es geht nichts über eine schlimme Nacht in Belfast.«

»Verraten Sie mir eines«, sagte ich, »sind Sie Dougal Munro noch einmal begegnet?«

»O ja.« Er nickte. »Sogar mehrmals im Laufe der Jahre. Er wollte keine Ruhe geben, unser guter alter Dougal.«

Wie üblich fiel es mir schwer, ihn ernst zu nehmen. Also versuchte ich es anders. »Na schön, was ist danach passiert? Wie hat Dougal Munro es geschafft, das Ganze geheimzuhalten?«

»Nun, Sie dürfen nicht vergessen, daß nur Munro und Carter wußten, wer Steiner wirklich war. Für den armen Lieutenant Benson, für Schwester Maria Palmer und für Father Martin war er lediglich ein Kriegsgefangener. Ein Luftwaffenoffizier.«

»Aber Michael Ryan und seine Nichte? Die Shaws?«

»Die Luftwaffe startete damals gerade neue Angiffe auf London. Der ›Kleine Blitz‹, so wurden diese Angriffswellen genannt, und das paßte dem britischen Geheimdienst sehr gut ins Konzept.«

»Wie das?«

»Weil viele Leute bei den Bombardierungen ums Leben kamen, Leute wie Sir Maxwell Shaw und seine Schwester Lavinia, die während eines Luftangriffs im Januar 1944 starben. Sehen Sie sich mal die *Times* von diesem Monat an. Dort finden Sie eine entsprechende Todesanzeige.«

»Und Michael Ryan und Mary? Jack und Eric Carver?«

»Sie schafften es nicht bis in die *Times*, aber sie endeten alle am gleichen Ort, in einem Krematorium in Nord-London. Fünf Pfund graue Asche und keine Autopsie. Alle als Bombenopfer registriert und zu den Akten gelegt.«

»Es ändert sich wirklich nichts«, sagte ich. »Und die anderen?«

»Canaris blieb nicht mehr lange am Leben. Er fiel noch im selben Jahr in Ungnade, dann schlug im Juli ein weiteres Attentat auf den Führer fehl. Canaris wurde mit vielen anderen verhaftet. Sie töteten ihn während der letzten Kriegswoche. Ob Rommel ebenfalls beteiligt war, ist nie ganz geklärt worden, doch der Führer war von seiner Schuld überzeugt. Es ging nicht an, daß der Held des Volkes als Verräter am Nationalsozialismus entlarvt wurde, daher wurde Rommel die Möglichkeit geboten, Selbstmord zu begehen. Vorher gab man ihm die Garantie, daß seine Familie vor weiteren Verfolgungen verschont bleiben würde.«

»Diese Verbrecher«, sagte ich.

»Was mit dem Führer geschah, wissen Sie. Er verkroch sich bis zum Ende in seinem Bunker. Himmler versuchte zu fliehen. Er rasierte sich seinen Bart ab und trug sogar eine Augenklappe. Aber das nutzte ihm auch nichts. Er nahm Zyankali, als man ihn schnappte.«

»Und Schellenberg?«

»Das war schon ein toller Kerl, der gute Walter. Er trickste

Himmler aus, als er nach Berlin kam. Kaltblütig erzählte er, wir hätten ihn überwältigt. Die Verwundung war natürlich ein zusätzlicher Beweis. Bis Kriegsende blieb er Leiter des Auslandsnachrichtendienstes, dem er nach der Ausschaltung von Canaris auch das Wehrmachts-Abwehramt einverleibte. Er überlebte sie alle. Bei den Kriegsverbrecherprozessen traten alle möglichen Zeugen auf und sagten vor Gericht für ihn aus. Darunter auch zahlreiche Juden. Er saß nur zwei Jahre im Gefängnis, dann kam er frei. Er starb 1952 in Italien, an einem Leberleiden.«

»Ja, so ist das Leben«, sagte ich nachdenklich.

Er nickte. »Wir haben Hitler das Leben gerettet. War das richtig?« Er zuckte die Achseln. »Ich hielt es damals für eine gute Idee, aber ich kann ihnen nachfühlen, daß sie die Akten darüber für hundert Jahre unter Verschluß halten wollen.«

Er öffnete wieder die Tür und sah hinaus. Ich war noch nicht ganz zufrieden. »Was geschah später? Mit Ihnen, mit Steiner, mit Asa Vaughan? Ich wußte, daß Sie in den Jahren nach dem Krieg als Professor an irgendeinem amerikanischen College tätig waren, aber was war in den Jahren dazwischen?«

»Mein Gott, alter Freund, habe ich denn noch nicht genug erzählt? Das müßte doch für ein ganzes Buch reichen. Den Rest erfahren Sie beim nächsten Mal. Sie sollten lieber in Ihr Hotel zurückkehren. Ich begleite Sie ein Stück.«

»Ist es denn draußen wieder sicher?«

»Nun, falls wir von einer Patrouille der Armee angehalten werden, haben Sie die richtigen Ausweise, und wer verdächtigt schon einen alten Priester wie mich?«

Er trug einen Hut und einen Regenmantel über seiner Soutane. Seinen Schirm hielt er über uns, als wir durch die tristen Straßen gingen und hier und da an Bombentrichtern vorbeikamen.

»Sehen Sie sich das an«, meinte er. »Das reinste Rattenloch. Hier findet man nur noch die Knochen der Toten.«

»Warum machen Sie weiter?« fragte ich ihn. »Immer nur Bomben und Tod.«

»Als es damals, im August neunundsechzig, losging, schien es notwendig. Man versuchte die Katholiken zu vertreiben, und die Sondereinheiten der Polizei haben dem Mob sogar dabei geholfen.«

»Und jetzt?«

»Wenn ich ganz ehrlich bin, mein Sohn, ich werde allmählich müde. Diese wahllosen Attentate haben mir nie gefallen, diese Bomben, durch die unschuldige Passanten, Kinder, Frauen ums Leben kommen. Da ist noch das alte Bauernhaus an der Killala Bay. Meine Großtante Eileen hat es mir vererbt, und auf mich wartet eine freie Stelle als Professor für englische Literatur am Trinity College in Dublin. Die kann ich antreten, wann immer ich will.« Er blieb an der Ecke stehen und sog prüfend die rauchgeschwängerte Luft ein. »Es wird Zeit, auszusteigen und die anderen ranzulassen.«

»Sie meinen, Sie haben keine Lust mehr, herumgeschoben zu werden, anstatt selbst zu schieben?«

Er nickte. »So ähnlich drückt Steiner es auch aus.«

»Interessant«, meinte ich. »Sie sagten: ›Steiner drückt es aus‹, nicht drückte.«

Er lächelte. »Tatsächlich? Habe ich das?« Der Regen wurde heftiger. Wir standen an der Ecke Falls Road. In einiger Entfernung waren eine Patrouille des Fallschirmjäger-Regiments und ein Panzerwagen unterwegs. »Hier werde ich mich von Ihnen verabschieden, mein Freund.«

»Ein weiser Entschluß.« Ich ergriff seine Hand.

»Sie können mich jederzeit in Killala besuchen.« Er wandte sich ab, hielt inne. »Eine Sache noch.«

»Und die wäre?« fragte ich.

»Der Unfall, dem diese junge Frau, diese Cohen, zum Opfer fiel. Sie hatten recht. Einigen paßt er sicher ganz gut in den Kram. Ich würde mich an Ihrer Stelle in Zukunft etwas vorsehen.«

Ich zündete mir eine Zigarette an, schirmte die Flamme mit den Händen ab und schaute ihm nach, wie er sich entfernte, sah die Soutane, die fast bis zu seinen Füßen reichte, den schwarzen Regenschirm. Dann schaute ich die Falls Road hinunter. Die Patrouille war näher gekommen. Als ich mich umwandte, um Liam Devlin ein letztes Mal nachzusehen, war er weg, untergetaucht in den Schatten zwischen den Häusern, als hätte es ihn nie gegeben.